LE CRÉPUSCULE DES ROIS

La Rose d'Anjou

CATHERINE HERMARY-VIEILLE

Le Crépuscule des rois

*

La Rose d'Anjou

ROMAN

ALBIN MICHEL

*A Maurice et Madeleine Druon,
en témoignage d'estime et d'affection.*

On eût dit que la couronne était en suspens entre sol et voûte, incertaine du point de sa chute, et que plusieurs têtes se tendaient.

Maurice DRUON,
Le Lis et le Lion.

It was a race often dipped in their own blood.

Francis BACON.

Prologue

Henry VI de Lancastre règne sur l'Angleterre depuis 1422. Fils de Henry V et de Catherine de Valois (sœur du roi Charles VII, une femme romanesque, qui aussitôt veuve épousera secrètement Owen Tudor, le Gallois qu'elle aime depuis longtemps), il fut couronné roi d'Angleterre à un an, roi de France à dix en la cathédrale Notre-Dame de Paris, en 1431. Il est sous la tutelle de ses oncles et perdra les unes après les autres les possessions anglaises en France, à l'exception de Calais. Cette reconquête est menée par Jeanne d'Arc, la pucelle d'Orléans.

En avril 1445, Henry VI épouse une Française de quatorze ans, Marguerite d'Anjou, fille du prince René d'Anjou, une adolescente sensuelle et autoritaire à la recherche d'un amour que son mari ne parvient pas à lui inspirer.

La guerre de Cent Ans a affaibli et déstabilisé l'Angleterre. La branche cousine des Lancastre, les York, va donc tenter de s'emparer du pouvoir. Cette lutte sanglante et fratricide, appelée guerre des Deux Roses (l'emblème des Lancastre est la rose rouge, celui des York, la rose blanche), va durer de 1455 à 1485.

Face à la faiblesse d'un époux qui a hérité de la fragilité mentale des Valois, Marguerite d'Anjou, reine d'Angleterre, décide de mener elle-même le combat contre les York afin de transmettre la couronne à son fils unique, Edouard, dont la légitimité a été contestée dès l'annonce de sa conception. Le roi Henry traverse alors une longue période de démence durant laquelle la reine cache mal ses amours avec le beau duc de Somerset.

Après avoir perdu la bataille de Saint Albans et celle de Northampton, Marguerite livre un nouveau combat au duc d'York à Wakefield, dans le Yorkshire.

Cette histoire commence lors de cette bataille, en 1460, et s'achève à la fin de la guerre des Deux Roses, vingt-cinq années plus tard, à la bataille de Bosworth, dans le Leiceshire, que Richard III va perdre face à Henry Tudor, petit-fils de Owen Tudor et de Catherine de Valois. Vingt-cinq années où abondent les assassinats, les trahisons, les histoires d'amour les plus inattendues, des ambitions démesurées qui marquent la fin du Moyen Age et le début de la Renaissance. De grandes puissances, France, Angleterre, Espagne, Empire germanique, vont émerger et marqueront profondément et pour longtemps l'histoire de l'Europe.

PREMIÈRE PARTIE

La Rose d'Anjou

1

30 décembre 1460,
bataille de Wakefield (Yorkshire).

La pluie trempait les oriflammes hâtivement plantées, celle du roi d'Angleterre Henry VI de Lancastre et celle à l'effigie du cygne blanc de la reine, que des éclaboussures avaient souillées. En armure, le duc de Suffolk pénétra dans la tente. Bien qu'il ne fût que trois heures de l'après-midi, il faisait si sombre que l'on avait dû allumer des chandelles.

– La victoire est nôtre, Madame, annonça-t-il.

Marguerite enfin s'anima. Des heures durant, la reine était restée prostrée, guettant les nouvelles de la bataille qui faisait rage depuis l'aube.

– Aujourd'hui mon père est vengé, poursuivit-il.

Le regard de la jeune femme restait énigmatique. Depuis des années, elle tentait de refouler toute émotion, de retenir ses larmes.

– York ?

– Mort, ainsi que son fils le prince Edmond. Neville[1] est prisonnier.

---

1. Richard Neville, comte de Salisbury et de Warwick, cousin issu de germains du duc d'York. (Toutes les notes sont de l'auteur.)

Enfin une ombre de contentement parut dans le regard de la reine.

– Qu'on l'exécute demain à l'aube. Quant à la dépouille d'York, décapitez-la, couronnez la tête de papier et fichez-la sur un pieu devant la porte de sa bonne ville d'York.

– Et que fait-on du cadavre du prince Edmond ?

La reine haussa les épaules.

– Il n'avait que quinze ans, qu'on le rende à sa famille.

Un instant, elle songea à William de la Pole, le père de Suffolk. Des années après son exécution, sa mort restait pour elle une inguérissable blessure. Six coups d'épée pour lui trancher le cou. Un par un, elle les avait sentis dans sa chair. Suffolk observait sa souveraine. Comme la jeune Française arrivée si joyeuse de son pays d'Anjou quinze années plus tôt avait changé ! En face de lui se tenait une femme farouche, sans pitié ni remords. Marguerite de Valois et d'Anjou, reine d'une Angleterre qui jamais ne l'avait adoptée, était devenue une guerrière.

– Il nous reste à libérer le roi. Le peuple nous reviendra.

Suffolk sorti, Marguerite posa son visage entre ses mains. Elle avait vaincu : York, qui ambitionnait de prendre le trône d'Henry VI, était mort, et pourtant la joie qu'elle avait tant espérée de cette victoire la fuyait. Son vieil ennemi éliminé, c'était tout un pan de son passé qui disparaissait avec lui. Ses luttes de jeune femme, ses complots, ses amours, ses lâchetés, mais aussi l'indomptable énergie que depuis dix années elle avait investie dans son élimination. Que lui réservait l'avenir ? Henry VI resterait faible et bigot, accablé par le pouvoir. Quel héritage laisserait-elle à son fils de sept ans ? Cet enfant qui dès sa conception avait focalisé tant de méprisante ironie et que Richard, comte de Warwick, le fils de celui qui allait incessamment être exécuté sur ses ordres, avait qualifié de bâtard sur le parvis de Westminster. Londres grondait, elle n'avait pas d'argent pour payer son armée. Il lui faudrait autoriser le pillage, le viol, le feu. De nouvelles haines en jailliraient comme une source jamais tarie.

Au loin, Marguerite entendait les cris de victoire de ses troupes, elle allait les rejoindre, proclamer sa fierté d'être leur capitaine. Cependant, elle n'avait rien en commun avec ses soldats. En France, le roi était seul mais tout-puissant. Ainsi se voulait-elle.

Elle pensa au duc d'York, à sa tête sanglante, au regard qui si souvent l'avait bravée désormais vitreux. Coup pour coup. La reine contre l'homme le plus puissant de son royaume, la reine contre l'ennemi mortel du duc de Somerset écrasé sous les sabots des destriers yorkistes à la bataille de Saint Albans. York avait tué l'homme qu'elle aimait, elle l'avait anéanti.

Sans se hâter, la reine quitta son siège recouvert de cuir de Cordoue. Sa grand-mère et sa mère étaient mortes, la France se faisait lointaine. Le vent ployait les branches des frênes et des hêtres autour desquels les dernières feuilles tourbillonnaient. Marguerite laissa la pluie ruisseler sur son visage. Elle avait besoin de sentir sa fraîcheur pour revivre.

Elle apercevait le rougeoiement des feux de camp.

On devait dépouiller les morts avant de les abandonner aux loups.

Silencieux, le jeune Somerset, fils de son amant mort, marchait derrière sa reine. Souvent réduits à de la bouillie sanglante, des corps étaient enfoncés visage contre terre ou face au ciel. Dans les hautes herbes blondes, des soldats semblaient les observer de leurs regards fixes.

Seul dans sa chambre au château de Baynard qui se dressait sur les bords de la Tamise, à Londres, Richard d'York fixait les flammes qui crépitaient dans la cheminée. A sept ans, il connaissait déjà la signification de la mort. Aussi loin que remontaient ses souvenirs, il avait connu les fuites, les batailles, des femmes en pleurs. Un instant, il tenta d'imaginer son père, la tête tranchée couronnée de papier plantée sur un piquet, son frère Edmond et son oncle Neville morts. Quoique Richard Warwick, son cousin et parrain, et sa mère eussent chuchoté, il avait tout entendu. Combien de temps mettrait ce visage tant respecté à se décomposer ? A moins que les corneilles ne s'en repaissent entre-temps. L'enfant serra les dents. Son père et Edmond seraient vengés par Edward, son frère aîné qu'il vénérait.

Sur la Tamise qui coulait derrière les fenêtres, des barges passaient, de lourds bateaux à voile prêts à accoster. La brume effaçait l'autre rive. Richard eut l'impression d'être lui-même sur un navire perdu au milieu de l'océan. Vers qui se tourner ? Ses angoisses, son isolement étaient indifférents aux siens. Sa mère

Cecily préférait ses aînés, Edward, George et surtout Edmond. Elle allait pleurer ce fils mort sans s'inquiéter des vivants. Avec anxiété, Richard quitta le coin de la cheminée. Qui le défendrait désormais ? Faudrait-il fuir à nouveau, passer la mer ? Des larmes montèrent aux yeux de l'enfant. Il les refoula. Un jour ou l'autre, ses ennemis le rattraperaient, il lui faudrait alors les affronter ou mourir.

D'une barge montait le son sinistre d'une corne de brume. Le vent s'engouffrait dans la cheminée, ployant les flammes. Dans la cour, des ouvriers s'affairaient à poser des tentures noires sous les fenêtres et dans le léger brouillard les sombres morceaux d'étoffe ressemblaient à des voiles de navires amenant des âmes sur les berges de l'autre monde. « Je veux devenir un chevalier, pensa l'enfant, me battre aux côtés de mon frère Edward. »

Sur les murs de pierre suintant l'humidité, la frêle silhouette vêtue de noir ressemblait à un rameau dérisoire arraché d'un arbre par la tempête.

2

Mars 1461.

– Nous avons été battus, concéda Richard Warwick, mais jamais la reine n'osera reparaître dans
les rues de Londres, sire.

Pour la deuxième fois en deux mois, l'armée de
Marguerite d'Anjou avait écrasé celle des yorkistes.
Mais la population, pillée, malmenée, haïssait les
troupes royales. Quant au roi Henry VI, il avait
déserté Londres pour rejoindre sa reine dans le
Yorkshire, épouvanté par la terrible guerre civile qui
déchirait ses sujets.

Edward, qui achevait son repas, balaya plats et
cuillères d'un revers de bras.

– Asseyez-vous, Warwick. Nous avons à faire des
plans.

Le fils aîné du duc d'York n'exprimait rien de son
accablement. Son père mort, la couronne royale lui
revenait et il s'en emparerait par l'épée.

– Laissons cette garce se gargariser d'une fausse
victoire. Elle est réunie à son roi ? C'est une bonne
chose, nous les capturerons avec leur bâtard.

Les yeux bleus des Plantagenêts exprimaient une

ironie méchante. Un roi, ce pantin aux ordres de sa femme ?

– La reine va sans doute faire appel à des troupes écossaises.

– Une erreur de plus, car les Anglais verront cette alliance comme une trahison.

– Tenez compte de cet impair, sire, et tenez les Bourguignons à distance.

Edward se leva d'un bond. Sa haute stature dépassait celle de Warwick de plusieurs pouces.

– Je fais confiance à mes amis, Warwick.

Lord Warwick garda le silence. Lorsque Edward s'emparerait de la couronne, il faudrait bien qu'un jour ou l'autre il se rapprochât de la France. Mais auparavant il fallait écraser Marguerite.

– Lord Hastings attend vos ordres, déclara enfin Warwick.

– Il m'accompagnera à Londres et m'y reconnaîtra comme roi. Son influence est prépondérante.

Edward attrapa un gobelet d'argent et but une longue gorgée de vin grec. Il aimait exciter la jalousie de lord Warwick. Sans lui cependant, jamais il ne pourrait être roi.

Un froid mordant figeait la campagne derrière les épaisses murailles du château de Baynard. Edward songeait à une jeune servante qui le matin arrangeait des branches sèches dans un pot de faïence bleue. Le lendemain à l'aube, ce serait le départ pour Londres.

Warwick sorti, Edward rajusta son pourpoint de velours noisette rebrodé de soie noire dessinant de légères arabesques. Ses cheveux blonds étaient coupés au carré sous les oreilles. Séparés sur le milieu de la tête, ils laissaient dégagé le beau visage sensuel du jeune prince. « Bon Dieu, pensa-t-il, j'ai grand besoin d'une femme auprès de moi ce soir. Si elle a du savoir-faire, elle me fera peut-être oublier la défaite de mon cousin. »

Depuis son enfance, rien ni personne n'avait résisté à Edward, à son charme câlin et conquérant, à sa désinvolture. Dès l'âge de treize ans, il avait aimé les femmes, la bonne chère, le vin et la guerre. Tantôt brutal, tantôt caressant, peu de dames ou demoiselles lui résistaient.

Devant Edward se tenait la jeune fille qu'il avait aperçue quelques heures plus tôt. Elle n'était pas de basse condition, il le voyait à son maintien digne, une tenue simple mais gracieuse qui révélait une certaine éducation.

– Quel est ton nom ?

– Jane, milord.

Edward ne s'embarrassait jamais de longs préliminaires et il n'avait pas le temps ce jour-là de se poser en joli cœur.

– Quel est ton état, Jane ?

La fille esquissa une révérence.

– Ma mère est une des brodeuses de votre mère, la duchesse Cecily. Je suis moi-même au service de la gouvernante de ce château.

Le jeune prince l'attira contre lui.

– Et quel âge as-tu ?

– Dix-sept ans, milord.

22

– Es-tu vierge ?

Jane baissa les yeux et ne répondit pas.

– Ne t'inquiète pas, petite, je sais me montrer gentil et doux.

Le jeune homme la prit par les épaules, l'attira sans ménagement contre lui.

– Allons dans ma chambre, veux-tu ?

Il n'allait pas dormir de la nuit et s'en moquait.

Devant l'immense cheminée où pétillait un feu, Jane se laissa dévêtir sans protester mais sans coopérer non plus.

– Viens te coucher, pressa Edward.

Il était ébloui par la perfection du corps de la jeune fille, un ventre un peu bombé, des seins petits et fermes, des cuisses et des jambes minces parfaitement galbées.

Le lit avait été bassiné. Spontanément, Jane se serra contre son prince. Elle avait un peu peur. Commettait-elle une irréparable erreur ? Une fois satisfait, allait-il la jeter dehors, comme bien d'autres ? Mais Edward lui plaisait depuis longtemps. Elle avait envie qu'il fût son premier amant.

Le jeune prince était ému par la blancheur de la peau. Le parfum que Jane dégageait le troublait, la chaleur de son intimité l'excitait. Tout lui souriait. Quelques semaines plus tôt, il avait été acclamé dans la ville de Londres. On le voulait roi. Il allait livrer à la chienne de France une nouvelle bataille et tous les moyens seraient mis en œuvre pour qu'il remportât une victoire décisive. Ensuite, rien n'obstruerait plus sa route vers le pouvoir. Le trône sur lequel ne s'était pas assis son père serait sien.

L'aube se levait quand un valet pénétra dans la chambre avec une brassée de bûches. Habitué à y voir une femme, à peine eut-il un regard vers le lit.

– Lord Warwick vous attend, milord, annonça-t-il. Les chevaux sont sellés.

– Fais atteler un chariot, ordonna Edward. Une dame nous accompagnera.

Après la victoire écrasante des York à la deuxième bataille de Saint Albans, Londres était en liesse. Aux fenêtres, les habitants avaient suspendu tapisseries, draps de couleur, oriflammes aux armes de l'Angleterre. En tête du cortège, Edward et lord Warwick paradaient. Edward pensait au trône sur lequel il allait prendre place, Warwick aux terres qu'il se ferait octroyer et le feraient le seigneur le plus puissant d'Angleterre. L'inexpérience du prince à mener les affaires lui laisserait les mains libres et il s'emploierait à rétablir la paix dans un royaume déchiré par des années de guerre civile, à redonner du travail aux artisans, la sécurité aux paysans rançonnés par des bandits de grand chemin. Après y avoir longuement songé, il avait renoncé à donner sa fille aînée Isabelle, âgée de quatorze ans, à Edward. La future reine devrait consolider des alliances, donner à l'Angleterre un allié d'importance. Mieux valait qu'elle fût française.

Le collège des prélats de Westminster attendait le cortège pour une grand-messe chantée. Les évêques ayant une influence politique déterminante, tout ce qui comptait dans le clergé y serait présent. Eux et

24

une poignée de grandes familles féodales détenaient jusqu'alors un pouvoir où Warwick comptait se tailler la part du lion. Les Lancastre, l'un par sa faiblesse et l'autre par sa violence, avaient usé la loyauté des Anglais qui servaient leur cause.

Enfumée d'encens, la vaste église exhibait les vieilles oriflammes yorkistes, des bannières prises à l'ennemi, les lys de France, d'autres, religieuses, montraient les saints protecteurs de l'Angleterre. Edward s'agenouilla devant l'autel. La fatigue brouillait son intelligence et ses sens. Il avait l'impression d'être perdu dans une nuée parfumée devant des hommes vêtus de chapes aux couleurs flamboyantes. En remontant la nef, il avait aperçu ses frères George et Richard, l'un rond et blond, le sourire fat, l'autre malingre, au regard de feu. Attendri par la passion de ce garçonnet intelligent et secret, Edward voulait se l'attacher.

Des figures familières lui souriaient. « Ces hommes attendent tous quelque chose de moi, pensat-il. Des terres, des honneurs, des alliances avantageuses. Je leur céderai pour un temps afin de les rendre fidèles et dépendants. »

Tandis que les chantres entamaient a cappella le *Veni Creator*, Edward songea à la longue route parcourue pour arriver à Londres en vainqueur, les batailles, les fuites, les châteaux où il se cachait, l'évasion précipitée à Calais avec Warwick et son frère lord Fauconberg, son retour en Angleterre pour se débarrasser de la reine, la mort de son père et de son frère Edmond, le désespoir de sa mère Cecily. Le destin des York dépendait dorénavant de lui.

A côté de lui, Richard Neville, comte de Warwick, la tête entre les mains, priait. Rien désormais n'entraverait plus les ambitions de sa famille, dont il était le chef depuis la mort de son père exécuté après la défaite de Richard d'York. Propriétaire d'immenses terres dans le Nord, il exigerait les domaines des nobles restés dans le camp des Lancastre.

Il était quatre heures de l'après-midi. Le jour baissait. Fichés dans les murailles, les flambeaux faisaient se mouvoir les ombres comme si les fantômes des chevaliers massacrés durant la guerre civile venaient hanter la basilique de Westminster. Warwick pensa à son propre père, à Somerset, Clifford, Tudor, Ruthland, Salisbury, Beaumont, et à tant d'autres encore que les fils rêvaient de venger. Il faudrait apaiser les haines, interdire les vengeances, regrouper les familles autour du symbole royal.

L'évêque bénissait l'assemblée. Edward se signa. Il allait sans retard repartir en campagne vers le Nord. Pour payer son armée, il aurait à taxer les marchands, les banquiers, à mettre à contribution les congrégations religieuses. Pour avoir des chances de vaincre, il fallait réunir au moins trente mille soldats. Warwick et Fauconberg partiraient en avant-garde pour rassembler mercenaires et vassaux.

Une nuit de mars longue, glacée, hostile envahissait l'église, les transepts, effaçait sculptures, statues et oriflammes, glissait sur les dalles et les colonnes noircies par la fumée des torches. En approchant du portail, Edward aperçut Jane encore à genoux. Le repas achevé, il la ferait mener dans sa chambre.

George et Richard suivirent leur frère. George pensait vaguement qu'il aurait pu être à sa place si le hasard l'avait fait naître quelques années plus tôt, Richard qu'il irait au bout du monde si Edward le lui demandait.

3

Mars 1461.

– Je vais veiller un peu, déclara Marguerite d'Anjou, apporte-moi une infusion de thym, puis va te coucher, ma fille.

La servante s'inclina. En quelques semaines, la reine avait changé. A peine mangeait-elle, dormait-elle. Tout le jour elle consultait des cartes, faisait et refaisait des plans de bataille.

– Lord Edouard est-il couché ?

– Oui, Madame, ainsi que Sa Majesté le roi.

Marguerite songea un instant à aller leur souhaiter le bonsoir, mais elle avait trop de travail. Le ciel, qui tout l'après-midi avait été noir comme de l'encre, laissait présager des chutes de neige. Dehors des chiens hurlaient. Sans doute avaient-ils flairé des renards, des sangliers ou des loups. La reine pensa à Edouard, son fils tant aimé qui dormait dans des draps humides au hasard d'étapes incertaines. A son âge, elle ne connaissait que le bonheur. Une grand-mère et une mère qui la choyaient, le beau pays d'Anjou, un père artiste qui peignait des enluminures et composait des vers. Très vite, elle avait compris que le pouvoir dans sa famille appartenait aux femmes.

L'influente Yolande d'Aragon, sa grand-mère, avait été le ferme soutien de Jeanne, la pucelle d'Orléans, et l'avait menée à la cour du roi Charles VII avant d'être contrainte de l'abandonner à Jean de Luxembourg. Il semblait à la fillette qu'elle était alors, que tout était facile, riche en contentements sans limites. Elle devenait plus belle de jour en jour et les jeunes pages croisaient hardiment son regard, plus savante aussi, lisant le latin et la belle langue de Provence, une des provinces sur lesquelles régnait son père. Amoureuse en secret du comte de Brézé, elle savait leur mariage irréalisable. Parmi les fiancés possibles, sa mère citait le comte de Saint-Pol, cousin du roi, le comte de Nevers, neveu du duc de Bourgogne, et aussi Frédéric de Habsbourg récemment nommé empereur. La cour d'Anjou où n'abondait pas l'argent s'était mise en frais pour accueillir l'émissaire de Frédéric. Sa grand-mère, sa mère Isabelle et elle-même avaient revêtu des robes de velours brodées d'or et doublées de soie. On avait nettoyé le château de fond en comble, refourbi les meubles, battu les tapisseries, acheté de nouvelles chandelles, repeint les solives du plafond, acheté force victuailles et barils de vin de Loire. Mais son père ayant failli à se montrer à la réception des ambassadeurs, rien n'avait été conclu. Puis sa chère grand-mère était morte à Saumur, et sa disparition avait jeté sur sa petite-fille l'ombre du malheur.

Marguerite se força à quitter l'embrasure de la fenêtre, un sentiment de mélancolie inexprimable l'envahissait. Le jour où William de la Pole, comte de Suffolk, avait débarqué en France, son sort avait basculé. Henry VI d'Angleterre, avait dévoilé le comte, la voulait pour épouse. Elle avait imaginé un roi splendide et découvert un homme timide, presque un moine, qui n'aimait pas régner. Mariée à quatorze ans, elle avait aussitôt compris que sur elle seule allait peser le fardeau du pouvoir.

Précédant une servante portant un bol fumant et un valet qui se mit en devoir de ranimer le feu, Catherine, sa dame de compagnie, réapparut. La reine un instant l'observa. Elle était lasse soudain, avait envie de dormir. Mais ses espions lui avaient appris qu'Edward d'York et Warwick ne lâchaient pas prise et réunissaient une puissante armée. « Les hommes que j'aimais sont morts », pensa-t-elle. Le comte de Brézé l'attendait-il encore en France comme il le lui avait promis ? Elle mesurait désormais sa confiance. Trop de trahisons, de fausses promesses, de cupidité dissimulée sous le masque de l'amitié.

– Laissez-moi, demanda-t-elle à sa dame de compagnie.

Dès le lendemain matin, elle ferait part de ses plans de bataille à ses chevaliers. Tous donneraient bruyamment leur avis, se querelleraient, s'épieraient. Alors elle se sentirait plus seule encore.

– Nous aurons à livrer bataille dès demain, Madame. Les yorkistes sont arrivés à marche forcée et ont pris position à Towton, dans le Yorkshire, entre la Way et Coch.

Le comte Clifford avait un visage que Marguerite

ne lui connaissait pas. Ce terrible guerrier qui avait occis de ses mains des centaines de vaillants combattants semblait inquiet.

– Il neige, John, nos archers ne verront pas au-delà de quelques toises.

– Ceux des yorkistes pareillement, Madame.

Un peu voûté, Henry VI se tenait derrière la reine. Toute conversation sur des batailles où le sang d'innocents chrétiens serait versé l'épouvantait.

– Il me sera impossible de lever l'épée le saint jour des Rameaux, mais je prierai pour la victoire, ma mie, déclara-t-il d'une voix douce.

Marguerite réprima son agacement.

– Nous aurons grand besoin en effet de vos prières, monseigneur ! Veillez aussi sur notre fils. Je préfère qu'il périsse plutôt que de tomber entre les mains des yorkistes. Je suis prête, poursuivit-elle en se tournant vers Clifford. Nous attaquerons les premiers. Peut-être surprendrons-nous nos ennemis. On m'a dit qu'ils campaient encore.

– Ils ont formé leurs rangs voici une heure, Madame.

– Alors nous résisterons avant de reprendre l'offensive. Il faut les acculer sur les rives de la Warf. Où sont Northumberland, Devon, Exeter, Somerset ?

– Ils vous attendent, Madame.

Dehors, la neige tombait de plus en plus dru, poussée par le vent. Un ciel de plomb donnait à la campagne du Yorkshire un air lugubre, funeste. Devant le château, les chevaux déjà sellés étaient prêts au départ. Les valets d'armes suivaient leurs maîtres, portant masses, épées, dagues, haches, fléaux au manche terminé par une boule hérissée de clous, tout cet arsenal de mort prêt à trancher, écraser, percer, écrabouiller. Comme elle était loin des lais composés par son père, de ses précieuses miniatures, de la douceur de vivre angevine !

– Nous vaincrons ! clama-t-elle. Tuez ces chiens jusqu'au dernier, mes amis.

Une immense clameur lui répondit : « Au roi, à la reine ! »

Elle se signa. Il lui semblait soudain être invulnérable, immatérielle, une part du vent, de la neige, des nuages qui galopaient dans le ciel gris.

Depuis l'aube, les soldats s'affrontaient. Avec bravoure, Clifford et ses hommes avaient repoussé tout un pan de l'armée ennemie. Mais les archers n'avaient pu achever la besogne. Le vent qui rabattait la neige vers eux les aveuglait. Le jour tombait. Rien n'était perdu cependant. L'armée de Marguerite comptait encore des troupes fraîches prêtes à remplacer les morts que la neige peu à peu ensevelissait.

– Nous nous battrons toute la nuit s'il le faut et le jour de demain.

Somerset inclina la tête.

– Nous mourrons alors jusqu'au dernier, Madame.

– Nous vaincrons, Somerset !

Les ténèbres envahirent les bois, les rivières, les champs bordés de haies que les cavaliers avaient percées, la neige rougie par le sang. « Combien de morts dans les deux camps ? pensa le comte de Somerset. Vingt mille, peut-être. La reine veut-elle nous exterminer tous ? » Cette bataille devenait un abattoir.

– Songez cependant au repli, Milady, insista-t-il.

– Jamais !

Marguerite avait crié. Toute sa vie elle avait cédé, fui, cherché des compromis, accepté auprès d'elle des conseillers qu'elle haïssait. A présent, elle était la reine absolue, la maîtresse de la vie et de la mort.

Comme en protestation à sa clameur, le vent forcissait, soufflait en rafales glacées.

Au cœur de la nuit, les yorkistes avaient acculé ce qui restait de l'armée de Marguerite d'Anjou contre les rives de la Warf. Le pont avait cédé et les corps des noyés étaient si nombreux que les flots rejetaient les cadavres sur les berges couvertes d'une écume sanglante. « Le reflux de l'enfer », pensa Somerset. Clifford et Northumberland étaient morts avec des centaines d'autres chevaliers. Il fallait décrocher, se mettre à l'abri avec les quelques survivants, afin d'aider le roi, la reine et leur fils à s'échapper.

L'aube pointa, balayant avec le jour les derniers combattants. L'un après l'autre, le duc de Buckingham, cousin du roi, lord Dacre de Gilsland, lord Welles, lord Trollope tombèrent, d'autres, comme Wiltshire et Devon, étaient déjà capturés.

Sur un tertre, Marguerite muette contemplait le désastre : des corps sanglants par milliers, des chevaux éventrés, des bannières lacérées.

– Madame, constata Somerset, tout est perdu. Le roi et votre fils sont prêts. Nous avons fait seller les chevaux. Suivez-moi, nous irons en Ecosse où vous recevrez l'hospitalité en attendant que nous puissions reconstituer une armée.

Somerset n'y croyait guère. La cause d'Henry VI était sans doute perdue. Edward d'York allait être couronné. Tôt ou tard, il devrait l'accepter s'il voulait que sa famille survive, que biens et terres ne leur soient pas confisqués.

Sur les berges de la rivière rouge de sang, les vainqueurs poussaient des cris sauvages. Le pillage des morts allait commencer, ainsi que le coup de grâce donné aux blessés.

Marguerite suivit Somerset, elle ne voyait, n'entendait, ne comprenait plus rien. Dieu était-il aveugle et sourd pour l'avoir abandonnée ?

Lord Warwick s'agenouilla devant Edward York. La victoire était complète. L'ennemi avait perdu quinze mille hommes. Le roi et la reine étaient en fuite. La fleur de leurs partisans avait péri.

– Majesté, murmura-t-il, vous voici désormais roi d'Angleterre.

Edward releva son cousin, Richard Neville, comte de Warwick, et le serra contre lui.

– Je te dois cette victoire, je vous la dois à tous.

Il n'avait pas encore dix-neuf ans et il triomphait. Il avait vengé son père, chassé les Lancastre, établi les York à la place qui aurait dû depuis longtemps être la leur. Ce soir-là, la bière coulerait en abondance dans le camp et chaque soldat recevrait une pièce d'argent.

– Pas de pillage ni de viol, ordonna-t-il. Je veux

que les paysans comprennent que nous sommes leurs défenseurs. Qu'on pende sur-le-champ quiconque enfreindrait mes ordres. Demain, nous partons pour Londres, poursuivit-il. Warwick, je compte sur toi pour organiser les fêtes de mon couronnement. Je veux qu'elles frappent les imaginations afin que tous me reconnaissent comme leur seul et vrai roi.

– Les prisonniers ? interrogea le comte.

– Qu'on les exécute tous.

Au-dessus de la tête d'Edward, deux évêques tenaient la couronne royale, tandis que la foule massée dans l'abbaye de Westminster retenait son souffle. De chaque côté des marches menant à l'autel où le fauteuil du roi était installé, deux seigneurs portaient son heaume et son épée, pendant que deux religieux exhibaient le sceau d'Angleterre et le sceptre qu'on allait bientôt lui remettre. L'encens répandu en quantité, l'odeur des lourds parfums de l'assistance, les lents et amples chants religieux, la fumée des torches et des chandelles éclairant la nef lui donnaient une impression d'irréalité. Ainsi il était roi. Après une enfance tout entière consacrée à sa formation de chevalier, d'homme de guerre, il allait pouvoir cueillir à foison les plaisirs de la vie. Tout resplendissait. « Le soleil sera mon emblème, résolut-il. Nul n'a le pouvoir de lui porter de l'ombre. »

Sur sa tête, il sentait le poids de la lourde couronne d'or, au creux de sa paume l'arrondi du sceptre. Devant lui, en une masse uniforme, étaient agenouillés les représentants des grandes familles d'Angleterre vêtus de leurs pourpoints damassés, brodés, brochés. De lourdes chaînes d'or pendaient à leur cou, des bagues rutilaient à chacun de leurs doigts. Leurs têtes aux cheveux taillés haut sur le front et au-dessus des oreilles étaient découvertes tandis que leurs femmes arboraient des coiffes à double coque où s'accrochait un voile aérien. Çà et là, Edward découvrait un joli visage, des yeux aguicheurs, des bouches appelant un baiser. Dans les mois à venir, les armures resteraient à l'armurerie, les armes aux soins des valets d'épée. L'amour et le vin deviendraient pour un temps son accomplissement.

4

Eté 1461,
à la frontière écossaise.

A ce jour, aucune nouvelle n'était encore parvenue de France. Du château de Berwick à la frontière écossaise, où Marguerite, Henry VI et leur fils Edouard avaient trouvé refuge, on entendait les appels des paysans juchés sur des meules de blé, le grincement des roues des lourds chariots. La moisson s'achevait. Après que Somerset, Hungerford et Whithingham se furent embarqués pour la France afin de solliciter l'aide de Charles VII, Marguerite avait appris avec consternation le décès du roi de France. Âgé de trente ans, son fils Louis XI lui succédait.

Avec tendresse, Marguerite d'Anjou observait son fils. Ses cheveux blonds qui encadraient un visage fin tombaient sur des épaules déjà carrées. Il serait un bel homme, grand, athlétique. Il était la joie, la fierté de sa vie.

– Vous êtes songeuse, ma mie ?

Le roi détrôné, son époux, se tenait derrière elle. Marguerite fit un effort pour sourire.

– Je regarde notre fils. Lui nous vengera.

– Pourquoi parler de vengeance ? Jésus a pardonné.

– Il n'était pas roi.

– Vous vous trompez, Madame.

– Je veux dire qu'il n'avait pas de royaume sur cette terre.

– Parce qu'il ne l'a point voulu. Comme lui, je n'ai jamais désiré régner.

Marguerite, qui allait jeter : « Eh bien, soyez content, vous ne régnerez plus », se reprit. Si elle était prête à se battre encore, c'était en faveur de son fils, non pour cet époux jamais aimé.

– J'attendais aussi des nouvelles de France, poursuivit-elle d'une voix anxieuse. Il me tarde de savoir si mon cousin Louis, le nouveau roi de France, sera prêt à nous venir en aide comme l'aurait fait son père Charles VII.

– Louis n'a guère d'amitié pour nous.

– Je suis prête à traiter.

Henry esquissa un sourire. Son épouse n'avait que le combat en tête, rendre coup pour coup. Était-ce cela être chrétien ? Il avait toujours voulu pardonner et souffert mille morts quand son devoir de roi l'avait contraint à sévir. Il n'ignorait pas qu'on le jugeait faible, déraisonnable avec sa phobie des armes. Lorsqu'il devait combattre, il ne prenait que son épée bénie par l'archevêque de Canterbury.

Depuis son emprisonnement à la Tour, sa libération après les fragiles victoires de Marguerite et son exil suivant la déroute des armées lancastriennes, son cerveau se brouillait. Il lui arrivait de s'interrompre au milieu d'une phrase, ne trouvant plus ses mots.

Henry revit des pans de son passé, son couronnement, son mariage, sa première nuit avec la délicieuse Française que la Providence divine lui avait offerte. Mais à présent il sentait qu'il irritait Marguerite. Cela se voyait à son regard, à la façon impatiente dont elle l'écoutait. Il se replia alors dans le silence.

Marguerite soupira.

– Venez, murmura-t-elle avec lassitude. Le souper va être servi.

Des écuyers lavaient les mains des convives avec de l'eau parfumée à la menthe avant de les essuyer à l'aide d'une pièce de linge fin. Serviteurs et servantes trempaient la soupe en versant le liquide chaud sur des tranches de pain disposées au fond des bols. Des relents de graisse brûlée montaient des cuisines.

Marie de Gueldes, régente de l'Ecosse, avait accepté d'héberger Henry, Marguerite et leur fils dans son château de Berwick, mais depuis quelque temps elle semblait les éviter. La reine déchue ressentait cette méfiance comme une blessure supplémentaire.

Au bout de la table, assis entre son écuyer et son précepteur, le petit Edouard mangeait sans un regard pour ses parents. Son père le déconcertait, la tendresse étouffante de sa mère l'impatientait. Quoiqu'il parvînt à les dissimuler, la précarité de leur situation faisait naître en lui d'affreuses anxiétés. Sans cesse ils avaient dû fuir. Où pourraient-ils se réfugier si Marie de Gueldes les chassait ?

On servait maintenant de gros morceaux de mouton sur des tranches de pain qui s'imprégnaient du jus gras. Sur la table étaient disposés des plats de poissons frits, d'anguille au verjus, quantité de légumes bouillis ou en sauce. Des mouches et des abeilles bourdonnaient autour de la table, des chiens guettaient quelques rebuts.

Marguerite songeait avec amertume à Edward d'York qui à cet instant devait se pavaner à Londres au milieu de sa cour. Un par un, il avait fait exécuter les sympathisants de la cause des Lancastre tombés entre ses mains. Mais au pays de Galles et dans les provinces du Nord, beaucoup restaient fidèles à Henry VI. « Avec de l'argent et des soldats, je retournerais la situation en notre faveur », pensa Marguerite. Son oncle Charles VII était mort au pire moment. Il était prêt à l'aider et avait déjà rassemblé une flotte commandée par Pierre de Brézé, sénéchal de Normandie, pour conquérir Jersey et Guernesey. Marguerite repoussa son tranchoir. Pierre de Brézé l'émouvait plus qu'elle ne voulait se l'avouer. Il avait été un grand amour secret, puis un ami dévoué. Dans l'état de solitude où la reine déchue se trouvait, ses anciennes passions revivaient, reprenaient force et réalité, elle en avait besoin pour survivre. Charles mort, Louis avait interrompu toute offensive et rappelé Brézé avant de lui signifier sa disgrâce. A nouveau, l'espoir s'effilochait.

Remerciant Dieu pour chaque bouchée de pain, chaque gorgée de vin, le roi Henry mangeait avec application. Au plus profond de sa mémoire malade, il tentait de retrouver l'émerveillement qui s'était emparé de lui quand, pour la première fois, Suffolk avait exhibé un portrait de la jeune fille inconnue qui allait devenir son épouse. Les cheveux blonds, les yeux bleus, le teint velouté, la grâce qui émanait des lignes du cou, des épaules, de son regard l'avaient séduit. « Je veux épouser Marguerite d'Anjou », avait-il déclaré avec autorité.

Avec stupéfaction, chacun l'avait regardé. Jusqu'alors, jamais il n'avait employé ce ton. Depuis ce jour, il n'avait vécu que pour elle. A vingt-deux ans, privé jeune de sa mère, Catherine de Valois, qui avait quitté la Cour pour épouser le Gallois Owen Tudor, il avait grandi tancé par les uns, rudoyé ou sermonné par les autres, et la perspective d'être aimé par une femme, de sentir des bras autour de son cou, des lèvres sur les siennes le bouleversait. Rien ne l'arrêtait plus, ni le manque d'argent pour former son escorte, ni l'aménagement de ses appartements ou le recrutement des dames d'honneur. Pour la première fois, il s'était tenu en maître devant le Parlement et avait exigé de l'argent. On le lui avait accordé. Et un soir, Marguerite, déjà mariée par procuration, était arrivée. La tempête avait emporté ses malles, ses maigres effets. Elle était si jeune, si fragile, si belle ! Il avait eu envie de se jeter à ses genoux, comme devant la Vierge Marie, et de lui jurer un éternel amour.

La porte de la salle s'ouvrit. Un homme s'approcha avec hâte de la reine, tandis qu'Henry continuait à manger avec application, la tête baissée sur son assiette d'argent.

– Votre Grâce, j'apporte des nouvelles de France.

Il s'adressait à la reine.

– Vos ambassadeurs ont été mis en état d'arrestation. Sa Majesté de France proteste de sa bonne foi. Elle désire que cessent les hostilités entre la France, l'Angleterre et la Bourgogne. Nos émissaires lui semblaient vouloir prolonger une guerre civile dont elle ne veut plus pour le bien et la paix de l'Europe.

– J'irai donc moi-même défendre notre cause, siffla Marguerite.

L'évidence s'imposait. Nul autre qu'elle ne pouvait négocier l'aide de la France, son pays de naissance. Louis XI était son cousin et sa réputation de perfidie ne l'impressionnait guère. Il lui faudrait quelques mois pour élaborer ses plans, préparer son voyage. Aussitôt que cesseraient les tempêtes hivernales, elle embarquerait.

– Je t'envoie chez notre cousin Warwick pour que tu deviennes un vrai chevalier, Richard. Je connais ta volonté et ton courage. Tu te montreras digne de mes espérances.

Devant son géant de frère, le garçonnet semblait plus malingre encore. La perspective de le quitter le consternait, mais il ne protesta pas. Depuis qu'il avait fait à son côté une entrée triomphale dans Londres, les fêtes du couronnement, son élévation au rang de chevalier du Bain puis au titre de duc de Gloucester, il avait décidé de lui dévouer sa vie.

– J'irai, affirma-t-il d'une voix qu'il voulait ferme.

– Tu montreras le plus grand respect pour lord

Warwick et la comtesse notre cousine et leur obéiras en tout. Ils seront comme un père et une mère pour toi.

Dans une habitude qu'il avait depuis la petite enfance lorsqu'il était en colère ou embarrassé, Richard mordait sa lèvre inférieure. Comment allait-il s'acclimater au château de Middleham, au pluvieux climat du Yorkshire, aux rudes exercices physiques qu'on allait lui imposer ? Mais en demeurant à la cour de Londres, ne deviendrait-il pas fat et indolent comme son frère George ?

– Quand partirai-je ?

– Demain à l'aube. Je te donnerai une bonne escorte.

Resté seul, Edward chassa le petit Richard de ses pensées. Il avait pris pour son jeune frère la meilleure des décisions et n'avait plus à se soucier de lui. Pour l'instant, il avait d'autres chats à fouetter, des révoltes qui éclataient çà et là dans le Nord et au pays de Galles, et les frictions avec l'Écosse qui abritait les souverains fugitifs. Seules des négociations arriveraient à bout de la résistance de ce peuple téméraire et têtu. Hastings et Warwick à ses côtés, il se faisait fort d'aboutir. A maintes reprises, ses conseillers avaient évoqué un mariage avec la régente Marie de Gueldes mais il n'avait pas la moindre envie d'accepter une épouse imposée par les siens. Pour le moment, Jane lui suffisait en contentant ses sens. Afin qu'elle eût un état moins précaire, il allait la marier à un honnête commerçant londonien, William Shore. Cette union arrangée leur laisserait toute liberté de continuer à se voir quand bon lui semblerait.

– Êtes-vous prêt, monseigneur ?

Le chef de son escorte se tenait devant Richard. Le jeune garçon coiffa un bonnet de velours noir et s'enroula dans une cape que lui tendait une servante. Il avait froid, il avait peur, mais il irait sans sourciller à Middleham. La cour du château de Westminster était encore déserte. A peine le soleil se levait-il. Il faisait humide et doux.

– Nous sommes à vos ordres, monseigneur.

L'enfant se redressa. Il était duc, frère du roi, et devait se conduire en chef.

Déjà Londres était derrière lui, devant se déroulait le chemin montant vers le Nord, l'inconnu. Edward n'était pas venu lui faire ses adieux comme il l'avait promis.

5

La lande s'étendait à perte de vue, une terre pauvre parsemée de buissons recroquevillés par le vent, de bouquets d'ajoncs, de touffes de genêts et de bruyères. Des cheminées de maisonnettes isolées s'élevait un peu de fumée mais on ne voyait nul cavalier, aucune carriole. Richard observait en silence chaque détail de ce paysage austère au milieu duquel il allait vivre. Un charme sauvage en émanait qui lui procurait une vive impression. Comme lui, cette terre était sans complaisance. Autour de ses frères, le garçonnet avait vu tourner maints courtisans, le compliment à la bouche. Chacune de leurs paroles était pesée, ajustée ; cependant, une objection, un mouvement d'humeur du roi les faisaient pivoter aussitôt comme des épouvantails de paille tournés par le vent. Il n'éprouvait aucun regret à laisser ces gens-là derrière lui.

La route grimpait maintenant pour déboucher sur une autre étendue de terre inculte.

– Nous arrivons, monseigneur, voici la lande de Winsleydale.

En se redressant sur ses étriers, Richard aperçut au loin des murs et des tours de pierre grise dominant le paysage.

– Lord Warwick m'attend, n'est-ce pas ?

– Non, monseigneur. Lord Warwick se trouve au pays de Galles. Mais la comtesse et ses filles se feront un honneur de vous accueillir.

Richard fut soulagé. La comtesse était bonne et, bien qu'il ne connût pas encore ses cousines, il était heureux d'avoir une société de son âge.

Le pont-levis était abaissé. Richard pénétra dans la cour intérieure du château. Un gigantesque donjon percé d'étroites meurtrières en occupait le centre. Nichés contre les murailles se succédaient réduit d'apothicaire, fournil, resserre à provisions, à vin et à bière, buanderie, surmontés par des greniers à foin et à grains auxquels on accédait par des échelles. Un autre pont-levis menait à une cour plus petite qui abritait les écuries, la forge, les abattoirs, le saloir.

Richard sentit s'apaiser ses angoisses. Dans cet univers clos mais vivant, isolé au milieu de la lande que traversait une rivière bondissant sur des rocs, il se plairait. Là, il deviendrait un homme, apprendrait à surmonter ses doutes et ses peurs.

Du portail en bois de chêne clouté surgirent quelques servantes suivies de dames élégamment vêtues, puis une femme de courte taille portant un simple bonnet de soie damassée que prolongeait un court voile.

– Bienvenue, mon enfant !

Elle souriait. Richard, qui venait de descendre de cheval, avança et donna son front à baiser.

Autour du jeune duc de Gloucester, un petit groupe s'était formé : des palefreniers, des valets, mais aussi des écuyers et quelques garçons qui paraissaient avoir son âge.

– Je suis Francis Lowell, annonça l'un d'entre eux en inclinant la tête. Bienvenue, monseigneur.

– Et moi, Robert Percy, dit un autre.

– Entrez donc ! s'impatienta la comtesse de Warwick. Ne sentez-vous pas la bonne odeur de la collation que je vous ai fait préparer ? Vous devez être épuisé, mon cher enfant.

Suivi de Francis et de Robert, Richard pénétra dans le donjon. Les murs de pierre étaient décorés d'armes, d'écussons, de bois de cerfs. Quelques coffres et chaises s'alignaient entre les fenêtres dont les épais carreaux ne laissaient passer qu'une maigre lumière jaunâtre. De chaque côté du corridor s'ouvraient des portes, l'une menait à la bibliothèque qui servait de salle d'étude, une autre à la pièce de réception. Tout au bout grimpait un escalier de pierre dont la cage était décorée de riches tapisseries.

Sur une table entourée de bancs où étaient alignés des coussins de velours rouge étaient disposés des plats de friandises, des pichets de bière et de cidre doux. Gaufres, beignets, pains d'épice, crème aux amandes embaumaient. Quelques galettes dorées s'empilaient dans un panier de joncs tressés à côté d'un pot de miel à la couleur ambrée.

– Mangez, mes enfants, exigea la comtesse. Mes filles Isabelle et Anne ne vont pas tarder à vous rejoindre.

Deux servantes à l'accent rocailleux remplissaient de cidre des gobelets d'étain en énumérant les délices tout juste sortis du four. Monseigneur voulait-il une gaufre nappée de miel, une portion de blanc-manger ?

Soudain, sentant une présence, le jeune garçon se retourna. Un homme grave et sec, vêtu de noir, se tenait derrière lui.

– Je serai votre maître, milord. De moi dépendra le savoir qui fera de vous un vrai gentilhomme. Vous étudierez avec les compagnons qui vous entourent et lady Isabelle. D'être le frère du roi ne vous octroiera aucun privilège. Sa Majesté le roi m'a écrit dans ce sens et sa volonté sera respectée.

Effaré, Richard ne sut que répondre. Tout lui donnait une impression d'irréalité.

Se tenant par la main, ses cousines firent leur entrée, suivies par leurs nourrices. Isabelle était jolie, gracieuse déjà avec des boucles brunes, des yeux noisette au regard vif et enjoué, une bouche ronde comme une cerise. Anne, âgée de quatre ans, trottinait à côté d'elle. De son béguin sortaient des touffes de cheveux blonds frisés. Elle avait un visage mince, un peu long, un regard interrogateur, curieux, mais sans la gaieté de celui de sa sœur. Tout de suite Richard fut attiré par Isabelle. Il tenterait de se faire d'elle une amie.

– Quelles sont les quatre qualités d'un vrai chevalier ? interrogea le précepteur après avoir avalé une large cuillère de crème aux amandes.

– Fortitude, magnanimité, prudence et justice, répondirent en chœur Francis Lowell et Robert Percy.

– Cela est juste. Le saviez-vous, monseigneur ?

Richard secoua négativement la tête. Il avait envie de se lever, de sortir et d'aller explorer la lande.

– Jouit-on de quelque liberté ici ? s'enquit-il.

La comtesse se mit à rire, imitée par ses dames.

– Vous ne serez point prisonnier, Richard, mais, croyez-moi, votre temps sera compté. Outre les leçons de maître Herbert, vous aurez à apprendre l'art de bien monter à cheval, de vous battre, d'exceller dans les joutes et la chasse, de vous montrer bon stratège, de savoir commander une armée.

– Et la manière de parler aux dames, la danse et le chant, ajouta soudain Isabelle d'une voix taquine.

Ce lointain cousin la surprenait. Petit, une épaule plus basse que l'autre, d'une maigreur extrême, il était cependant attirant. Le regard de feu, la lèvre inférieure qu'il mordait sans cesse laissaient deviner un caractère timide et impétueux.

– Je doute de pouvoir briller dans ces activités, ma cousine.

Un petit sourire aux lèvres, Isabelle l'observait, tandis qu'Anne dévorait une gaufre en se barbouillant de miel. Le jeune garçon avait hâte de se retrouver seul avec ses futurs compagnons d'apprentissage, de fuir la compagnie de ces femmes replètes, parfumées, aux rires trop pointus. Se sentirait-il jamais à l'aise en la compagnie des dames ?

Les apprentis chevaliers, au nombre de cinq, dormaient dans la même chambre, une vaste pièce aux dalles nues éclairée par deux étroites fenêtres n'autorisant qu'une triste pénombre. Chaque lit au matelas rembourré de laine était fermé par une courtine et recouvert d'une couette de plumes d'où émergeait le rebord d'un drap de lin brodé. A leur pied, une huche permettait aux jeunes garçons de ranger leur linge, des livres, quelques objets personnels. Au fond de la salle, deux chandeliers de fer forgé étaient posés sur une table appuyée contre une grande tapisserie montrant l'adoration des Rois mages.

Par Francis et Robert, Richard avait appris l'inflexible emploi du temps : lever à l'aube, messe, collation de pain, de viande et de bière. Les leçons suivaient : latin, français, droit, mathématiques. Puis arrivait le maître de musique et de danse. Après le repas pris à onze heures, commençaient les exercices physiques, le dressage d'oiseaux de proie et de chiens, qui laissaient les garçonnets libres et rompus à cinq heures, peu avant le repas du soir. Mais, en été, ils avaient la possibilité d'aller où bon leur semblait, à condition de prévenir l'intendant ou l'administrateur du château. En cas d'insubordination, les punitions étaient rudes : verges, interminables stations à genoux dans la chapelle, coups de règle sur le bout des doigts ou la plante des pieds.

Herbert était un bon maître et la comtesse une femme de cœur. Le plus redoutable de tous était sans aucun doute James Langden, le maître d'armes. Ancien soldat, il s'était élevé par sa bravoure au rang de capitaine et, l'âge venu, avait été accueilli par Warwick afin d'instruire les rejetons des grandes familles anglaises. Ayant frôlé la mort à maintes reprises, il en parlait en termes brutaux, décrivant des cadavres éventrés, énucléés, décapités, pour frapper l'imagination de ses élèves et leur ôter toute sensiblerie. « La vie, tonnait-il, est ruissellement de sang, de larmes et de sueur, elle n'est point donnée par Dieu pour folâtrer, mais pour se venger des offenses, anéantir méchants et païens, allumer des feux purificateurs, vaincre la faim, la fatigue, le froid, ôter de son chemin ceux qui peuvent nuire et ceux qui trahissent. Survit celui qui est le plus fort par la grâce de Jésus-Christ Notre-Seigneur. »

La veille de Noël, le comte de Warwick arriva à Middleham. Attentif au moindre de ses mots, Richard apprit que des soulèvements en faveur des souverains déchus agitaient encore le pays de Galles. Les châteaux de Bamborough, de Dustanborough et la forteresse d'Harlech résistaient toujours. Plusieurs comtés offraient un danger potentiel. Le roi s'activait à conclure une alliance avec les Ecossais pour qu'on lui remette Marguerite et Henry VI. On disait la reine déchue d'humeur plus belliqueuse que jamais.

– Ribaude a besoin d'amants, avait plaisanté Warwick.

Chacun avait ri de bon cœur. Mais Richard tentait d'imaginer cette femme autrefois reine vivant désormais traquée avec son époux et leur fils à peu près de son âge, qui était son cousin. Elle avait été fêtée, adulée, et à présent chacun la méprisait, s'amusait à la flétrir. « Le plus fort est celui qui survit », assurait James Langden. Pour échapper à ses ennemis, il devrait plier son corps aux exercices les plus durs, oublier son infirmité. Jamais il ne serait grand et beau comme son frère Edward, mais sur le courage, il n'aurait rien à lui envier.

Le vent aigre de février balayait la lande. Les garçons galopaient à perdre haleine mais Robert, Francis et Richard prenaient toujours la tête du groupe et distançaient sans peine leurs compagnons. Après trois mois à Middleham, respecté mais traité en égal par ses deux amis, encouragé par ses maîtres, adopté par Isabelle, Richard s'épanouissait. De sa mère, il recevait de temps à autre des lettres empreintes d'une affection distante. Jamais ils n'avaient été proches. Etait-ce dû aux terribles souffrances qu'il lui avait infligées en venant au monde ? Dès l'âge de trois ou quatre ans, il avait compris qu'il ne devait pas l'importuner et s'était tenu à l'écart, rêvant de caresses qu'il ne recevait jamais. Peu à peu, il s'était détaché de toute manifestation physique de tendresse et avait reporté son besoin d'affection sur son père et son frère aîné.

De légers flocons de neige tombaient sur la lande, la couvrant d'un voile de tulle. Les bruyères, les ajoncs crissaient sous les sabots des chevaux.

– A la cabane ! hurla Francis.

Depuis quelques semaines, les trois garçons, après leurs exercices quotidiens, avaient pris l'habitude de se retrouver dans une masure de berger inoccupée pendant l'hiver. Là, ils allumaient un feu de tourbe, sortaient de leur poche un peu de viande séchée, un morceau de galette et, blottis les uns contre les autres, construisaient un pays légendaire où ils

52

devenaient les plus grands, les plus valeureux des chevaliers. Enivrés par leurs propres mots, il leur arrivait de livrer leurs pensées les plus secrètes, leurs nostalgies, leurs ressentiments et plus rarement leurs affections. Du monde, ils ne connaissaient que peu de chose, hormis les châteaux où ils avaient grandi, et les affres de la guerre civile qui continuait à ravager l'Angleterre.

– J'ai entendu toutes les paroles du messager venu voir lady Warwick ce matin, souffla Francis en tendant ses doigts bleus de froid aux maigres flammes. La Française veut retourner dans son pays pour y lever une armée.

Les deux garçonnets restèrent songeurs. En cas de guerre, trop jeunes pour combattre, on les laisserait à la maison. Ce serait une terrible déception.

– L'ancienne reine n'a plus de partisans, chacun en Angleterre la hait, assura Robert d'un ton sans réplique.

De son regard ardent, Richard dévisagea son compagnon. Par des lettres de son frère se voulant pourtant anodines, il savait les difficultés qu'il rencontrait au pays de Galles et dans le Nord, à la frontière de l'Écosse.

– La reine Marguerite garde des fidèles, réfuta-t-il de sa voix douce et ferme.

La gravité de Richard impressionnait Francis et Robert. Ils savaient leur compagnon capable de rancune, même de vengeance soigneusement et secrètement méditée. La dureté de sa petite enfance l'avait tout simplement mûri plus vite.

– Les Lancastre restent puissants. N'oublions pas

que de très grands seigneurs, comme le duc de Buckingham, sont acquis à leur cause.

– Son père est mort pour l'ancien roi, sa femme fut l'intransigeante geôlière de ta mère Cecily quand le duc d'York était en fuite. Comment pourrait-il nous rejoindre ? Mais, un jour ou l'autre, ton frère l'attrapera et lui tranchera la tête.

Depuis leur naissance, les exécutions faisaient partie de la vie des enfants. C'était un hasard de la vie, une justice rendue par Notre-Seigneur Jésus et le roi.

– La reine Marguerite a tué mon père et mon frère Edmond, poursuivit Richard. Je la hais. Mais elle n'a plus d'amis en France. Hormis son père le prince René qui n'a ni sou ni maille, personne ne lui prêtera oreille.

– A moins qu'elle ne trouve en Anjou un galant qui la baise si bien qu'elle ne veuille point revenir en Ecosse, plaisanta Robert.

Francis éclata de rire, Richard se contenta de sourire. Il avait entendu à la Cour tant de plaisanteries graveleuses sur la virilité du pauvre roi Henry VI qu'il se refusait de juger la reine sur cette matière. Son confesseur et Dieu seuls savaient la vérité.

D'une voix triomphante, les garçons hasardaient des plans de campagne contre les derniers partisans des Lancastre et il n'était question que de bravoure, de charges folles, d'ennemis massacrés. Pêle-mêle tombaient sous leurs coups le roi Henry, Marguerite d'Anjou, leur fils Edouard, Buckingham, Somerset, les seigneurs gallois et écossais. La bataille se terminait en corps à corps, épée contre épée, dans les insultes, la provocation, la sueur et le sang.

En hâte, les garçons achevèrent leurs galettes et éteignirent le feu. La nuit était tombée. S'ils revenaient au château après la prière du soir que tous les habitants de Middleham récitaient en commun, nobles comme vilains, ils recevraient dix coups de verge sur les fesses et aucun d'entre eux n'avait la moindre envie de subir ce châtiment humiliant...

6

Avril 1462.

Sans regarder en arrière, Marguerite s'engagea sur la passerelle du *Deo Gratias*. Avec l'aide de Dieu, elle serait en France dans quelques jours, et la perspective de revoir sa terre natale quittée seize années plus tôt l'agitait d'émotions diverses. Sa mère était morte, son père René remarié à une jeune femme, Jeanne de Laval. Le roi Louis XI et les gens de sa cour lui étaient presque inconnus. Demeuraient sa tante, la reine mère Marie d'Anjou, et Pierre de Brézé, son premier amour.

Marguerite laissait son mari et son fils sous la protection de la régente d'Ecosse. Pour la première fois, elle quittait pour plusieurs mois son petit Edouard, mais son chagrin avait un sens. C'était pour lui redonner un royaume qu'elle allait âprement lutter.

Le ciel était gris-noir mais les flots restaient calmes et le lendemain la reine put faire quelques pas sur le pont. Alors qu'ils naviguaient au large des côtes du pays de Galles où maints seigneurs demeuraient fidèles à Henry VI, Marguerite se mit à genoux. « A mon retour, accompagnée de soldats français, et avec votre aide, Seigneur Dieu, je les

rassemblerai sous la bannière des Lancastre »,
pria-t-elle.

Le vaisseau longeait à présent la terre de France.
A côté de la reine, le jeune Somerset et Jasper Tudor,
le demi-frère d'Henry VI par sa mère Catherine de
Valois, observaient avec attention la ligne indécise
que la mer parfois effaçait.

– Nous voici presque arrivés, déclara Tudor.

Depuis la mort de son frère Edmond, il se sentait
responsable de sa veuve Margaret Beaufort encore
adolescente qui venait d'accoucher d'un fils, Henry.
Margaret se remarierait et, sa propre vie étant précaire, il avait confié son neveu à lord Herbert au
pays de Galles, un protecteur solide pour cet enfant.
S'il arrivait malheur au jeune prince Edouard de
Lancastre, Henry deviendrait l'ultime prétendant de
la rose blanche au trône d'Angleterre.

En se retrouvant à Angers devant son père, Marguerite éclata en sanglots. Consterné, le roi René la
prit dans ses bras. La jolie fillette qui était partie des
années plus tôt pour l'Angleterre était devenue une
femme hagarde. Des tics crispaient ses lèvres, le
mouvement incessant de ses mains laissait deviner
une grande nervosité. Longuement, il serra le corps
fragile entre ses bras, ne trouvant mot à dire. Stupé-
faite, Jeanne, sa jeune épouse, contemplait celle
que tous avaient surnommée « la rose d'Anjou », qui
n'était plus aujourd'hui qu'une femme fanée.

Après le souper, Marguerite se sentit mieux, presque heureuse. Tout attirait son attention, réveillait des souvenirs anciens qu'elle avait crus oubliés : une odeur de muguet montant du jardin lui rappelait sa mère cueillant des fleurs, sa voix décidée, son regard protecteur, la fougue qu'elle mettait dans chacune de ses assertions. Elle non plus n'avait guère été heureuse en ménage, mais elle était morte entourée de ses enfants et petits-enfants dans son paisible château angevin.

– Tu sais combien je voudrais te voir reprendre le trône d'Angleterre, assura le prince René, mais, pour lever une armée, il faut de l'argent et je n'en ai point.

– Je sais, père.

– Certains au royaume de France seront prêts à t'aider. Repose-toi ici le temps qu'il te faudra, puis va à Chinon, à Blois, à Paris. Là se trouvent les personnes qui t'assisteront.

– Où est le roi ?

– A Chinon, je crois. Mais, avant de solliciter une audience, patiente un peu. Il ne faut pas qu'il sache à quel point tu as besoin de son appui.

– Et pourquoi donc, père ? Abandonnerait-il sa propre cousine trahie et spoliée ?

La voix de Marguerite était redevenue sèche, cassante. René soupira.

– Notre roi a de nombreux soucis en tête, la guerre de Jean, ton frère à Naples, celle du comte de Foix avec l'Espagne, d'éternels démêlés avec le duc de Bourgogne auquel tes ennemis yorkistes font les yeux doux. T'écoutera-t-il seulement ? Ses plans sont tortueux, difficiles à deviner, et je suis bien aise de ne plus détenir de pouvoir politique.

– Je vais me coucher, annonça-t-elle en se levant. Demain, si vous le voulez bien, père, nous reparlerons de tout cela.

Elle ne s'éterniserait pas à Angers.

Dès l'aube, Marguerite se leva et éveilla Catherine, sa dame de compagnie, qui dormait dans sa chambre. Avant de retrouver son père, elle voulait se promener dans la campagne, retrouver les odeurs, la lumière du passé.

Déjà les paysans s'activaient, les uns se rendaient dans leurs vignes, d'autres, un sac de grain sur l'épaule, s'apprêtaient à ensemencer. Dans les vergers, pommiers, poiriers et pruniers étaient en fleurs. La première messe sonnait aux églises.

– J'aurais pu me marier ici, murmura-t-elle, mettre une grande famille au monde, accueillir dans mon château poètes et musiciens, faire la charité, vieillir respectée et aimée.

– On doit, Madame, se remettre entre les mains de Notre-Seigneur.

– Je sais, Catherine, mais Il a trop exigé de moi.

Marguerite s'était longuement entretenue avec son père. Sa seule chance était de persuader le roi de la fidèle amitié des Lancastre et de la perfidie des York. Warwick exerçait une influence prépondérante sur Edward IV qui l'avait détrônée, il avait le pouvoir de se rapprocher de la Bourgogne et de défier la puissance française. Mieux valait détourner son attention et le forcer à se battre dans son propre pays. Avec quinze mille soldats français joints aux troupes écossaises, elle était sûre de la victoire.

– Que Dieu te vienne en aide, ma fille ! avait soupiré René d'Anjou. Ta mère aurait été de meilleur conseil que moi. C'est d'elle que tu tiens ces goûts belliqueux.

– Je partirai demain, annonça Marguerite. Avant l'automne, je dois être de retour en Ecosse pour rallier mes amis.

Si elle avait amené son fils Edouard avec elle, peut-être serait-elle restée. La vie calme de cette demeure, la beauté de la campagne auraient fléchi sa volonté. Elle n'était pas née guerrière, bien au contraire. Jeune fille, elle aimait la danse, la lecture, jouer de la guitare et de la viole, rougissait sous le regard des garçons de son âge, rêvait d'amour. Elle courait dans les prés, mordait dans les poires, décorait l'arbre de Mai de longs rubans de soie, aimait regarder les représentations des mystères données par des comédiens sur le parvis de la chapelle durant les fêtes de la Nativité, participer aux processions à travers champs et vergers. A quatorze ans, elle avait dû dire adieu à ces simples plaisirs, oublier Pierre de Brézé pour épouser un homme qu'elle ne connaissait pas, devenir reine d'un pays où chaque grande famille rêvait d'exterminer les autres afin de s'emparer de plus de terres, plus de châteaux, plus de biens. Elle avait tenté de s'imposer et avait échoué.

Une fois encore, son père la serra dans ses bras, mais Marguerite se dégagea. Son escorte l'attendait avec Somerset et Tudor. L'Angleterre la rattrapait.

– Votre Grâce.... !

Pierre de Brézé ne savait que dire. Depuis des années, il avait attendu cet instant et, maintenant que Marguerite était devant lui, à peine osait-il baiser la main qu'elle lui tendait. Quoique marié de son côté et père de plusieurs enfants, ses pensées ne l'avaient jamais quitté, et la revoir aussi pitoyable lui fendait le cœur.

– Je suis à vos ordres, Madame.

Marguerite s'empara du bras de son vieil ami et un court instant posa la joue sur son épaule. Au fond de son cœur, elle savait que s'il ne lui restait qu'un allié, ce serait celui-là.

La demeure de Brézé était vaste et claire. De multiples fenêtres dispersaient une lumière dorée sur les armoires, les coffres, les tables, les sièges recouverts de coussins de velours frappé. Les tapisseries ne représentaient pas de sévères scènes religieuses, mais des paysages riants, des femmes cueillant des fruits, des jeunes gens partant à la chasse, faucon au poing.

Marguerite constata que la famille de Pierre était absente. Avait-il voulu rester seul avec elle ?

Décorée de tentures aux coloris chatoyants, sa chambre l'attendait. Tapis de fourrure, bouquets de fleurs, cassolettes à parfum rendaient l'atmosphère intime, gaie. Depuis longtemps, la reine déchue n'avait connu de telles attentions. De ses coffres de voyage, elle fit extraire une robe en velours bleu nuit à décolleté carré, serrée au buste, évasée à partir de la taille. Les manches longues se terminaient par des manchettes de soie brodée. Sur ses cheveux rassemblés en chignon, elle porterait une calotte du même velours ornée d'une broche de grenats.

– Votre Grâce n'a jamais été aussi belle !

Catherine contemplait sa reine avec bonheur. Le regard avait une expression jeune et gaie qu'elle ne lui avait pas vue depuis des années. Du fond de son cœur, elle souhaitait que Marguerite oubliât pour un temps haines, rancœurs et regrets.

Le comte de Brézé mena Marguerite au jardin. Le long des allées embaumaient des bouquets de menthe, de thym, d'armoise, de verveine. Tout au bout, dans une volière de fer forgé, des oiseaux aux plumages enchanteurs sautillaient de barre en barre. A droite, les arbres du verger perdaient leurs dernières fleurs.

– Vous êtes bien privilégié, mon ami, dit Marguerite, alors que le comte de Brézé l'installait sur un banc placé sous une tonnelle. Voici la vie que j'aurais aimé vivre.

Pierre s'empara de la main de la reine. Sa robe, sa coiffure, son visage heureux étaient autant de cadeaux qu'elle lui offrait.

– Je ne le pense pas, ma mie. Comme votre grand-mère et votre mère, vous êtes faite pour gouverner. Ici, vous seriez morte d'ennui.

– Qui sait ? murmura Marguerite.

Doucement, Pierre de Brézé serrait la main qu'il tenait dans la sienne. Qui aurait pu prédire un destin aussi tragique à la joyeuse petite Marguerite d'Anjou qui aimait jouer avec ses colombes et ses chiens ?

S'il avait pu lire dans les étoiles, aurait-il laissé le prince René la donner aux Anglais ?

Des valets s'affairaient à leur apporter des boissons fraîches, des biscuits, des fruits confits. Un long moment, Pierre et Marguerite gardèrent le silence.

– Je serai à vos côtés, déclara enfin Brézé, lorsqu'ils furent à nouveau seuls. Nous rassemblerons une armée. La fortune que je tiens de mon père est à vous.

– Les maux que j'ai endurés ne sont plus que souvenirs, chuchota Marguerite. Votre amitié et votre épée me vengeront.

Elle se leva. Un moment de plus et elle laissait Brézé la prendre dans ses bras. Mais il fallait fuir toute sentimentalité, ne point mêler les élans de son cœur et ses intérêts politiques.

– Je n'ignore pas que vous allez demander audience à Sa Majesté le roi à Chinon avec messires Somerset et Tudor, reprit Brézé. Elle vous écoutera. Le pouvoir du sire de Warwick l'inquiète et il n'y aurait point de déplaisir pour elle de lui montrer la puissance française.

Il aurait voulu entraîner Marguerite jusqu'à son lit, l'avoir enfin à lui, mais il devinait qu'elle le repousserait. Cette femme était étrange, à la fois fragile comme du verre et tranchante comme un poignard.

Marguerite serra sur ses épaules son mantelet doublé de soie. Que pouvait-elle dire de plus à cet homme adulé des femmes ? Que, vierge à quatorze ans, elle avait épousé un saint qui portait un cilice sous sa chemise et ne l'approchait qu'avec réticence après avoir longuement prié à genoux au pied de leur lit ?

En silence, Marguerite et Pierre regagnèrent le château où le souper était servi. Somerset et Tudor les y attendaient.

7

Louis XI mit une semaine à convoquer Marguerite d'Anjou et les nobles anglais qui l'accompagnaient. Il aimait faire patienter ses solliciteurs, les voir arriver devant lui embarrassés et, pour mettre mal à leur aise les grands seigneurs parés de velours et de soie, choisissait toujours de se vêtir simplement. Connaissant ce subterfuge, Marguerite avait choisi une modeste robe de toile bleue sans ampleur, serrée à la taille par une ceinture de velours noir. Un turban de velours et de toile tressés coiffait ses cheveux laissés libres. Pour tout bijou, elle s'était autorisé une chaîne en or où pendait une croix d'émail noir.

Pierre de Brézé avait décidé de ne point l'escorter. Mal aimé du roi, il ne voulait pas compromettre par sa présence la démarche de son amie. « Bonne chance, ma mie ! » avait-il souhaité.

Marguerite lui avait souri. Bien que réticente à des rapports trop intimes, elle avait besoin de sa tendresse.

Louis attendait sa cousine dans la salle du conseil du château de Chinon. Plus que toute autre région, il aimait le pays de Loire et y séjournait autant que ses devoirs de roi le lui permettaient. Par habileté, il avait réuni des membres de sa famille alliés à celle d'Anjou. Des visages familiers abaisseraient les défenses de Marguerite et atténueraient ses humeurs belliqueuses. Le roi de France n'ignorait rien du caractère obstiné de sa cousine, de l'énergie qu'elle avait investie dans la perte des York. Avec délices, il attendait que cette femme orgueilleuse l'implore.

– Bien que ma famille me tienne fort à cœur, ma belle cousine, il me faut considérer d'abord l'intérêt de la France. Les York cherchent mon amitié et le sire de Warwick montre envers nous d'excellentes dispositions.

– Tout autant cherche-t-il les faveurs du duc de Bourgogne, Sire. Ne voyez-vous pas la duplicité de cet homme ?

Un demi-sourire aux lèvres, le roi garda le silence. Sa cousine prétendait-elle lui donner une leçon de politique ?

– Je sais cela, prononça-t-il enfin. Mais, en vous accordant mon aide, je jette l'Angleterre dans les bras des Bourguignons.

Le jeune duc de Somerset suivait la conversation avec attention.

– Mon peuple a besoin de paix et de prospérité, poursuivit Louis du même ton égal. Je n'aime point la guerre.

– Sire, intervint Somerset en s'inclinant, si vous recherchez le bonheur de votre peuple, considérez avec attention notre demande. Anglais et Bourguignons alliés priveraient votre royaume de tout commerce lucratif des laines et tissus et causeraient grand dommage à vos artisans. Si Leurs Grâces, lady Marguerite et le roi Henry VI, remontaient sur leur trône, elles ne manqueraient pas de favoriser notre commerce avec la France. Vos vignerons, lainiers, tisserands, marchands d'huiles et de parfums en seraient fort aise.

– Sans doute, acquiesça le roi.

Il allait être temps de jouer cartes sur table. Sans risquer gros, il pourrait mettre une petite armée au service de sa cousine et se débarrasser du bouillant comte de Brézé en le plaçant à sa tête. Cela ne compromettrait nullement ses négociations avec la Bourgogne, à laquelle il n'était pas mécontent de décocher un coup bas. Et si Marguerite reprenait le trône, il n'avait rien à perdre, en effet.

– Ma chère cousine, le sire de Somerset s'entend aux affaires des royaumes et je n'ai nul argument à lui opposer. Bien que fort démuni d'argent, je peux cependant vous rassembler quelques centaines d'hommes.

– Seulement ! s'exclama Marguerite.

– Disons un millier, ma cousine, des bateaux et un prêt de vingt mille livres. Mais je veux quelque chose en échange.

– Nous n'avons guère à offrir à Votre Majesté, sinon la promesse de la rembourser lorsque nous aurons repris la couronne d'Angleterre.

Le silence s'éternisait. Ni Marguerite, ni Somerset, ni Tudor n'osaient se regarder. Chacun fixait la tapisserie semée de fleurs de lys suspendue derrière le fauteuil royal.

– Calais, dit enfin Louis d'une voix tranquille.

Marguerite eut l'impression qu'un vent glacé lui perçait les os. Tudor et Somerset faisaient effort pour garder leur calme. Calais, la dernière possession anglaise sur la terre de France, l'ultime preuve d'une puissance évanouie qui donnait encore au souverain anglais le droit de se proclamer roi de France. Jamais on ne pardonnerait aux Lancastre la cession de Calais. Ne pouvant plus contenir son dépit, Somerset se leva.

– Que Sa Majesté me pardonne, mais je vais devoir me retirer. Jamais mes oreilles n'accepteront d'entendre le mot qui vous céderait Calais.

Le jeune homme chercha désespérément le regard de Marguerite. Son père l'avait aimée et était mort pour sa cause, lui-même lui avait dévoué sa vie, mais l'honneur de l'Angleterre l'emportait sur tout autre sentiment.

Marguerite gardait les yeux fixés droit devant elle. « Elle marcherait sur la croix pour donner le trône à son fils », pensa Somerset.

– Eh bien, sortez, mon ami, approuva le roi d'un ton ironique. Ma cousine et moi n'avons besoin de quiconque pour nous entendre. N'est-il pas vrai, ma belle amie ?

Marguerite tâchait de rassembler ses pensées. Quelle valeur avait Calais ? Gouvernée par son pire ennemi Warwick, cette place était un repaire d'ennemis à la cause des Lancastre, un nid de vipères.

– Je pourrais doubler les intérêts de votre prêt, Sire...

Elle balbutiait, le roi savait qu'il la tenait.

– Je n'y compte guère, mais je vous laisse cette chance, car je vous aime de tout mon cœur. Disons que si d'ici une année vous ne pouvez pas me payer trente mille livres, Calais reviendra à la France.

– J'accepte, déclara Marguerite d'une voix blanche.

– Vous m'assuriez hier encore de l'amitié du roi Louis XI, dit Edward d'une voix dure, et aujourd'hui j'apprends qu'il fournit des soldats, des bateaux et de l'or à la garce française. Qu'avez-vous à me répondre, Warwick ?

Durant la nuit, le comte avait eu le temps de préparer sa garde. En dépit du geste malveillant du roi de France, l'amitié entre les deux pays lui semblait toujours essentielle. Il fallait voir plus loin que les dissensions passagères. Le jeune roi avait fort à apprendre en politique.

– Billevesées, Sire ! La reine n'a aucune chance. Calais ne sera pas rendu et le roi Louis XI peut dire adieu à ses soldats, ses navires et son or. L'amitié entre souverains n'a que peu à voir avec celle qui lie deux individus. Seuls, leurs intérêts les rapprochent en dépit de quelques rivalités sans réelle importance. Nous devons mettre fin à une hostilité qui n'a que trop duré et a coûté la vie à des milliers d'Anglais. Mais nous pouvons exprimer notre mécontentement rapidement et clairement. Tout d'abord, contrarions le déplacement de la petite armée française vers les côtes en faisant prévenir le duc de Bourgogne. Il leur interdira tout passage sur ses terres. Ensuite, envoyons des bateaux piller et incendier quelques villes côtières bretonnes. Le duc Francis rapprochera bien vite la décision du roi de France et nos représailles. Soyez sûr que Louis XI serait fâché d'une brouille avec le duc de Bretagne. Il a d'autres chats à fouetter en ce moment.

Edward marchait de long en large dans la salle du château de Richmond. Une odeur de foin coupé entrait par les fenêtres laissées grandes ouvertes, mêlée aux remugles montant des écuries et des basses-cours. Quoique le ton de Warwick fût déférent, l'autorité qui y perçait l'irritait. Certes, il appréciait ses conseils, mais s'il croyait gouverner l'Angleterre, il se trompait. Peu à peu son entourage s'était scindé en deux groupes, les inféodés à Warwick, dont faisait partie son propre frère George, et ceux sur lesquels il pouvait compter, lord Hastings en particulier. Mais Warwick avait été un élément essentiel à sa victoire.

– Agissez dans ce sens, admit-il, et le plus vite possible. Je veux aussi que l'on assure la sécurité des frontières écossaises. Les hommes que vous avez placés là-bas sont-ils fiables ?

Warwick eut un petit rire.

– Pensez-vous, Sire, que je ferais confiance à des traîtres ?

« Il faudra que je tienne George sous ma coupe », pensa Warwick. Facile à dominer, le jeune frère d'Edward pouvait l'aider à pousser ses pions plus avant. Son idée maîtresse était de le marier à Isabelle, sa fille aînée, d'en faire son gendre et son féal.

Quant au roi, d'ici un an au plus, il devrait choisir pour épouse une princesse française, la plus appropriée restant Bonne de Savoie, sœur de la reine de France. Approché par un de ses ambassadeurs, Louis XI avait semblé considérer favorablement cette union et promis de ne traiter qu'avec lui ou George, duc de Clarence. Une conférence était prévue durant laquelle le mariage et un traité de paix seraient débattus et, Warwick l'espérait, conclu.

Edward, il le voyait bien, souffrait de sa tutelle, mais, livré à lui-même, combien de temps conserverait-il son trône ?

Le retour de Marguerite en Angleterre exaspérait Edward d'York. Si la reine déchue parvenait à débarquer avec une poignée de soldats français, les Ecossais reprendraient les armes, bien davantage par haine de l'Anglais que pour la secourir. A nouveau, il faudrait rassembler des troupes, monter vers le Nord, quitter les belles dames qui à Londres lui tenaient charmante compagnie.

– Ah, j'oubliais, Sire.

Warwick, qui allait se retirer, tira une missive de sa poche.

– Le courrier de Middleham est arrivé tantôt avec ce pli de votre frère Richard. Mon filleul me donne toute satisfaction. Il a de la volonté, du courage, s'applique à étudier. J'ai pris le prince enfant, je vous le rendrai homme, Sire.

Edward attendit que Warwick fût sorti pour décacheter la lettre. D'une belle écriture, Richard racontait les événements de sa vie quotidienne. Il maniait mieux la masse, la hache et l'épée et avait jouté dans son premier tournoi. Le Yorkshire avait beaucoup de charme en été et il ne se lassait pas de galoper dans la lande. Il avouait rêver aussi de revenir à Londres pour assister à une réunion du Parlement, un conseil de justice. Il était le frère d'un grand roi et ne connaissait rien au gouvernement d'un pays. Puis, comme confus de ses exigences, Richard évoquait son bonheur de converser avec ses amis Francis Lowell et Robert Percy, de jouer aux échecs avec Isabelle, sa cousine qu'il aimait beaucoup, de dresser ses chiens et son faucon.

Songeur, Edward replia le parchemin. Son jeune frère était trop mûr pour son âge. Loin de l'accabler, son léger handicap physique le forçait à se dépasser sans cesse, à donner le meilleur de lui-même. Aurait-il eu son courage s'il était né comme lui petit, malingre, une épaule plus haute que l'autre ? Grand, fort, bien découplé, jamais il n'avait eu à faire le moindre effort pour devenir un bon chevalier. L'épée, la masse d'armes étaient légères dans sa main. Courir, escalader un mur, se battre en corps à corps n'étaient que jeux d'enfant. Mais Richard avait reçu d'autres dons dont il saurait tirer profit, de l'ambition, du dévouement, une intelligence très vive qui, déniaisée, pourrait être un atout considérable à son service. Sans hésiter, il jouerait Richard le fidèle contre George le jaloux, le fauteur de troubles.

8

Octobre 1462.

Le port de Tynemouth dans le Northumberland était en vue et Marguerite sentit sa tension se relâcher. Dans quelques heures, ses compagnons et elle-même seraient en sûreté au château de Bamborough. Depuis son départ de Chinon, son voyage avait pris une allure de catastrophe. Tout d'abord, le duc de Bourgogne avait fermé ses frontières, lui interdisant un accès direct aux côtes de la mer du Nord et, renâclant devant la longueur du détour, une partie de ses soldats s'était débandée. Prétextant l'incertitude du lendemain, ceux qui restaient avaient exigé d'être payés sur-le-champ. Ne voulant entamer les vingt mille livres prêtées par le roi, Marguerite était affolée. Mais Brézé l'avait rassurée. Il puiserait dans sa propre fortune. Ne lui avait-il pas dit que celle-ci lui appartenait ?

Pierre de Brézé était devenu son confident. De ses espoirs, elle ne lui cachait rien, pas plus qu'elle ne lui dissimulait désormais sa vie conjugale ratée, l'exécution de William de la Pole et de Somerset, sa haine des York qui la lui rendaient au centuple. Brézé l'écoutait, comprenant que pour conquérir cette écorchée vive, il fallait auparavant la débarrasser de ses secrets. Le petit Edouard était-il le fils du roi Henry VI ? Comme beaucoup, il en doutait. Là était l'ultime mystère que Marguerite d'Anjou voulait garder et on devait le lui laisser.

Dominant la mer, la vieille forteresse de Bamborough montrait une austérité guerrière. Battus par les vents, les murs gris entouraient une cour intérieure protégée par deux poternes, au milieu de laquelle se dressait le formidable donjon carré et crénelé qui servait de résidence. Pour combattre l'humidité, les serviteurs avaient jeté des tapis de fourrure sur le sol et suspendu aux murs d'antiques tapisseries dont le temps et l'air salin avaient fané les couleurs. Çà et là on discernait le toit d'un manoir, une branche, un bout de lac où nageait un cygne. La grande salle à peine réchauffée par la haute cheminée de pierre n'était meublée que d'une armoire, de coffres, d'inconfortables sièges de chêne au dossier sculpté, d'une longue table autour de laquelle s'alignaient de simples tabourets.

– D'ici nous reconquerrons le Northumberland, puis l'Angleterre tout entière, assura Marguerite en tendant ses mains aux flammes.

L'avenir ne lui faisait plus peur. Son fils la rejoindrait bientôt et, Brézé à ses côtés, elle se sentait en sécurité.

Préparé à la hâte, on servit un repas composé d'une soupe d'orge et de légumes, d'une pièce de chevreuil, d'une tanche servie dans une sauce à la cannelle. Marguerite avait faim. Revoir ce pays qu'elle pensait haïr lui procurait finalement un certain plaisir.

Après le souper, elle s'installa près de l'âtre à côté de son ami. Somerset et Tudor s'étaient retirés. Le lendemain étaient attendus Ralph Percy et Ralph Grey, ultimes défenseurs de la cause des Lancastre, qui depuis la forteresse voisine de Dustanborough accouraient aux ordres.

– Ne parlons pas de guerre, voulez-vous, demanda Brézé en s'emparant de la main de son amie. Faisons de cette soirée un moment d'harmonie et de bonne entente entre nous.

La reine pressa les doigts posés au creux de sa paume. Etait-ce le bon vin qu'elle avait bu, la chaleur du feu, le bonheur d'être à l'abri, mais une douceur inhabituelle l'engourdissait comme en Anjou autrefois lorsqu'elle s'offrait aux premières tiédeurs du printemps dans les jardins du château familial. La clarté vacillante des flammes soulignait les traits harmonieux de son ami.

Brézé approcha son visage de celui de la reine. Il devinait que le moment attendu depuis si longtemps était enfin arrivé.

– Ma belliqueuse étoile, murmura-t-il.

Il aperçut une larme dans les yeux de la reine et du bout des doigts l'effaça.

– J'ai combattu par nécessité, non par plaisir.

– Oublions la guerre et pensons au plaisir. J'ai eu peur que vous refusiez mon amour.

– Les mots ne m'obéissent pas toujours, murmura Marguerite. Ils me font mal et m'effraient.

– On ne se dissimule pas dans le refus.

– On se protège, Pierre. Je ne m'afflige plus des

trahisons politiques mais les menteries d'amour ont encore le pouvoir de me briser le cœur.

Dehors le vent sifflait dans les meurtrières qui longeaient le chemin de ronde. De temps à autre le cri d'un archer signalait à ceux qui gardaient les murailles que tout était tranquille.

– Depuis des années, ma mie, vous modelez mes espoirs et mes rêves.

Les bras de Brézé entouraient Marguerite et leurs ombres se figeaient sur une muraille où pendaient des couronnes de fleurs séchées comme une parure de noces.

– Laissez-moi partager votre chambre tant que nous serons à Bamborough, implora-t-il. Ensuite, vous pourrez redevenir une femme de guerre et disposer de moi.

Les lèvres de Brézé sur les siennes donnaient à la jeune femme l'impression de renaître à des émotions, à des sensations qu'elle croyait à jamais disparues.

Dans la pénombre de la chambre, Marguerite délaça son corsage, découvrant ses épaules. Avec des gestes doux, Pierre de Brézé caressait ses joues, son cou, la naissance de ses seins. Fermement, elle écarta sa main et l'attira vers elle.

– Couchons-nous, souffla-t-elle.

Aussitôt il fut sur elle, la tête contre le creux de son cou. D'un doigt elle chercha sa bouche, la dirigea vers ses seins que son unique maternité avait épargnés. Des images fugitives — le visage de son fils, celui de sa mère, de Somerset — traversaient son esprit. Mais, quand Pierre la pénétra, elles disparurent pour laisser place au plaisir pur, celui qui efface la mesure du temps, rend léger, sans mémoire, invulnérable.

Les nouvelles se succédaient bon train à Bamborough. Les uns après les autres, les châteaux du Northumberland se ralliaient à Marguerite et Henry VI. Le comté entier échappait au pouvoir anglais.

Début novembre, lorsque les espions venus de Londres rapportèrent à la reine que Warwick et le roi avaient décidé de l'attaquer sans attendre les premiers beaux jours, elle resta prostrée. A la tête de trente mille hommes, deux ducs, sept comtes, trente et un barons, cinquante-neuf chevaliers, ils étaient prêts à affronter son armée réduite à quelques deux mille hommes tout au plus. Assise sur un haut siège devant une fenêtre donnant sur la mer, la reine déchue contemplait les eaux verdâtres crêtées d'écume, prise par une sorte de torpeur qui la rendait sourde et aveugle à tout autre chose que la désastreuse nouvelle. Enfin elle se leva en chancelant, demanda des parchemins et une plume.

– Je vais annoncer mon arrivée prochaine à la régente d'Ecosse, dit-elle à Brézé d'une voix sourde. Comment pourrais-je combattre ?

Elle avait été folle de croire au bonheur, en une chance enfin revenue.

La nuit, elle se lova contre son amant. C'était, elle en avait le pressentiment, leur ultime nuit partagée.

– Les forteresses du Northumberland tiendront,

assura Brézé en caressant les longs cheveux blond-roux frisés par l'humidité. Au printemps une campagne militaire sera possible. Les soldats français nous accompagneront en Ecosse. Là-bas, ils pourront s'entraîner avec leurs futurs frères d'armes pendant que nous élaborerons notre stratégie.

Marguerite se contenta de sourire tristement. Au lieu de parler de guerre, que Pierre lui fasse l'amour. Pour la dernière fois sans doute, des bras d'homme l'enserreraient, des doigts la caresseraient, une bouche prendrait la sienne, définitif adieu à l'utopie qu'était l'amour.

A l'aube, tandis qu'il dormait encore, elle se leva, se vêtit seule, monta sur le chemin de ronde enveloppée dans une cape. Elle n'était plus qu'une sentinelle guettant Warwick et Edward d'York. La mer était houleuse, de gris et d'argent mêlés de jaspe. Elle allait embarquer avec Brézé, être à nouveau une réfugiée, une femme à peine tolérée. Les archers la saluaient en faisant leur ronde, guère étonnés de voir cette reine de fer debout face au vent du large. Marguerite songea à tout ce qu'elle avait aimé autrefois, la poésie, la peinture, la musique, l'amour décrit dans les romans de chevalerie où l'aimée est une déesse servie par cent chevaliers. Elle pensa aussi au duc de Suffolk, à Somerset, à Pierre de Brézé. Les avait-elle inventés pour se procurer du plaisir et un peu de bonheur ? Avaient-ils seulement existé ?

La tempête dura deux jours. Sur le pont de *La Belle Dame*, Marguerite et Pierre de Brézé avaient vu s'écarter les quatre autres navires. Le vent, allié à un fort courant, les rabattait vers la côte. Allaient-ils s'y échouer ?

La Belle Dame avait une voile déchirée, des paquets de mer inondaient les cabines, emportant tout ce qui était resté sur le pont, mais le capitaine parvenait à garder à peu près son cap. Trempée, Marguerite se tenait droite entre le timonier et Brézé. S'ils devaient mourir, ce serait ensemble.

– Les vingt mille livres du roi Louis XI sont à bord du *Sans-Souci*, murmura Marguerite.

Brézé ne savait que répondre. *Le Sans-Souci* échapperait-il au naufrage ?

– La cabine avant est à peu près sèche, Majesté, dit le capitaine. Veuillez accepter d'aller vous y réchauffer. J'y ai fait déposer des couvertures et une bouteille de vin.

« Viens avec moi, Pierre, pensa Marguerite, ne me laisse pas seule avec mon angoisse. » Mais Brézé garda le silence.

– A bientôt, monsieur le sénéchal, prononça Marguerite d'une voix sèche. Priez Dieu pour notre sauvegarde.

Deux jours plus tard à l'aube, *La Belle Dame* put aborder le petit port de Berwick en Ecosse. Battu par les vagues et le vent, le navire avait piteuse allure mais tous à bord étaient sains et saufs.

Alors qu'un cheval et une escorte l'attendaient pour rejoindre la forteresse qui se dressait à quelques miles du port, des nouvelles atterrantes atteignirent

Berwick : les quatre autres bateaux étaient perdus, drossés sur les rochers ou échoués sur des rivages anglais. Les soldats qui n'avaient pu s'échapper avaient été massacrés ou capturés. Le trésor de Louis XI avait coulé par le fond dans la cale du *Sans-Souci*. Les Lancastre n'avaient plus d'argent, plus d'armée.

– J'ai prié Dieu chaque jour pour votre bon retour et suis bien aise d'avoir été exaucé, ma très chère amie.

A peine le roi déchu osait-il aller vers sa femme pour lui souhaiter la bienvenue et la serrer dans ses bras. Depuis le soir des noces, son absence notoire de désir pour lui, allant jusqu'à la réticence, l'avait glacé. Et cependant, plus que bien de fougueux amants, il l'avait aimée. Courageuse jusqu'à la témérité, vindicative, orgueilleuse mais vulnérable, elle possédait des dons que jamais il n'avait eus ou souhaité avoir. Sans elle, peut-être aurait-il abdiqué en faveur de son cousin York pour se réfugier dans la paix d'un couvent. Jamais, cependant, il ne l'abandonnerait ; Marguerite était son ange, parfois vengeur, mais elle veillait sur son fils et lui.

Dans sa terrible détresse, le regard tendre de son époux, la joie de son fils offraient à Marguerite des fragments de bonheur.

Les mois à venir allaient être décisifs. Ne pouvant livrer bataille, il fallait multiplier raids et incursions en territoire anglais, harceler l'ennemi, ne lui laisser aucun répit.

A la mi-décembre, la reine apprit que Warwick assiégeait les châteaux du Northumberland restés fidèles à la cause des Lancastre.

– On ne peut abandonner les derniers partisans qui vous restent en Angleterre. Je vais me porter à leur secours, décida Brézé.

– Le comte d'Angers vous accompagnera. Mais ne prenez aucun risque. Avec cinq cents soldats, vous êtes sans défense et je ne veux pas recevoir la nouvelle de votre mort. Pensez-y pour l'amour de moi.

Il fallait maintenant songer aux préparatifs des fêtes de Noël, de maigres réjouissances, nécessaires cependant pour garder la tête haute, montrer à tous qu'elle conservait intactes ses ambitions et ne plierait jamais.

Après la grand-messe chantée, Marguerite avait fait préparer un banquet auquel étaient conviés tous ses fidèles et les notables des environs. Il neigeait, une neige drue qui collait au sol gelé s'amoncelait en congères. Bien que nul n'eût le cœur à la fête, chacun s'efforçait de paraître joyeux pour plaire aux souverains déchus. Comme à son habitude, Henry était vêtu de noir et ne portait comme bijou qu'une croix en bois d'olivier venu du jardin de Gethsémani. Ses cheveux gris rendaient plus doux encore son regard et il s'adressait à tous avec bonté, s'enquérant de leur famille, de leurs besoins, de leurs agréments comme de leurs peines. A côté de son père, Edouard était déjà grand et fort, et Marguerite ne pouvait le contempler sans être remplie de fierté. Mais l'adolescent semblait réticent à se confier à elle, comme rongé par un mal dont elle ne comprenait pas la cause.

La stupéfiante nouvelle atteignit Berwick au début du mois de janvier. Somerset et Percy avaient livré leur garnison aux yorkistes et s'étaient mis au service d'Edward IV ! Seul lord Hungerford tenait encore la citadelle d'Alnwick vers laquelle se dirigeaient Brézé et sa petite armée. L'annonce de la défection de ceux qu'elle considérait comme ses plus fidèles alliés foudroya Marguerite. Elle eut une crise de nerfs et on dut la porter sur son lit où elle demeura inerte durant plusieurs heures. Somerset était pour elle comme un fils. A la mort de son père, elle l'avait accueilli, aidé, protégé. Quant à Ralph Percy, son visage loyal, son dévouement aveugle lui inspiraient une confiance totale. Jamais il n'évoquait la branche yorkiste de sa famille avec laquelle il avait rompu toutes relations. Ses proches l'avaient-ils contacté en secret, persuadé que la cause de la reine française était perdue ?

En ouvrant les yeux, Marguerite vit tomber derrière la fenêtre qui faisait face à son lit une pluie mêlée de neige. Henry était assis à côté d'elle et lisait. Lorsqu'il la vit se redresser, il eut un bon sourire.

– A moi de vous veiller maintenant, ma chère amie. Vous n'avez cessé de vous dévouer pour les uns et les autres. Il faut vous reposer, c'est un ordre de votre médecin.

– Me reposer quand l'armée yorkiste monte vers l'Ecosse pour nous anéantir !

Le cri de sa femme le glaça. Il n'avait aucune

prise sur elle. Régner avait envoûté Marguerite depuis les premiers mois de leur mariage.

– Je ne peux me battre, mon amie, et vous le savez. Tuer des chrétiens est un grand péché.

– Qui demande de vous battre, Henry ? Je vous défendrai avec notre fils. Il est déjà d'âge à savoir quel prix il faut savoir payer pour porter une couronne.

9

Février-avril 1464.

– Qu'on en finisse une fois pour toutes avec cette louve qui nous empoisonne l'atmosphère ! tonna Warwick. Acculons-la et crevons-la, elle et son bâtard. Elle n'a cessé de nous nuire et je ne peux vous approuver, Sire, d'avoir pardonné à Somerset et à Percy. Roi, je les aurais fait décapiter sur-le-champ. Tout ce qui vient de cette femme est maudit.

– Vous avez cependant laissé sortir Brézé à Alnwick sans même tenter de l'attaquer, lui rendant ainsi possible un repli sur l'Ecosse. Il avait cinq cents hommes, nous deux mille.

– Deux mille hommes épuisés qui à tout moment menaçaient de se débander. La bataille était perdue d'avance. J'ai choisi de les laisser tous décamper vers l'Ecosse. Me critiquez-vous ? Le château d'Alnwick est désormais à nous et sans effusion de sang.

Les réticences que manifestait de plus en plus souvent le jeune roi vis-à-vis de ses initiatives irritaient au plus haut point Warwick. Edward savait se battre, il était courageux, enthousiaste, mais les vues à long terme lui étaient étrangères. Aux Conseils, il se montrait souvent distrait, rêvassant sans doute d'une femme ou d'une fille à trousser. Warwick allait rapidement mettre un terme à ces licences en lui donnant une épouse. Après dix mois de négociations tendues, le principe d'une union entre Edward et Bonne de Savoie était acquis avec un traité de paix où Louis XI renonçait à son alliance écossaise.

Edward ne répondit mot. Avec son despotisme, Warwick commençait à l'insupporter. Qu'avait-il à faire de ses avis ? Le prenait-il pour un nigaud ! C'était lui qui régnait sur l'Angleterre. Quelle que soit sa valeur, aucun conseiller ne le dominerait. Somerset était désormais son ami. Il avait offert au jeune duc assez d'avantages pour s'assurer de sa loyauté. Cette victoire obtenue par la séduction valait certainement bien des coups de hache. Somerset était devenu le symbole du ralliement lancastrien à sa cause. Décapiter tous ses ennemis n'était pas sa façon à lui de se faire accepter.

– Laissons passer la fin de l'hiver, dit-il enfin d'un ton neutre. Au printemps, nous déclencherons une opération armée dans le Nord et je vais à ce titre demander des crédits au Parlement.

Le roi avait hâte que Warwick se retire. Depuis quelques semaines, il était fort amoureux d'une jeune veuve, Elizabeth Grey, dont le mari lancastrien avait péri à la bataille de Saint Albans, lui laissant deux garçonnets. Lors d'une chasse en forêt, elle s'était avancée au milieu du sentier avant de s'agenouiller à quelques pas de son cheval, tenant les menottes de ses deux enfants. Sa beauté, sa contenance à la fois modeste et hardie, sa détermination l'avaient étonné, captivé. Il avait voulu la revoir. Elle demandait son aide afin d'élever dignement ses fils. Fille d'un hobereau campagnard et d'une noble dame, Jacquetta de Luxembourg, qui, après avoir perdu son premier mari, le duc de Bedford, avait épousé par amour Richard Woodville, elle avait huit frères et sœurs et peu de ressources. Elizabeth s'exprimait avec une modestie que démentait son regard enjôleur sous des paupières légèrement closes. En faisant la coquette, elle se jouait de lui, mais bientôt, Edward n'en doutait guère, la belle serait dans son lit. Patienter, se languir, débiter de belles paroles n'étaient pas son fort et bien des femmes s'accommodaient de ses impatiences. Même s'il ne la voyait plus guère, Jane restait chère à son cœur. Attentive, douce, elle ne lui reprochait rien, n'exigeait rien. Son mari, par ailleurs brave homme, ne la rendait pas malheureuse et, son commerce prospérant, elle devenait une dame respectable, presque une bourgeoise.

Alors que des valets sellaient son cheval, Edward songea à son jeune frère Richard. En janvier, lorsqu'ils étaient allés ensemble se recueillir à Fotheringhay sur la tombe de leur père, il l'avait surpris par sa maturité. Entre eux deux était née une complicité qu'il n'avait pas avec George. Il allait le faire venir à Londres pour qu'il puisse assister à des séances du Parlement, se former au métier de prince, se préparer aux responsabilités qu'il comptait ultérieurement lui confier. Déjà, afin de compenser les titres, terres et revenus accordés à George, il avait nommé Richard amiral d'Angleterre, d'Irlande et d'Aquitaine, mais attendait qu'il fasse ses preuves au combat avant de lui accorder de nouvelles faveurs. Contrairement à George, Richard avait un caractère entier. S'il le prenait habilement, il pourrait s'en faire un indéfectible allié.

Les derniers faubourgs populaires franchis, la campagne avec ses potagers, vergers, champs et bois s'étendait à perte de vue. Après un mois de janvier glacial, février se montrait clément et quelques primevères précoces pointaient sur les versants ensoleillés des chemins.

Jamais Elizabeth Grey n'acceptait de rencontrer le roi dans un lieu privé et elle refusait avec obstination de se rendre au château de Westminster ou à celui de Richmond, pas plus que dans les confortables appartements dont disposait Edward IV à la Tour de Londres. Ces pruderies excitaient le jeune roi.

– Ne faites point le fol, murmurait-elle de sa voix langoureuse après un baiser d'un instant.

Ce jour-là, il allait vers elle pour en finir. Le rendez-vous qu'elle lui avait donné, près d'un pont franchissant la Tamise, ne se trouvait pas loin d'une ferme où il avait pris l'habitude de se restaurer lors de chasses au sanglier. Quelques pièces d'argent avaient convaincu le fermier, sa femme et leur fils de s'absenter pour la journée. Semblant obéir à une simple impulsion, il proposerait à la belle Elizabeth d'aller s'y rafraîchir. Son art de la séduction ferait le reste.

Après avoir ordonné à sa petite escorte de le

laisser seul un mile avant le pont, Edward chevaucha jusqu'au point convenu.

La jeune femme l'attendait en cueillant des primevères. De loin, Edward aperçut sa silhouette mince, les seins qui gonflaient le corsage ajusté garni de fourrure au col et aux manches. Sur la tête, elle portait un bonnet rond de velours dans lequel une aigrette blanche était piquée. Le spectacle était si charmant qu'un instant il arrêta sa monture pour mieux la contempler.

– Vous m'avez fait peur, Messire !

Le son de la voix pourtant familière envoûta à nouveau le roi. Elizabeth articulait chaque mot avec lenteur et sensualité et les propos les plus banals devenaient dans sa bouche une voluptueuse invite.

Edward sauta à bas de son cheval et serra la jeune femme dans ses bras. Un instant leurs bouches se retrouvèrent mais, quand il voulut forcer ses lèvres, elle s'écarta.

– Voulez-vous me rendre fou ? reprocha le jeune homme.

En souriant, Elizabeth s'empara de la main du roi.

– Que Votre Grâce accepte de faire quelques pas avec moi. Le temps se prête à la promenade.

Rien ne tentait moins Edward que de déambuler le long des eaux grises de la Tamise.

– Peut-être devrions-nous mettre fin à nos rencontres, chuchota Elizabeth en serrant contre son corps le bras du jeune roi. Je pense trop à vous, Sire, et ne veux point heurter par un vain trouble une paix intérieure si difficilement reconquise.

– L'amour n'est jamais inutile, ma mie.

Promptement il glissa son bras autour de la taille de la jeune femme. A peine tressaillit-elle.

– Pourquoi chercher des émois qui ne conviennent guère à une veuve, à une mère ? Je pourrais m'attacher à votre personne plus que vous ne le souhaitez et j'en souffrirais. Il est temps, certes, de mettre un terme à nos rendez-vous.

Edward s'immobilisa. Depuis le début de leur relation, c'était Elizabeth qui avait imposé ses volontés et il lui avait obéi en tout comme un chien fidèle. Pour son honneur, il devait refuser de jouer ce rôle plus longtemps.

– En m'éloignant de vous, vous me tueriez.

– On ne meurt pas d'amour, soupira la jeune femme, et je vous sais entouré d'excellents médecins en jupons.

– Seriez-vous jalouse ?

Elizabeth piqua le petit bouquet de primevères qu'elle tenait à la main au creux de son corsage. Edward voyait la courbe de ses seins, les imaginait ronds et fermes, blancs comme l'albâtre.

– Je ne suis ni coquette ni rouée, Sire, seulement une jeune femme que le malheur a déjà frappée et qui ne veut plus souffrir.

Son cheval n'était guère loin, attaché à un arbre. D'un pas résolu, elle se dirigea vers lui.

– Vous n'allez pas me quitter ainsi ? reprocha Edward.

– Mes enfants m'attendent, Sire, eux ont grand besoin de moi.

– Comment auriez-vous le cœur de me laisser

solitaire et blessé ? On n'abandonne pas un homme qui va mourir au bord du chemin.

Le rire clair d'Elizabeth sonnait comme une moquerie.

– Blessure d'amour ne tourmente pas longtemps un roi. Ce sont les filles naïves comme moi qui se désespèrent et je vous quitte le cœur en feu et en cendres.

Sans demander l'aide d'Edward, Elizabeth se hissa avec grâce sur son cheval. Le roi vit qu'elle lui envoyait de loin un baiser avant de mettre sa monture au galop.

Le vent se levait. Il était stupéfait, en colère, désespéré.

En mars, après de nombreuses réticences et remontrances, le Parlement concéda enfin au roi une somme de dix mille livres, à peine suffisante pour une campagne qui risquait de se prolonger jusqu'à l'été. Ralph Percy était retourné vers la reine Marguerite qui lui avait pardonné sa trahison. Avec l'aide de Brézé, il avait reconquis les forteresses de Bamborough et Dustanborough. C'était une inacceptable provocation.

– Nous devrons donc gagner cette guerre plus vite, avait jeté Warwick. Chaque semaine qui passe est perdue pour la paix et la sécurité de l'Angleterre.

De nouveau aux côtés de son frère, Richard de Gloucester s'imprégnait de l'atmosphère étrangère pour lui de la Cour. Il parlait peu, écoutait, observait. A bientôt douze ans, déjà imbu de ses responsabilités de frère du roi, il avait adopté pour qu'on le laisse tranquille une attitude un peu hautaine et restait seul aussi souvent qu'il le pouvait. Ses amis, Robert Percy et surtout Francis Lowell, lui manquaient. Hormis son frère à Londres, il ne comptait aucun compagnon. Les carences affectives dont depuis l'enfance il avait souffert l'empêchaient de se lier.

Warwick guettait le roi. La nouvelle de la trahison de Somerset revenu, lui aussi, au service de la reine Marguerite, l'atterrait tout en lui procurant une amère satisfaction. En dépit de ses mises en garde, Edward avait accueilli le jeune duc, l'avait comblé d'honneurs, de présents et de terres, sûr ainsi de se l'attacher pour la vie. Et à présent Somerset tournait casaque, oubliait la fidélité jurée pour aller se jeter aux pieds de ses anciens maîtres. Une vipère restait une vipère et nul n'avait le pouvoir de la changer en orvet. Si sa propre puissance s'était étendue d'année en année, en même temps que ses terres et ses richesses, c'était parce qu'il ne montrait aucune pitié envers ceux qui se mettaient en travers de son chemin. George, duc de Clarence, et sa fille Isabelle montraient de l'intérêt l'un pour l'autre. Isabelle n'avait que quatorze ans mais, en dépit de son hostilité à cette union, Edward ne pourrait l'empêcher. Ses petits-enfants seraient les neveux du roi. Il devait œuvrer habilement pour que les terres de Somerset reviennent à George et les terres de Percy, une grande partie du Northumberland, à son propre frère Montagu qui n'avait qu'un fils. Ses filles deviendraient les plus grandes propriétaires terriennes d'Angleterre.

Warwick repensa au prochain mariage du roi et de Bonne de Savoie. Deux jours auparavant il avait reçu un ambassadeur de Louis XI qui se réjouissait, assurait-il, d'une alliance entre les deux pays. Une réconciliation était nécessaire pour apaiser les Bourguignons et former une alliance tripartite. Ce long travail de diplomatie était son œuvre et Warwick en était fier. Lui devant son mariage, l'épouse d'Edward IV serait une indéfectible alliée. Entre cette union et celle de sa propre fille Isabelle à George, il serait solidement ancré aux côtés du roi d'Angleterre.

Le retour de Somerset avait bouleversé Marguerite d'Anjou. Le duc s'était jeté à ses pieds et elle lui avait pardonné. Depuis quelques mois, le sort se montrait moins cruel envers elle. Des soulèvements en faveur d'Henry VI avaient eu lieu dans le sud et le nord du pays de Galles, ainsi que dans le Northumberland, où des forteresses de première importance stratégique étaient à nouveau entre les mains des Lancastre. Mars apportait en Ecosse des effluves de printemps. Genêts et crocus étaient en fleurs et les saules bourgeonnaient en chatons d'un vert tendre. Lorsque l'angoisse l'étouffait à nouveau, Marguerite se promenait en compagnie de Catherine qui portait son manchon et sa cape quand le soleil se faisait chaud. Elle aurait aimé la compagnie de son petit Edouard, mais le garçonnet préférait les promenades à cheval, les jeux de balles ou d'osselets avec les enfants du château. Ne pouvant l'élever dans l'opulence due à son rang, Marguerite s'était efforcée de lui inculquer la fierté d'être prince, et le sentiment élevé qu'il avait de sa personne la récompensait de ses efforts.

Catherine avait maigri depuis leur retour de France. Marguerite savait que sa dame d'honneur et amie se languissait en Ecosse. Comme bien d'autres, elle lui sacrifiait sa vie.

Les dunes couvertes d'arbrisseaux et d'herbes sèches vallonnaient à perte de vue. Au loin, les promeneuses apercevaient parfois la ligne grise de la mer. Des pins, des chênes rabougris par le vent du large s'élevaient en bosquets, couverts d'une poussière jaune sable levée par le vent. Des bécasses, des corneilles s'envolaient sur le passage des deux femmes. En avril, les yorkistes reprendraient sans doute l'offensive. Il leur faudrait tenir les positions acquises et, en multipliant les coups de main, ne leur laisser aucun repos. Une vraie bataille n'était pas envisageable avant l'été. Quelques semaines plus tôt, Edward d'York avait convoqué le Parlement à York avant de regagner Londres. Pourquoi ce repli ? Qu'avait-il en tête ? Demeuraient Warwick et surtout son frère lord Montagu qui marchait vers le Northumberland. Percy et Somerset sauraient-ils les contenir ? « Combien de jours de répit me reste-t-il ? songeait la reine. Une semaine, un mois ? » Elle reprendrait ensuite son rôle de guerrière, même si elle en était lasse à mourir.

Le soir, Henry présidait la table du souper. Toujours vêtu de noir, un cilice sous sa chemise, il parlait peu, et jamais de guerre, de vengeance ou d'ennemis. Il aimait par contre évoquer leurs amis, se louait de leur dévouement. Agacée, Marguerite pensait qu'il se prenait pour le Seigneur Jésus défendant ses disciples. Son époux était un homme que le peuple considérait comme un saint, pas un roi. Lorsqu'il passait à cheval dans les villages vêtu d'une veste molletonnée en gros drap de laine sans broderies ni bijoux, portée sur des chausses de bure avec aux pieds de gros souliers de paysan au bout arrondi et des bas de laine crue filée au rouet, des femmes lui tendaient leurs enfants pour qu'il les bénisse, des pauvres s'agenouillaient. Marguerite ne parvenait pas à se louer de la modestie de son mari. Quoique peu fortuné, son père, comme les nobles de sa cour, se parait de riches atours. Plus que de la coquetterie, cette détermination à tenir son rang prouvait une volonté d'en imposer. Né prince, on devait se comporter en prince. C'était la volonté de Dieu qui octroyait à chacun sa juste place sur la terre. Ses amants avaient eu ce sens du panache, cet orgueil de leur nom. Elle avait été fière de leur appartenir.

– J'ai une mauvaise nouvelle pour vous, Madame.

Fin avril, Brézé avait surgi à l'improviste et, sans attendre d'être annoncé, s'était introduit dans la chambre de la reine. Son air hagard, le désordre de ses vêtements indiquaient en effet quelque désastre et Marguerite, raide déjà dans l'attente du malheur, serra les dents.

– Somerset, Hungerford, Percy et moi-même avons eu à affronter un groupe armé yorkiste. Percy a été tué au combat.

La reine ferma les yeux, elle devait refouler ses sanglots, montrer à Brézé qu'elle était un chef, non une femme ordinaire.

Le comte s'avança, sans doute pour tenter de la prendre dans ses bras. D'un seul regard, elle l'arrêta.

– Devrons-nous tous mourir les uns après les autres ? articula-t-elle d'un ton froid. Pour ma part, j'ai accepté de donner ma vie pour mon fils.

– Vous êtes née française, Madame, pourquoi ne pas quitter ce pays de traîtres et d'assassins pour regagner le beau pays d'Anjou avec monseigneur votre fils ? Il faut fuir, Madame, la fascination de la souffrance et de la mort.

La reine observa les nuages gris qui couvraient le ciel, les landes où fleurissaient les premières fleurs de printemps, la ligne ronde des dunes que frôlait un vol de goélands. Quel sens en effet avait son acharnement ? Ce pays ne lui avait apporté que des larmes, des angoisses, des amours cruelles parce que clandestines. Mais, au plus profond d'elle-même, elle se sentait toujours responsable de cette terre. Comment pourrait-elle vivre en Anjou, abandonnant le trône de son époux aux yorkistes ? Son cœur jamais ne le lui pardonnerait. Et cependant il n'y avait pas de jour où cette pensée ne lui traversait l'esprit. Autour d'elle, elle ne voyait que des figures austères et les murs humides d'une forteresse. Elle avait subi les hivers glacés de l'exil, se drapant dans ce qui n'était peut-être que chimère. Mais accepter de voir balayer la vieille race des Plantagenêts serait une infamie qui la couvrirait de honte jusqu'à son dernier souffle.

10

Avril 1464.

– Que nul homme ne sépare ce que Dieu a uni.

A genoux devant le prêtre, ayant pour seuls témoins la mère d'Elizabeth, Jacquetta Woodville, une de ses sœurs et quelques chantres, Edward IV, roi d'Angleterre, et Elizabeth Woodville, veuve de lord Grey, se mariaient dans le plus grand secret. Après avoir reçu la communion, le visage posé entre ses mains, le roi se demandait s'il n'avait pas fait une folie, mais son désir de la jeune femme était si ardent qu'il aurait été au bout du monde à pied pour l'obtenir. Depuis des semaines, elle l'avait tant aguiché, attisé, retirant sans cesse d'une main ce qu'elle offrait de l'autre, maîtrisant avec une telle perfection l'art de séduire, de faire entrevoir des plaisirs jamais accordés, qu'il avait fini par accepter de la prendre pour femme, d'en faire sa reine pour le reste de sa vie.

A côté de son nouvel époux, Elizabeth triomphait. Le chemin avait été long, difficile, mais elle avait bien mené son jeu. Ce jour-là, elle devenait la femme la plus puissante d'Angleterre et comptait bien en tirer parti. Pauvre, de noblesse rurale, de cinq ans plus âgée que son mari, mère de deux garçonnets, ce mariage relevait du miracle. Derrière le jeune couple, Jacquetta Woodville ne parvenait pas à cacher sa jubilation. Ecartée, à cause d'un mariage d'amour, de la haute société anglaise dont, en tant qu'ancienne duchesse de Bedford, elle avait fait partie, elle prenait à présent une revanche éclatante sur ceux qui l'avaient dédaignée. L'avenir de ses trois fils, de ses cinq filles et de ses deux petits-fils était assuré, ainsi que celui de son second époux, le père de ses enfants. Honneurs, argent, terres, rien ne leur serait refusé.

Le prêtre fit un dernier signe de croix. Les jeunes époux se levèrent.

— Tout est prêt comme vous l'avez ordonné, Milord, murmura Jacquetta.

Edward lui avait fait passer la veille un courrier demandant que l'on préparât une chambre où il pourrait se retirer avec son épouse aussitôt la cérémonie terminée. Le soupirant rejeté avait désormais tous les droits.

Les yeux gris-bleu d'Elizabeth rencontrèrent hardiment ceux de son mari. Aidée par sa mère, elle avait préparé elle-même la chambre nuptiale. Une bouteille de vin de Grèce les attendait sur une table avec du jambon froid, une terrine, des confiseries, du pain à l'anis. Expertes dans les raffinements du plaisir, les mains de Jacquetta et celles de sa fille avaient accordé au lit une attention toute spéciale, des draps neufs de lin parfumés à l'eau de rose, une couverture de martre, des oreillers remplis de plumes d'oie et recouverts de taies finement brodées. Çà et là des cassolettes dispensaient des essences de musc et de violette.

L'une et l'autre savaient que le roi regagnerait promptement Londres. Le mariage devait pour un temps demeurer secret, afin qu'Edward puisse petit à petit y préparer Warwick. Elizabeth se méfiait de cet homme croisé à quelques reprises lorsque, jeune fille, elle était demoiselle d'honneur de la reine Marguerite d'Anjou. Orgueilleux, avide de pouvoir, il voulait dominer le roi. Elizabeth veillerait à ce qu'il restât dans les limites qu'elle lui accorderait. Nul ne prendrait mieux à cœur les intérêts d'Edward que son propre père, ses frères et les gentilshommes qui ne manqueraient pas de prétendre à la main de ses sœurs quand elle serait au grand jour reine d'Angleterre.

Si vive était son impatience qu'Edward poussa du pied la porte de la chambre à coucher. Un grand feu flambait dans la cheminée, les rideaux étaient tirés et des chandelles dispersaient une pénombre accueillante. Brûlant dans des cassolettes, des copeaux parfumés répandaient une odeur entêtante et sensuelle.

– Plus question de coquetterie désormais, ma belle épouse...

Minute par minute, Elizabeth savait de quelle manière elle allait s'attacher le roi pour longtemps. D'abord, il fallait le laisser prendre son plaisir, ensuite ce serait à elle de jouer. Un court instant, Edward contempla la nudité triomphante de sa femme, les hanches arrondies, les cuisses et les jambes fines, les seins ronds, très blancs, aux aréoles rose foncé. Sur l'oreiller, le joli visage se dessinait avec précision. Il était émerveillé par le haut front entouré de cheveux blond-roux, les yeux gris-bleu auxquels une ligne mordorée près de l'iris donnait un regard de chatte. Il se sentait envoûté. Etait-ce cette beauté, l'odeur musquée du parfum qui imprégnait la peau de sa femme, l'impétuosité de son désir ?

Très vite il avait joui, mais Elizabeth ne semblait guère dépitée.

– Laisse-moi te faire l'amour maintenant, chuchota-t-elle.

Le premier attouchement galvanisa Edward. Ses doutes disparaissaient. Comment aurait-il pu épouser une pâle princesse, niaise au lit, probablement bigote ? Les mariages entre familles royales faisaient le malheur de deux jeunes gens. Grâce à Elizabeth, la Bonne de Savoie pourrait peut-être faire comme Edward un mariage d'inclination. Elizabeth le dominait. Dans la lumière des bougies, les ondulations de sa chevelure prenaient des tons dorés. Chacun de ses mouvements était gracieux, les hanches semblaient onduler au-dessus de son ventre, la pointe durcie de ses seins caressait sa poitrine. A vingt-cinq ans, elle était plus attirante qu'une pucelle de quinze. Edward espéra que son plaisir n'aurait jamais de fin.

A la tombée de la nuit, fourbu, il dut se remettre en selle. Elizabeth fit une profonde révérence. Mal relacé, le corsage laissait apercevoir sa poitrine.

– A demain, ma femme bien-aimée.

A peine sa fille de retour dans la maison familiale, Jacquetta la serra dans ses bras. L'aube se levait sur la fortune des Woodville.

Chaque jour, Edward allait retrouver Elizabeth. Ses deux garçonnets lui faisaient fête et sa belle-mère s'ingéniait à rendre agréables les moments passés hors du lit de sa fille. Ces instants volés à la vive tension qui régnait à la Cour étaient pour Edward une justification éclatante de sa décision. Il était bien marié, heureux, et nul n'aurait le droit de lui en faire reproche. Mais sous peu, il devrait reprendre sa campagne contre Henry VI et Marguerite d'Anjou. Ses amis ne comprenaient plus ses atermoiements. L'argent nécessaire à cette nouvelle guerre avait été péniblement rassemblé, les troupes étaient prêtes. Il devait partir.

L'agacement de lord Warwick et de son frère Montagu devenait du ressentiment. Depuis le début du moi de mai dans le Northumberland, ils attendaient en vain l'armée royale. Profitant de leur faiblesse, les rebelles ne cessaient de les harceler.

– Nous n'attendrons pas le roi pour attaquer, décida Warwick.

Par lord Greystoke, un ami dévoué, il venait d'apprendre que l'ennemi campait au sud de la rivière Tyne près du bourg de Hexham. Les espions de Greystoke avaient signalé la présence du roi et de la reine déchus, ainsi que celle de leur fils, de Somerset, et d'Hungerford, accompagnés d'un nombre considérable de nobles de moindre importance. S'ils parvenaient à les prendre par surprise, les lancastriens seraient anéantis. Sans ses fidèles parmi les fidèles, Marguerite n'aurait plus aucune chance.

Warwick parcourait de long en large la grande salle du château de Newcastle. L'avenir prenait enfin la tournure qu'il souhaitait. La résistance lancastrienne détruite, le pouvoir du roi sur toute l'Angleterre serait incontesté. La paix avec l'Ecosse suivrait, puis celle avec la France scellée par le mariage d'Edward avec Bonne de Savoie et le renforcement de l'alliance bourguignonne. Déjà il songeait à une union entre Margaret d'York, la sœur du roi, et Charles, le fils de Philippe le Bon, veuf depuis peu. Grâce à ce réseau d'alliances, le commerce prospérerait et les braves marchands de Londres seraient les meilleurs alliés du roi. Mais lui-même n'oubliait pas ses intérêts. Il allait marier Isabelle au duc de Clarence. Héritier du trône tant qu'Edward était sans descendance, George épouserait étroitement les intérêts de son beau-père. Nul ne savait l'avenir et sa fille pourrait fort bien devenir un jour reine d'Angleterre.

– Fais venir à l'instant lord Montagu et lord Greystoke, ordonna-t-il à son écuyer.

Sa décision était prise. Il allait lancer un raid contre le campement des lancastriens. Nul n'était besoin d'attendre l'ordre du roi.

– En les attaquant en pleine nuit, nous les aurons par surprise, affirma Montagu. Que ferons-nous des prisonniers ?

Warwick ne put s'empêcher de sourire. Présent, le roi aurait ordonné qu'on les lui amène, et peut-être

102

décidé de les faire traduire en justice. Somerset avait trahi, les autres ne valaient guère mieux.

– Ils seront exécutés, sauf le menu fretin dont je veux tirer des informations. Quand ils auront vidé leur sac, ils iront au billot comme les autres.

Montagu ricana. Dans quelques heures, Marguerite d'Anjou allait avoir une mauvaise surprise. Après le père qui avait été notoirement son amant, et sans doute le géniteur d'Edouard, son fils, le jeune duc de Somerset, allait être occis par les York. L'amour de cette vipère était un venin mortel.

L'après-midi avançait, le beau ciel de printemps se teintait de rose. Au loin les champs étendaient leurs épis de blé, d'avoine et de seigle encore d'un vert tendre. Un chien rassemblait des moutons égaillés sur une colline. Warwick aimait cette campagne du Northumberland mais sa retraite favorite restait le Yorkshire et son château de Middleham, que Richard d'York, selon les vœux d'Edward, venait de quitter pour être associé au gouvernement. Warwick avait pu apprécier son filleul, sa ténacité, sa vaillance, mais il se méfiait de lui. Le jeune homme était de la race des hypocrites. Serviable, poli, il avait dans le regard un éclat presque sauvage qui trahissait une nature ardente, un potentiel de violence dont il pourrait user s'il lui prenait l'ambition de vouloir un jour être le maître.

Warwick se détourna de la fenêtre.

– Partez à l'instant avec cinq mille hommes, demanda-t-il. Vous avez vingt lieues à parcourir.

Montagu donna à son frère une brève accolade.

– Si je devais ne pas revenir, prends soin de ma

femme et de mon fils, et fais dire des messes pour le repos de mon âme.

En dépit de l'inégalité des deux armées, les lancastriens combattaient avec rage. L'attaque les avait totalement pris au dépourvu et soldats comme écuyers avaient dû s'armer en panique puis se mettre en position de combat. Marguerite avait passé un haut de cuirasse, équipé son fils, prié Henry VI de rester à l'arrière-garde. Elle était partout, allant des troupes à pied aux cavaliers, jetant des ordres, tentant de galvaniser les énergies. Trois fois moins nombreux que les yorkistes, avec l'aide de Dieu et la certitude qu'ils combattaient pour une juste cause, ils pourraient être vainqueurs. Une aube grise jetait sur la campagne une lumière ténue d'où émergeait la lisière de la forêt d'Exham qui s'étendait sur une distance considérable. Un croissant de lune trouait la mince couche des nuages poussés par un vent doux qui faisait claquer les étendards, ceux à l'effigie du lion d'Angleterre, et ceux marqués des lys de France ou du cygne blanc, emblème de Marguerite. La reine se signa. Dans quelques heures, son destin et celui de sa famille seraient scellés.

Les cavaliers lancastriens chargeaient déjà les rangs des archers et des soldats à pied yorkistes. Mourir en héros dans l'esprit de la chevalerie hantait l'imagination de ces hommes. La présence de leur fragile reine et de son fils les galvanisait. Un grand cri s'éleva dans les rangs lancastriens :

– A Marguerite, à Marguerite ! A Edouard, à Edouard !

La jeune femme avait les larmes aux yeux. Elle vivait là l'apogée de sa douleur dans une sorte d'exaltation passionnée. Au loin, des coqs se répondaient pour saluer la naissance du jour. De toutes ses forces, elle retenait les rênes de son cheval pour ne pas se lancer elle-même dans la mêlée. Une bile amère lui montait à la gorge comme une marée se heurtant à un mur de rocs.

– Fuyez avec votre fils, Madame !

Le visage ruisselant de sang, Somerset avait surgi à côté d'elle. Sans attendre la réponse de sa reine, le jeune homme fouetta les chevaux de Marguerite et d'Edouard qui s'élançaient comme des traits vers la forêt.

La jeune femme entendait le claquement des sabots des deux bêtes. Elle n'avait aucune pensée, son corps était devenu de pierre. Dans le sous-bois déjà épais qui les engloutissait, les chevaux ralentirent l'allure. De l'eau stagnante croupissait dans les fossés. Avides d'un rayon de soleil, des buissons, des arbres chétifs s'entrelaçaient sous les hauts chênes.

– Où sommes-nous ? interrogea anxieusement Edouard.

– Dans la forêt d'Exham, en sécurité.

– Et père ?

– Nos amis prendront soin de lui.

« En restera-t-il un seul pour lui porter secours ? » se demanda Marguerite.

La branche d'un frêne barrait le chemin. Le cheval du petit prince se cabra.

– Mettons pied à terre, décida Marguerite.

Sa lassitude extrême lui faisait craindre une chute. Si elle se blessait que deviendrait son fils ?

Tenant leurs chevaux par la bride, ils s'enfoncèrent plus avant dans la forêt, empruntant d'étroits sentiers de traverse afin de déjouer une éventuelle poursuite. La nuit tombait. A plusieurs reprises, Marguerite dut tendre les bras pour ne pas heurter des branches.

– Devrons-nous coucher dans la forêt, mère ?

Marguerite ne voulait pas inquiéter davantage son enfant, mais dans un moment il lui faudrait trouver une grotte, un abri de buisson, n'importe quel gîte où ils pourraient se protéger des bêtes. La soudaineté de la défaite, l'incertitude où elle était du sort de son mari, de celui de Brézé, de Somerset et de ses autres amis lui ôtaient toute énergie. L'obscurité devenait inquiétante, les chevaux renâclaient au moindre craquement de branches, au plus léger froissement de feuilles. Un parfum fort montait de la terre, odeurs d'humus, de pourriture, de bêtes sauvages, mêlées à la senteur acide des baies, à celle douceâtre des champignons.

– Arrêtons-nous ici, mon enfant, décida soudain Marguerite d'une voix qu'elle voulait aussi sereine que possible. Ce rocher nous abritera pour la nuit.

– Que mangerons-nous ?

La reine ne put répondre. Il leur fallait attendre la lumière du jour pour trouver un ruisseau, quelques fruits sauvages. Elle se débarrassa de sa cotte de mailles et attira son fils contre elle. Il faisait doux, le ciel était constellé d'étoiles. Edouard enfin endormi,

Marguerite laissa couler ses larmes. Qu'avait-elle fait pour être punie de la sorte ? Quel maléfice avait pesé sur sa naissance ? Elle n'avait connu de bonheur que quelques instants de passion volés, de faux triomphes, de vaines vanités, autant de satisfactions toujours anéanties par le malheur, le meurtre, la guerre et le sang. Reine trop jeune, elle avait dû endosser les charges et les responsabilités d'un gouvernement dont le roi était bien aise de se débarrasser sur elle. Sans formation politique, entourée d'ennemis, elle n'avait eu comme arme que sa volonté farouche de lutter afin de conserver ce que son époux lui avait remis : la couronne d'Angleterre et l'honneur des Lancastre. Aujourd'hui, à trente-trois ans, elle était une femme vaincue, fugitive, séparée de son époux, de ses amis, réduite à mâcher de l'herbe pour se substanter.

Toute la journée du lendemain, Marguerite erra dans la forêt à la recherche d'un sentier qui les mènerait vers un village. Mais partout les arbres mêlaient leurs branches, les ronces barraient le passage des ruisseaux rayés de coups de soleil. Du ciel, les fugitifs ne voyaient que les lambeaux dentelés au-dessus de la futaie. Il faisait beau. Des hommes, des femmes devaient vaquer à leurs occupations quotidiennes, tandis que sur le champ de bataille, des religieux rassemblaient les cadavres pour leur donner une sépulture chrétienne.

– Rebroussons chemin, décida Marguerite. Le taillis ne fait que s'épaissir.

Au loin, la mère et le fils perçurent un bruit : des pas d'hommes, ou le passage d'une bête sauvage ?

La futaie était si dense que les chevaux renâclaient. En les tirant par la bride, Marguerite et Edouard enjambaient des troncs pourris. Le bruit s'intensifiait.

– J'entends des voix, chuchota Edouard.

Un fol espoir emplit un instant le cœur de Marguerite. Des amis à leur recherche ?

– Tiens donc, en voilà une drôle de rencontre ! s'exclama un homme aux cheveux blancs hirsutes.

Sa bouche charnue et molle ricanait sur des dents noires. Derrière lui se tenaient trois gaillards vêtus de hardes usées jusqu'à la trame.

– Nous nous sommes perdus, mon fils et moi, expliqua Marguerite. Peut-être pourriez-vous nous remettre sur le bon chemin.

Le plus grand des trois drôles qui se tenait à l'arrière avait la même ignoble bouche que le vieux. Son oreille gauche manquait.

– Tout dépend de ce que vous nous offrez, milady....

Marguerite savait que si elle laissait paraître sa peur, c'en était fait d'elle et de son fils. Elle devait continuer à parler avec ces bandits comme s'ils étaient d'honnêtes voyageurs.

– Un peu d'argent, si vous voulez l'accepter en remerciement de votre aide.

Les quatre hommes avaient vu la bourse pendue à la selle de son cheval. A la lueur de convoitise qu'elle avait aperçue dans leur regard, Marguerite comprit qu'elle devait prendre les devants.

– Prenez mon aumônière, mes braves, et indiquez-moi le chemin pour sortir de la forêt.

Le plus vieux passa un doigt sur sa bouche.

– Et les chevaux ? Nous sommes fatigués, mes fils et moi, d'être sur nos jambes, ma belle dame.

– Pas les chevaux, coupa Marguerite.

– Alors toi, peut-être ? Et pourquoi pas le petit ? La chair est tendre à cet âge et voilà bien longtemps que nous n'avons pas pris un peu de plaisir, mes garçons et moi.

D'une main, Marguerite retint son fils.

– Prenez les chevaux, dit-elle d'un ton égal. Nous pourrons marcher si nous connaissons la route à suivre.

L'air crâne de cette femme, la maîtrise qu'elle avait d'elle-même impressionnèrent les quatre hommes. Pour s'exprimer ainsi, elle devait être la femme d'un notable. S'ils les tuaient ou les molestaient, elle et son fils, ils auraient aux trousses tous les gendarmes du comté.

– La bourse et les chevaux, convint le vieux.

– Et mon chemin ?

Il éclata de rire. L'odeur affreuse qu'il dégageait levait le cœur de la reine.

– Tu n'as qu'à regarder les étoiles, ma poulette. Quand on porte un chapeau de velours et des chaussures de cuir fin, on a de l'éducation, pas vrai ?

Longtemps Marguerite et son fils n'osèrent bouger de peur de voir revenir les bandits. Ils étaient désormais sans monture, sans argent, peut-être condamnés à errer jusqu'à leur mort dans la forêt d'Exham.

Une nouvelle nuit tombait. Par chance les pas des fugitifs les avaient conduits sur un étroit sentier, un passage de gros gibier sans doute qui rendait leur marche plus facile. Edouard ne se plaignait pas. L'enfant s'efforçait même de faciliter le cheminement de sa mère en écartant une branche, un rejet de roncier. Des chevreuils, une laie et ses marcassins, des blaireaux et des écureuils avaient traversé leur chemin. Dans la gloire du printemps, la forêt éclatait en feuilles d'un vert tendre, en fleurs sauvages accrochées aux buissons parmi la dentelle des jeunes pousses. Les troncs des grands arbres blanchis de lichens gris-bleu s'élevaient à l'infini sur le tapis roussi des feuilles mortes. L'ombre se faisait froide. La nuit ne serait pas aussi clémente que la précédente et, sans manteau, sans abri, Marguerite savait qu'ils ne pourraient survivre bien longtemps. La faim les tenaillait. Ils n'avaient mangé que quelques champignons et des jeunes pousses. D'un blanc argenté, la lune se levait entre la voûte noire des arbres.

Un long sifflement immobilisa Marguerite et son fils. C'était un appel familier, celui du chasseur rappelant son faucon pour le leurre.

– Réponds ! demanda la reine à son fils. Quelqu'un est à notre recherche.

Un sifflement plus long, plus fort, vint aussitôt en retour.

– Par là ! indiqua le jeune prince.

Depuis sa petite enfance, il avait été formé à l'art du combat et de la chasse. Identifier le lieu où se terrait un gibier lui était facile.

Indiquant par intermittence leur position, ils se hâtèrent vers le sud, insensibles aux gifles des branches, aux écorchures des ronces. Enfin le sifflement leur parut si proche qu'Edouard appela à pleine voix. Celle, familière, de Brézé, répondit aussitôt.

Lorsque le comte vit sa reine et le jeune prince hagards, les vêtements déchirés, il ouvrit les bras et les fugitifs s'y réfugièrent. Pendant un moment, personne ne put prononcer un mot.

– Le roi est en fuite, mais ne concevez aucune inquiétude. Un couvent le recueillera sans doute où il vivra caché pour un temps.

Comme il se taisait, la reine demanda :

– Et nos amis, Pierre ?

Brézé prit sa respiration.

– Morts en héros, Madame. Au combat ou exécutés sur les ordres de Warwick et de son frère Montagu.

– Morts ? balbutia Marguerite.

– Tous, Somerset, Roos, Hungerford, Fondera, une dizaine d'autres.

La reine ne pouvait plus cacher sa détresse. Des larmes ruisselaient sur ses joues qu'elle ne tentait pas même d'essuyer. Immobiles, Brézé et Edouard comprenaient qu'ils devaient lui accorder ce moment de défaillance. Enfin, Marguerite parvint à se reprendre. Son teint livide, les yeux encore pleins de larmes de cette femme indomptable bouleversaient Brézé au point qu'il eut du mal à parler.

– Vous devez fuir avec votre fils pour la France, Madame. Un bateau nous attend qui mettra les voiles aussitôt. J'étais dans le désespoir de ne point vous retrouver à temps.

Sans protester, Marguerite se laissa hisser sur le

cheval que Brézé prit par la bride. Elle portait malheur à ceux qui lui étaient dévoués. Le temps était venu qu'elle s'écarte, s'enterre au fond d'un château dans le pays de sa naissance.

– Nous n'irons pas vers Honfleur, Madame, précisa Brézé sans arrêter leur marche, mais vers les Flandres. Depuis que le roi de France a fait la paix avec Edward IV, la côte normande nous est hostile.

– Menez-nous où bon vous semble, mon ami. Je n'attends plus rien de la vie, sinon tenter de garder en mémoire les rares moments où il m'arriva d'être heureuse.

11

1464.

Depuis qu'Edward lui avait annoncé son mariage et l'imminente présentation d'Elizabeth Woodville à la Cour, Warwick ne décolérait pas. A cause d'une absurde passion, tout un travail de diplomatie mené depuis trois années se trouvait ruiné. Il allait falloir ménager la susceptibilité de Louis XI, rejouer les alliances. Sûrs d'une union prochaine entre les familles royales française et anglaise, les Bourguignons déjà bravaient Edward en accueillant Marguerite d'Anjou, son fils et Pierre de Brézé.

– Il faut se résigner, mon ami, insista lord Hastings en se servant un verre de vin de Malmsey [1]. Le roi veut une réconciliation générale, agissons de même en acceptant son choix.

– Hastings, il ne s'agit pas d'une femme mais d'une famille. Les Woodville sont des rapaces que je vois prêts à la curée.

Lord Hastings se retint de remarquer que les Neville, famille de Richard, comte de Warwick, s'étaient eux aussi largement servis au point de

---

1. Vin grec un peu doux très en faveur à la cour d'Angleterre.

posséder une fortune plus importante que celle du roi. Il n'ignorait pas que par ambition le premier conseiller rêvait de marier sa fille aînée à George Clarence. La décision imprévue prise par Edward de s'unir à une femme indigne de lui n'était-elle pas un défi envers l'autorité de Warwick ? Quoi qu'il en fût, Hastings se savait au service du roi et du roi seul. Elizabeth Woodville couronnée, il la respecterait. Sa famille ne l'effrayait pas outre mesure. Leur influence viendrait contrecarrer à point celle des Neville. Montagu, quelques mois plus tôt, s'était vu attribuer le riche comté de Northumberland, et son frère George, évêque d'Exeter, venait d'être nommé archevêque d'York.

– Une ancienne suivante de la reine française, continua à maugréer Warwick, une veuve chargée d'enfants !

– On la dit très belle, hasarda Hastings.

Dans la salle du Conseil vide, un rayon de soleil se glissait au travers des fenêtres. Au loin, les maisonnettes de torchis et de bois bâties le long de la Tamise faisaient des taches noires que coupaient les raies grises des ruelles. Pour calmer sa colère, Warwick alla ouvrir une fenêtre, cherchant un peu d'air frais. Une odeur de fange montait des berges boueuses. « Décidément, j'ai eu raison de prendre mes précautions en m'inféodant Clarence », pensa Warwick. Ambitieux, sans scrupule, le frère du roi souffrait d'être le second. Et son malaise grandissait avec l'arrivée du jeune Richard à la Cour. Le cadet des York avait su séduire le roi qui, en dépit de son jeune âge, lui accordait toute sa confiance. Plus

Richard du haut de ses treize ans prenait de l'influence, plus George nourrissait de l'aigreur envers son aîné.

La puanteur montant d'un égout qui se déversait dans la rivière étant par trop insupportable, Warwick referma la croisée. Lorsqu'il se retourna, le roi venait de pénétrer dans la salle du Conseil. Comme il en avait l'habitude lorsqu'il nourrissait quelque rancune, le jeune homme tenta de se donner une attitude grave et sévère.

– On m'a dit, lord Warwick, que vous aviez des remontrances à me faire.

Edward tira un fauteuil et, laissant le comte debout, s'y installa.

– Je n'ai d'autre jugement, Sire, que celui d'un homme dévoué à vous servir au mieux de vos intérêts comme de ceux de l'Angleterre.

– Que savez-vous de mes propres intérêts, mon ami ? Un roi marié à une femme qu'il n'aime point a toutes les chances de mal remplir ses fonctions. Pensez à Henry, qui par ailleurs échappe toujours à vos recherches, pensez aussi à mon lointain ancêtre Edward III uni à Isabelle, la Louve de France. Je me suis choisi une épouse selon mon goût et c'est bien ainsi.

La voix du roi s'était élevée en prononçant les derniers mots et il regardait son conseiller droit dans les yeux.

– Un roi, Sire, n'est pas un particulier. Il symbolise un pays. En se mariant, c'est un avenir politique qu'il décide pour le plus grand bien de ses sujets.

– Ou pour leur malheur. Les mauvaises unions

tournent à la guerre et les reines étrangères sont mal acceptées en Angleterre. Vous me jugez, le peuple m'approuve.

Warwick haussa imperceptiblement les sourcils.

– Le peuple, Sire, veut du travail, du pain et un toit sur sa tête. Pour que le commerce prospère, il faut des échanges avec d'autres pays. En tournant le dos à la France, vous compromettez l'accroissement de richesses qui seules importent à vos sujets.

– Nous nous tournerons vers les Bourguignons, les Espagnols. Que diable, Warwick, pourquoi tant de rigidité !

Le comte avait grand mal à ne pas manifester son irritation. Edward était un jeune homme trop beau, trop gâté, qui ne pensait qu'à ses plaisirs.

– Soyez sûr, Milord, que j'ai dans le cœur vos seuls intérêts et ferai à la reine le meilleur des accueils.

– J'apprécie votre dévouement, prononça le roi d'une voix adoucie où le comte décela de l'ironie. Ne vous en ai-je pas donné de multiples preuves ? Vous voici amiral d'Angleterre, grand chambellan, capitaine de Calais, constable de Douvres et garde des Marches. En échange, je n'exige que votre loyauté et votre amitié.

– Vous les avez, Sire, assura Warwick.

Il devait se retirer pour ne pas céder à une désastreuse explosion de colère. Nul, pas même le roi, ne pouvait se targuer d'avoir acheté un Neville.

Année après année, Richard Neville constata impuissant l'inexorable montée de la famille Woodville. Triomphante, adorée, la reine plaçait ses parents, sœurs, frères, cousins, cousines. Sans que personne protestât, un vol de rapaces s'abattait sur l'Angleterre, soutenus par quelques amis du roi formant autour de lui un cercle étroit, dont le comte de Warwick s'était exclu. Sa politique était réduite à néant. L'alliance avec la France oubliée, Edward se tournait à nouveau vers la Bourgogne et reparlait d'un mariage entre sa sœur Margaret et Charles le Téméraire qui était veuf et nanti d'une fille unique, Marie.

La vanité de la reine, le goût du luxe qu'elle partageait avec Edward vidaient le trésor. Et cependant, lui, Warwick, restait le plus grand seigneur d'Angleterre. Ses châteaux comptaient des milliers de serviteurs, de clients, d'amis dévoués. Chaque matin dans sa résidence londonienne, on faisait rôtir six bœufs dont tout passant avait le droit d'emporter ce qu'il pouvait enfiler sur son coutelas. Dans la rue, on l'acclamait aussi fort que le roi.

A maintes reprises, le comte avait voulu reprendre sur Richard, duc de Gloucester, l'influence qu'il avait eue autrefois lorsqu'il faisait son apprentissage de prince et de chevalier à Middleham. Mais le jeune homme, sans doute mis en garde par le roi, restait désormais réticent à ses conseils. Seul George s'avouait ouvertement de son côté.

Sur la terrasse élevée du château de Greenwich, Richard de Gloucester contemplait le paysage d'été. Londres était étouffant. Il regrettait le Yorkshire, les landes, le vent parfumé aux senteurs de genêts, la franchise, la simplicité des habitants. Du lointain lui parvenaient les notes aigrelettes de l'orchestre conduisant la danse. Il avait fui le festin, les divertissements, le rire en cascade des dames, le regard en coin du roi sur leur gorge, la suffisance hautaine de la reine, de ses sœurs et de leurs nobles maris, de ses frères parés de titres ronflants. De plus en plus souvent, il appréciait la solitude, son monde à lui où il pouvait réfléchir à son aise. Jouer Warwick et son frère l'un contre l'autre lui était impossible et il fuyait les intrigues, dans lesquelles George, son aîné de trois ans, se complaisait.

– Encore en train de refaire le monde, milord ?

Francis Lowell posa familièrement la main sur l'épaule de son ami d'enfance. A son départ définitif de Middleham, Richard avait exigé que Francis et Robert Percy l'accompagnent à la Cour. Sans leurs rires et leur affection, il aurait sombré dans la mélancolie.

– Je pensais à nos chasses au faucon sur la lande à la tombée de la nuit.

– Ne trouvez-vous donc aucun bonheur à contempler les plus jolies filles d'Angleterre en train de danser ? A échanger quelques propos avec les écrivains, les peintres, les musiciens que notre souveraine attire à sa cour ?

Richard s'efforça de sourire. Il entretenait peu de liens avec sa belle-sœur qui, elle-même, ne recherchait guère la compagnie de ce petit jeune homme prude au regard trop lucide.

– Je ne suis pas un chien savant.

– M'en estimez-vous un ! s'exclama Francis. Et pourquoi dédaigner les plaisirs de l'amour ?

– Ta belle t'a pourtant laissé choir.

– J'en trouverai une autre ! La chance va et vient. A ce propos, j'ai ouï ce matin des nouvelles d'Anjou. Marguerite, la belliqueuse catin, pleure la mort de son cher Brézé à la bataille de Montlhéry. Elle vit terrée dans son château de Kœur la Petite près de Verdun et tente de persuader son bâtard qu'il est le véritable et seul roi d'Angleterre.

– Henry VI, que je sache, est à la Tour de Londres bien vivant quoique sous les verrous, corrigea Richard.

Francis éclata de rire. La capture du roi déchu, déguisé en moine errant sur les chemins d'abbaye en couvent, avait longtemps égayé la Cour. On avait ramené le pauvre homme à Londres, les pieds liés à ses étriers, comme un voleur.

– Le peuple l'a vénéré et aujourd'hui oublié. Trahison, délaissement, ingratitude sont parts de roi.

– Vous voilà bien morose, ce soir, milord, soupira Francis. Revenez donc à la danse ou, si la musique ne vous plaît pas et que nulle pucelle ne trouve grâce à vos yeux, allons chasser avec Robert. Vous parliez de faucon ? Faisons encapuchonner les nôtres et seller nos chevaux. Il est vrai qu'on étouffe à Londres et, si le destin vous renvoie dans le Nord, par Dieu, milord, Robert et moi vous emboîterons le pas.

Durant tout le bal, la reine ne cessa de s'amuser du visage sévère de Warwick. On le disait pourtant galant avec les femmes, grand amateur de musique. Etait-ce elle, l'amour que le roi lui montrait au grand jour ou la gloire de sa famille qui le mettait d'aussi méchante humeur ? Depuis son couronnement dont la magnificence avait ébloui les plus blasés, elle allait de triomphe en triomphe : sa place à la Cour, l'emprise qu'elle prenait chaque jour un peu plus sur son époux, la naissance de la jolie Elizabeth avec son baptême au déploiement extravagant de luxe, les mariages de ses sœurs avec les héritiers des grandes familles d'Angleterre : l'aînée était désormais la belle-fille de lord Arundel, un neveu de Warwick ; la deuxième, Katherine, celle du duc de Buckingham, Anne, l'épouse du vicomte Bourchier, fils du comte d'Essex, et Eléonore, celle d'Anthony de Kent. Le fils aîné de son premier mariage, Thomas Grey, âgé de quatorze ans, venait d'épouser Anne Holland, fille de la riche duchesse d'Exeter, promise au neveu de Warwick, au grand dam de ce dernier. Agacer le comte était devenu un jeu pour la reine. Que pouvait-elle craindre de lui ? Edward ne laisserait pas son frère George épouser Isabelle et jamais Warwick ne reprendrait sur le roi l'influence qu'il avait eue auparavant. Le clan des Woodville y veillait. Mais Elizabeth savait fort bien que pour maintenir son pouvoir, elle devait s'entourer d'alliés fidèles, d'amis puissants. A quelques pas, le roi faisait les yeux doux à une nouvelle dame d'honneur. Elle-même avait rempli cette fonction autrefois au service de Marguerite d'Anjou. En écoutant, observant, elle avait appris alors des choses essentielles à ses propres intérêts. De politique, elle ne devait pas se mêler ouvertement sous peine d'être rendue responsable par le peuple de tous ses malheurs. Son influence devait se situer ailleurs. En Angleterre, les grandes familles exerçaient un pouvoir considérable. En se les apparentant par de multiples mariages, elle consolidait ses assises, se créait un réseau de défenseurs indispensables en cas de troubles. L'ancien roi Henry, Marguerite et leur fils étaient toujours vivants et elle savait que ce qui était vénéré un jour pouvait être honni le lendemain. Approché par elle avec prudence, Edward avait rejeté sans appel tout assassinat politique. A la Tour, Henry VI était inoffensif, affirmait-il. Elle n'en était pas aussi sûre.

La danse achevée, chacun vint s'incliner devant la reine. Elizabeth exigeait du respect, une observance stricte des devoirs que chacun lui devait.

Un repas était préparé. Avec grâce, la jeune femme gagna la table dressée près de celle que présidait Edward. Elle n'ignorait pas que la conquête de sa dame d'honneur lui occupait l'esprit mais, après quelques mois de mariage, elle avait appris à fermer les yeux sur ses infidélités. Elle était son épouse, la reine, la mère de son enfant. Femmes ou demoiselles séduites n'avaient point d'importance. « Il y a Jane Shore cependant, pensa Elizabeth en s'installant sur une haute chaise au dossier sculpté des lions d'Angleterre. Pour demeurer aussi longtemps dans le cœur du roi, cette diablesse doit être un peu sorcière. » Mais, tôt ou tard, elle en aurait raison.

A lord Warwick assis à côté d'elle, elle accorda son plus beau sourire. Les serviteurs passaient des bassins d'eau tiède où flottaient des pétales de rose, d'autres essuyaient les doigts des convives avec des linges fins qu'ils portaient sur l'épaule. Déjà les échansons versaient du vin de France, d'Italie ou de Grèce dans les gobelets de vermeil, tandis que le premier service arrivait, posé sur une planche dont les bras étaient soutenus par deux forts valets de cuisine. Avec les soupes parfumées à la cannelle, au safran, au gingembre et aux amandes, on servit des huîtres en ragoût à l'ail, des fritures, des œufs d'esturgeon, des anguilles au verjus, des saumons fumés, de minces tranches de hareng salé macéré dans du poivre et des graines de moutarde. Le ton montait autour de la table, dominé par la voix forte du roi, son rire tonitruant. A côté de lui, il avait fait asseoir la dame de ses pensées qui se penchait un peu plus que nécessaire vers les mets déposés sur son assiette afin de mettre ses seins en valeur. Les plaisanteries commençaient à fuser, qui deviendraient lestes et même crues avec l'avancement du repas. Autour de la table tournaient les chiens familiers que, affairés au service, les valets chassaient à coups de pied. On apporta les viandes, sanglier, cuissots de chevreuil, faisans, pièces de bœuf, de mouton gras, de jeunes porcs posés entiers sur des plats à côté de cygnes et de paons rôtis recouverts de leurs plumes.

La soirée était chaude et l'odeur de la sueur des convives mêlée à celle des sauces épicées devenait forte. Pour alléger l'atmosphère, des valets jetaient sur le sol des brassées d'herbes et de fleurs fraîches, des baquets d'eau froide. Le roi avait posé une main sur la robe de la jeune femme qui riait aux éclats. Elizabeth observa tour à tour chacun des convives. Lequel la servirait en cas de malheur, lequel la trahirait ? En grondant, les chiens se battaient pour un morceau de viande, un os jeté de la table. Les voix étaient si pointues qu'on entendait à peine les joueurs de flûte, de viole et de rebec. Le perroquet du duc de Buckingham se promenait sur la table, picorant ici et là une miette de pain, des morceaux d'amande ou de noix. Sous les coiffes à coque savamment drapées de soie, le visage des femmes luisait et l'odeur de l'ambre dont elles s'enduisaient le corps montait à la tête.

Le regard d'Elizabeth s'arrêta sur un grand christ suspendu au mur entre deux tapisseries. La plaie saignante était de couleur framboise comme le vin de Loire qui remplissait son gobelet. Dieu, dont les rois se glorifiaient de tenir leur pouvoir, faisait parfois bien peu pour eux. A cette heure, le pieux Henry devait manger sa soupe au lard et son pain de seigle, tandis que Marguerite ruminait son existence gâchée. D'une main distraite, la reine caressa une de ses levrettes venue se blottir contre ses jupes. Toutes les créatures avaient leur chance, les maîtres, les valets, les naïfs, les rouées, les vieilles putes, les jeunes catins, les vertueux et les bigotes. Le tout était de ne pas la laisser passer.

Le repas avait duré trois heures. Sur la table encore garnie de pains d'épice, beignets, tartes, galettes, dragées au gingembre, confitures, cerises, amandes et abricots, des moineaux entrés par les fenêtres grandes ouvertes sautillaient, dérangés par les cris stridents du perroquet. Les convives somnolaient. Dans le silence presque revenu, la voix haute et soyeuse des chanteurs évoquait l'amour pur et l'amitié éternelle.

12

1469.

– Des sornettes, coupa la reine, des racontars colportés pour nous faire peur.

Une suivante venait de lui confier que les mauvais présages se succédaient en cette année 1469. Une pluie de sang aurait inondé le comté de Bedford, des silhouettes de cavaliers en armes traversant le ciel avaient été vues par maints villageois et, tout récemment, une femme enceinte avait entendu son enfant pleurer dans son sein.

– Je vous interdis de répéter de telles sottises ! poursuivit-elle. La première d'entre vous qui y prêtera oreille s'en retournera chez son père.

A son grand déplaisir cependant, Elizabeth ne pouvait s'empêcher d'être troublée elle aussi. Durant les mois précédents avaient éclaté çà et là des révoltes locales, rébellions facilement matées mais révélant que des partisans restaient fidèles au roi et à la reine déchus. Edward avait décidé d'abandonner pour un temps Londres et ses plaisirs pour se rendre dans le Nord où semblait se concentrer le gros des rebelles. Warwick gardait solidement le Sud et les eaux de la Manche où patrouillait la marine anglaise.

Outre quelques amis proches, le roi avait emmené avec lui son beau-père, ses deux beaux-frères Woodville et son frère Richard, escorté lui-même de ses inséparables compagnons Francis Lowell et Robert Percy.

Quelques jours plus tôt, Elizabeth avait reçu une longue missive du château familial de York à Fotheringhay d'où le roi et son armée s'apprêtaient à se replier sur Nottingham. Soutenu par le peuple qu'il avait galvanisé, un aventurier, Robin de Redesdale, marchait à leurs trousses. « Dites bien à Warwick, à lord Hastings et au comte de Devon de venir me rejoindre au plus vite, terminait Edward. Les voir ici me soulagera des terribles doutes que mon entourage a levés en moi. » Accouchée de son deuxième enfant, une autre fille, Elizabeth avait remis à plus tard festins et danses. L'été était chaud et elle s'était établie à la campagne où la température était plus clémente. Aussitôt, la reine avait convoqué Hastings et Warwick. Le premier était accouru le jour même, le second s'était volatilisé. Pour ne pas l'inquiéter, Hastings était resté évasif, mais Elizabeth avait fort bien perçu son malaise.

– Warwick trahirait-il ? avait-elle brusquement demandé.

– J'ai bien peur, Milady, que Robin de Redesdale soit un féal du comte, peut-être même un lointain parent, payé par lui pour déstabiliser le pouvoir de Sa Majesté.

Depuis cette lettre et son entretien avec lord Hastings, Elizabeth n'avait point de nouvelles. Le temps s'appesantissait. Chaque soir, à pied, la reine faisait le tour des jardins, s'asseyait au bord d'une fontaine entourée de buis et de lauriers-roses. Que Warwick ait pu trahir ne l'étonnait guère. Depuis le jour où il avait appris son mariage, il l'avait haïe. Cet homme était un fourbe. Avec galanterie, il avait escorté Margaret d'York jusqu'à la cour bourguignonne où la jeune princesse avait épousé l'année précédente Charles le Téméraire, tout en maintenant des échanges secrets avec le roi de France Louis XI.

Au crépuscule du 12 juillet, les jardins s'endormaient dans les derniers rayons de soleil. Elizabeth et ses suivantes flânèrent encore un peu le long d'une allée où se cachait une grotte disparaissant sous les feuillages. Du chèvrefeuille répandant son odeur sucrée, des plantes naines aux feuilles semblables à une chair veloutée, la gueule béante de mufliers jaune d'or taché de pourpre s'accrochaient aux parois.

Un page en sueur rejoignit le groupe des dames.

– Un messager vous cherche, Milady.

A pas comptés, un homme replet qui s'épongeait le front de son mouchoir le suivait. Tout autour, comme une auréole, dansaient des moucherons dans un rai de lumière dorée.

– J'arrive au grand galop de Douvres, Votre Grâce, expliqua l'homme en soufflant. Le comte de Warwick a gagné Calais avec le prince George, sa fille Isabelle, le comte d'Oxford et une foule de partisans. La dispense pontificale ayant été obtenue [1], le comte y a marié sa fille avec le duc de Clarence. Il regagne

---

1. Isabelle et le prince George étaient cousins au deuxième degré.

maintenant l'Angleterre au plus vite pour marcher contre Sa Majesté dans le Yorkshire.

– Clarence aussi se rebelle !

Elizabeth était pétrifiée. Quoiqu'elle n'ait jamais eu d'estime pour ce garçon hâbleur et mou, jamais elle n'avait imaginé qu'il puisse en venir à trahir son frère.

– Le roi est-il prévenu ?

– Plusieurs cavaliers sont partis vers le Nord, Milady, mais Robin de Redesdale leur a coupé la route. Ses troupes bloquent l'accès de Londres.

– Il y aura donc bataille, s'alarma Elizabeth, et mon mari, mon père, mes frères y participeront.

La voyant pâlir, une des dames voulut la soutenir.

– Laissez-moi, protesta la reine. Croyez-vous que je sois femme à m'évanouir devant le danger !

Chaque jour, Elizabeth attendait des nouvelles. Warwick et Clarence remontaient en effet vers le Nord à marche forcée avec une armée bien équipée, parfaitement entraînée. Acquises à la famille Neville, les populations fournissaient vivres et fourrage. Comment une chose pareille avait-elle pu se produire ? Edward prenait à cœur le bien de ses sujets et n'employait que rarement la violence. Le roi s'était montré tragiquement aveugle envers Warwick. Bien que maintes personnes l'eussent mis en garde, jamais il n'avait voulu désavouer son ministre, refusant de prêter l'oreille aux accusations le désignant comme l'instigateur des troubles qui éclataient sporadiquement au pays de Galles et dans le Nord. Plus grave, le roi laissait Warwick critiquer les Woodville sans intervenir. Elizabeth ne parvenait pas à pardonner cette lâcheté.

— La cavalerie de Warwick lui a assuré la victoire, Sire, annonça Hastings. Votre beau-père et votre beau-frère John ont été exécutés ainsi que William Herbert et Pembroke.

Edward était livide. En restant à l'abri des murs de Nottingham, avait-il livré sa famille, ses amis à la mort ? Rien cependant ne laissait présager une défaite.

— L'archevêque d'York[1] marche vers nous, monseigneur, poursuivit Hastings, il veut organiser une rencontre avec vous-même, votre frère Clarence et le comte de Warwick.

— Je ne m'y déroberai pas.

Le roi avait repris son sang-froid. Le moment était venu d'extirper une fois pour toutes le mal qui rongeait ses relations avec le clan des Neville et son propre frère devenu l'un d'entre eux. S'il n'était plus lion, il pouvait se faire renard et regagner par la ruse le terrain perdu.

En silence, Richard écoutait son frère et lord Hastings. La trahison de son parrain et tuteur le bouleversait. Pourrait-il se battre contre un homme qu'il respectait comme un père ? Pourrait-il même le piéger ? Comment réagirait-il en sa présence et en celle de son frère George ? Son mariage avec

---

1. Frère du comte de Warwick.

Isabelle l'avait stupéfait, la jolie Isabelle, sa presque sœur, son premier amour d'enfance...

– J'irai, poursuivit Edward. S'ils me font prisonnier, ils constateront vite la gravité de leur erreur. Le peuple m'aime.

Hastings se retint de remarquer que cet amour n'allait guère aux Woodville. Mais, après l'exécution de deux d'entre eux, mieux valait se taire. La reine devait être plongée dans la plus grande détresse. Elle avait réalisé le plus incroyable des rêves et en payait à présent le prix. Hastings connaissait bien l'histoire de son pays : depuis quatre générations, le pouvoir s'y exerçait dans la violence, les meurtres, la trahison. Edward et Elizabeth occupaient un trône dont les précédents possesseurs, Henry VI et Marguerite d'Anjou, étaient encore vivants et pourvus d'un descendant mâle. De cœur, la famille de la reine avait été lancastrienne mais, le jour où le pouvoir lui avait été offert, chacun de ses membres sans hésitation avait tourné casaque.

Le 2 août, précédée par l'archevêque d'York, la petite troupe du roi arriva à Coventry, où Warwick et Clarence l'attendaient. Le comte et le prince avaient réglé avec précision chaque instant de l'entretien. Le roi devait se sentir en état d'infériorité, contraint à des concessions, notamment à réaccorder sa confiance aux Neville, à prendre George comme proche conseiller à la place du trop jeune Richard et à le nommer son héritier tant que la reine n'aurait pas mis au monde un mâle.

Une salle au sol nu, dépourvue de tapis et de fleurs, décorée avec austérité d'un grand christ et de chaises de bois sombre sans coussins ni sculpture, avait été préparée pour accueillir le roi. Quelques grosses mouches bourdonnaient autour du lierre qui escaladait la tour du château jusqu'au chemin de ronde. Le soleil à son zénith pénétrait par les quatre étroites fenêtres aux vitres teintées ouvertes sur la cour et les fortifications du château que gardaient des sentinelles.

– Comme je suis aise de vous revoir, lord War-wick, et vous aussi, mon cher frère !

La voix joviale, le visage souriant d'Edward, son apparente désinvolture décontenancèrent ses interlocuteurs. Ils attendaient un homme sombre, en proie à la colère, et avaient en face d'eux une figure réjouie. Le coup d'œil qu'ils échangèrent n'échappa ni au roi ni à Hastings. Leur stratégie était la bonne. Leurs ennemis attendaient le moindre prétexte pour les arrêter. Il fallait à tout prix ne point le leur donner.

L'entretien dura deux heures. Pas un seul moment, le roi ne quitta sa bonne humeur. On voulait qu'il signe des recours en grâce ? Il le ferait d'autant plus volontiers qu'il n'avait jamais ôté sa confiance à son vieil ami comme à son propre frère. Edward réclama du vin, une collation. Warwick n'osa les lui refuser et ils se retrouvèrent tous assis autour de la table, mangeant et buvant en famille.

– Convoquez le Parlement, Sire, demanda Warwick en levant son hanap d'argent. Les Neville n'auront la certitude de l'amitié que vous leur portez que si vous légalisez leur rôle auprès de vous. Je suis votre cousin,

George est mon gendre, ne sommes-nous pas du même sang, ne devons-nous pas nous chérir et nous entraider comme des frères ?

– Jamais je ne vous ai considérés autrement, affirma Edward d'un ton chaleureux. Buvons donc à notre affection rendue éternelle par le mariage de George et d'Isabelle.

Le roi se leva et allait sortir quand des gardes surgirent derrière la porte.

– Laissez-moi assurer votre protection, Sire, expliqua Warwick du même ton aimable que le roi. La région n'est point sûre, des bandes incontrôlées y traînent et je préférerais donner ma propre vie que de vous voir risquer la vôtre. On va vous conduire sous bonne escorte à mon château de Middleham où vous serez en totale sécurité.

« Ils me font prisonnier », pensa Edward. Mais rien de sa stupeur n'apparut sur son visage. Jamais il ne donnerait à ses ennemis la satisfaction de deviner sa rage.

A la nouvelle de l'emprisonnement du roi, Londres commença à gronder. De Bourgogne arriva un ultimatum ordonnant à Warwick de libérer le roi sous peine de voir la capitale anglaise assiégée et rasée. Le frère du comte, lord Montagu, duc de Northumberland, se distançiait formellement du reste de sa famille et se disait prêt à prendre les armes contre les Neville.

– Je ne peux recruter de troupes, s'inquiéta Warwick, mes hommes refusent de se battre aussi longtemps que le roi sera tenu prisonnier.

Clarence avait voulu donner une leçon à son frère, affirmer son indépendance, et il se trouvait soudain pris au piège, acculé à prendre des décisions qui le dépassaient. Jeune marié, il aurait voulu fuir ces soucis, jouir de sa femme dans ses jolis châteaux, mais Warwick ne lui laissait pas un moment de répit.

– Serions-nous isolés, milord ? A vous entendre, tout le pays était de notre côté et vous voici m'annonçant que nul ne veut plus combattre pour nous.

– Mais nous gouvernons, coupa Warwick. Le roi, Richard et Hastings sont nos prisonniers.

Clarence eut un rire ironique qui exaspéra Warwick. Son gendre, il le savait, pouvait le trahir à tout moment.

– Mais personne ne veut prendre les charges occupées autrefois par le père et le frère de la reine et nous sommes obligés de garder à des postes clés des fervents partisans du roi.

– Oubliez-vous le Parlement que nous avons convoqué en septembre à York, mon fils ? Dans mes terres, loin de Londres et de ses fauteurs de troubles, l'Assemblée n'aura d'autre choix que d'entériner nos arrêts.

– Il serait grand temps, milord, car nombre de familles commencent à prendre les armes pour se lever les unes contre les autres et, sans roi, nous pourrions nous acheminer à nouveau vers la guerre civile.

– Vous pourriez régner, insinua Warwick.

Clarence tressaillit. Sans y penser ouvertement, il caressait depuis longtemps ce rêve.

– Nous déclarerions la déchéance d'Edward,

poursuivit le comte, et nous vous nommerions protecteur du royaume en attendant de vous couronner.

Le prince dut faire un effort pour réprimer sa joie. Etait-ce cela qu'avait toujours eu en tête son beau-père ? Destituer Edward et faire de lui le roi d'Angleterre, de sa fille la reine ?

Quoique les circonstances fussent tragiques, revoir Middleham avait procuré à Richard de Gloucester une vive émotion. Mais la succession des heures sombres et d'alarmantes nouvelles avaient fini par anéantir en lui le bonheur de retrouver ses souvenirs d'enfance. Impuissants, son frère, Hastings et lui-même voyaient le pays sombrer dans le chaos. Au Nord, de lointains parents des Neville prenaient les armes en faveur des Lancastre et nul soldat ne voulait les combattre sans les ordres d'Edward. Dans maints comtés, les nobles commençaient à se battre pour reprendre qui un château, qui une terre, dont ils se jugeaient propriétaires.

Sans hâte, Edward mûrissait ses plans. Il avait de la reine des nouvelles rassurantes, nul ne cherchait à mettre la main sur elle et leurs deux fillettes. Mais la mort de son père et celle de son frère John la désespéraient encore et, en lisant ses missives, Edward se rendait compte qu'elle ne rêvait que de vengeance. Lorsqu'il reprendrait le pouvoir, il devrait temporiser la colère des Woodville. Sévir contre les Neville et Clarence serait une erreur politique. On ne s'approchait pas d'un blessé quand il était encore capable de vous sauter à la gorge.

Comme Hastings, Richard et lui l'espéraient, une lettre de Warwick enfin leur parvint. Afin d'éviter que la rébellion lancastrienne prenne de l'ampleur dans le Nord, le roi devait se montrer aux troupes et leur ordonner de se battre. Le ton était amène et invitait le roi à venir dans York en personne où il serait reçu avec joie et honneur.

— Une fois à York, s'exclama Edward en tendant la lettre à son jeune frère, nous ferons venir nos fidèles amis et filerons sur Londres, que ce bon Warwick le veuille ou non. Répondez au comte que nous nous rendrons à York dès que l'escorte qu'il va nous envoyer arrivera à Middleham. Remerciez-le pour l'intérêt qu'il prend à la sécurité du royaume et envoyez-lui mon amitié de fidèle cousin et ami. De mon côté, je vais écrire à la reine pour lui annoncer notre prochaine arrivée à Londres, où ma chère belle-famille se fera un devoir de ne garder que des amis.

13

– Je suis bien aise de retrouver ma bonne ville de Londres, déclara Edward devant l'Assemblée, et je remercie lord Warwick comme mon frère Clarence d'avoir fait preuve de loyauté en soutenant mon retour parmi vous.

Chacun écoutait le roi avec surprise. La maîtrise qu'il avait de lui-même, sa magnanimité envers ceux qui l'avaient trahi prouvaient que cet homme, souvent jugé futile, adonné aux plaisirs, était en réalité un fin politicien.

Cloués à leurs sièges, Warwick et Clarence ne disaient mot. A York, le roi les avait dupés. A peine leur armée partie en campagne pour pacifier les provinces du Nord, il avait rassemblé son beau-frère, le duc de Suffolk, les comtes d'Arundel et de Northumberland, de Montjoy, des membres de son conseil privé, tous accourus des quatre coins du pays, et, entouré des siens, d'Hastings et de Richard de Gloucester, il avait résolument pris la route de sa capitale, pariant que nul n'oserait arrêter leur marche. Grâce à la diligence des Woodville, un accueil triomphal lui avait été réservé. Entouré de deux cents notables tous habillés de bleu, le maire, vêtu de velours pourpre, l'attendait.

– Une fois encore, la rébellion lancastrienne est matée, poursuivit Edward. Ses chefs ont été exécutés. Voilà donc la paix de retour avec la personne de votre roi.

Le jour qui tombait jetait des pans de ténèbres sur les solives du plafond peintes en rouge pourpre. Des valets allumaient les flambeaux suspendus aux murs de pierre. Nul dans l'assemblée ne soufflait mot, pas un visage ne se tournait vers Warwick ou Clarence qui, les mâchoires serrées, écoutaient le roi. Savourant son pouvoir, celui-ci prenait son temps.

– Je désire aujourd'hui, informa le souverain, redistribuer certaines charges pour les donner à ceux qui jouissent de toute ma confiance. Je nomme mon jeune frère Richard de Gloucester connétable d'Angleterre à vie. Il présidera mon conseil de guerre et en matière de haute trahison aura le pouvoir de juger et de punir. Il recevra en outre le château et les terres de Sudeley, et des terres au pays de Galles.

Warwick se raidit. Il était vice-roi du pays de Galles et rien ne pouvait se décider sur cette région sans son accord. Edward voulait faire le sournois, jouer la carte de l'affection ? Il prendrait le roi à son propre jeu. Tout en l'assurant de sa fidélité, il soulèverait le pays. On verrait bien qui triompherait.

A la sortie du Conseil, Richard tenta de retenir son aîné. Il avait constaté le regard mauvais de George et voulait l'en entretenir. Conserver un semblant d'harmonie entre les trois frères York était essentiel pour le cadet.

– Pas maintenant, répondit Edward. Pour ne rien te cacher, j'ai rendez-vous avec une dame qui se languit de moi depuis longtemps. Nous nous reverrons demain.

Dans la chambre du roi, Jane Shore attendait. Sans nouvelles d'Edward durant sa captivité dans le Nord, elle avait été sur le point d'entreprendre un voyage dans le Yorkshire pour le rejoindre. Depuis huit ans qu'elle était sa maîtresse, jamais il n'y avait eu le moindre désaccord entre eux. Même la passion qu'Edward avait éprouvée pour Elizabeth Woodville ne l'avait pas inquiétée. Tour à tour amante voluptueuse et amie, toujours attentive, elle savait le conseiller avec des mots simples, le rassurer, le réconforter, n'évoquant point son mari pour lequel elle avait pourtant de l'affection, sa maisonnette londonienne, sa propre vie. En compagnie d'Edward, elle n'existait plus que par lui et pour lui.

Lorsque la porte s'ouvrit, elle tomba à genoux et tendrement le roi la releva.

– Dieu merci, tu es là, murmura-t-il.

Il l'enferma dans ses bras, content de retrouver l'odeur de sa chevelure, de sa peau. Sur qui pouvait-il vraiment compter ? Sur la reine, bien sûr, dont l'ambition était attachée à lui, sur Richard, sur Hastings et sur Jane.

Les fleurs qui jonchaient le sol répandaient leurs parfums poivrés. Jane avait fait préparer le vin qu'Edward appréciait, un gâteau aux amandes, des pâtes de fruit, des dragées. Après l'amour, elle s'assit sur ses genoux et ils s'amusèrent à se voler quelques miettes dans la bouche l'un de l'autre. Edward n'était plus roi d'Angleterre mais un garçon de vingt-sept ans se livrant aux enfantillages des amants.

138

Avec douceur, Jane pressa les mains du roi sur ses seins, puis l'entraîna vers le lit recouvert de peaux de renards roux.

– Apprends-moi ce que ta nouvelle amante t'a fait découvrir, souffla-t-elle.

– Tu sais tout.

La moiteur au parfum d'iris de la peau de Jane enivrait Edward. Au-dessus de lui, sa maîtresse baisait ses lèvres, refermait ses cuisses sur son corps.

« Je ne suis pas fait pour la guerre mais pour l'amour, pensa le roi. Puisse Dieu m'accorder une année de paix ! »

Elizabeth, cette année-là, prépara des fêtes de Noël plus somptueuses que jamais. Aux yeux de tous, amis comme ennemis, il fallait étaler la splendeur d'Edward IV, son prestige de souverain que nul ne pouvait contester. Il lui fallait surtout oublier pour un moment les incertitudes de l'avenir, la fausseté de Warwick, l'hypocrisie de George, l'ambition démesurée de Richard, les infidélités constantes d'un époux qui ne pouvait voir une jolie femme sans la mettre dans son lit.

La chapelle, avec ses tapisseries flamandes racontant l'histoire de la Nativité, l'adoration des bergers, la visitation des Mages, avait été décorée selon l'usage de branches de houx, de lauriers et de romarin. L'archevêque de Westminster dirait la messe, puis un souper serait servi. Le lendemain, un autre festin réunirait les chefs des corporations, quelques bourgeois, le maire, ceux dont la fidélité était essentielle.

Elizabeth constata avec satisfaction que tout était en ordre. Ses deux frères, ses six sœurs et leurs nobles époux les accompagneraient à l'office religieux, ainsi que Clarence, Isabelle et Gloucester. Isabelle était enceinte et la reine redoutait la naissance d'un garçon. Elle-même attendait avec impatience une nouvelle grossesse. Sans la présence d'un héritier, sa position ne serait jamais tout à fait assurée. Déjà ses deux filles étaient des pions sur l'échiquier politique. Comme preuve de son pardon, le roi avait fiancé leur fille Elizabeth, âgée de trois ans, au fils du marquis de Montagu, frère de Warwick[1]. Elle n'approuvait pas ce projet d'union et, le temps venu, s'y opposerait de toutes ses forces. Edward en faisait trop vis-à-vis des Neville. Les craignait-il ? Ce jeu d'offrir d'une main et de reprendre de l'autre était dangereux et la promesse fort lointaine d'un mariage ne compensait guère pour Warwick l'humiliation immédiate de la nomination de Richard comme Surveillant général, chef de la Justice du pays de Galles, titres lui appartenant. Elizabeth souhaitait l'élimination pure et simple du comte. Ennemi juré de sa famille, il n'avait cessé de la braver et la reine ne doutait point que son dessein fût de remplacer Edward par son gendre Clarence.

Après Noël passé dans le bref éclat de ses plaisirs frivoles, l'hiver parut rude. Inquiet de l'animosité persistante qu'il devinait chez Warwick comme chez

---

1. A cette époque, les alliances matrimoniales accompagnaient les alliances politiques, et, comme elles, elles étaient incertaines et négociables.

George, le roi recherchait moins danses ou banquets. Il venait plus souvent chez la reine, s'entretenait longuement avec Richard, dont la franchise à son égard le rassurait. Récemment, Gloucester avait choisi sa devise : « Loyauté me lie. » Les deux frères étaient indissociables.

Mais Richard avait perdu sa sérénité. Pour lui, les Woodville étaient responsables de toutes les difficultés que Warwick et George causaient au roi. Par leur arrogance, eux seuls avaient fait de son parrain et de son frère des adversaires. Souvent, Richard pensait à son enfance à Middleham, à la fermeté affectueuse du comte, à la bonté maternelle de la comtesse, à leurs deux fillettes. A près de quatorze ans, Anne devenait une jeune fille. Moins jolie, plus secrète qu'Isabelle, elle avait cependant un charme fragile qui le touchait. Son visage était trop allongé, mais le regard pétillait d'intelligence et, lorsqu'elle souriait, une séduction mystérieuse envahissait sa figure un peu ingrate.

A plusieurs reprises, Richard avait tenté d'approcher son frère George, mais la jalousie qu'il lui vouait empêchait tout dialogue. A son parrain, il avait écrit une longue missive restée sans réponse.

De France, les nouvelles étaient préoccupantes. L'infatigable Louis XI cherchait à attirer dans sa toile l'Italie et le duché de Bretagne. Occupé par son rapprochement avec les Bourguignons, Edward ne semblait pas y attacher d'importance. Margaret, sa sœur, restait sa meilleure avocate. Douce, pieuse, bonne, elle avait conquis le cœur des Bourguignons comme des Flamands, en particulier celui de Marie, la seule enfant de son époux Charles le Téméraire. Sans relâche, Margaret œuvrait à la bonne entente entre son pays natal et celui qui l'avait adoptée. Elle aimait George avec passion et tentait de lui faire entendre raison, mais, depuis qu'elle avait un époux, son frère était devenu indifférent à ses conseils, comme s'il cherchait à se détruire.

14

Juin 1470.

Marguerite d'Anjou relut la lettre qui venait de lui parvenir de Blois. Après six monotones années au château de Kœur, passées à éduquer son fils, correspondre avec sa famille, recevoir quelques voisins, le passé soufflait sur elle comme une tempête. Une fois de plus, Warwick et Clarence avaient pris les armes contre Edward IV, soulevant le comté de Lincoln et le Yorkshire, fomentant des révoltes dans l'ensemble du royaume. Lord Stanley, un beau-frère de Warwick, jusqu'alors fidèle à son souverain, l'avait abandonné.

Pourchassés par l'armée royale conduite par le roi et Richard de Gloucester, Warwick et Clarence avaient été contraints de gagner la France où on les avait reçus à bras ouverts. Là, ils avaient eu le loisir d'établir une stratégie de reconquête avec l'appui de Louis XI, trop heureux de se venger d'Edward et de ses amis bourguignons. L'Angleterre était sur le pied de guerre.

Le roi de France terminait une lettre à Marguerite par ces mots :

Nous n'avons jamais oublié, ma jolie cousine, que vous êtes reine d'Angleterre. Contre toutes les lois

143

divines et humaines, mon cousin Henry étant empri-
sonné à Londres et vous-même exilée dans notre belle
France, j'ai à cœur de vous redonner le trône que Dieu
vous avait destiné. Venez sans tarder à Amboise, ma
chère belle, car j'ai à vous faire part d'importants desseins.

Marguerite ne savait si elle devait laisser la joie la
submerger. Après tant d'années d'indifférence, pourquoi ce soudain intérêt ? Jamais le roi n'avait répondu
à ses demandes de secours financier, pas une fois il
n'avait fait venir son fils Edouard à la Cour. Seul, son
père René d'Anjou semblait encore se souvenir d'elle,
expédiant de temps à autre une lettre, un peu d'argent.
La reine déchue et son modeste entourage vivotaient.
On économisait sur tout et Marguerite n'était pas
mieux vêtue que la femme d'un seigneur campagnard.
Elle s'en moquait. L'unique passion qu'elle pouvait
encore investir dans sa vie allait à son fils. Edouard
avait dix-sept ans. De son père, il tenait une disposition
bienveillante envers les humbles ; de sa mère, une
fierté farouche, frôlant la hauteur, et la conviction
d'être le légitime héritier du trône d'Angleterre.
Expert en armes, grand chasseur et bon cavalier,
Edouard souffrait du confinement où il vivait, de l'uni-
formité lassante de ses journées. A maintes reprises,
il avait évoqué son désir de retourner en Angleterre
pour se battre et libérer son père. Mais Marguerite y
opposait une résistance obstinée. Elle avait vu mourir
un par un tous ses amis, son époux était prisonnier,
son père en Provence à l'autre bout du royaume. Si
son fils la quittait, elle se laisserait dépérir de chagrin.

La matinée était douce, ensoleillée. Derrière les fenêtres de la chambre de la reine se déroulait à l'infini une prairie cernée de bois. Sur les berges de l'étang à gauche du château, un bouquet de saules semblait recouvert d'une poussière d'or. Dans l'immensité du tapis d'herbe, une lumière bleue courait, comme réfléchie par le ciel.

– J'irai voir Louis, décida Marguerite.

Mais, n'ayant plus confiance en quiconque, fût-il son cousin le roi de France, elle resterait sur la défensive.

Depuis trois jours, Louis XI n'avait soufflé mot de ses desseins à Marguerite, se contentant de la complimenter et de lui offrir festins et spectacles. Il était temps maintenant d'entrer dans le vif du sujet. La partie serait difficile à gagner.

Les deux semaines précédant l'arrivée de Marguerite à Amboise, Louis XI avait longuement parlementé avec Warwick et le duc de Clarence. Rien n'avait été économisé pour leur plaire : banquets, tournois, jeux de paume, musique et danse. Après des jours de vains discours, d'ambitions irréalistes, le point de vue de Louis XI avait prévalu : le légitime roi d'Angleterre ne pouvait être qu'Henry VI qui croupissait à la Tour de Londres. En outre, le mariage entre Anne, la fille cadette de Warwick âgée de quatorze ans, et le jeune Edouard de Lancastre avait été conclu. Beau-père de Clarence et de l'héritier légitime du trône anglais, Warwick avait placé « ses œufs dans les bons paniers », et Louis XI s'en réjouissait.

Sans tarder, un accord avait été signé avec un pacte d'amitié franco-anglais excluant la Bourgogne. Afin de préparer tout doucement son indomptable cousine non seulement à pardonner à un ennemi exécré mais à marier promptement leurs enfants, Louis XI s'était employé à écarter d'Amboise Warwick et Clarence. Même pour l'homme habile qu'il s'estimait être, c'était une tâche difficile.

— Jamais, s'écria Marguerite !

Le rouge lui était monté aux joues et, dans sa colère, elle avait bondi sur ses pieds, laissant tomber à terre son manchon de satin.

— Tout doux, ma cousine. Reprenez place à côté de moi et causons.

— Jamais je n'accepterai une telle proposition ! insista rageusement la reine déchue. Parmi d'innombrables outrages, Warwick a traité mon fils de bâtard et moi de Messaline.

Louis XI réprima un sourire.

— Réfléchissez, ma cousine. Tout cela est de l'histoire ancienne et seuls le comte Warwick et le duc de Clarence ont le pouvoir aujourd'hui de rétablir votre époux sur le trône. Sans leur aide, il périra dans la Tour de Londres rongé par la vermine et vous-même achèverez vos jours en compagnie du prince Edouard dans votre triste château. Songez-y, Marguerite, cet enfant pourrait vous reprocher de l'avoir, par un vain orgueil, dépossédé du trône de ses ancêtres.

— Je ne veux pas revoir cet homme.

146

– Nul ne vous demande de faire de Warwick votre ami de cœur. Acceptez simplement l'aide qu'il vous propose dans son intérêt comme dans le vôtre. Il est en ce moment en Normandie avec son épouse, ses deux filles et son gendre, non pour batifoler, mais pour signer un pacte avec vous.

Un flot de souvenirs, de pensées, d'émotions se bousculaient dans l'esprit de Marguerite d'Anjou. Son ennemi mortel venu solliciter son amitié et la main de son fils, la perspective de revoir l'Angleterre et Henry, de retrouver ses palais, sa cour, le pouvoir... Mais cet espoir insensé que faisait lever en elle le roi Louis était-il duperie ? Voulait-on arracher son consentement pour monter d'obscures machinations ? Ses propres amis lui avaient fait subir tant de revers, de désillusions, de perfidies, que l'éventualité de se remettre entre les mains d'un homme comme Warwick l'épouvantait.

– J'étudierai vos propositions, Sire, concéda-t-elle enfin, le visage fermé. Mais que Votre Majesté n'insiste pas pour le mariage du prince Edouard, mon fils, avec la demoiselle Anne Neville. Jamais je n'y consentirai.

– Elle est belle-sœur du duc de Clarence et héritière avec Isabelle de la plus grosse fortune d'Angleterre. Sans argent, un roi ne peut régner. Il tombe à la merci du bon vouloir de ses sujets et perd toute autorité.

Marguerite ne trouva rien à répliquer. Henry l'avait épousée sans le sou et toujours le manque d'argent les avait tenaillés. Le Parlement consentait des crédits ou il les refusait, osant parfois des remontrances.

– Laissez-moi réfléchir, Sire.

– C'est cela, ma belle cousine, réfléchissez, mais vite, je vous en prie, car le sire de Warwick et le duc de Clarence seront bientôt de retour à Amboise, anxieux d'obtenir votre réponse.

Le roi s'était levé, drapant sur ses avant-bras les revers des manches de son pourpoint de lin gris juste souligné d'une broderie pourpre. Sur la tête, il portait selon son habitude un simple chapeau à pointe où étaient cousues des médailles bénites.

Catherine aida sa maîtresse qui tremblait de la tête aux pieds à regagner ses appartements.

– Je vais vous préparer une infusion de thym et de menthe, Milady.

Marguerite gardait les yeux clos. Elle imaginait Edouard lui reprocher d'un ton haineux de l'avoir, par un amour-propre stupide, privé de sa couronne. Du fond de sa prison, muet, Henry lui tendait les bras.

– Pensez à votre devoir, Madame.

Agenouillée devant elle, Catherine versait du miel dans la tasse d'argent.

– Je désire le trône d'Angleterre pour mon fils, murmura Marguerite. Mais signer un pacte avec le diable, je ne le puis.

– Le comte de Warwick n'est pas pire que les autres, Milady. Durant le temps que j'ai vécu à vos côtés en Angleterre, j'ai pu voir que tous les seigneurs de ce pays ambitionnaient d'être plus grands, plus riches, plus forts que leur roi.

Marguerite mit deux jours à agréer une rencontre avec Warwick, quatre à accepter l'union de son fils et d'Anne Neville. Louis XI avait gagné et ne cachait pas sa satisfaction. Il n'avait plus qu'à ouvrir avec parcimonie les cordons de sa bourse, à armer quelques navires pour la reconquête de l'Angleterre et à se rire du courroux de son beau cousin, Charles le Téméraire, duc de Bourgogne, époux de Margaret d'York. Pour comble de bonheur, sa femme, la reine Charlotte, avait mis au monde le lendemain du consentement de la bouillante Marguerite d'Anjou leur premier fils, un gros bébé baptisé Charles le jour même. Pour s'attirer tout à fait l'amitié de sa cousine, Louis XI choisit Edouard pour parrain. L'affaire était conclue et il ne lui restait plus qu'à réunir les deux parties à Angers, ville natale de Marguerite où l'attendaient son père et son cousin, le duc de Guyenne. Chez elle, au milieu des siens dûment chapitrés par lui, il ne craignait pas de volte-face.

La rencontre fut organisée dans le moindre détail. Ce serait Marguerite qui attendrait Warwick, elle qui le recevrait et lui tendrait sa main à baiser.

Précédé par des hérauts portant trompette, suivis par des acrobates, des jongleurs et des nains vêtus de satin rose et de soie mauve, le cortège de la reine Marguerite fit son entrée à Angers. Toutes les fenêtres étaient pavoisées et par curiosité la foule s'était massée de chaque côté des rues. Dans la lourde voiture tendue de tapisseries qui les transportait sa mère et lui, Edouard s'enthousiasmait. Enfin il prenait son envol, il allait se marier et partir à la reconquête de son pays avec le duc de Clarence et le comte de

Warwick. Les oriflammes bleues, pourpres, violines, safran, mordorées claquaient au vent chaud de juillet. Des femmes à tout hasard criaient : « Vive la reine ! » Marguerite croyait rêver. Oubliée du reste du monde dans son triste château ardennais quelques semaines plus tôt, elle redevenait soudain une femme puissante que les grands courtisaient. Arrivé la veille avec son frère Charles, Louis XI l'attendait au château d'Angers. Warwick et Clarence se montreraient le lendemain avec le comte d'Oxford, un partisan fidèle des Lancastre, tout juste débarqué d'Angleterre.

Soudain, sous un vélum porté par deux cavaliers, Marguerite d'Anjou vit avancer à sa rencontre un cheval caparaçonné de soie. Grossi, vieilli, mais arborant son sourire plein de gaîté, René d'Anjou était à quelques pas. Les yeux de Marguerite se remplirent de larmes. Toute la douceur de l'enfance la reprenait avec l'envie de s'y abandonner. Sans hésiter, elle ordonna que l'on arrêtât sa voiture, en descendit, marcha vers son père. Il allait la conseiller, la protéger, la consoler. Auprès de lui, tout deviendrait facile.

Jusqu'à l'aube, le père et la fille causèrent en se tenant la main. Le ciel était constellé d'étoiles, partout des insectes nocturnes, des crapauds cherchaient un bref accouplement. Plus pauvre que jamais, René continuait à composer des vers, entouré de musiciens, de peintres, de chanteurs. En Provence, il avait accueilli des poètes maures venus d'Andalousie qui évoquaient Grenade, l'Alhambra, le palais de Cordoue. Là-bas, on polissait les mots comme les notes, et les femmes aux yeux soulignés de khôl jouaient de la guitare la nuit sur les terrasses pour séduire d'invisibles amants... Marguerite écoutait. Toujours son père avait voulu fuir la réalité, s'évader sur les ailes des mots, des notes de musique. Il avait perdu tout pouvoir politique et une grande partie de ses terres, mais il était un homme heureux. A peine Marguerite osa-t-elle évoquer devant lui ses futurs combats, son rêve d'être reine à nouveau. La nuit était trop belle pour parler de soldats, de stratégie, de violence. Dans une ruelle, des jeunes gens chantaient, un dormeur réveillé les somma de se taire. Comment se résoudre à reprendre les armes ? Et cependant sa décision était irrévocable. Elle allait débarquer en Angleterre avec Edouard et se battre pour pénétrer dans Londres en vainqueur, venger ceux qui étaient morts glorieusement pour elle. Le vin qu'on leur servait était lourd, sucré. Marguerite savait que dans quelques heures, le comte de Warwick, son pire ennemi, serait devant elle.

– Mon père, prononça-t-elle en se levant, l'aurore vient et je dois prendre du repos. Sachez que si je meurs pendant la reconquête du royaume où vous m'avez envoyée, c'est à mon pays d'Anjou, à mon fils et à vous que je penserai à l'instant où je rendrai mon âme à Dieu.

D'abord, Marguerite entendit un pas ferme, assuré, puis un frôlement d'étoffe sur le sol de pierre. Elle leva les yeux. Sa main dans celle de Louis XI, le comte de Warwick avançait vers elle. Revoir après tant d'années ce visage détesté mais familier fit naître en elle une émotion très vive. En un éclair, elle pensa au duc d'York, à Somerset, à Suffolk, tous morts pour sa cause ou celle que défendait cet homme.

Arrivé devant elle, Warwick lâcha la main du roi et tomba à genoux.

Pendant un quart d'heure, Marguerite laissa le comte à ses pieds implorer grâce et pardon. Enfin elle prononça d'un ton coupant :

– Vous êtes un lâche, milord, un traître, et vous savez combien je vous ai haï. Mais aujourd'hui, par amour pour mon cousin, le roi de France, et mon époux, le roi d'Angleterre, je consens à vous pardonner.

Elle tendit la main, Warwick y posa ses lèvres.

– Vous avez devant vous, Milady, le plus fidèle de vos sujets.

Le comte se tourna vers le roi qui benoîtement souriait. La comédie était terminée, il avait hâte d'aborder les choses sérieuses.

L'entrevue dura toute la soirée. Tout en montrant une grande déférence envers Marguerite, Warwick avait regagné toute son autorité, mais, dans le feu des plans qu'ils échafaudaient, à peine la reine le remarqua-t-elle. La reconquête se ferait en deux vagues, la première avec le débarquement du comte et de Clarence, la seconde avec le retour de la reine accompagnée de son fils, le prince de Galles, aussi rapprochées dans le temps que possible et avec autant de troupes qu'elle pourrait en rassembler. Warwick ne nourrissait aucun doute quant au soutien populaire. La reine Elizabeth et ses inféodés n'étaient pas aimés en Angleterre. Par la légèreté de ses mœurs, son goût immodéré pour la fête et le vin, Edward lui-même commençait à déplaire à d'anciens partisans. Mais, à nouveau enceinte, Elizabeth Woodville pouvait fort bien accoucher d'un garçon et regagner ainsi le cœur de ses sujets. Il ne fallait pas perdre un instant.

Alors que Marguerite d'Anjou se retirait dans ses appartements à minuit passé, un homme lui tendit une lettre fermée par le sceau d'Angleterre. Le roi Edward IV écrivait en français :

Madame, Warwick veut votre perte. Ne le croyez en rien et surtout ne donnez pas le prince Edouard à sa fille. Pour lui, à la place de Montagu, je vous offre la main de ma Bessie.

15

Avec une vive impatience, Edward IV attendait
une réponse à sa missive remise une semaine plus
tôt à Angers. La possibilité non négligeable de se
regagner Marguerite d'Anjou tenait dans cette promesse de mariage qui, compte tenu de l'âge tendre
de sa fille Elizabeth, pourrait être ultérieurement
annulée. La réception grandiose que Louis XI avait
réservée à Warwick et à son frère l'avait atterré. Plus
qu'une provocation, c'était presque une déclaration
de guerre.

Sans répit, le jeune roi pesait la situation. Il disposait, certes, d'une armée importante, mais qui
pouvait prévoir la réaction populaire ? Warwick
savait embobiner les humbles, se faire aimer. Il était
presque roi dans le Nord et George possédait une
dangereuse séduction, la charmante légèreté des
baladins et des faiseurs de tours.

Enceinte de huit mois, la reine Elizabeth ne quittait plus guère ses appartements. Son astrologue lui
avait prédit un garçon et, toute à sa joie, elle ne
prêtait qu'une oreille distraite aux préoccupations de
son mari. Warwick et George, reprendre la couronne
pour l'offrir à Henry VI et à Marguerite ? Cela ressemblait à une fable dont mieux valait se gausser.

Les Lancastre étaient détestés, à peine leur restait-il quelques partisans, obscurs défenseurs des causes perdues.

Hastings et Richard montraient plus d'anxiété. Contrairement aux autres soulèvements matés, ce débarquement soutenu par le roi de France était chose sérieuse. Combien de soldats avaient-ils réunis ? A quelle somme se montait leur trésor de guerre ?

– La flotte bourguignonne patrouille dans la Manche, tentait de rassurer Hastings. Nos alliés bloquent les navires de Warwick. Nous pouvons également compter sur le soutien du duc Francis de Bretagne qui est excédé par les prétentions françaises.

– Warwick et George peuvent rejoindre l'Angleterre par Bordeaux. S'ils disposent d'une force conséquente, nous ne pourrons pas les arrêter. Aussi fidèles soient-ils, vos amis ne se feront pas exterminer pour les York. Il faut tout prévoir, mon ami, la victoire comme la défaite.

Richard de Gloucester pensait au comte et à la comtesse de Warwick, à leurs deux filles, à George, qui se trouvaient en France, tous en bonne amitié. Edward réalisait-il combien lui coûtait sa fidélité ? Seul à Londres, tenu à l'écart par les Woodville, face à un avenir incertain, il lui arrivait de se demander si Edward valait ce sacrifice. Pourtant, jamais il ne l'abandonnerait. Lui vivant, son frère aîné ne subirait pas le sort pitoyable de leur père, dont la tête sanglante avait été empalée sur un pieu et couronnée de papier.

Marguerite n'avait pas encore décidé quelle réponse elle ferait à la lettre d'Edward d'York. Dans le beau jardin du château d'Amboise, elle se promenait matin et soir avec son père, son cousin, Catherine et quelques servantes. Son fils Edouard se dérobait. Qu'avait son enfant en tête pour l'éviter ainsi ? Marguerite n'ignorait pas qu'il rêvait d'en découdre avec les York et de libérer son père de la Tour de Londres. N'ayant rien à lui cacher, elle lui avait montré la lettre. L'air méprisant, il s'était contenté de hausser les épaules. Et cependant une York valait bien une Neville. Marguerite ne haïssait pas celle qui l'avait remplacée comme reine d'Angleterre. Durant deux années à son service comme dame d'honneur, elle avait eu l'occasion de connaître Elizabeth depuis l'adolescence. Dure, ambitieuse, elle n'était pas méchante pourtant. Dès sa plus tendre enfance, sa mère Jacquetta lui avait seriné les noms des princes de sa propre lignée, mais la modeste origine de son père tenait la famille Woodville à distance des grands d'Angleterre. Lorsque sir John Grey avait demandé sa main, talonnée par une mère anxieuse de caser ses filles, elle l'avait accepté avec réticence. De bonne naissance, John était un fidèle partisan des Lancastre, un homme courageux, idéaliste. Par preuve d'amitié envers le jeune couple, elle, la reine d'Angleterre, avait assisté à ce mariage. Elizabeth l'avait quittée alors pour monter sa propre maison, un modeste manoir campagnard où elle avait mis au monde deux fils. Sa beauté s'y étiolait dans l'ennui d'une existence sans surprises. Devenue veuve, elle avait vite compris où était son intérêt et joué magistralement son jeu.

Alors qu'elles déambulaient dans le parc, la reine déchue et sa servante aperçurent au loin Anne Neville se promenant avec sa vieille nourrice. La lumière auréolait d'or les cheveux de la jeune fille, caressait le visage juvénile, la gracile silhouette vêtue de lin bleu dont le corsage serré suggérait une poitrine haute et ronde. Ses manches élargies au coude laissaient voir de jolis bras qu'encerclaient des bracelets d'or en forme de serpent. Soudain, une rose rouge à la main, Edouard surgit de la roseraie. Quand son fils mit un genou à terre devant Anne, Marguerite commença à trembler.

– Réjouissez-vous, Madame, conseilla la dame d'honneur en voyant le trouble de sa reine, les sentiments sont plus forts que les intérêts politiques.

– Mon fils me trahit.

L'église d'Amboise étincelait de cierges, de chandeliers dorés à l'or fin, de statues couronnées, d'étendards déployant les blasons des Valois, des familles d'Anjou, de Lancastre et de Neville. Le roi, la reine, le frère du roi, la comtesse de Warwick, le duc de Clarence et sa femme Isabelle, Marguerite et son père René s'apprêtaient à marier Edouard de Lancastre et Anne Neville. Sur l'autel principal et ceux des chapelles adjacentes embaumaient des gerbes de roses rouges.

Tout le clergé des villes environnantes était présent dans un flot de surplis, de chapes brodées d'or et de pourpre. Le soleil allumait les vitraux dont les lueurs bleues ou rouges se posaient sur les pierreries parant les assistants. Au premier rang, Marguerite d'Anjou vêtue de soie rebrodée de cygnes d'or, la tête coiffée d'un hennin d'où pendait un long voile, était agenouillée à côté du roi Louis XI portant un pourpoint gris. A sa droite, la comtesse de Warwick, le duc de Clarence et Isabelle étaient habillés de satin broché incrusté de pierreries.

Dans une longue sonnerie de trompettes, la mariée avança au bras de son père. Vêtue d'une robe blanche toute rebrodée de boutons de roses rouges, la tête couverte d'un chapeau rond d'où s'échappait un voile, Anne garda les yeux baissés pour remonter la nef et ne les leva que lorsqu'elle rejoignit Edouard vêtu de satin blanc, la tête coiffée de sa couronne de prince de Galles.

Marguerite refusait de laisser l'émotion la gagner. Cette cérémonie était un acte politique, rien de plus. L'évêque avait mis les mains droites des deux jeunes gens l'une dans l'autre. « *Ego conjungo vos in matrimonium, in nomine Patri et Filii et Spiritus sancti !* » Les hautbois, cornemuses, violes et flûtes entamèrent une musique triomphale accompagnée de dizaines de chanteurs. La voix pure d'un garçonnet s'éleva dans les volutes âcres de l'encens.

La tête basse, Clarence ruminait sa rancœur. En donnant Anne à Edouard de Lancastre, Warwick le dépossédait par deux fois, la première de sa place de prétendant au trône d'Angleterre, la seconde en décidant un partage de sa fabuleuse fortune. Quoique son beau-père lui eût solennellement juré que la succession d'Henry VI et de Marguerite reviendrait à ses propres fils et non à un potentiel héritier d'Edouard et d'Anne, il ne le croyait plus. Warwick était un manipulateur. Mais il se défendrait bec et ongles. C'est lui qui monterait sur le trône, non le roi Henry que chacun tenait pour incapable d'exercer le pouvoir. Jamais Marguerite d'Anjou ne reprendrait les rênes de l'Angleterre. Si cette honte devait lui être infligée, il rejoindrait sans hésiter le camp de son frère Edward.

La messe prenait fin. Les lèvres serrées, Marguerite remonta la nef à côté du comte de Warwick. Bon enfant, le roi Louis XI regagna à pied le château, à côté de son frère Charles, tous deux acclamés par la foule. Ayant bien mené son affaire, il était heureux. Edward d'York allait se repentir de l'avoir négligé en faveur des Bourguignons. Cette vengeance patiemment attendue compensait ses efforts pour persuader sa cousine, l'argent dépensé pour monter la maison du jeune ménage et celui qui serait englouti pour la reconquête de l'Angleterre. Un flot d'honneurs coulait désormais vers la maison d'Anjou. Traitée en souveraine, Marguerite abaissait ses défenses et avait enfin consenti à adresser la parole à sa belle-fille.

– Sire Warwick, je sais ce que j'ai à faire et vous me devez la confiance que moi-même je vous ai accordée. Repartez avec Clarence pour l'Angleterre. Je vous y suivrai avec mon fils et ma bru. Mais il me faut le temps de réunir de bons soldats, des navires qui ne sombreront point au premier coup de vent, des armes en grand nombre et des chevaux de guerre. Là-bas, le secours vous viendra de vos amis, moi, je n'en aurai guère et ne pourrai compter que sur moi.

Warwick, qui s'apprêtait à partir pour le Cotentin où sa flotte l'attendait, fit un effort pour conserver son calme. Il n'ignorait pas qu'au moindre emportement Marguerite risquait de lui tourner le dos.

– Je vous entends, Milady, mais nous ne disposerons que de quelques mois pour asseoir l'autorité de votre époux le roi Henry VI. Votre présence à mon côté est absolument nécessaire.

– J'ai étudié ma stratégie, milord, et crois pouvoir me vanter d'être un capitaine aussi bon que bien d'autres. Aux premiers jours du printemps, Dieu m'aidant, je vous rejoindrai à Londres.

– Eh bien, hâtez-vous, Milady, de réunir ces bons soldats et ces solides vaisseaux car dans les guerres le temps est le meilleur des alliés. Nous avons beaucoup de besogne dans les mois à venir. Votre beau cousin, le roi de France, ne nous a consenti son aide qu'à la condition de voir l'Angleterre rompre avec la Bourgogne et arrêter tout commerce avec les tisserands bourguignons au profit des artisans français. Quand la France attaquera la Picardie bourguignonne durant l'hiver, nous devrons prendre le duc Charles à revers. Cette stratégie, Madame, exige que nous régnions alors sur une Angleterre en paix.

– Que mon époux, le roi Henry, règne ! rectifia sèchement Marguerite.

Warwick inspira profondément. Il jouait la partie la plus importante de sa vie et cette femme s'accrochait à des mots !

160

– Ayez l'extrême bonté de me recevoir avant mon départ pour la Normandie, Milady, poursuivit-il. Je vous confierai alors solennellement ma fille, ma très chère Anne, qui est désormais la vôtre. Je ne peux vous donner plus grande preuve de confiance et d'amitié.

D'un geste, Marguerite repoussa la tasse de bouillon que lui tendait une dame d'honneur. Elle n'avait ni faim ni soif et ne fermerait probablement pas l'œil de la nuit. Une fois pour toutes, elle devait admettre qu'elle s'était alliée avec le diable, poussée par son cousin qui rêvait d'en découdre avec Charles le Téméraire pour reprendre Amiens et Saint-Quentin. Prise dans des ambitions si diverses, elle devait être assez habile pour faire aboutir les siennes.

– Le prince Edouard compte-t-il venir me donner le baiser du soir ?

Embarrassée, Catherine attendit un instant avant de répondre :

– Le prince n'est pas au château. Lady Anne et lui sont partis à cheval se promener sur les bords de la Loire.

« L'Angleterre m'a dépouillée de tout, pensa Marguerite. Comme il est singulier que je sois encore attachée à ce pays dont jamais je n'ai reçu le moindre bonheur ! » Mais, au plus profond d'elle-même, la reine savait qu'elle se mentait. L'Angleterre lui avait donné des amours passionnées, un mari pieux et bon, un fils. Mais était-ce en des bonheurs disparus à jamais qu'elle cherchait à croire ? Ses amants étaient morts, Henry n'était qu'un homme désemparé, halluciné, qui peut-être ne la reconnaîtrait pas, et son fils appartenait à Anne Neville, la fille de celui qui autrefois avait juré sa perte. Cette expédition était une remontée du fleuve vers sa source. Elle y investissait ses dernières forces, l'ultime sursaut de son ardeur belliqueuse.

Sa jeunesse avait passé comme le printemps, elle allait vers l'âge mûr et la vieillesse. Quand pourrait-elle songer à son salut ? Elle avait menti, trahi, trompé la confiance d'un mari juste. Elle s'était comportée en homme. Dieu le lui pardonnerait-Il ?

16

Septembre 1470.

Le 6 septembre, la tempête poussa vers le nord la flotte bourguignonne qui bloquait les navires du comte de Warwick et du duc de Clarence à Saint-Vaast-la-Hougue. Warwick exultait, Dieu était de son côté. Tout était prêt pour le départ. En quelques heures, soldats, chevaux, armes, coffres remplis du trésor de guerre alloué par le roi de France furent embarqués. Le 8 septembre, le vent devint favorable et on hissa aussitôt les voiles.

A peine sur le sol du Devonshire, le comte reçut d'excellentes nouvelles de Londres. En dépit des multiples avertissements du duc de Bourgogne, Edward IV n'avait rien préparé pour la défense de la ville. Et la ruse d'une rébellion dans le Nord pour y attirer le roi et laisser le Sud vulnérable avait parfaitement réussi. Soumise depuis le début de l'été à l'influence de notabilités lancastriennes, la population déjà acclamait le roi Henry VI.

— Après-demain, Clarence, nous coucherons à Londres, se réjouit le comte de Warwick, et Henry receindra sa couronne.

En dépit de quelques échoppes fermées en signe

de protestation, la même population londonienne qui applaudissait quelques semaines plus tôt Edward acclamait le cortège de Warwick et de Clarence. Des maisons longeant les rues jaillissait le cri de ralliement traditionnel : « A Warwick ! A Clarence ! » Côte à côte sur leurs chevaux, le comte et le prince souriaient, adressaient des signes à la foule, faisaient jeter des piécettes aux enfants qui couraient à côté d'eux. Leur triomphe était encore plus grand qu'ils ne l'avaient espéré. Une pluie fine et douce tombait, faisant luire les pavés. Clarence comprenait que la joie populaire allait à Warwick, le plus grand seigneur du royaume, « le faiseur de rois ». Lui ne marchait que dans son sillage et son orgueil en était meurtri.

– Je vais de ce pas à la Tour de Londres délivrer votre roi, clama Warwick.

Beaucoup dans la foule n'avaient guère souvenir du « bon roi Henry », comme on l'appelait communément. Durant son règne, on le voyait peu et depuis des années il avait tout à fait disparu. Certains le croyaient mort depuis longtemps ou exilé en France avec la reine Marguerite.

– A la Tour ! s'écria un colosse en tablier de boucher.

Des centaines de voix lui répondirent. Chacun se sentait le héros du jour en allant ouvrir les portes de la prison du roi.

Assis sur un tabouret derrière une table de simple bois de sapin, une barbe hirsute tombant sur sa poitrine, les cheveux longs et emmêlés, Henry VI regarda avec stupeur le comte de Warwick et le duc de Clarence franchir le pas de la porte de sa cellule.

– Venez-vous me faire exécuter ? balbutia-t-il. Je suis prêt.

Quand Warwick se jeta à ses pieds, le roi hébété ne put prononcer un mot.

– Relevez-vous, milord, pria-t-il enfin d'une voix tremblante, et dites-moi ce qui se passe.

– Votre Grâce va reprendre le trône de ses pères.

Henry s'était levé, les yeux pleins de larmes.

– Et Sa Majesté la reine, et mon fils le prince de Galles ?

– Ils vont vous rejoindre sous peu, Votre Grâce.

Avec sa barbe sale, ses cheveux où grouillaient les poux, le roi déchu offrait un spectacle pathétique.

– Un barbier et un tailleur vont venir prendre soin de vous, Sire, poursuivit Warwick. Ce soir, vous coucherez chez l'archevêque de Canterbury en attendant que vos appartements soient prêts à vous recevoir à Westminster.

– Mais où est donc Edward d'York ?

– En fuite avec lord Hastings et son frère, le duc de Gloucester. La reine Elizabeth, quant à elle, a demandé asile à l'abbaye de Westminster avec sa famille.

– En fuite..., murmura le roi. Cela est extraordinaire ! Mais je suis fort aise de pouvoir aller aux étuves, me faire raser et passer une chemise de toile propre.

Réunis en novembre, les membres du Parlement entérinèrent sans broncher la restauration du roi Henry VI et l'attribution du titre de lieutenants du royaume revendiqué par Warwick et Clarence. Le roi restant dans un état de quasi-hébétude, le pouvoir était entre leurs mains. Mais le défi qu'ils avaient à relever était considérable. Tout à leurs préparatifs, Marguerite d'Anjou, son fils et sa bru tardaient. L'hiver approchait et, dans quelques semaines, la traversée de la Manche deviendrait périlleuse. Déjà Edward et les siens avaient failli se noyer en traversant précipitamment la mer du Nord pour trouver asile en Flandres sous la protection des Bourguignons. Si Marguerite et le prince de Galles ne débarquaient pas promptement, le peuple les traiterait de lâches et se détournerait d'eux aussi vite qu'il s'en était à nouveau entiché. Des courriers expédiés en France revenaient avec la même réponse : Marguerite se préparait et refusait qu'on la bouscule. Elle prendrait la mer avec sa flotte, ses soldats, ses chevaux et des armes en grand nombre en décembre.

Warwick ne contenait plus son impatience. Cette femme avait toujours été source d'échecs et de malheurs. Mais il ne pouvait la tenir à l'écart. Et Louis XI le harcelait. « Quand mon bon ami Warwick tiendra-t-il sa promesse en déclarant la guerre à la Bourgogne ? » écrivait-il. La France allait incessamment expédier des émissaires à Londres pour mettre au point la conquête de la Hollande et de la Zélande. Dès les fêtes de Noël achevées, lui-même, précisait Louis XI, partirait pour la Picardie et s'approcherait aussi près que possible des frontières

bourguignonnes. A ce moment, il comptait sur Warwick et les soldats anglais pour, de Calais, prendre
à revers l'armée de Charles le Téméraire.

– Par Dieu, tempêta Warwick en face de son secrétaire, le roi de France est bien pressé ! Croit-il que
je puisse pacifier l'Angleterre et guerroyer en même
temps contre les Bourguignons ?

– Que dois-je répondre, milord ?

– Ecrivez : « Sire, je vous promets que tout ce qui
est écrit ci-dessus sera obéi et exécuté dans le détail,
comme je l'avais promis à vos envoyés. Et je vous
reverrai bientôt, s'il plaît à Dieu, car c'est là mon
plus grand désir. Votre humble et très dévoué serviteur. Richard Warwick. »

« Je dois coûte que coûte caresser Louis dans le
sens du poil, songea-t-il. J'ai besoin de temps et
d'argent. Pour garder mes amis, il me faudra distri-
buer terres, titres, châteaux, et ce ne sera pas le roi
de France qui me les trouvera. »

– Couchez-vous, Milady, je vous en prie, la naissance est proche.

Depuis les premières douleurs, Elizabeth arpentait
sa chambre, les dents serrées. Ce qui aurait dû être
un événement heureux se déroulait dans un climat
sinistre : Edward détrôné et exilé en Flandres ; elle-
même, sa mère, ses filles et son frère réfugiés à
l'abbaye de Westminster et gardés jour et nuit par
les soldats de Warwick et de son propre beau-frère,
Henry VI reprenant sa couronne et Marguerite flan-
quée de son bâtard et de la fille de Warwick attendue

167

sous peu à Londres. Un tel retournement du destin l'avait foudroyée. A peine songeait-elle encore que son astrologue avait prédit un fils.

Un lit l'attendait près du feu. Déjà la sage-femme faisait bouillir de l'eau, rassemblait des bandelettes de toile, de l'alcool, des copeaux de cèdre qui seraient brûlés dès la naissance pour chasser les vapeurs malignes, cause du décès de nombreuses parturientes.

— Ne pourrait-on avoir raison de ces traîtres par l'épée ou le poison ? siffla Elizabeth. Si je n'étais en mal d'enfant, j'irais me débarrasser d'eux moi-même.

A grand-peine ses dames d'honneur et la sage-femme la firent consentir à demeurer allongée.

— La tête se voit déjà, annonça l'accoucheuse, qui avait mis au monde tous les enfants du duc d'York : les deux filles vivantes d'Edward et d'Elizabeth et celle qui n'avait pas survécu.

Sa patiente accouchait facilement et elle ne se faisait guère de souci. La reine geignait doucement, tandis que des chambrières massaient son ventre d'huile de lavande et de romarin.

— Poussez encore, Milady, l'enfant est prêt à naître.

Elizabeth s'arc-bouta sur l'étroite couche, elle aurait voulu devenir une lame tranchante qui percerait Warwick et Clarence en plein cœur.

— Un garçon, Milady ! Un beau et fort petit prince de Galles.

— Ne prononcez pas ce nom ! reprocha Elizabeth. Vous allez porter malheur à mon fils. Le prince de Galles désormais est Edouard, le bâtard, le gendre de Warwick.

Seule dans son lit d'apparat, la reine tenta de

trouver le sommeil. Warwick lui avait volé le bonheur d'avoir un fils, jamais elle ne le lui pardonnerait. Mais, qu'il le veuille ou non, son fils régnerait sur l'Angleterre. Il la mésestimait.

Fébrilement, elle sonna une servante.

– Apporte-moi du parchemin, une plume et de l'encre.

Nulle autre qu'elle n'annoncerait au roi proscrit qu'il avait désormais un héritier mâle :

Monseigneur et tendre ami,

Par la gloire de Dieu, un fils nous a été donné aujourd'hui. Je lui ai donné le nom d'Edward. Il a été aussitôt baptisé.

Londres semble plier sous le joug de nos ennemis mais je garde espoir et vous supplie de conserver tout votre courage pour l'amour de notre fils et de moi. Par des serviteurs qui ont la possibilité d'aller et venir hors du sanctuaire, j'ai pu apprendre que lord Warwick attend avec grande impatience la reine française, toujours en Normandie. Que le diable lui sèche les entrailles ou la fasse périr en mer ! Aussi longtemps qu'elle ne sera pas à Londres avec son bâtard, le roi Henry sera mal assis sur son trône car il est incapable de gouverner. Votre frère Clarence semble regretter déjà, à ce qu'on prétend, une alliance hors nature. Dépêchez-lui sans retard des émissaires qui le convaincront tout à fait de nous rejoindre. Sans lui, et sans Marguerite d'Anjou, Warwick est un homme mort.

Tentez par tous les moyens de me donner de vos nouvelles, mon doux seigneur. Je me languis de vous et prie Dieu chaque jour qu'Il nous réunisse. Votre fils est un enfant d'une grande beauté. Il vous ressemble.

– Il m'est né un fils à Londres ! annonça Edward, triomphant. Qu'on amène un tonneau de vin de Loire et un autre de bonne bière. Par Dieu, dans peu de temps, il sera aux côtés de son père.

Le débarquement en Angleterre du traître Warwick et de son frère avait pris Edward par surprise. Sur la route d'York, il n'avait pas assez d'hommes avec lui pour courir sur Londres et avait dû se résigner à rejoindre la côte, réquisitionner des bateaux de pêche et faire route vers les Flandres pour demander asile à son beau-frère le duc de Bourgogne. Les Flandres l'avaient accueilli en roi et c'est au roi d'Angleterre que Charles le Téméraire avait offert son aide politique, militaire et financière. Depuis longtemps il avait éventé les ruses de son seigneur le roi de France : la chute des York contre l'anéantissement de la Bourgogne, mais le renard allait se prendre les pattes dans un piège qu'il n'avait pas flairé. Approché à maintes reprises et dans le plus grand secret par ses émissaires, Clarence commençait à regretter son choix. Des terres, de l'argent, beaucoup d'honneurs et de ronflantes espérances finiraient par le convaincre tout à fait d'abandonner Warwick. Mais il fallait faire vite, agir avant que l'armée de Marguerite, immobilisée à Honfleur par des vents contraires, pût rejoindre celle des usurpateurs.

Avec bonheur, Edward et Richard avaient retrouvé leur sœur Margaret adorée de son nouveau peuple. Active, charitable, discrète, entourant Charles le Téméraire, son époux, et sa belle-fille Marie d'une grande affection, elle compensait son chagrin de ne pas avoir d'enfant en se dévouant corps et âme aux

170

malheureux et à l'éducation de Marie. Aucune incertitude ne troublait la jeune femme : le trône d'Angleterre appartenait à son frère, il en reprendrait possession et le transmettrait à un York.

Dépêché à Flessingue pour commencer à assembler une flotte, Richard s'arrêtait souvent à Lille ou à Bruges. A peine Margaret avait-elle reconnu son fragile petit frère dans cet homme sec et volontaire au regard sévère. Elle se faisait du souci. Le dévouement aveugle de Richard envers leur aîné n'était-il pas un défi qu'il se lançait à lui-même ? Approché sur ce sujet, Edward avait éclaté de rire. Quels diables d'idées sa sœur avait-elle ? Richard lui était attaché parce qu'il était le roi, l'aîné de la famille et son protecteur. « Ne t'est-il jamais venu à l'esprit que sa dévotion envers toi pouvait masquer de l'envie ? » avait insisté Margaret. Mais Edward refusait de l'entendre. Par ailleurs, entre ses préparatifs de reconquête et les jeux de l'amour offerts par les jolies Flamandes, il n'avait guère le temps d'ergoter.

Arrivé de Lille pour partager la joie de son frère, Richard avait entraîné avec lui William Caxton, un vieil ami désormais au service de Margaret de Bourgogne. Charles le Téméraire l'avait aussitôt convoqué.

– On dit Warwick à court d'argent. Il ne faut pas lui laisser le temps d'en obtenir de votre Parlement. Le succès de notre commune entreprise dépend de votre promptitude à contre-attaquer.

– Mon frère George ne se battra pas contre nous, affirma Richard, j'ai reçu de lui un message répondant à mon dernier courrier. Le duc de Clarence n'a plus confiance en Warwick qui s'est joué de lui. Une fois les Lancastre rétablis, le comte sera gouverneur du royaume et n'aura plus besoin de personne. Si Isabelle n'est pas reine, Anne un jour le deviendra. Que lui importe ! Avec la défection de mon frère George et, Dieu aidant, les armées de Marguerite clouées pour un moment encore à Honfleur, la victoire sera nôtre.

17

Printemps 1471.

Après deux semaines de traversée par un temps affreux, la flotte de Marguerite jeta l'ancre à Weymouth, la veille de Pâques. Aucun messager de Warwick ne l'y attendait. La reine dut organiser en hâte un campement pour son armée. Nul n'ignorait qu'Edward d'York, lui aussi, avait repris pied quelques semaines plus tôt avec dix mille hommes sur le sol anglais dans le comté de Dorset.

Retrouver sa terre d'adoption, être à nouveau prête à se battre libéraient soudain Marguerite des angoisses qui l'avaient torturée durant l'horrible traversée. Edouard, son fils, jubilait. Enfin il allait pouvoir prouver sa valeur, se battre en homme pour la cause de son père et de ses ancêtres. Il harcelait sa mère : quand lèveraient-ils le camp pour affronter les yorkistes ? Il n'avait pas défié la tempête pour moisir sur un rivage. Tous étaient prêts. A peine débarqué, son cousin Jasper Tudor était parti à bride abattue pour le pays de Galles afin de rassembler leurs amis.

– Les émissaires du comte de Warwick vont se montrer d'un moment à l'autre, se convainquit la reine. Demain nous fêterons Pâques ici et nous nous mettrons en marche dès leur arrivée.

– Où est Warwick ? interrogea rudement Marguerite.

L'homme avait galopé depuis des heures, son cheval écumait.

– Il se dirigeait vers Coventry lorsque je l'ai quitté, Milady. Son vœu est que vous vous rendiez aussitôt que possible à l'abbaye de Beaulieu. Mais sans doute Votre Grâce ne sait-elle pas la terrible nouvelle ? Le duc de Clarence a trahi et rejoint l'armée de ses frères.

Le visage de la reine se crispa. A peine était-elle de retour sur le sol anglais que le malheur fondait sur elle.

– Que le diable l'emporte ! Je savais qu'il trahirait. Cet homme est né veule et lâche, il le restera toute sa vie.

Anne tenta d'apaiser la colère de sa belle-mère. Comment Isabelle, sa sœur, vivait-elle cette félonie ?

– Vous êtes une Lancastre désormais, ma fille, lança Marguerite farouchement. Votre place est avec moi. Vous avez fait votre choix, Isabelle le sien.

La jeune princesse n'avait aucun argument à opposer. Quoique poussée par son père, elle avait accepté et même voulu son mariage. Mais comment être heureuse au milieu de la tempête qui détruisait sa famille, dans la terreur qu'Edouard fût tué au cours d'une bataille ? Cassante, insensible aux arguments du cœur, sa belle-mère lui faisait peur. Ses pensées allaient toutes vers la reprise du pouvoir et la punition de ceux qui l'avaient trahie. Anne devait obéir, vivre la vie de camp, accepter de se terrer avec sa mère dans un couvent, tandis que son jeune mari partirait se battre avec Marguerite d'Anjou. Et elle imaginait les angoisses de sa sœur Isabelle devenue en un moment la pire ennemie de leur père.

La reine donnait le signal du départ, quand au loin on vit arriver un cavalier. Les sabots de son cheval soulevaient des gerbes de boue et, sous le ciel gris, la cape noire qui flottait au vent semblait fantomatique. Le cœur de Marguerite se mit à battre à tout rompre. Serait-ce Warwick ?

Devant le cheval de la reine, le duc de Somerset sauta à terre. Il avait le visage couvert de terre, les yeux rouges, les lèvres desséchées.

– J'arrive de Towton, Milady, où le comte de Warwick a livré bataille à Edward d'York.

Il hésitait.

– Les nôtres ont été défaits, n'est-ce pas ? interrogea Marguerite d'une voix blanche.

– Pire que cela, Milady. Le comte de Warwick est mort et le roi Henry va retourner à la Tour.

La reine poussa un cri. Derrière elle, Anne était livide.

– Le comte s'est battu héroïquement, mais il a été trahi par son propre frère, le comte de Montagu. Justice a été faite cependant, car lui aussi est mort au combat.

Pour que nul ne vît les larmes qui emplissaient

ses yeux, Marguerite posa son front sur l'encolure de son cheval.

– Rien n'est tout à fait perdu, Milady, poursuivit le jeune Edmond de Suffolk, duc de Somerset [1]. Je me mets à votre service et à celui du prince de Galles. Il nous reste des fidèles. Oxford et Exeter ont pu fuir. Et vous disposez d'une bonne armée.

– Je rentre en France, décida Marguerite.

La voix était dure, ferme.

– Ne repartez pas, Milady ! conjura Somerset. Songez que le roi Henry VI n'a plus que vous pour le défendre.

– Ce pays ne m'a donné que désillusions et larmes. Je n'y demeurerai pas un jour de plus.

– Jamais je n'abandonnerai mon père !

La voix d'Edouard avait claqué dans le court moment de silence.

Surprise, Marguerite regarda ce fils qui pour la seconde fois se rebellait.

– Nous ne pouvons rien pour lui, mon enfant. En ce moment même, les York doivent marcher sur Londres.

– Quel avenir m'attend en France ? Tendre la main au roi Louis pour obtenir ma subsistance ? L'Angleterre est mon pays, Madame, et si je dois mourir, c'est dans cette terre que je veux être inhumé, l'honneur sauf.

– Je veux vous protéger.

---

1. Edmond de Suffolk, duc de Somerset, est le petit-fils de l'amant de Marguerite, mort en 1455, et le jeune frère d'Henry, duc de Somerset, mort en 1464.

– Laissez-moi ma chance, mère. Depuis que je suis enfant, vous avez consacré votre énergie et votre amour à me faire roi. Le moment est venu et vous reculeriez ?

Marguerite réfléchissait. Ne perdrait-elle pas son fils à jamais si elle le contraignait à revenir en France ?

– Vous savez l'attachement qui m'a liée à votre grand-père et à toute votre malheureuse famille, prononça enfin la reine en regardant Somerset. Je ne vous abandonnerai pas. Venez sous ma tente avec Edouard. Nous allons faire nos plans de campagne.

Jusqu'au cœur de la nuit, la reine, son fils, Somerset et son frère John déplièrent des cartes, tracèrent des itinéraires. Il fallait qu'ils aillent à marche forcée au pont de Tewkesbury pour passer la Severn. Là, ils prendraient un peu de repos avant d'affronter les forces yorkistes en espérant un prompt renfort des Tudor.

Marguerite d'Anjou n'en pouvait plus. Elle croyait voir du sang dégouliner le long de la toile de sa tente, sur le sol recouvert de fourrures et les parois des coffres hâtivement disposés. Les chandelles elles-mêmes semblaient pleurer du sang.

A cette heure même, acclamé sans doute comme elle l'avait été autrefois, Edward d'York devait faire son entrée dans Londres. Il allait revoir Elizabeth, serrer ses enfants dans ses bras. Henry, lui, croupissait à la Tour. Comment renverser le cours d'un destin qui s'acharnait si cruellement contre elle ? « En me battant et en forçant la victoire », murmurat-elle.

Epuisée, l'armée française à laquelle s'était jointe celle levée par Jasper Tudor s'était jetée à même le sol pour prendre du repos. Deux jours durant, les soldats avaient marché, subsistant de pain noir et de lard, buvant l'eau des ruisseaux. Beaucoup de chevaux boitaient et il avait fallu en abattre une douzaine. De l'autre côté de la rivière brillaient les feux de bivouac des troupes yorkistes.

Le lendemain 4 mai, Marguerite observait le combat de loin. Les attaques successives de Gloucester, Hastings et Clarence commençaient à former des brèches dans son armée. Quelques étendards flottaient encore mais, dans le nuage de poussière, la reine ne distinguait pas bien s'ils étaient York ou Lancastre.

Soudain pétrifiée, elle vit Somerset cerné de toutes parts, ceinturé, désarmé.

– Mon épée ! hurla-t-elle d'une voix hystérique. Il faut le secourir.

– Ne vous offrez pas en sacrifice aux York, Milady.

Un écuyer maintenait la bride de son cheval, un autre tentait de la désarçonner.

Elle allait sortir sa dague et faire lâcher prise aux jeunes gens quand elle vit son propre fils qui tentait de fuir, jeté à bas de sa selle. Clarence et deux hommes de son escorte qu'elle identifia à leurs étendards s'emparaient de lui.

De ce qui se passa alors, Marguerite ne garda aucun souvenir. Une dame d'honneur le lendemain lui apprit qu'en proie à une crise de nerfs, elle avait tenté de poignarder ses écuyers pour s'élancer sur le champ de bataille. Il avait fallu plusieurs hommes pour la maîtriser, la hisser dans un chariot et la mettre à l'abri. Dans la maison d'un villageois, entourée d'Anne et de la comtesse de Warwick, elle avait repris conscience.

– Votre fils et Somerset ont été conduits à l'abbaye de Tewkesbury avec quelques-uns des nôtres, annonça la comtesse avec douceur. Gardez espoir. Peut-être respectera-t-on leur droit d'asile.

– Qu'on se saisisse de Somerset et de ses comparses pour les exécuter sur-le-champ, ordonna Edward, et qu'on m'amène le fils de Marguerite d'Anjou.

Ce jour-là, il n'était enclin à aucun pardon. Sa fuite de Londres, la traversée de la mer du Nord dans un méchant bateau de pêche où il avait failli dix fois se noyer, les mois d'exil, la réclusion de la reine et de ses enfants demandaient vengeance. Tant qu'un Lancastre resterait vivant, il ne serait pas en sécurité. La naissance d'un fils, d'autre part, lui faisait devoir d'éliminer tout rival possible afin de lui léguer un royaume paisible et prospère.

Pour affirmer sa dignité royale, Edward avait revêtu une longue robe de velours bleu frappé de lions et de léopards et se tenait assis dans un vaste fauteuil tapissé de damas blanc brodé de lys d'or. Autour du roi se tenaient ses inféodés, ceux qui avaient prouvé leur dévouement en le suivant durant son bref exil : Richard de Gloucester, lord Hastings et le marquis de Dorset. En témoignage d'une confiance réaccordée, son frère George, lui aussi, était à son côté.

D'un geste brusque, le prince de Galles repoussa les gardes qui lui tenaient les bras et se tint fièrement devant Edward.

– Nul n'a le droit de me traiter en criminel ou en voleur ! protesta-t-il.

Toute la nuit, Edouard de Lancastre avait préparé son entrevue avec le roi. Il ne se faisait guère d'illusion. Les York ne pouvaient tolérer la menace potentielle qu'il représentait. Comme on ne lui avait donné ni papier, ni plume, il n'avait pas pu écrire à sa mère et à sa jeune femme. Que deviendraient-elles s'il venait à mourir ? Aucune abbaye ne pouvant les garder sauves, il aurait voulu les inciter à fuir aussitôt pour la France. En Anjou, auprès du roi René, peut-être trouveraient-elles une certaine paix dans leur amitié mutuelle et le souvenir de lui.

D'un regard glacé, le roi l'observait.

– Comment avez-vous osé pénétrer dans mon royaume avec des étendards déployés contre moi ?

Chacun retenait son souffle. Edouard était si jeune... Sans doute allait-il se jeter aux pieds du roi et implorer sa grâce.

– Pour recouvrer la couronne de mes pères et mon propre héritage.

L'impertinence du ton décontenança Edward. Le prince venait de dépasser les limites. D'un bond, il se leva et de son gantelet de cuir frappa son prisonnier en pleine face. Sans baisser le regard, celui-ci cracha vers le roi le sang qui coulait de ses lèvres. Ce fut alors la curée. Devant l'affront, Gloucester, Clarence, Hastings, Dorset sortirent ensemble leur dague et frappèrent le jeune homme.

– Et maintenant, ordonna Edward, allez capturer la mère vivante. Meurtre de femme est contraire à la foi jurée d'un bon chevalier.

– Et le roi Henry ? interrogea Gloucester.

– Qu'on le supprime, lorsque nous arriverons à Londres.

Avec de mauvais rires, un détachement de soldats commandé par lord Stanley s'empara de Marguerite alors qu'elle tentait de rejoindre le pays de Galles dans un grossier charroi. La reine n'opposa aucune résistance.

– Je désire ne pas être séparée de la comtesse de Warwick et de ma bru, se contenta-t-elle de déclarer.

– Les ordres sont de les renvoyer dans leur famille.

Marguerite ferma les yeux. Son cœur battait à se rompre.

– Qu'est-il advenu de mon fils et du duc de Somerset ?

Tout en pressentant qu'elle l'anéantirait, elle voulait une réponse.

– Le duc n'a plus de tête et le corps d'Edouard de Lancastre va être enseveli demain, répondit lord Stanley.

Elle devait retenir à tout prix les hurlements exprimant la souffrance qui la broyait. Ses jours étaient achevés. Elle ne serait reine désormais que du royaume de la nuit.

Assise dans un chariot, Marguerite d'Anjou avait été contrainte de se joindre au cortège du roi Edward qui faisait à Londres une entrée triomphale. A droite, à gauche, du haut des fenêtres, la foule poussait des vivats. On jetait des roses blanches sur le cheval royal caparaçonné de soie pourpre frangée de fils d'or au harnais clouté de pierres précieuses. Vêtu de damas blanc qui mettait en valeur sa chevelure blonde et la beauté de son visage, Elizabeth à son côté portant une robe bleue brodée d'argent, Edward savourait sa victoire. Il était désormais le roi incontestable et son fils lui succéderait sans conflit. Son triomphe était celui des York, celui de son père en particulier, dont la mémoire était vengée.

Seul, Richard restait de glace. Dans un moment, il se rendrait à la Tour avec quelques autres pour assister à l'assassinat de Henry VI. Il n'hésiterait pas, mais ce devoir de prince lui déplaisait. Du fond de l'ombre, il lui semblait percevoir le regard des morts posé sur lui. Edouard de Lancastre avait son âge, il avait épousé la petite Anne de Middleham qui jouait à la poupée à côté de lui tandis qu'il étudiait et il lui avait porté le premier coup. Son adolescence était achevée désormais, il était homme, une main au pommeau de son épée, l'autre sur sa dague. Le monde était violence. Qui ne l'acceptait pas se perdait.

Dans la chambre pavée de la Tour où on l'avait enfermée, Marguerite regarda le lit au matelas rembourré de paille, la table, les deux chaises, un prie-Dieu au pied d'un crucifix en bois de chêne. Mais tout était irréel, même l'annonce faite quelques heures plus tôt de la mort de son époux. Pourquoi ne souffrait-elle pas davantage, l'avait-on tuée elle aussi ? Etait-elle en purgatoire attendant le jugement de son Créateur ? La reine s'interrogeait, allant sans cesse de la fenêtre étroite donnant sur la Tamise à la porte cadenassée. Elle ne se souvenait pourtant d'aucun coup d'épée ou de hache. Etait-ce seulement son cœur qui était mort ? Quoique le soleil fût à son zénith, la chambre restait dans l'ombre. On entendait des croassements de corbeaux, des appels de bateliers. « Je ne comprends pas, dit la reine à mi-voix, je ne comprends plus. » Son cercueil, c'était cette chambre, la solitude dans la pénombre et le froid. Un lent ensevelissement.

18

– J'ai une requête à vous faire, mon ami.

A nouveau enceinte, Elizabeth était radieuse. La gloire et l'argent retrouvés, elle ne pouvait cependant oublier celle dont elle avait été une des dames d'honneur durant deux années. Savoir que l'ancienne reine s'étiolait dans la Tour de Londres l'embarrassait. Maintenant qu'Henry VI et son fils Edouard étaient supprimés, quel mal pouvait faire Marguerite d'Anjou ? Furieux de son erreur de jugement, le roi de France refusait de donner un sol pour la rançon de sa cousine. A quarante et un ans, elle ne pouvait finir ses jours à la Tour.

– Sire, montrez-vous clément et remettez Marguerite d'Anjou à la garde de la belle-mère de votre sœur Elizabeth, la duchesse douairière de Suffolk. Dans son château de Newmarket, traitée avec rigueur mais respect, elle se fera oublier de tous, je vous en donne ma parole.

– Cette femme est mauvaise. Jamais elle ne changera.

– Que dira-t-on de vous en France si vous laissez

dépérir dans sa prison une femme vaincue et vieillissante ? Est-ce là l'honneur d'un chevalier ?

Ce jour-là, Edward était de bonne humeur. Pour acheter leur pardon, maints bourgeois et gros commerçants de Londres et des principales villes de son royaume lui apportaient leurs trésors. Rien ne lui plaisait davantage que de voir ses coffres se remplir. Riche, il pouvait se montrer clément et généreux. Ses fidèles amis recevaient terres et titres en abondance. Hastings avait été nommé lieutenant de Calais, constable de Nottingham, protecteur de la forêt de Sherwood, et Richard de Gloucester, son frère, fait grand chambellan d'Angleterre à la place de Warwick.

– Jamais je n'ai voulu vous causer de peine, Madame, dit-il en portant à sa bouche la jolie main de sa femme. Pour l'amour de l'enfant que vous portez, je vous accorde votre requête. Mais si la vipère française veut encore mordre, je lui écraserai la tête.

– Il y a autre chose, Sire.

Edward, qui s'apprêtait à partir à la chasse, eut un mouvement de contrariété.

– On m'a rapporté que votre frère Richard désirait prendre femme.

– Il a dix-neuf ans, s'irrita Edward, laissez-le épouser la belle de son choix.

– Savez-vous qui elle est ?

Le sourire d'Elizabeth était narquois.

– Anne Neville, Monseigneur, la veuve du prince Edouard de Lancastre et la belle-sœur de Clarence.

Elizabeth avait réussi à gâter la journée de son

époux. S'il épousait Anne, Richard revendiquerait une partie de l'héritage de Warwick que George s'était approprié. De terribles dissensions familiales en résulteraient.

En dépit de la sévère admonestation du roi, la décision de Richard était prise. Il épouserait Anne Neville. Bientôt, il se démettrait de ses fonctions de chambellan et de président du tribunal du Banc du roi pour le pays de Galles, et réclamerait une partie des terres de Warwick. Alors, il s'installerait avec sa femme dans le Nord et nul ne l'empêcherait d'en devenir le puissant seigneur, comme son parrain l'avait été avant lui. Dès le lendemain, il se présenterait à la résidence londonienne de George et demanderait à parler à son amie d'enfance. A ses nombreuses lettres, Anne avait brièvement répondu. George la traitait avec rudesse et lui interdisait de voir quiconque. Isabelle consolait sa sœur tout en évitant de la soutenir, tant elle redoutait un époux que par ailleurs elle aimait. Au nom de leur ancienne amitié, Anne suppliait Richard de la secourir sans chercher à obtenir d'elle autre chose que sa gratitude. Elle pleurait son époux et ne voulait envisager d'autre union. Sa mère, par ailleurs, tout autant qu'elle, avait besoin d'appui. Réfugiée à l'abbaye de Beaulieu, la comtesse de Warwick était dépouillée par George de tout héritage, y compris celui qu'elle tenait de son propre père, le comte Richard Beauchamp, et de sa mère, la riche Isabelle Despenser. Sans rien pouvoir tenter, Anne voyait George, qu'elle haïssait, parce qu'il avait trahi son père et pillé la fortune familiale.

– Votre frère vous fera claquer sa porte au nez, assura Robert Percy. Comment vous laisserait-il vous entretenir avec un otage d'une si grande importance pour lui ? D'autre part, la belle, elle vous l'a dit, ne désire pas se remarier.

– Je veux pouvoir la courtiser et, devant Dieu, je jure que si elle me repousse, je ne la forcerai pas.

Percy restait pensif. Il n'imaginait guère Richard en position de chasseur de cœurs. Mais le gibier était tentant. Anne pouvait prétendre à la moitié de la plus grande fortune d'Angleterre et le duc de Gloucester avait besoin d'argent. Aucun des titres accordés par Edward ne remplirait ses coffres d'or.

– Le roi désire que ses frères vivent en bonne entente.

– Je me passerai de son approbation. Il me semble lui avoir donné assez de preuves de fidélité pour qu'il me laisse choisir une épouse à ma convenance.

Avait-il de l'amour pour Anne ? Richard n'en savait rien. Il lui était difficile sinon impossible d'analyser ses émotions. Il revoyait souvent la masse s'abattre sur le crâne d'Henry VI, la dague s'enfoncer dans les entrailles d'Edouard. Il avait sans broncher fait exécuter des hommes l'ayant mal servi ou trahi. Mais se jeter aux pieds d'une dame et lui parler d'amour était autrement ardu. En Flandres, il avait été attiré par deux femmes et toutes deux avaient mis au monde des bâtards, un garçon, John, et une fille, Katherine. Mais jamais un mot d'amour n'avait été prononcé. Avec Anne, saurait-il comment se comporter ? Il la voulait cependant. Aucun autre seigneur ne poserait la main sur son amie d'enfance ni ne s'approprierait la fortune des Warwick. Et, bien qu'il ne consentît pas à se l'avouer, qu'elle fût la veuve d'Edouard de Lancastre excitait davantage encore son désir.

A plusieurs reprises durant leur adolescence, Anne et lui s'étaient revus. Il se souvenait de la forme un peu longue du visage, des cheveux épais, frisés et dorés, de la bouche charnue, du corps menu, des mains fines. Souriant peu, elle n'élevait pas la voix, semblait indifférente aux pompes et aux honneurs de la Cour. Peu souvent elle lui avait adressé la parole, mais toujours avec douceur. La désirait-il déjà avant que Warwick ne la marie à Edouard ? La véritable raison de l'hostilité qu'il éprouvait pour son parrain avait-elle pour origine le profond déplaisir qu'il avait ressenti en apprenant cette union ?

Accompagné de ses deux amis Francis Lowell et Robert Percy, Richard se présenta chez son frère, qui s'était attribué la vaste résidence londonienne du comte de Warwick. Tandis qu'il allait et venait dans la salle de réception, le soleil à son zénith se posait sur les ferrures rutilantes des coffres, jouait sur les vives couleurs des tapisseries, les nappes brodées décorant les tables où étincelaient des pièces de précieuse argenterie. Vêtu de velours noir, sans autres bijoux que ses bagues, Richard paraissait plus menu encore en dépit de l'impression de force qui se dégageait de son regard, de sa prestance. Pour tromper le temps, Francis et Robert s'étaient penchés aux fenêtres, apostrophant les passantes, jetant aux plus belles des roses soustraites à un vase d'albâtre antique.

Soudain, la porte s'ouvrit. Précédés de deux pages portant pourpoints de drap aux manches bouffantes sur d'étroites chausses de velours bleu, George de Clarence, tout sourire, et sa femme firent leur entrée. Sans dire mot, les deux frères se donnèrent l'accolade. Puis Richard posa un baiser sur la joue d'Isabelle.

– Qu'on apporte du vin de Malmsey, ordonna George.

Prenant familièrement son frère par le bras, il l'entraîna vers les fauteuils à haut dossier qui flanquaient la cheminée.

– Je m'attendais à une visite de toi. Tout un chacun à la Cour chuchote que tu veux me parler.

– Eh bien, parlons, dit Richard d'une voix sans douceur. Tu abrites ici Anne, je désire la voir à l'instant.

George allait répondre, quand on apporta le vin dans des hanaps de vermeil.

– Buvons à toi, mon cher frère, déclara George en levant sa coupe, le fidèle, le parfait, le pur. Cent fois, tu mérites ta devise : « Loyauté me lie. » Que ne m'en suis-je trouvé une aussi noble !

– J'ai d'autres pensées en tête, coupa Richard. Il est inutile de perdre du temps à nous mignoter alors que tu connais parfaitement la raison de ma présence sous le toit des Warwick.

George eut une moue ironique. Les colères de son jeune frère, ses allures de petit coq en colère ne l'avaient jamais impressionné. Enfant déjà, il avait ce regard scrutateur, la même habitude de mordre sa lèvre inférieure, comme s'il voulait maîtriser un courroux et un mépris qui l'occupaient tout entier.

– Oublierais-tu que ma femme est une Warwick ? Elle est ici chez elle.

– Comme l'est Anne également.

– Cher frère, intervint Isabelle d'une voix douce, ne vous emportez pas, Anne m'est fort chère. Elle vient de vivre un grand malheur que le temps seul dissipera. Laissez-la se reprendre.

– Où est-elle ?

La dureté de la voix ôta à Isabelle son assurance. Brièvement, elle consulta son mari du regard.

– Anne n'est plus ici, annonça George, après avoir bu une longue gorgée de vin.

D'un mouvement brusque, Richard se leva.

– Reprenez votre sang-froid, mon frère, supplia la jeune femme. Anne est à l'abri et je veille moi-même sur son bien-être. Elle a besoin de paix.

– Ne serait-ce pas votre intérêt de la faire disparaître afin de vous approprier son héritage ? interrogea Richard d'une voix glacée. J'arrive comme un loup dans la bergerie ? Lancez donc vos chiens sur moi, je ne reculerai jamais. Fût-elle au fond d'un cachot, je retrouverai Anne et en ferai ma femme.

– Sors d'ici ! siffla George.

Déjà Robert et Francis, qui s'étaient tenus à l'écart, s'inclinaient devant le duc et la duchesse.

– Venez, Richard, chuchota Robert en prenant son ami par le bras, le roi n'aimerait pas apprendre que vous en êtes venu aux mains avec votre propre frère.

Pour retrouver Anne Neville, Richard avait dépêché cent de ses hommes et quelques-unes des femmes les plus dévouées de sa maison. Un par un, les couvents de nonnes à Londres et ses environs avaient été fouillés, puis les châteaux de petits nobles campagnards, les grosses métairies. Mais la jeune veuve de l'ancien prince de Galles semblait s'être évaporée. Talonné, apostrophé, Edward s'était d'abord irrité de l'insubordination de Richard qui entraînait, comme il l'avait redouté, de nouvelles discordes au sein de sa famille, puis, incapable de prendre le parti de George contre Richard, il avait fini par ordonner au duc de Clarence de révéler la cachette de sa belle-sœur. Il s'y était refusé.

Décembre vit tomber la première neige et les rues de Londres se transformèrent en bourbier. Les chariots s'enlisaient dans les ornières, les mulets glissaient et s'abattaient, et l'on dut répandre de la paille dans Thames Street, Cheapside, Bishopsgate Street, les artères principales. Hommes et femmes aisés avaient sorti leurs houppelandes fourrées tandis que les plus pauvres portaient des vestes de grosse toile doublée de ouate ou de simples surcots de bure.

Alors que Richard sortait de chez lui pour aller chasser au vol, il se heurta à l'un de ses valets courant à sa rencontre.

– J'ai retrouvé dame Anne Neville, monseigneur ! clama-t-il, tout réjoui.

Le duc de Gloucester resta cloué par la surprise. Après deux mois de vains efforts, il en était arrivé à la conclusion que la jeune femme avait été expédiée en Irlande ou à Calais.

– Dame Anne est dans une auberge, affirma le valet. Elle est vêtue en servante et file la laine au coin de l'âtre.

Si cet homme disait vrai, il mènerait aussitôt la jeune femme dans une abbaye et la mettrait sous la protection du roi.

L'hôtellerie du Cheval-Blanc était construite en colombages et torchis. Une âpre fumée sortait de la cheminée, rabattant des effluves de lard grillé. Richard poussa la porte. A l'intérieur, des convives mangeaient et buvaient. Une fille passait, portant un plateau sur lequel étaient posées de nombreuses chopes d'étain remplies de bière mousseuse. A peine quelques regards se posèrent-ils sur les deux hommes qui venaient d'entrer, l'un, aristocrate, petit et mince, en tenue de chasse, l'autre, un peu ventru sous son surcot de laine bleue.

Richard fouilla l'assistance du regard. Proprement habillée d'une robe de lainage gris, un bonnet de fine toile sur la tête, une jeune femme filait au coin de l'âtre. Bousculant la servante, Richard la rejoignit et mit un genou à terre. Chacun maintenant observait avec stupeur l'étrange spectacle que donnait ce jeune seigneur aux pieds d'une domestique.

– Je suis venu vous soustraire à vos geôliers, murmura Richard. Suivez-moi, Anne, je vous en conjure.

La jeune femme posa sa quenouille. Depuis deux mois que son beau-frère la tenait recluse au Cheval-

Blanc, elle espérait vaguement que Richard, son dernier allié, la retrouvât et vînt la délivrer.

– Je vous suis, milord, répondit-elle.

Comme l'aubergiste tentait de s'interposer, Richard tira sa dague. Tout autant que la crainte d'être occis, la vue des pierres précieuses qui incrustaient sa poignée frappèrent l'homme et le firent reculer de deux pas.

– J'ai ordre de garder ici cette jeune femme, balbutia-t-il.

– Ordre du duc de Clarence, n'est-ce pas ? Je suis moi-même le duc de Gloucester et vous commande de la laisser aller.

Confondu, l'aubergiste s'inclina. Les querelles entre princes le dépassaient et il n'avait rien à gagner à s'y mêler.

– Venez chez moi, Anne, pria Richard avec douceur. Nous avons à parler. Je vous conduirai ensuite dans un refuge sûr.

Richard fit allumer un grand feu dans la bibliothèque et demanda à ses serviteurs de sortir. Sur les épaules d'Anne, il avait posé sa propre cape et jeté une peau d'ours sous ses pieds. Au-dessus du manteau de la cheminée, un écusson montrait ses armes, un sanglier, et sa devise en français : « Loyauté me lie. »

– Je vous demande de m'écouter, madame, pria-t-il. Ensuite, vous prendrez votre décision. Quelle qu'elle soit, vous ne retournerez jamais chez mon frère George, je le jure devant Dieu.

Anne tendait ses mains aux flammes. Tout autour d'elle sur des étagères étaient alignés les manuscrits que Richard avait rassemblés, des ouvrages religieux, juridiques et des récits de guerre. Aucun objet ne décorait la lourde table ferrée ni les coffres. La demeure de Richard de Gloucester lui sembla bien spartiate, mais elle préférait cette austérité au luxe extravagant affiché par son beau-frère.

– Parlez, monseigneur.

Anxieux, Richard se mordit violemment la lèvre inférieure. D'un geste machinal, il sortait et remettait à son petit doigt un anneau où était enchâssée une malachite.

– Je n'ignore pas, madame, dit-il enfin, le déplaisir que vous avez éprouvé en me voyant devenir l'ennemi d'un père que je considérais comme le mien. Mais le comte de Warwick avait fait un choix que je ne pouvais admettre puisqu'il signifiait l'exil et peut-être la mort de mon propre frère qui est roi d'Angleterre, couronné et oint par le Seigneur. Avec ou sans votre consentement, le comte de Warwick vous a impliquée dans sa décision et mariée au fils de notre ancien souverain, aujourd'hui défunt.

Anne tressaillit.

– Ce mariage allait dans ses intérêts, puisqu'il se voulait roi, poursuivit Richard.

– Non, monseigneur.

Richard ne voulut arguer. Toute discussion les mènerait à une impasse.

– Quoi qu'il en soit, vous voilà veuve, Milady, après seulement quelques mois de mariage, et, sans douter de votre chagrin, je puis affirmer qu'une vie de solitude n'est point souhaitable à quinze ans. Vous êtes une des plus riches héritières d'Angleterre et une foule de prétendants tomberont à vos pieds, sans pouvoir pour autant vous défendre contre plus puissants qu'eux, mon frère George, duc de Clarence. Vous voulez que justice soit faite, que votre mère soit honorée, que George ne vous nuise plus. Seul dans ce royaume, je puis et je désire satisfaire ces vœux. Nos intérêts sont communs. Je souhaite vous restituer votre héritage. Refuser ma main, Anne, serait vous condamner à être la proie d'ambitions si démesurées que, seule, vous seriez comme une colombe devant un vautour. Votre existence même pourrait être menacée ainsi que celle de votre mère, la comtesse de Warwick. Si je ne peux vous promettre le bonheur, Anne, je peux vous jurer qu'à mon côté vous serez honorée et considérée. Nul en Angleterre n'osera proférer mot contre vous.

Anne fixait le feu. Les flammes rosissaient ses joues, doraient sa chevelure, et Richard, sans l'oser, était tenté de prendre entre ses mains son visage mince, de l'embrasser sur les lèvres.

– Nul ne ressuscitera mon père et mon mari, sinon le Seigneur Jésus-Christ au jour du Jugement dernier, prononça enfin la jeune femme sans regarder Gloucester. Je suis seule en effet et vous êtes mon ami d'enfance. Défendez-moi, soyez mon chevalier et, puisque vous me le demandez, mon époux. Mais d'amour, il ne m'en faut point demander tout de suite. Le temps seul peut créer entre nous ces liens de tendresse qui unissent mari et femme.

Richard la prit dans ses bras et chastement déposa

un baiser sur son front. Il était plus ému qu'il n'aurait voulu l'être et s'étonnait de ne point davantage exulter à la perspective d'être bientôt aussi riche que Clarence. Ce qu'il désirait le plus à cet instant était qu'Anne l'aime et se donne à lui avec joie.

Une douceur inhabituelle pour le mois de mars avait permis à la duchesse de Suffolk et à Marguerite d'Anjou de s'asseoir près de la fontaine pour broder. Après quelques semaines, la duchesse avait perdu sa rigueur et traitait l'ancienne reine en amie. A peine Marguerite d'Anjou parlait-elle, toujours plongée dans des rêveries qui l'absorbaient tout entière. Elle ne montrait aucune violence, ne cherchait point à se justifier, pas même à maudire les ennemis qui avaient éliminé si brutalement son époux et son fils unique. La duchesse par ailleurs ne sollicitait aucune confidence. Ayant perdu un beau-frère et un fils à la guerre, elle-même savait le prix payé par les femmes pour les incessantes rivalités qui déchiraient l'Angleterre. A la Cour, elle ne se rendait qu'une fois l'an pour la fête de sa belle-fille Elizabeth, sœur du roi. Comme beaucoup d'aristocrates, elle n'appréciait ni la reine, ni sa famille et ne comprenait pas pourquoi Edward d'York avait épousé cette femme, incontestablement belle, intelligente, mais dont la vanité et l'insolence avaient éloigné tant de ses amis.

Avec des fils d'or et de soie, Marguerite d'Anjou brodait une nappe pour l'autel de la chapelle. Au centre, elle avait placé la figure d'un ange qui ressemblait à son fils. Souvent, la nuit, elle voyait les poignards percer le corps de son enfant et sentait les lames la pénétrer, s'enfoncer dans son propre cœur. En silence, elle laissait les larmes couler sur son visage. Dieu punirait un jour Edward, George et Richard pour leurs crimes. En ce qui la concernait, sa vie était achevée. Qu'elle soit à la Tour de Londres, dans le Suffolk, gardée par la belle-sœur d'un homme qu'elle avait aimé ou en France ne lui importait guère. Mais, fût-elle jetée au fond d'une oubliette, jamais on ne lui ôterait l'orgueil d'être la légitime reine d'Angleterre.

Avec admiration, la duchesse observa l'ouvrage de sa compagne. Des épis de blé, des grappes de raisin couraient entrelacés tout au long de la nappe. Mais l'ange qui trônait au milieu de lys et de roses semblait triste. Pourquoi lui avoir donné ce visage navré alors qu'il célébrait le Seigneur ?

– J'ai reçu une lettre de Londres, dit-elle enfin en reprenant son propre ouvrage.

Depuis le matin, la duchesse hésitait à parler. Mais, tôt ou tard, Marguerite apprendrait la nouvelle et mieux valait que ce fût de sa bouche.

– Richard de Gloucester a épousé Anne Neville voici une semaine.

Rien sur le visage de l'ancienne reine n'indiquait qu'elle avait entendu.

– Cela ne se peut, répondit enfin Marguerite, sans cesser de broder.

– Anne est veuve, ma très chère amie.

– Une femme doit rester fidèle à la mémoire de son époux jusqu'à sa mort.

– La fillette n'a que quinze ans et vous n'ignorez

pas les ambitions de son beau-frère. J'ai cru comprendre que Richard s'était déclaré son chevalier servant.

La duchesse s'interrompit. Jamais elle n'avait vu un regard où la violence se mêlait si étroitement au désespoir.

– Anne est l'épouse de mon fils Edouard. Elle lui a juré sa foi devant Dieu.

– Votre fils est mort, Milady.

– Assassiné par Gloucester.

– Nul ne le sait au juste, mon amie. Ils étaient dix seigneurs qui entouraient le prince.

Marguerite avait posé la nappe sur ses genoux. La souffrance l'étouffait.

– En épousant Gloucester, Anne tue son père une seconde fois, balbutia-t-elle.

– Warwick était le parrain de Richard, son tuteur. Les liens qui existaient entre lui et le comte étaient très forts. Ils se renouent tout naturellement. Il faut accepter les décisions de notre sainte Providence, mon enfant.

La duchesse avait le cœur serré. Mais déjà Marguerite avait repris sa broderie et seule la pâleur livide de son teint révélait le coup qu'elle venait de recevoir.

– Le jeune couple n'est pas resté à Londres, poursuivit la duchesse pour tenter de donner à sa compagne un peu de réconfort, il est parti aussitôt pour Middleham. Il n'y a que dans ce lieu où ils furent heureux enfants qu'ils puissent vivre en paix.

– La paix est un leurre, murmura Marguerite, et ils ne l'obtiendront pas. Où qu'ils aillent, Richard et

Anne ne trouveront que des ombres menaçantes qui parviendront à les exterminer.

Marguerite se souvenait que le soir de ses noces Henry s'était agenouillé devant elle. « Vous serez, Madame, ma lumière. » Mais cette lumière s'était révélée un feu ardent qui tous les avait consumés.

DEUXIÈME PARTIE

Le seigneur du Nord

19

1473-1474.

– Dans quelques mois, ma mie, je vous le promets, votre mère vous aura rejointe à Middleham.

Anne sourit à son mari. Enceinte, elle priait le ciel pour que ce fût un garçon. Alors elle aurait accompli son devoir de princesse.

– Le roi est déterminé à défendre votre cause, poursuivit le duc de Gloucester. George devra vous laisser la part d'héritage qui vous revient, à moins qu'il ne s'insurge une fois encore.

– Ne vous tracassez pas, milord, il n'y aura pas de rébellion, puisque nous ne demandons qu'acte de justice, rien de plus. Le Parlement a décidé en notre faveur et, si George fait appel, une nouvelle session de l'Assemblée confirmera la première décision.

Le vent d'hiver sifflait sur la lande autour de la forteresse de Middleham cernée par son mur crénelé. Sur la terre désolée, les herbes sèches faisaient des taches brunes ou violacées. Quelques labours s'étendaient le long des marécages où poussaient des joncs, de fines herbes dentelées que le gel avait racornies. Richard comme Anne aimaient cette terre sauvage, la personnalité rude mais chaleureuse de ses habitants. Avec ses élégances et ses faussetés, Londres était un autre monde.

Seigneur du Nord, Gloucester possédait désormais une partie des terres de son beau-père, quelques-uns de ses châteaux, dont Sheriff Hutton où Anne et lui passeraient l'été avec leur enfant. Peut-être alors l'aimerait-elle enfin. La froideur au lit de sa jeune femme l'humiliait. Il redevenait le petit Richard mal aimé de sa mère, moqué sans cesse par George. Pourtant, il n'adressait nul reproche à Anne. Devant Dieu, elle était son épouse et, dût-elle le chasser de sa couche, il ne prendrait pas de maîtresse. Les débauches d'Edward le choquaient. En sus de la reine et de Jane Shore sa concubine, le roi ne cessait de vouloir séduire les unes et les autres. Avec son beau-frère Richard Woodville, il lui arrivait de courir les bordels ou d'organiser d'infâmes banquets. Répugnant de plus en plus à voyager, fuyant contraintes et moralisateurs, le roi s'empâtait. Loin de Londres, de ce frère qu'il avait tant admiré, Richard retrouvait une certaine sérénité. Mais l'Angleterre souffrait. Son pays trouverait-il un jour le roi qui puisse le gouverner avec honneur ?

– Edward sera à Nottingham dans quelques semaines, reprit Richard en s'emparant de la main de sa femme, et j'aurai le chagrin de vous quitter pour aller le rejoindre. Le comte de Northumberland sera prêt alors à me reconnaître comme son seigneur et l'unité du Nord sera faite. Je profiterai de cette entrevue pour demander la grâce de la comtesse de Warwick, votre mère, et son retour à Middleham. Et je vous jure que si dans l'avenir quiconque cherche à nuire à votre neveu Montagu, je le protégerai comme un père et le prendrai sous mon toit.

Une pluie fine filtrait du ciel bas. Anne se contraignit à poser les lèvres sur les doigts fins de son mari.

– Puisse Dieu nous donner un fils, Richard. Votre bonheur fera le mien. Peut-être alors pourrons-nous nous aimer en amants.

Brusquement, Richard se leva. Toute condition mise par Anne à son amour le blessait.

– Je vais aller chasser le renard avec Percy. Ne m'attendez pas pour le repas du soir. Il se peut que nous couchions quelque part sur la lande.

Longtemps la jeune femme laissa son regard fixé sur les flammes. Ses cheveux frisés, tordus en natte épaisse sur la nuque, prenaient des reflets orange. Redevenir une amante était-il un but impossible à atteindre ? Edouard de Lancastre avait-il emporté avec lui pour toujours les élans de son corps ?

L'accouchement dura une nuit et presque une journée. Sans cesse des servantes passaient des linges imbibés de vinaigre ou d'eau de rose sur le visage d'Anne. Afin de préserver la chambre des courants d'air, on avait masqué les fenêtres. Le feu qui brûlait dans la cheminée, la lueur des flambeaux et des chandelles jetaient des ombres mouvantes dans la vaste pièce aux sévères meubles de bois sombre. L'or des écussons, ceux des York, ceux des Neville, ceux de Gloucester avec le sanglier blanc à l'allure menaçante, se fondait dans le bleu du plafond lambrissé.

Soudain, une convulsion fit s'arc-bouter la parturiente sur sa couche et un cri plaintif comme un miaulement provint de son ventre.

– Un fils, un beau petit prince ! s'exclama la sage-femme.

Anne tendit les bras. On lui remit l'enfant. Surprise, elle contempla le petit crâne duveteux, la peau rouge et fripée encore blanche de graisse. Un amour immense lui remplit le cœur.

– Je l'ai nommé Edward, mon ami, comme notre roi.

Richard était arrivé au grand galop de Sheriff Hutton où il recevait des notables et rendait justice.

– Nous étions pourtant convenus de le prénommer Richard, comme mon père et moi-même.

– Edward, insista Anne avec douceur.

« Comme Lancastre, son premier époux », pensa Gloucester avec amertume.

– Puisque vous le souhaitez, il en sera ainsi, prononça-t-il d'une voix indifférente.

Avec précaution, il prit le nourrisson. Quel avenir attendait cet enfant ? Serait-il le cousin germain obséquieux et soumis d'un roi ? Un de plus parmi les dizaines de cousins Woodville et York ? Clarence avait un fils lui aussi, qui, bien que simplet, s'en remettrait à son père pour qu'on lui taillât la part du lion. Avec douceur, il caressa du bout des doigts la joue du bébé. Il emploierait toutes ses forces à le protéger des Woodville, à l'imposer au grand jour. Avec étonnement, Anne regardait cet homme froid, réticent à exhiber ses émotions, contempler leur enfant. Un début de tendresse s'empara d'elle. Elle devait donner sa chance à Richard, tenter de le traiter moins durement, croire en lui, oublier qu'il avait participé à l'assassinat de son mari, à celui du roi Henry, qu'il avait fait décapiter Fauconberg, partisan de Marguerite d'Anjou, auquel le roi avait pourtant accordé son pardon, et envoyé sa tête sur un pal pour qu'il fût fiché sur le pont de Londres. Mais qui parmi les grands n'avait pas de sang sur les mains ? Depuis tant d'années on se battait clan contre clan, frère contre frère, rose rouge contre rose blanche.

Des Lancastre, il ne restait personne, hormis Henry Tudor, âgé de seize ans, protégé par son oncle Jasper et réfugié chez le duc Francis de Bretagne. Une atmosphère de chevalerie, d'amour romanesque, avait depuis toujours entouré cette famille dont elle avait fait partie durant quelques mois seulement. Owen Tudor, l'ancêtre, un Gallois, avait épousé secrètement Catherine de Valois, la veuve d'Henry V, avant d'être exécuté par les York. Son fils aîné, Edmond, s'était allié à l'héritière d'une riche famille, Margaret Beaufort, arrière-petite-fille d'Edward III, qui, remariée à lord Stanley, protégeait son fils dans l'ombre avec l'indomptable ambition de le voir un jour monter sur le trône d'Angleterre. De ces intrigues, de ces complots aboutissant presque inévitablement au meurtre, Anne tenterait de toutes ses forces de protéger son fils. Elle voulait qu'Edward grandisse libre et heureux à Middleham, comme elle-même l'avait été, et n'avait pour lui d'autre souhait que de le voir aimé, respecté dans son Yorkshire, un seigneur éclairé, instruit, ignoré de ses cousins royaux et de leur mortel amour.

D'un geste spontané, Anne tendit sa main à Richard qui y posa longuement ses lèvres.

– En m'ayant faite mère, mon ami, vous m'avez donné grande fierté et bonheur.

– Vous me rendez ce don, madame, et je vous vénérerai jusqu'à ma mort pour l'amour de ce fils. Demain, avant de partir pour Londres, je viendrai vous visiter.

– Ne pourriez-vous retarder votre voyage ?

– Vous n'ignorez pas, ma mie, que mon frère prépare une guerre avec la France. Nous devons nous embarquer pour Calais au cours du printemps et reprendre à ce maudit roi Louis des terres qui sont anglaises. Clarence pour une fois se joindra à nous et le peuple se réjouira de voir ensemble et en bonne amitié les trois frères York.

Dépité, Clarence attendait Richard à Londres. L'ultime tentative d'affirmer son pouvoir face à ses frères avait échoué. Son allié, le comte d'Oxford, venait d'être fait prisonnier par les Français au mont Saint-Michel et le roi Louis XI n'avait pas levé le petit doigt en sa faveur. Dos au mur, Clarence devait accepter le partage de la succession des Warwick, mais rien ne lui ôterait la conviction que Richard n'avait épousé Anne que dans le but de le dépouiller. Une par une, terres et citadelles lui avaient été ôtées pour une répartition, prétendument équitable, mais qu'il contesterait jusqu'à la fin de ses jours. Pressé par Warwick, il avait épousé sa fille Isabelle, s'était battu à son côté, alors que Richard le haïssait ouvertement. Sa trahison envers le roi ? C'était pour préserver l'avenir. S'il y avait eu un félon dans l'affaire, c'était bien le comte de Warwick, non lui.

D'un coup de pied, Clarence éloigna un des chiens d'Isabelle qui tournait autour de ses jambes. Il irait en effet faire la guerre en France avec ses frères, mais tenterait d'approcher secrètement le roi Louis. Un changement brusque de sa politique n'était pas impossible. Si la France sortait vainqueur du conflit, Louis XI pourrait exiger l'abdication d'Edward en sa propre faveur. Au cas où la France serait vaincue, il pourrait promettre à Louis de lui remettre en échange de son alliance les territoires conquis. Le petit Richard alors mordrait la poussière. Asphyxié par les Woodville, dominé par son cadet, le roi s'abrutissait en orgies qui le détruisaient. Pour son aîné, Clarence n'avait aucune estime. « Un jour ou l'autre, pensa-t-il, l'un de mes frères cherchera à m'assassiner. » Constamment, il se tenait sur ses gardes, faisant goûter ses plats, son vin, ne sortant qu'accompagné de gardes du corps bien armés. Contre les mauvais sorts, il se protégeait par des rites conjuratoires prononcés par un mage qui ne le quittait pas. La mort de sa fille aînée, la débilité légère de son fils étaient, il en était sûr, l'effet d'un sort jeté par Edward, Elizabeth ou Richard. Depuis son enfance, la vie lui avait été injuste ; second fils étouffé d'amour par sa mère, il n'avait pu voler de ses propres ailes avant l'âge de quinze ans. Puis sa sœur bien-aimée Margaret l'avait quitté pour la

Bourgogne. Seule Isabelle lui restait attachée, mais sa vue lui rappelait trop le souvenir de Warwick, auquel elle ressemblait, et lorsqu'elle dormait à ses côtés, d'affreux cauchemars le hantaient. Il voyait Edward ouvrant le heaume de son beau-père en pleine bataille et lui entailler le visage à coups de hache. Le sang ruisselait sur la cuirasse, tombait sur son lit. Il se réveillait en sueur. A travers Warwick, c'était lui qu'Edward avait haï et persécuté.

A grands pas, Clarence se dirigea vers une cruche d'argent posée sur un coffre et but à même le bec une longue gorgée de vin de Malmsey. L'alcool l'aidait à mieux se dominer et dans un moment il pourrait accueillir Richard les bras ouverts, le féliciter de la naissance de son fils, faire avec lui les premiers plans de leur campagne contre la France. Deux bons frères se retrouvant avec force amitié et mots obligeants...

La cruche à la main, George s'essuya la bouche et éclata de rire.

20

Fin 1476-printemps 1477.

Sur la table étaient éparpillés les reliefs du festin, morceaux de venaison, plumes de paon, carcasses de volaille, arêtes de poisson. Les os avaient été jetés à terre et les chiens se battaient en grognant afin de s'en emparer. Les exclamations des convives couvraient la musique. Les seins découverts, les cheveux défaits, les yeux brillant sous l'effet du vin et de la débauche, les femmes riaient aux éclats. Sans dire mot, les valets remplissaient les gobelets de vermeil, assistaient les malades. Le roi lui-même avait vomi trois fois puis s'était écroulé sur le sol jonché de foin souillé. Quatre gardes le relevaient.

– A mes frères, brailla Edward, à peine réinstallé sur sa chaise. A George qui me guette comme un chat la souris, et à Richard le juste qui me juge en pinçant les lèvres de dégoût ! Mes bons amis, que Dieu vous garde de vos familles !

– Mais qu'Il nous laisse les plaisirs de l'amour, clama le marquis de Dorset, un des beaux-frères du roi, en saisissant sa voisine par la taille.

Les premières lueurs de l'aube jetaient dans la

salle du banquet une lumière triste. Sur la Tamise, des bateliers gréaient leurs navires.

Péniblement, le roi se leva. Il se sentait las, usé. Le temps était loin où il pouvait partir à la chasse après une nuit d'orgie. A présent, il allait s'affaler sur son lit et ronfler loin d'Elizabeth, dont la porte devait être fermée à clé. « Ma femme n'aime que le pouvoir, pensa-t-il. Elle n'a pas de cœur. » Et cependant il désirait encore cette créature belle et dure comme un diamant, cruelle et sensuelle comme une chatte. Depuis combien de temps ne lui avait-elle pas dit un mot d'amour ?

Après avoir mis au monde les sept enfants d'Edward, parmi lesquels deux garçons, Elizabeth savait assurée sa place sur le trône d'Angleterre et peu lui importait les excès de son mari.

Tandis qu'une dame d'honneur à genoux lui présentait ses pantoufles, Elizabeth songeait à la récente mort en couches de sa belle-sœur Isabelle. L'enfant, un fils cependant gros et fort, n'avait pas survécu, étouffé durant l'interminable délivrance. Chacun disait Clarence au comble du désespoir, mais y avait-il une once de sentiment chez cet homme ? Elle en doutait.

Durant les obsèques, Anne avait pleuré sa sœur, oubliant sans doute l'acharnement que son époux et elle avaient mis à clamer haut et fort leurs droits au juteux héritage de Warwick, leur insensibilité au triste sort de leur cousin germain, fils unique de Montagu, le frère de leur père mort au combat en même temps que lui. Le petit George vivotait dans le château familial du Yorkshire avec sa mère et n'était pas apparu aux obsèques d'Isabelle.

Avec hauteur, Elizabeth se laissa vêtir pour se rendre à la messe. Ce jour-là, elle avait choisi une robe de velours gris-bleu aux manchettes d'hermine, un calot de la même fourrure immaculée posé bien en arrière de la tête ennuagée d'un voile de tulle, fait attacher autour de son cou un collier d'or clouté d'émeraudes. Selon les exigences de la mode, son front était épilé haut ainsi que ses sourcils.

Elle prit place sur une chaise recouverte de crin noir et or. Une servante surgit aussitôt, portant, posés sur un plateau d'argent, des pots et des fioles, de la graisse de baleine parfumée au musc destinée à velouter la peau, du carmin pour les lèvres, du charbon pilé pour dessiner les sourcils et épaissir les cils, de l'huile d'amande douce pour les mains. Les yeux mi-clos, Elizabeth savourait les odeurs délicates, l'effleurement léger des doigts de la servante. Sans doute était-elle enceinte de son huitième enfant, car depuis deux mois elle n'était plus réglée. Mais Dieu lui faisait la grâce d'accouchements faciles et elle ne craignait guère le sort de la malheureuse Isabelle.

– Le roi demande à voir Votre Grâce.

Elizabeth entrouvrit les yeux. Un des pages d'Edward se tenait devant elle, son bonnet de velours jaune et violine à la main.

– La messe va commencer.

– Sa Majesté a précisé aussitôt que possible, ajouta le jeune garçon.

Entouré de lord Hastings et de William Stanley, Edward était devant sa table de travail.

– Charles le Téméraire est mort au combat devant le siège de Nancy, annonça-t-il en levant les yeux vers sa femme. On a retrouvé sa dépouille à moitié dévorée par les loups.

– Dieu le reçoive en son paradis, murmura Elizabeth en se signant. Sachant par expérience combien il est cruel d'être veuve dans un si jeune âge, je plains votre sœur, Sire.

– Margaret se porte bien, dit Edward d'une voix égale, si bien même qu'elle est en train de comploter le mariage de George et de sa belle-fille Marie.

– Mais George est veuf depuis dix jours seulement ! On le dit au désespoir.

– Non seulement il accepte l'idée de cette union, mais il la désire. C'est une grave maladresse, car il sera repoussé.

– Voulez-vous dire, mon cher seigneur...

– Je veux respecter notre traité de paix avec la France et interdirai toute intrigue avec les Bourguignons. Jamais le roi de France, Louis, n'acceptera un tel mariage.

Elizabeth baissa la tête. Il n'était pas dans l'habitude d'Edward de la consulter sur des affaires politiques.

– Je désire aussi que nous fiancions notre fille Bessie au dauphin de France et que vous négociiez l'élargissement de Marguerite d'Anjou pour laquelle vous avez toujours témoigné une grande sollicitude. Le roi Louis XI est prêt à payer sa rançon.

– Je le ferai, monseigneur. Lady Marguerite n'aspire plus qu'à vivre chez elle, oubliée de tous.

Elizabeth hésita.

– Puis-je vous poser une question, monseigneur ?

Le silence du roi l'encouragea.

– Quelle folie pousse donc le duc de Clarence à vouloir si vite se remarier avec la jeune duchesse Marie ?

Un long moment, Edward considéra sa femme. Jamais elle n'avait aimé Clarence et il la réprimandait pour ce parti pris. Mais à présent il ne savait plus s'il était prêt à supporter davantage les défis incessants de son frère.

– Devenu duc de Bourgogne, Clarence prétendrait bien vite au trône d'Angleterre, ma belle amie.

Incrédule, Marguerite d'Anjou relut la missive remise par un cavalier appartenant à la maison de la reine. Elle allait être libre, embarquer pour la France. Son père avait cédé. Si elle regagnait sa terre natale, l'Anjou, la Provence et la Marche reviendraient à la couronne de France. Le cœur devenu français après le traité de Picquigny, Edward avait accepté de la laisser partir.

– Vous voilà libre, mon amie.

La duchesse de Suffolk éprouvait du chagrin. Se séparer de la reine déchue laisserait un grand vide dans le sombre château.

– De retour chez vous, poursuivit avec douceur la duchesse douairière, le temps adoucira vos peines.

Fixant avec obstination une mouche qui agonisait

sur le sol, la reine déchue ne la regardait pas. Depuis des mois, les pensées de Marguerite erraient dans un autre monde. Parfois elle se souvenait avec précision des événements passés, parlait de politique avec intelligence et autorité, mais la plupart du temps ses propos restaient décousus, surprenants. « Nous sommes toujours en guerre, avait-elle affirmé quelques jours plus tôt. — Milady, avait corrigé la vieille dame, depuis cette guerre avortée contre la France que votre cousin Louis XI a eu l'intelligence de conclure bien vite par un banquet, un bon traité et quelques écus sonnants et trébuchants, l'Angleterre connaît la paix, par la grâce de Dieu. — La guerre, c'est la ruse », avait-elle murmuré.

Marguerite soudain leva les yeux. La tristesse de leur expression peina la douairière.

– Depuis que mon époux et mon fils ont été assassinés, je suis comme une morte, madame. Puisque d'autres en ont décidé ainsi, je reverrai la France, mais je pleurerai la perte de notre Anjou et de notre Provence au profit de mon cousin Louis qui s'est joué de moi.

– Le roi René vous aime bien fort.

– Mon père me connaît mal. Il aime avant tout ses propres plaisirs, la poésie, la musique.

La duchesse réprouvait cette rumination douloureuse du passé. Certes, Marguerite avait été cruellement éprouvée, mais elle pouvait racheter ses fautes et peut-être trouver la paix en ouvrant son cœur aux malheureux, aux pauvres, aux malades. Là, et non dans les batailles, était la place d'une princesse chrétienne.

A bride abattue, Clarence s'engouffra dans la cour du château de Westminster. Une fois encore, Edward le traitait en quantité négligeable. De quel droit lui interdisait-il d'épouser Marie de Bourgogne, alors que leur propre sœur Margaret la lui avait promise ? A peine songeait-il encore à Isabelle. Il l'avait aimée, certes, mais elle était morte. La vie continuait.

Sans même adresser un salut au palefrenier qui accourait prendre les rênes de son cheval, il fonça vers la haute porte d'entrée gardée par des sentinelles. A quelques pas, la Tamise était grise, gonflée par la marée et la crue des rivières. Quelques bateaux à voile passaient ou s'amarraient à quai pour débarquer leurs marchandises. Le ciel était bas, un fin crachin noyait les clochers des églises, les toits des maisons regroupées autour du château. « Si Edward est encore roi, murmura Clarence entre ses dents, c'est bien grâce à moi. Aurais-je décidé de demeurer l'allié des Warwick, il serait depuis longtemps en train de pourrir sous terre. » Les occasions manquées obsédaient le prince. Sa vie n'avait été que malchance et persécution.

– Monseigneur, le roi ne peut vous recevoir.

George bouscula le chambellan venu à sa rencontre et poussa la porte du salon de son frère. Edward était assis au coin du feu, Jane Shore sur ses genoux.

– Dehors ! cria Clarence en regardant la jeune femme, je dois m'adresser au roi.

D'un geste, Edward arrêta Jane qui se levait.

– Reste, ordonna-t-il. Tu n'ignores rien de la grossièreté de mon frère. Assieds-toi, George, et dis-moi la raison de cette fureur.

– Tu la connais.

– Oublie Marie de Bourgogne.

A l'instant, Clarence fut sur ses pieds.

– Cesse de me provoquer, Edward, ou tu le regretteras.

– Tu me menaces ?

– Je dis en face à un débauché qu'il n'a pas le droit de décider de la vie des autres alors qu'il ne sait conduire la sienne. Je dis au roi qu'il me doit sa couronne et à mon frère que désormais je me passerai volontiers de sa sollicitude.

– Est-ce tout ? interrogea Edward. Alors, laisse-moi te répondre. Depuis ton enfance, tu t'es montré jaloux de moi parce que j'étais ton aîné, plus brave et meilleur chef de guerre que toi. A l'âge d'homme, cette jalousie a trouvé comme exutoire la conspiration. Ta vie est tissée d'intrigues, de trahisons, et tu ne montres d'imagination que pour la malfaisance. Volontiers je t'aurais associé au gouvernement, mais ton esprit léger et inconséquent me l'ont interdit. Avec la mort de Charles le Téméraire, notre pays traverse un moment difficile, car Louis de France doit déjà mijoter le démembrement de la Bourgogne. Nous sommes pris entre deux alliances et avons besoin de réflexion et de sang-froid. Notre frère Richard arrive dans quelques jours pour qu'ensemble nous devisions de la situation. Maintenant, sors d'ici et repense à mes paroles. Si tu n'es pas mon ami, je te considérerai en ennemi et il sera inutile que tu cherches à me revoir.

Depuis quelques jours, Clarence ruminait une vengeance contre les Woodville. C'étaient eux et eux seuls qui montaient le roi contre lui pour l'éliminer. Ne venait-il pas d'apprendre que le comte Antony Rivers, frère de la reine, s'était déclaré, lui aussi, prétendant à la main de Marie de Bourgogne ?

Seul dans la vaste demeure londonienne héritée de son beau-père, le prince réfléchissait. Isabelle et leur fils étaient morts bien à point pour servir les intérêts de son frère Richard, le favori du roi. Dans son esprit malade s'imposait peu à peu la certitude qu'on les avait empoisonnés. Sa femme était jeune, en bonne santé, l'enfant gros et bien formé. Il allait trouver les coupables et les exterminer.

D'emblée, les soupçons du prince se posèrent sur Ankarette, une femme de chambre d'Isabelle devenue par manigance sa confidente, presque une amie, et sur John Stacey, un astrologue auquel la princesse accordait toute sa confiance. Grassement payés par les Woodville, Ankarette et John avaient dû comploter la mort d'Isabelle, l'une empoisonnant la mère, l'autre l'enfant. L'astrologue n'avait-il pas prédit un avenir sombre à la jeune femme ? Durant plusieurs jours, le prince fit surveiller Ankarette, qui s'était retirée dans une jolie maison achetée avec ses économies dans le Somerset. Une joie mauvaise l'habitait.

– Je veux cent hommes, clama-t-il, pour aller saisir dame Ankarette Twynhoe dans le Somerset et cent autres pour arrêter ledit John Stacey qui enseigne l'astrologie à Oxford. Ce sont des sorciers et des assassins.

Poussée enchaînée dans la salle des tortures, Ankarette faillit s'évanouir. Assis sur des fauteuils bien alignés, trois hommes, dont le duc de Clarence, la dévisageaient. A l'instant, la fidèle servante d'Isabelle comprit qu'elle allait mourir. Mais elle ne se laisserait pas pendre sans se défendre.

– A genoux, sorcière ! ordonna le duc.

Agenouillée, Ankarette garda la tête levée vers Clarence, le regardant au fond des yeux.

– Sorcière, je ne le suis point, monseigneur, et vous le savez bien. Interrogez les gens de votre château, ceux de mon village. Tous me connaissent et répondront de moi.

– Les sorcières savent dissimuler, ma fille, intervint un des juges, elles ont deux visages. Le leur en plein jour et celui du diable la nuit.

– Je ne connais point le diable, répondit Ankarette.

Elle devait dompter les battements de son cœur, l'horrible sensation de strangulation.

– On t'a vue te rendre au sabbat à la pleine lune.

– Qui vous a raconté ces sornettes, monseigneur ?

– Tais-toi, ordonna Clarence. Tes questions sont des insultes aux juges. Contente-toi de répondre.

– Alors je me tairai, monseigneur, car je n'ai point de réponse à vos questions.

Peu de jours après sa maîtresse, elle allait périr. Elle la revoyait sur son lit d'accouchée, se vidant de

220

son sang. Sa main s'était attachée à la sienne jusqu'au moment où la vie l'avait fuie et elle avait dû dénouer les doigts de la morte un par un.

– Tu as préparé un philtre pour empoisonner la duchesse, dit Clarence d'une voix doucereuse. Je ne t'accuse pas d'en avoir pris l'initiative, mais d'avoir obéi aux ordres de la reine. Avoue et ta vie sera sauve.

Chacun dans la salle écoutait avec stupéfaction. Le propre frère du roi accusait sa belle-sœur, la reine d'Angleterre, de sorcellerie et de complot ayant entraîné la mort de la duchesse de Clarence !

– La reine ne m'a jamais vue, balbutia Ankarette, et m'aurait-elle donné des herbes pour tuer une femme à laquelle j'étais attachée corps et âme, je n'en aurais point usé.

Clarence eut un rire bref et ironique.

– Je n'ai pas dit que tu as reçu le poison des mains de la reine, mais de son astrologue John Stacey qui était aussi celui de ma femme. Non seulement cet être diabolique a servi d'intermédiaire entre la reine et toi, mais encore il s'est chargé en personne d'empoisonner mon fils.

– Le prince était mort-né, monseigneur.

– Vraiment ? Il me semble que tu vas bien vite pour l'affirmer. Cette supposition t'arrange, n'est-ce pas ?

– La sage-femme a tout fait pour réanimer l'enfant, mais il n'a pas même poussé un cri. En sortant du ventre de dame Isabelle, il était sans vie, je le jure devant mon Créateur !

– Sorcière, tu insultes Jésus-Christ ! siffla un des juges d'une voix glacée.

Ankarette courba la tête. Si on voulait la pendre, qu'on le fasse vite. Elle n'avait plus aucun espoir.

— Avoue et tu échapperas à la torture.

— Faites de moi ce qu'il vous plaira, répondit-elle d'une voix faible. Je suis innocente et mon âme reviendra à Dieu.

Allait-on lui brûler les cheveux après avoir versé de l'alcool sur sa tête, la faire asseoir sur la chaise à clous, lui écraser les pouces et les orteils ? Mais, même au milieu des pires souffrances, jamais elle ne pourrait dénoncer la reine ni s'avouer coupable.

Clarence hésita. Personne ne devait l'accuser de cruauté envers une femme. Seul le mage serait torturé.

— Tu seras pendue demain, prononça-t-il en se levant. Le juge va te confirmer cette sentence au nom du roi. Recommande ton âme au diable, les sorcières et les empoisonneuses lui appartiennent.

Le corps sanglant, John Stacey avait perdu connaissance. Après avoir été flagellé, on lui avait déchiré les tendons, puis on l'avait pendu au plafond par des cordes liées aux poignets.

— Il avouera, affirma le bourreau, je sais quand mes patients sont à point.

— Conviens de ton crime, conseilla-t-il, ou je vais t'entailler les cuisses et les mollets avec une pince rougie à blanc.

L'homme reposait sur une planche, de l'écume à la bouche, les yeux révulsés. A la première morsure du fer, il poussa une clameur déchirante.

– J'avoue ! hurla-t-il.

Aussitôt, on lui jeta un seau d'eau froide sur le visage, et on le délia.

– La reine m'a demandé de dresser l'horoscope du roi et du prince de Galles pour savoir quand ils allaient mourir. Elle veut le pouvoir pour elle seule.

– Je le savais ! murmura Clarence.

– Et mon fils ?

– La reine m'a ordonné de l'empoisonner ainsi que la duchesse.

– Avec la duplicité d'Ankarette ?

– Non, monseigneur.

La dame ayant été pendue la veille, Clarence n'y voulait plus penser. Il jubilait. Enfin il tenait les Woodville et allait leur faire rendre gorge.

– Qu'on ramène ce sorcier dans son cachot, ordonna-t-il, et qu'on le pende demain à l'aube.

Jamais Richard de Gloucester n'avait vu le roi en une telle fureur. Un instant, il l'avait cru capable de se rendre au palais de Clarence pour provoquer son frère en combat singulier.

– George a obéi à un moment de folie, hasarda-t-il. Déjà il doit se repentir.

– Juger et exécuter en mon nom et durant mon absence n'est pas acte de folie, tonna Edward, mais signe de malignité et d'insubordination. Devant témoins, George a osé traiter de sorcière la reine d'Angleterre, ma femme !

Richard se tut. En avançant quelques mots en faveur de son frère, il estimait avoir fait son devoir.

Soigneusement, il emmagasinait dans sa mémoire les détails des misérables procès intentés par Georges, qu'Edward venait de lui révéler. La reine avait bel et bien un astrologue qui sous la torture avait avoué ses méchantes intentions. Pour Gloucester, Elizabeth Woodville était femme en effet à pouvoir jeter des sorts.

– Je vais parler à George, proposa-t-il enfin.

– Tu n'iras pas, ordonna Edward en tapant sur la table. Nul n'est besoin d'user de mots. Nous n'avons que trop traité avec lui. Il est temps d'agir, George ne comprend que la force.

Comme s'il laissait son aîné réfléchir, Richard se dirigea vers la cheminée pour se chauffer les mains aux flammes. George jeté à terre, il serait le seul frère du roi demeurant en vie.

21

1477.

La liste des preuves s'allongeait. Edward ne pouvait s'empêcher d'en avoir les larmes aux yeux. Son propre frère..., celui auquel il avait pardonné l'impardonnable, George de Clarence avec sa séduction, sa perfidie, son intolérable et charmante légèreté avait, en plus, l'ambition de lui prendre la couronne d'Angleterre, et cela depuis des années. Les amis de George colportaient que le roi pratiquait avec la reine la magie noire et empoisonnait ses sujets, qu'il était bâtard et de ce fait n'avait aucun droit au trône. Clarence lui-même affirmait alentour que le mariage de son frère avec Elizabeth était nul et soutenait pouvoir le prouver.

Pour ajouter à l'humiliation d'Edward, Louis XI avait cru bon de lui envoyer un pli dans lequel il tenait à prévenir par pure amitié son cher cousin que le duc de Clarence n'avait prétendu à la main de Marie de Bourgogne que pour lui nuire. « Un roi fort doit sévir sans tarder », conseillait-il sournoisement.

D'un geste las, Edward repoussa les documents dans lesquels étaient énumérés les forfaits de son frère. Il allait retrouver la reine qui venait de mettre au monde leur huitième enfant, un garçon nommé George, dont la santé fragile les préoccupait.

Dans un fauteuil, le menton appuyé sur une main, la reine écoutait un ménestrel qui chantait une romance. Le printemps jetait des nappes de soleil sur les pelouses des jardins, les massifs de pois de senteur et de grenadins. Au loin, les bosquets qui longeaient les murs de l'enceinte éclataient en feuilles d'un vert limpide, transparent.

L'arrivée soudaine du roi parut la contrarier. Elle congédia le chanteur et s'efforça d'arborer un sourire aguichant. Mais l'expression préoccupée de son époux la rassura vite. Il n'était pas venu la rejoindre pour folâtrer. Il se laissa tomber pesamment sur une chaise. Dans la lumière crue, la reine fut frappée par le teint de son époux devenu rouge, strié de veines violettes, la mollesse du menton, les lourdes poches sous les yeux. Celui qu'on nommait « le plus bel homme d'Angleterre » était désormais un podagre usé par la débauche. « Vivra-t-il encore long-temps ? » se demanda-t-elle. Un jour ou l'autre, il lui faudrait prendre ses responsabilités, assurer la régence en attendant la majorité de son fils Edward, le prince de Galles. Elle serait prête.

D'un geste tendre, elle s'empara de la main du roi, la serra dans les siennes.

– Je vous écoute, milord.

D'une voix hachée où chagrin et colère se mêlaient, le roi retraça les agissements de son frère, ses trahisons, sa jalousie devenue obsédante et maladive.

– Et maintenant George ose nous accuser, vous et moi, milady, de sorcellerie ! Il affirme être en danger sous notre toit, refuse de boire ou de manger les mets ou vins que nous lui offrons.

Elizabeth connaissait déjà fort bien les plaintes d'Edward contre son frère. Avec lucidité et sang-froid, elle avait attendu le moment propice pour frapper. Ce moment était arrivé.

– Vous n'avez été que trop bon et patient, milord. Ayant moi-même des frères, j'en comprends bien les raisons. Mais oubliez, je vous en conjure, les liens familiaux pour penser à votre propre sécurité, la mienne et celle de nos enfants. Les calomnies du duc de Clarence sont peu de chose car chacun dans ce royaume vous estime et vous respecte. Mais George menace votre trône, Sire, celui qui reviendra de droit à notre fils aîné. A tout moment il peut fomenter un soulèvement, rameuter quelques fanatiques ou têtes brûlées, des soudards en quête de pillage. Les Lancastre gardent des sympathisants que la stabilité de votre gouvernement tient pour le moment en laisse. Mais que votre propre frère attente à vos droits ou, pire, à votre vie, et la situation dans ce pays peut dégénérer, nous forçant, nos enfants et moi-même, à nous exiler pour ne pas être massacrés. Vous devez, en roi et en homme, protéger l'Angleterre et assurer la sécurité de votre famille.

La reine avait parlé avec tendresse, ne cessant de regarder Edward affaissé sur sa chaise comme un colosse abattu.

– Vous avez raison, ma mie, murmura-t-il, mais c'est une décision difficile à prendre.

– Vous en avez pris d'autres tout aussi pénibles, mon ami. Par ailleurs, le duc de Clarence n'a-t-il pas tenu pour négligeables les multiples preuves d'affection fraternelle que vous lui avez données ? Si quelqu'un est à condamner, monseigneur, c'est bien lui et nul autre. C'est maintenant qu'il faut l'empêcher de nuire, avant qu'il ne soit trop tard.

Elizabeth porta à ses lèvres les doigts déformés par la goutte de son époux et y déposa un baiser.

Le roi avait fermé les yeux. Il était las et ne pouvait cependant pardonner encore une fois.

– Je vais donner l'ordre de l'arrêter. Il sera conduit à la Tour avant d'être jugé équitablement. Lui qui fait fi de ma justice aura au moins la consolation de se faire entendre.

Poussés par un souffle de vent, quelques pétales des dernières fleurs de pommier voltigeaient devant la fenêtre. Le roi les suivit du regard. Comme ces délicats pétales à peine rosés, tout ce qui l'avait enivré jusqu'alors, l'héroïsme, l'amour, la musique, le pouvoir, s'envolait. Les grains germaient, levaient, fleurissaient et mouraient. Comme eux, le beau, le charmant, l'inconsistant George de Clarence, son frère, allait disparaître et ce qui lui restait de fraîcheur, d'enthousiasme et de joie de vivre mourrait avec lui.

La pièce où Clarence avait été enfermé à la Tour était meublée avec confort. Le lit était à courtines, la table en beau chêne sculpté, ainsi que les deux coffres et les chaises garnies de bons coussins rembourrés de plumes d'oie. Des rideaux de toile damassée protégeaient le prisonnier des courants d'air et de l'humidité montant de la Tamise.

Durant les premiers jours de son incarcération, Clarence avait traversé une période de fureur, injuriant le roi, la reine, Gloucester, lançant à la figure des serviteurs les plats qu'ils lui portaient, refusant de se déshabiller. Puis, avec les semaines et la chaleur du plein été, le jeune homme était demeuré prostré, ne parlant plus à quiconque, ne quittant pas son lit. S'il y avait jugement comme l'avait annoncé Edward, pourrait-il être condamné et mourir à vingt-huit ans ?

A l'abattement avait succédé le désespoir. Août, septembre, octobre s'étaient écoulés. Les jours se faisaient plus courts, le soleil prenait un éclat doré qui adoucissait les perspectives dans le lointain, caressait les pierres grises de la Tour. Dans la journée, Clarence arpentait sa cellule en pleurant ou, pétrifié, restait planté à sa fenêtre. Parfois il priait, suppliant Dieu de le tirer de l'enfer où son frère l'avait jeté, d'abattre sur le roi Son châtiment. Qu'avait-il fait hormis tenter d'exister par lui-même ?

Novembre fut pluvieux, les pierres de la Tour et la Tamise étaient grises, sinistres. Clarence ne comptait plus les jours. On l'avait oublié. Il se voyait perdu en mer, tentant de rejoindre à la nage le rivage où l'attendaient sa mère, sa sœur Margaret et Isabelle, mais quand une main allait s'emparer de la sienne, une vague l'éloignait toujours. Il les appelait, jamais elles ne répondaient. L'avaient-elles aimé comme elles le lui avaient les unes et les autres juré ? Ou jouissaient-elles de savoir qu'il allait mourir ? La tête entre les mains, George songeait à sa mère Cecily, son premier amour. Il revoyait son beau visage, réentendait les berceuses qu'elle lui chantait, son pas sur le sol de sa chambre quand elle venait lui donner le baiser du soir. Lorsqu'il l'avait vue pleurer après la mort de son père, il avait voulu se blottir contre elle, lui dire que lui, il restait et qu'il l'aimait. Mais jamais il n'avait osé. Puis il s'était attaché à sa sœur Margaret, de trois ans son aînée, qui le prenait sur ses genoux, le cajolait. Il recherchait ses caresses, attendait ses baisers. Adolescents, ils ne se quittaient guère. Elle l'entraînait le long des interminables corridors des châteaux où ils séjournaient, ouvrait des portes condamnées, un doigt sur la bouche. Les chambres sentaient la poussière, de grosses araignées avaient tissé leurs toiles le long des coffres, sur les courtines rongées d'humidité. Assis sur des fauteuils branlants en se tenant par la main, ils se disaient roi et reine. Margaret l'appelait milord et lui la nommait milady. La première fois qu'ils s'étaient embrassés, il s'était forcé à rire mais il avait ressenti une émotion si violente qu'à peine avait-il pu s'empêcher de la prendre dans ses bras en amant. Un jour qu'ils étaient allongés côte à côte sur un lit, elle lui avait signifié la fin de ces jeux. Ils péchaient, avait-elle expliqué d'une voix pleine d'autorité, et devraient s'en confesser. Margaret s'était jouée de lui.

En voyant passer sous ses fenêtres des charrettes remplies d'oies bien grasses, de jambons, de barriques de vin, de sabots peints et décorés, de jouets de bois, Clarence comprit que les fêtes de Noël se préparaient. Dehors les arbres s'étaient dépouillés de leurs feuilles qui, trempées d'humidité, jonchaient les berges de la rivière. Sur la pelouse cernée par les bâtiments qui composaient la Tour de Londres, château et prison, une buée bleutée flottait d'où émergeaient les silhouettes noires des corbeaux.

En dépit du feu qu'on entretenait pour lui dans l'âtre jour et nuit, la chambre était glacée. Clarence eut la fièvre. Lorsqu'un médecin se présenta, il le renvoya à coups de pied.

Les ombres mouvantes jetées par les flammes sur le sol le long des murs épouvantaient le prisonnier. Il y voyait des diables, des spectres ou des serpents. Alors il se recroquevillait dans un coin de la pièce, le front sur les genoux, et pleurait.

Un matin, la porte de sa chambre s'ouvrit bruyamment. Il gelait et du givre collait aux épais carreaux verdâtres. Escortés d'un groupe armé, deux hommes en longue houppelande se tenaient sur le seuil.

– Le moment d'être jugé est venu, milord.

Le duc de Buckingham, beau-frère de la reine, et le fils qu'elle avait eu de son premier mariage, le marquis de Dorset, contemplaient avec stupeur l'homme mal rasé, pâle comme la mort, les cheveux emmêlés, qui se tenait devant eux. Où était l'élégant duc, celui qui se ruinait pour des fourrures rares, des pierres précieuses, des livres finement enluminés ?

Il fallut quatre hommes pour traîner George hors de sa prison.

« Milady... »

Le petit Edward venait de s'endormir. Anne trempa à nouveau sa plume dans l'encrier et un instant contempla les traits délicats de son fils, son teint de porcelaine. A chaque instant elle veillait sur lui pour prévenir tout refroidissement ou échauffement, surveillait sa nourriture, ses heures de sommeil, les soins prodigués par les servantes. L'enfant restait fragile, mais son intelligence précoce et sa douceur faisaient le bonheur de ses parents.

Depuis la naissance de son fils, Anne n'avait plus écrit à Marguerite d'Anjou, comme si l'enfant de Richard avait dénoué le lien bref et extraordinaire qui l'avait attachée à sa belle-mère. Bien que le temps ne leur ait guère permis de se connaître, l'intensité des moments traversés ensemble les unissait pour la vie.

De tout mon cœur, j'escompte que vous pardonnerez un silence, non dû à l'oubli de vous, mais à une retenue occasionnée par la peur de vous déplaire ou, pire, de vous causer du chagrin. Je n'ignore pas combien vous vivez dans la solitude et le souvenir de ceux qui vous furent si chers. Ne croyez pas que je m'en désintéresse...

Un instant, Anne pensa à son mariage avec Edouard de Lancastre, à leur nuit de noces, à l'amour qu'ils avaient l'un pour l'autre, se souvint des promesses échangées. Elle devait chasser ces souvenirs, sa survie en dépendait ainsi que l'honneur de son mari et le bonheur de leur enfant. A nouveau, la jeune femme trempa dans l'encrier la longue plume d'oie taillée.

On m'a décrit le château de Reculée où vous vivez, le charme de la campagne angevine. A défaut de bonheur, peut-être y trouverez-vous cette quiétude de l'âme à laquelle je tends moi-même de toutes mes forces...

Anne doutait que Marguerite pût jamais goûter à la paix. Et tant de fantômes devaient hanter ses nuits, le duc de Suffolk, les quatre Somerset, Owen Tudor, le comte de Brézé, Henry VI, le prince de Galles et le comte de Warwick morts pour elle. Comment oublier tant de morts, de souffrances, d'héroïsme ?

Le vent soufflait sur la lande autour du château de Middleham où Anne passait le plus clair de son temps. Chaque pièce de la forteresse lui rappelait des êtres aimés, sa mère toujours prisonnière, son père, son oncle Montagu avec ses formidables éclats de rire, son autre oncle George, archevêque d'York, mort l'année précédente, le petit George Montagu, son cousin germain que Clarence et Gloucester avaient dépouillé de tout héritage avec sa propre complicité et celle d'Isabelle. Et cependant elle aimait le lieu de son enfance. La terre battue par les vents, la lande effaçant les sentiers et les légendes des voyageurs perdus errant pour l'éternité, cherchant la ferme isolée, la bergerie où ils pourraient enfin se reposer. Depuis sa tendre enfance, elle avait entendu parler de sorcières, de jeteurs de sorts, de cloches sonnant à minuit les nuits de pleine lune, de la rosée jetée par les fées au solstice d'été, elle se souvenait du poteau décoré de rubans autour duquel elle dansait au mois de mai, couronnée de fleurs sauvages, avec les jeunes filles de son âge. Elle ne se rendait que rarement à Londres et toujours pour peu de temps. Middleham lui parlait, la retenait.

Aujourd'hui, je veux vous parler des événements heureux et dramatiques qui ont profondément marqué cette famille d'York devenue désormais la mienne. Mon neveu Richard, le deuxième fils du roi qui n'a que quatre ans, a été marié le 15 janvier à la chapelle de Saint Stephen à Anne Mowbray, six ans, la seule héritière du duc de Norfolk. Harry de Buckingham, qui est fort lié aux Warwick par mariage et amitié, escorta la fiancée jusqu'à la salle du banquet. Les noces furent suivies de nombreux tournois et chacun se réjouissait et festoyait sans se douter du drame qui allait se jouer quelques jours plus tard. Tous en effet espéraient la clémence du roi et mon époux n'avait pas renoncé à obtenir un nouveau pardon envers George, son malheureux frère devenu à moitié fou de désespoir dans sa prison. Cecily, leur pauvre mère, s'était agenouillée devant son fils aîné qui l'avait relevée. Chacun y avait vu la promesse d'une grâce prochaine. Mais le procès eut lieu et Clarence fut condamné à mort.

Une semaine durant, le roi a sursis à l'exécution de la sentence, le cœur lui manquait. Mais les Woodville veillaient. La reine ne pouvait pardonner à son beau-frère de l'avoir traitée de sorcière et accusée d'être une empoisonneuse cherchant à le détruire pour mieux tenir son époux sous sa coupe. Enfin le 18 février, l'ordre fut donné à Clarence de choisir la façon dont il voulait mourir. Par bravade, par dérision ou pour laisser à jamais la conscience du roi dans l'horreur de son crime fratricide, George voulut qu'on le noyât dans une barrique de Malmsey, ce vin de Grèce dont Edward et lui avaient bu ensemble dans la joie force coupes.

Depuis le supplice de George, nous sommes beaucoup à honnir ce crime en silence. Jamais je ne me suis sentie aussi éloignée des York. Mais Dieu seul est juge. Ces événements sont déjà sans doute parvenus jusqu'à vous, Milady, mais je tenais à vous en faire part moi-même, étant la dernière de notre malheureuse famille. Puisse le Seigneur vous tenir en Sa sainte garde et bénir aussi votre humble et obéissante servante.

Anne NEVILLE, duchesse de Gloucester.

« Seigneur, pensa Anne en se signant, gardez-nous, mon fils et moi, des ambitions de Richard. »

Blessé par ses réticences à partager son lit, son époux s'éloignait d'elle. Il la respectait, mais l'aimait-il encore ? Anne avait l'impression que son intention était désormais de remplacer Clarence, dont il avait reçu le titre de grand chambellan le lendemain même de son exécution. Il se trouvait désormais tout proche du trône.

22

Depuis deux années, Richard n'avait pas quitté le Yorkshire. Etablir son autorité sur ses terres, faire justice, améliorer la sécurité des habitants occupaient son temps. Les comtes de Northumberland, de Westmoreland et le puissant Thomas Stanley s'alarmaient de l'influence que secrètement, mais inexorablement, Richard prenait sur le Nord dont il était devenu le seigneur incontesté. Corroborant cette autorité, le roi venait de nommer son frère lieutenant général du Nord, faisant de Gloucester une sorte de vice-roi.

Le printemps était revenu avec ses vents doux et humides, et le tapis de fleurs sauvages que broutaient des centaines de moutons menés par leurs bergers. La verveine, le thym et la menthe sauvage embaumaient. A côté d'Edward, âgé de sept ans, Anne aimait se promener à cheval dans la campagne. Elle-même apprenait à son fils l'écriture, la lecture, le latin et le français. Des brutalités, haines, assassinats, révoltes et répressions qui avaient marqué sa propre enfance comme celle de Richard, elle ne parlait jamais. De toutes ses forces, la jeune femme voulait élever son fils dans un monde où il n'aurait pas peur, pas mal, où la mort violente ne pénétrerait pas. Si elle parvenait à en faire un homme d'honneur, juste et aimant la paix, elle aurait réussi sa vie.

– Je reviendrai bien vite, promit Anne à son fils en rentrant un soir de promenade. Au mois d'août, nous irons toi et moi à Sheriff Hutton chasser la tourterelle.

Edward avait peine à ne pas montrer son désarroi. Jamais sa mère ne l'avait quitté.

– Tu sais que je dois accueillir à Londres ta tante Margaret de Bourgogne. Je t'écrirai chaque jour.

Après beaucoup d'hésitations, elle avait accepté d'accompagner Richard, car elle avait suffisamment irrité son mari et désormais cherchait son amitié. Même après huit ans de mariage, elle ne pouvait prétendre bien connaître cet être secret et taciturne. Depuis la mise à mort de Clarence, jamais il n'avait évoqué son frère disparu. Il avait accepté son titre de grand chambellan sans réticence et, fidèle à son aîné, il remplissait strictement ses devoirs de prince, mais Anne décelait qu'un feu le brûlait, jamais extériorisé. Elle le voyait à sa façon d'ôter et de remettre l'anneau qu'il portait au petit doigt, à son regard si intense que parfois elle devait baisser les yeux, incapable de le soutenir. Qu'y avait-il au plus profond de son cœur ? Il était un guerrier et voulait la paix, un passionné de politique fuyant Londres et les arcanes du pouvoir, un vindicatif ne faisant de reproche à personne, un ambitieux entièrement loyal au roi, son frère.

A peine installé avec Anne, aux portes de Londres, dans son château de Richmond, Richard demanda que l'on selle un cheval. Le jour même, il voulait voir le roi. Durant deux ans, les frères s'étaient contentés de s'écrire. Edward ne cachait pas que sa santé se détériorait et que son formidable appétit de vivre l'avait quitté.

Sans quitter son simple vêtement de voyage en toile gris et noir, Richard prit la route de Londres. Les paysans rentraient vaches et moutons, des artisans travaillaient sur le pas de leur échoppe, des enfants jouaient, des femmes bavardaient en filant devant leur porte. Richard n'éprouvait nulle quiétude. Il venait de quitter une épouse qui, en dépit de ses efforts, n'était pas parvenue à l'aimer et il allait retrouver un frère indigne de sa couronne, un être dominé par sa belle-famille, incapable de réfréner ses passions, inconscient du marasme qu'il laisserait derrière lui si ses excès devaient hâter sa fin.

En redécouvrant le château de Windsor, Gloucester s'étonna de l'avancement des travaux que le roi y effectuait. La chapelle Saint George était presque achevée et Richard n'ignorait pas que l'ordre de la Jarretière, qui y était remise, était devenu la distinction la plus recherchée d'Angleterre. Ducs et comtes attendaient depuis des années d'y être introduits. Comparé aux austères forteresses de Middleham ou de Sheriff Hutton, le château de Windsor, lové dans des jardins s'étendant jusqu'à la Tamise, avait l'allure d'un château de conte de fées.

Passé la poterne, Richard découvrit des arbustes en pot, des volières, des vasques où l'eau cascadait. Un instant, il resta immobile à contempler ce décor charmant, puis, haussant les épaules, il descendit de cheval et, entouré de Lowell, Percy et William Catesby, devenu lui aussi un conseiller et un ami proche, pénétra dans le château.

– Sa Grâce vous attend, annonça aussitôt un chambellan.

Richard échangea un regard ironique avec Percy. Cet homme portait sur lui plus de broderies, de cuir repoussé et de chaînes d'or qu'on aurait pu en dénicher à Middleham.

Le long des corridors qu'empruntaient Richard et ses amis, des brassées de fleurs avaient été répandues. Grandes ouvertes, les fenêtres donnaient sur les jardins que l'on devinait enchanteurs.

Edward attendait son jeune frère dans ses appartements privés, l'angoisse de le revoir lui serrait la gorge. Evoqueraient-ils George dont jamais ils n'avaient parlé depuis le jour de son exécution ? En le voyant surgir, petit, nerveux, vêtu comme un ermite et entouré de ses trois amis qui tous le dominaient d'une tête, le roi sentit les larmes lui monter aux yeux. Avec l'âge, il s'attendrissait facilement, sombrait dans des rêveries douloureuses où le meurtrissaient ses faillites, ses excès, ses renonciations.

D'un geste, Richard signifia à ses compagnons de le laisser seul. La déchéance physique du roi l'atterrait. A trente-huit ans, il ressemblait à un géant déchu, les cheveux rares, d'un blond jaune, le teint blafard, les yeux entourés de chair enflée et flasque, le ventre mou. « Il n'en a plus pour longtemps », pensa son frère.

Un court instant, les deux derniers fils survivants du duc Richard d'York mêlèrent leurs regards. Puis Edward entoura les épaules de Richard d'un bras et le serra contre lui.

– Allons dans mes jardins, proposa-t-il, la reine et moi les aimons beaucoup. Nous y parlerons tranquillement. Tu as bien tardé à venir.

Une volée d'escaliers menait à des allées ombragées.

– Margaret va s'installer à Greenwich, poursuivit Edward, et restera plusieurs semaines en Angleterre. Sais-tu qu'elle se sent l'âme d'une grand-mère depuis que Marie de Bourgogne, sa belle-fille, a garçon et fille ?

Sur la terrasse qui dominait la Tamise, le roi se tut un instant.

– La mort de mon petit George m'a beaucoup peiné. Il n'avait pas deux ans.

– Je sais, dit Richard d'une voix sourde.

Tout l'écorchait, la vue de ce frère déchu, cette promenade dans la paix du soir, l'ombre du noyé que nul ne voulait évoquer.

– Tu verras bientôt ma dernière fille, Bridget. Me voici père de sept enfants. Pourquoi n'en as-tu pas davantage ?

Richard serra les dents. A quoi rimait cette conversation oiseuse ?

– Dieu décide, Milord.

En dépit du ton amical, le roi nota avec chagrin

la distance qui le séparait désormais de son jeune frère.

De terrasse en terrasse, les jardins descendaient doucement jusqu'au mur d'enceinte. Des buissons soulignaient le dessin des massifs plantés de rosiers, d'œillets, de plantes étranges venues du sud de l'Espagne, de l'Italie. Pas un souffle n'agitait les branches des arbustes.

Edward arrêta sa marche, il était en nage et respirait avec difficulté.

– Mieux vaut avoir des filles, déclara-t-il. Les fils vont trop jeunes à la mort.

Du bout de l'allée principale, Richard vit avancer une femme qui déjà souriait. La joie illumina aussitôt la face congestionnée du roi.

– Tu reconnais Mme Shore, n'est-ce pas ?

Richard se détourna. Il haïssait cette femme, les débauches qu'elle suggérait, la preuve vivante des infidélités du roi.

– Permettez-moi de prendre congé, Milord, j'ai voyagé tout le jour et j'ai besoin de repos.

Edward regarda s'éloigner son frère. Richard lui resterait fidèle, mais il savait qu'il avait perdu son affection et, pire encore, son estime.

La voix pure de la reine s'éleva, accompagnée par une seule guitare. D'un côté de la salle voûtée se tenaient les Woodville : Katherine, duchesse de Buckingham, son époux Harry et leur jeune fils, Lionel, archevêque de Salisbury, Eléonore et Anthony Grey comte de Kent, le fils du premier mariage de la reine,

Thomas, marquis de Dorset, et sa femme Anne, fille du duc d'Exeter. Ne manquaient que le frère aîné d'Elizabeth, Antony, comte Rivers, resté avec son neveu, le prince Edward, fils aîné du couple royal, au château de Ludlow au pays de Galles, et la dernière-née, Bridget, encore au berceau. De l'autre côté de la salle avaient pris place Anne et Richard, le roi entouré de ses cinq filles et de son dernier fils Richard, duc d'York, déjà veuf à l'âge de sept ans, Margaret d'York et ses dames, Elizabeth, duchesse de Suffolk, et son fils John, les seuls survivants des York. Vêtue d'une robe verte moulant son buste épanoui puis s'évasant en plis gracieux, coiffée de nattes où étaient entrelacés des rangs de perles, Elizabeth, après dix grossesses, était encore une beauté. Avec admiration, Anne observait cette femme qui veuve, pauvre, nantie de deux enfants, avait su conquérir et s'attacher le roi. Haïe par sa belle-famille, elle gardait une attitude triomphante comme si elle ne voyait rien, n'entendait rien. Elle gouvernait sa famille et s'était créé tout un réseau d'amis, d'inféodés, de serviteurs zélés.

La romance que chantait la reine parlait de nuit d'été, de cœurs brûlants, de mains entrelacées dans la senteur sucrée du chèvrefeuille, de souffle sur la peau... Anne sentit un frisson la parcourir. Richard et elle s'étaient perdus ou ne s'étaient jamais rejoints. Leur chance de s'aimer d'un véritable amour était passée.

A la dérobée, Richard observait sa nièce Bessie, la fille aînée du roi. Agée de quatorze ans, grande, mince, un visage délicieux, la jeune fille semblait ravie par le lai que chantait sa mère. De toute sa personne se dégageaient une pureté sensuelle, une lumière qui l'éblouissaient. Quels secrets diaboliques possédaient les femelles Woodville pour attirer et envoûter les hommes ? Etait-ce œuvre de sorcellerie comme il l'avait parfois pensé ? Pourtant, il ne semblait y avoir aucune malice dans cette jeune fille, seulement une joie de vivre, une confiance en elle et en son charme qui le fascinaient. A côté de lui, Anne gardait sa mine triste, son maintien réservé. Elle s'étiolait à Middleham, mère passionnée, suzeraine charitable, protectrice des artistes, chrétienne irréprochable, mais femme mutilée, murée dans la solitude. Un bref instant, Richard imagina la douceur de la peau de sa jeune nièce, de ses lèvres, la perfection d'un corps que nul homme n'avait encore touché. Cette fugitive pensée l'alarma. Il avait juré devant Dieu sa foi à Anne, il lui appartiendrait jusqu'à ce que la mort les séparât.

Elizabeth se tut et inclina la tête avec grâce vers le roi, puis vers sa belle-sœur. La haine que Margaret de Bourgogne lui vouait depuis la mort de Clarence, son frère bien-aimé, lui était indifférente. Quel pouvoir avaient sur elle ses ennemis jurés, dont faisait partie Gloucester ? Quoique vêtu ce jour-là avec recherche, son teint pâle, son expression austère et triste faisaient pitié à voir. Richard était un homme frustré, amer ; Margaret, une veuve stérile qui se dévouait corps et âme à sa belle-fille et à ses deux enfants. Elle-même avait une famille nombreuse, des amitiés solides et, en dépit de ses maîtresses, régnait encore sur le roi.

– Une nouvelle guerre contre l'Ecosse s'avère nécessaire, annonça Edward. Toi, Richard, la mèneras.

Les tournois, festins, spectacles achevés, Margaret était repartie pour son château de Greenwich et Anne pour Middleham rejoindre son fils. Richard avait résisté au désir de l'accompagner, de retrouver son cher Yorkshire, ses châteaux, sa bonne ville d'York avec ses soixante églises, la merveilleuse cathédrale récemment achevée, la citadelle, les abbayes, prieurés, monastères, hôpitaux qui faisaient l'admiration des voyageurs. Assisté d'un conseil de vingt-quatre membres et du maire, Richard se contentait d'en être le seigneur bien-aimé et de résoudre les conflits entre corporations, les frictions opposant autochtones et familles d'autres comtés s'installant dans la région.

– Je resterai à Londres jusqu'au moment où toi et Northumberland jugerez ma présence nécessaire aux frontières, poursuivit le roi.

– Pour recruter des soldats, j'aurai besoin d'argent, Milord.

Encore une fois, Richard avait gardé cette politesse respectueuse qui fâchait le roi au point qu'il s'en était ouvert à la reine. « Votre frère vous juge, avait-elle répondu d'une voix dont la douceur cachait mal l'ironie, mais vous lui avez toujours tout pardonné. J'espère que vous ne regretterez pas cette faiblesse. » Il avait protesté, jamais Richard n'avait cessé de lui être loyal. « Il est trop intelligent pour vous trahir, mon ami, mais n'en concluez pas qu'il vous aime d'un bon amour fraternel. »

– Le Parlement a déjà été saisi pour fournir des fonds. Hastings déploie de grands efforts pour accélérer les choses.

A son tour, Richard dissimula son agacement. Comme un vautour surveillant sa couvée, lord Hastings avait pris sur son frère trop d'emprise et agissait en protecteur absolu de la famille royale.

– Je me mettrai donc en route aussitôt que possible, Milord. Cette guerre sera longue et j'y vois plus une série d'embuscades et d'escarmouches, de sièges de villes isolées, qu'une campagne rapide et décisive.

– Tu as toute ma confiance.

Edward tendit une main que Richard prit et baisa.

– Nous chercherons à conclure aussitôt que possible une alliance avec James. N'ai-je pas promis en mariage Cecily à son fils ? Mais s'il refuse tout compromis, je reprendrai ma fille et nous trouverons un autre roi à l'Ecosse, son frère Albany, par exemple.

– Souhaitons qu'Albany et le roi se réconcilient, Milord. Il n'y a pas de plus grand bonheur que deux frères qui se respectent, s'aiment et se protègent l'un l'autre.

Au château de Middleham, une lettre attendait Anne. Marguerite d'Anjou lui apprenait la mort de son père, la renonciation qu'elle avait dû signer, selon la promesse faite par lui, à tout héritage, et l'annexion de l'Anjou, de la Provence et de la

Marche à la couronne de France. Le roi Louis XI n'avait pas même consenti à lui laisser en viager la jouissance du château de Reculée et elle aurait dû se résoudre à habiter une masure si un voisin compatissant n'avait mis à sa disposition son château de Dampierre, une jolie demeure qui domine la Loire. « Ma belle rivière et moi, nous nous ressemblons, terminait Marguerite, elle amorce un méandre et moi, la dernière courbe d'une malheureuse existence. Je vis seule et ne reçois de temps à autre que quelques seigneurs anglais encore fidèles à la cause de ma famille. Hormis l'Angleterre, tout m'indiffère. Mais je n'ai rien oublié. »

23

1482.

En cet hiver de 1482, le vent, le froid, la neige avaient dévasté l'Angleterre, jetant des milliers d'hommes et de femmes affamés sur les chemins où on les retrouvait gelés, parfois à moitié dévorés par les bêtes sauvages.

Avec l'Ecosse, une guerre d'usure s'éternisait. Bien qu'il n'eût cessé de le trahir, Edward s'était résolu à porter au trône d'Ecosse le duc d'Albany qui avait promis de rendre aux Anglais les terres du Sud et de reconnaître leur suzeraineté. L'ordre du roi de lever le siège d'Edimbourg avait ulcéré Gloucester et Northumberland. C'était le reniement de douze mois d'efforts. En se repliant, ils s'étaient tout de même emparés de Berwick, la citadelle rendue aux Ecossais par Marguerite d'Anjou qui venait de trépasser, oubliée de tous dans le château de Dampierre où elle résidait grâce à la charité d'un ami. La reine détrônée ne laissait pas un sou, aucune possession, pas même un lopin de terre.

Son fils étant souffrant, le duc de Gloucester rentra à marche forcée à Middleham, qu'il avait quitté après une courte visite trois mois plus tôt. A Newcastle, Robert Percy l'attendait.

– Le prince va mieux, je l'ai quitté alors qu'il profitait du soleil sur le chemin de ronde.

Après être passé aux étuves et avoir enfilé des vêtements propres, Richard s'attabla avec son vieil ami. Au loin, la mer battait la côte rocheuse au-dessus de laquelle flottaient des lambeaux de brouillard.

– La France se raccommode avec la Bourgogne, annonça Percy en se servant une pinte de bière, et la petite Marguerite, fille de l'empereur Maximilien, est fiancée au dauphin de France. On dit qu'elle va bientôt quitter Bruxelles pour être élevée à Chambord.

Richard, qui trempait une large tranche de pain dans la sauce grasse et épicée d'un ragoût, s'immobilisa.

– Mais le dauphin est fiancé à ma nièce Bessie !

– Promesse rompue, répondit Percy d'une voix joyeuse. La jolie Bessie reste un cœur à prendre.

Un instant, Richard revit la jeune fille au visage si pur qui écoutait chanter sa mère. Sans pouvoir se l'expliquer, il était heureux qu'elle demeurât à Londres.

– Il y a eu pourtant des promesses formelles.

– Promesses de roi, monseigneur, et celui de France s'entend à parler deux langages à la fois. Nous avons entendu de l'anglais là où il s'expliquait en flamand.

Richard ne put s'empêcher de rire. Outre la loyauté et la bravoure, son vieil ami avait reçu à la naissance le don de dégager l'aspect plaisant des pires situations.

– Et comment se porte le roi ?

– Sa Majesté ne se consacre plus guère qu'à ses plaisirs et accorde de plus en plus de pouvoir à lord Hastings.

– Hastings est un bigot et un sournois. Il va chaque jour à la messe et se montre déloyal envers sa femme. Il ne vaut guère mieux que Dorset et je me méfie de lui.

Des cavaliers portant des bannières à l'effigie du sanglier blanc pénétraient dans la cour de Middleham au grand galop. Anne entendit les sonneries de trompettes, les aboiements furieux de ses chiens. « Richard est de retour », se dit-elle. Aussitôt, elle dissimula les souvenirs que Marguerite d'Anjou sur son lit de mort avait demandé qu'on lui fasse parvenir : la croix en bois d'olivier portée par Henry VI le soir de son assassinat et qu'un serviteur fidèle avait ôtée du cou de la défunte, la dague de parade offerte par Louis XI à Edouard comme cadeau de noce et son anneau de mariage. « Sur le point d'achever une misérable existence, avait-elle écrit, je n'ai rien d'autre à vous offrir que des souvenirs qui m'ont été chers. Gardez-les pour l'amour de moi, du roi Henry et de notre fils qui fut votre époux. »

– Allez vite chercher lord Edward, ordonna Anne, nous allons accueillir le duc de Gloucester.

Il faisait nuit. Richard s'était retiré dans sa chambre. Le moment d'intimité qu'Anne avait tant espéré ne s'était pas présenté. Chaque jour, son confesseur lui rappelait l'engagement pris et depuis plusieurs semaines elle se sentait prête. Dans sa solitude, le désir d'avoir un deuxième enfant était devenu obsédant. Elle voulait une fille qui soit toute à elle, qui n'aurait jamais à partir à la guerre. Mais l'humiliation de la démarche lui semblait insurmontable. « Milady, c'est votre droit le plus strict et aussi votre devoir, insistait le prélat. Notre-Seigneur n'a institué le mariage chrétien que dans le but de la procréation. Quant à votre orgueil, il vient du diable, foulez-le aux pieds, mon enfant. »

Une seconde fois, Anne gratta à la porte. Enfin la voix de Richard l'invita à entrer :

– Vous, madame ?

Devant sa table, il signait du courrier qu'un secrétaire lui présentait.

– Je vous demande un instant seulement.

Le secrétaire sorti, Richard tendit une main dans laquelle Anne vint poser la sienne.

– Que voulez-vous, ma mie ?

– Votre pardon. Après votre départ en Ecosse, j'ai pris conscience que je n'étais pas une bonne épouse et je le regrette.

– Les choses sont ainsi, murmura Richard. Je les ai acceptées.

– Dieu m'a envoyé trop tôt des afflictions qui m'ont profondément marquée. Le temps les efface.

Anne sentit le mouvement de recul de son mari. N'y avait-il plus de place entre eux pour la sincérité ?

– Pardonnez-moi, répéta-t-elle, et essayons, vous et moi, de vivre comme de bons époux.

– Ce genre de chose ne se tente pas, madame, et tout effort pour aimer est voué à l'échec. Vous avez décidé de vous enfermer dans un passé qui ne vous a apporté que des chagrins. Je le déplore, mais ce choix est vôtre. Ne regrettez rien. Je vous respecterai et vous protégerai jusqu'à mon dernier souffle, car vous êtes la mère de l'être que j'aime le plus au monde.

Anne fut tentée de tomber à genoux, mais son orgueil l'en empêcha. A son esprit ne venaient plus que des reproches, des paroles amères. Une larme monta à ses yeux, qu'elle essuya furtivement. Elle n'avait plus de colère, juste une immense déconvenue.

Richard reprit les papiers qu'il devait signer. Sans doute aurait-il dû prendre Anne dans ses bras. Mais qu'elle puisse l'embrasser en pensant à un autre lui faisait horreur. Ils auraient pu s'aimer et étaient irrémédiablement passés l'un à côté de l'autre.

– Je te souhaite le bonsoir, dit-il. Demain je dois partir de bonne heure pour York, mais je serai de retour aussitôt que possible.

Anne recula. Cet homme au regard froid qui la repoussait était-il sans cœur ? Les mots qu'elle avait voulu prononcer étaient morts à jamais sur ses lèvres.

Depuis les fêtes de Noël, Jane Shore se tourmentait pour le roi. De semaine en semaine, elle le voyait s'affaiblir. Son teint blafard, ses yeux injectés de sang l'effrayaient. Pourtant, Edward refusait de changer quoi que ce fût au rythme de sa vie quotidienne. Il partait chasser de grand matin, buvait au-delà du raisonnable et ne se privait d'aucun plaisir.

Londres en février était gris, sinistre, et aucune fête ne parvenait à donner de la gaîté à la Cour.

– Viens me rejoindre ce soir, demanda un soir de pluie Edward à sa fidèle maîtresse. Nous avons à parler.

La chambre du roi était décorée de tapisseries précieuses, de tapis venus d'Orient, de meubles richement travaillés, mais depuis longtemps Jane n'accordait aucune importance à ce luxe. Vêtue, coiffée simplement comme à l'accoutumée, elle ne cherchait pas à farder son visage marqué déjà de fines rides. Respectant son époux et le servant tout en aimant le roi, elle était parvenue à se faire une vie harmonieuse. Le temps de la passion était achevé, mais elle restait la confidente d'Edward, sa meilleure amie.

Selon son habitude, Jane tira de sa poche le mouchoir qu'elle brodait et prit place sur un tabouret aux pieds du souverain.

– Je vous écoute, Monseigneur.

Edward posa une main sur la coiffe de fine batiste ourlée de dentelle de Bruges.

– Il y a longtemps que je veux évoquer avec toi le moment où je disparaîtrai.

– Monseigneur !

– Je suis malade, Jane. Tu es trop attentive pour

ne pas l'avoir deviné. Mes jours sont comptés et je veux que tu sois la première à connaître les arrangements que j'ai pris.

Jane piqua son aiguille dans le carré de toile. De peur d'alarmer le roi par ses pleurs, elle ne voulait pas le regarder.

– Toi, tout d'abord. Tu as d'implacables ennemis à la Cour. Seul Hastings peut te protéger. Depuis des années il est amoureux de toi sans pouvoir se déclarer.

– Que dites-vous là !

Le roi prit d'une main le menton de Jane et leva son visage vers lui.

– La rougeur que je vois sur tes joues parle d'elle-même et j'en suis fort heureux. Tu ne peux avoir de meilleur compagnon que lui. L'un et l'autre, vous m'êtes fort attachés, je demeurerai ainsi vivant dans vos cœurs.

Le roi parlait d'une voix ne trahissant aucune émotion.

– Je veux aussi, poursuivit-il, que mon frère Richard soit le protecteur de mon fils et le défenseur du royaume durant sa minorité.

– Mais la reine, Milord ?

– Si je la nommais régente, ma mie, les Woodville s'abattraient comme des sauterelles sur l'Angleterre. Elle jouira de tous les honneurs et sera vénérée en tant que reine mère.

Jane tira le fil de soie pourpre. Le roi ignorait-il la haine que son jeune frère vouait aux Woodville en général et à Elizabeth en particulier ?

– Son fils, le marquis de Dorset, et Hastings

empêcheront quiconque de lui manquer de respect. Pour ma plus grande satisfaction, ces deux-là se sont réconciliés, poursuivit le roi. Il y a aussi Harry, duc de Buckingham, mon cousin et beau-frère. Bien qu'il ait été un fidèle lancastrien, j'ai confiance en lui.

– Traître trahira, murmura Jane.

– Ma mie, si je devais compter les seigneurs de ce royaume qui ont tourné casaque quand bon leur semblait, j'y passerais mes jours et mes nuits ! Harry est trop puissant pour que je lui laisse choisir son camp. Il restera dans celui de la reine.

Un brouillard épais était tombé sur Londres, étouffant les bruits. Jane se laissait envahir par de mélancoliques pensées. En dépit de la prévoyance d'Edward, quel destin les attendait tous ?

– Le duc de Gloucester ne compte guère d'amis à la Cour.

– En a-t-il besoin ? Richard est un loup solitaire. Mais il a ses vieux compagnons Lowell, Percy, Catesby Radcliff, et lord Thomas Stanley.

– Ce dernier a pour épouse votre pire ennemie.

Le roi haussa les épaules. Il était vrai que Margaret Beaufort œuvrait en secret pour que le fils d'une première union, Henry Tudor, reprenne la couronne d'Angleterre. Mais seul, exilé en Bretagne chez le duc Francis, sans troupes, sans argent, sans alliés d'envergure, les chances du prince étaient misérables.

Les torches allumées dans la cour du château de Westminster jetaient des ombres fantomatiques que semblaient traverser les flocons de neige.

– Et mon fils aîné, le prince de Galles, a également son oncle maternel pour prendre soin de lui. Voici

des années que le comte Rivers l'a sous sa responsabilité et il l'aime comme son propre enfant. Rivers
est un homme pieux, cultivé et droit.

Au loin on entendait hennir les chevaux. Un serviteur traversa la cour, faisant claquer ses sabots sur
les pavés humides.

Un instant, Edward contempla les doigts fins, les
délicats poignets de sa compagne. Etait-il fou de la
donner à Hastings ? Mais seule à la Cour en face de
la reine, Jane Shore serait comme une agnelle livrée
à une louve.

– Allons, ma belle, reprit-il d'une voix qu'il
s'efforçait de rendre joyeuse, chante-moi un de tes
couplets d'amour.

« Le roi se berce d'illusions, pensa Jane en
s'emparant de sa lyre. Ne voit-il pas que trois au
moins de ceux qu'il croit ses loyaux féaux ne rêvent
que de s'emparer du pouvoir ? »

Le dimanche des Rameaux, la reine se fit vêtir de
bonne heure. Avant même de se rendre à la messe,
elle voulait s'entretenir avec ses fils aînés Thomas
et lord Richard sur la santé du roi. La veille, après
avoir englouti un pantagruélique repas, il avait été
pris d'un malaise. On avait dû le ramasser sur le sol,
le visage violacé. Si par malheur son mari venait à
disparaître, elle voulait pouvoir agir aussitôt.

Elizabeth fit poser un gros turban de velours tor-
sadé bourré de crin sur sa tête, passa à ses poignets
des bracelets d'or, des bagues à chacun de ses doigts.
Elle devait maintenir sa superbe de reine et nul ne

devait soupçonner qu'elle était dévorée d'inquiétude.

La reine s'empara de son livre de prières et le glissa dans son manchon.

– Rejoignez-moi à la chapelle d'ici une heure, demanda-t-elle à ses femmes. Avant la messe, je désire me rendre seule chez le marquis de Dorset.

Thomas et son frère Richard attendaient leur mère dans une pièce dont les trois fenêtres donnaient sur la Tamise. La neige ne tombait plus mais une humidité glacée imprégnait les murs du château où luisaient de vastes pans de mousse. Les berges du fleuve détrempées par la fonte des neiges devenaient un marécage où les tombereaux venus décharger les barges s'enfonçaient jusqu'aux moyeux.

Devant l'âtre, le marquis de Dorset tisonnait les braises tandis que lord Richard buvait une coupe de vin chaud, deux chiens couchés à ses pieds. Patiemment, Elizabeth écouta les arguments de ses fils sans pour autant se laisser convaincre. L'un comme l'autre, elle le sentait, passaient à côté de l'essentiel. Une ratification de régence par le Parlement était, certes, une première étape, mais ses fils s'illusionnaient s'ils croyaient qu'un simple décret les mettrait à l'abri de Gloucester.

– Nul ne sait si Sa Majesté pense à confier quelque responsabilité que ce soit à son frère, poursuivit Dorset.

Le regard tendu d'Elizabeth se posa sur son fils aîné.

– Crois-tu que Gloucester n'a pas déjà ses plans ? Voici quatre semaines, il était ici pour y tisser sa toile. Jamais cet homme n'acceptera de nous laisser tranquilles. Jamais il ne me laissera obtenir la régence, dût-il y avoir cent décrets du Parlement.

– Vous pensez à un coup d'Etat, mère ?

– Je pense que cet homme va tenir une occasion unique de satisfaire ses ambitions et qu'il ne la laissera pas passer.

– Il y a des lois dans ce pays.

– Les lois sont faites pour les sots et les naïfs.

– Il faudra donc couronner mon demi-frère dès que possible, déclara lord Richard. Une fois roi, nul ne pourra lui dicter sa conduite.

Elizabeth se rapprocha de ses deux aînés. Richard avait raison. Aussitôt que son époux aurait rendu son âme à Dieu, il faudrait faire revenir de Ludlow le jeune prince Edward et préparer son couronnement solennel, le proclamer *urbi et orbi*. Ce jour même, elle allait écrire à son frère Anthony pour qu'il se tienne prêt à escorter l'enfant à Londres. Avec un peu de chance, Richard de Gloucester serait devancé.

– Nous ne pouvons nous permettre aucune erreur, murmura Elizabeth, Gloucester est rusé. Si nous échouons, nous n'aurons plus qu'à prier Dieu d'avoir pitié de nous.

Tassé dans son fauteuil, à peine le roi put-il se mettre à genoux pour l'élévation. Les volutes d'encens accentuaient ses nausées et, à maintes reprises, il se crut sur le point de défaillir. A côté de lui, la reine semblait prier avec ferveur mais, à l'expression fermée de son visage, le roi devinait qu'elle ruminait quelque chose. Ses exigences, ses obsessions, ses ambitions avaient eu raison de son amour. Une fois roi, leur fils pourrait bénéficier des conseils de son oncle Gloucester, compter sur sa fidélité.

La procession s'organisait. Le roi fit comprendre qu'il n'avait pas la force d'y participer.

Un par un, les prêtres défilaient, chantant des hymnes puissants et monotones dans les tourbillons de l'encens, et les chandelles qu'ils tenaient à la main allumaient dans les colliers et les boucles d'oreilles des dames des éclats brefs et fulgurants.

« Seigneur Jésus-Christ, pensa le roi, prenez soin des vivants, ils ont plus besoin de Vous que nous, les trépassés. »

24

Avril 1483.

Immédiatement après avoir appris la mort du roi, Richard se prépara à agir. Son escorte était prête ainsi qu'un détachement de soldats. Tous prendraient la route aussitôt qu'Hastings aurait donné de plus amples précisions sur la situation. Jusqu'alors, la Chambre n'avait expédié au duc de Gloucester qu'un bref message : « Le roi vous a tout laissé, biens, royaume, héritier. Assurez-vous de la personne de notre futur souverain seigneur Edward V et rendez-vous à Londres. »

Sous un timide soleil d'avril, la petite cour de Middleham avait pris le deuil. En tête du cortège se rendant à la messe solennelle de requiem, Anne avait posé sa main sur le poing fermé de Richard, précédant le jeune Edward et la comtesse douairière de Warwick, désormais libre de vivre avec sa fille. Les yeux baissés, la jeune femme tentait de dissimuler la fatigue due aux nuits sans sommeil. Richard, elle le savait, n'attendait qu'un signe d'Hastings pour foncer sur Londres et intercepter le futur roi afin de le soustraire à sa famille maternelle. Que son époux installe son neveu sur le trône pour se retirer une fois sa mission accomplie lui semblait improbable. Tous les soirs, il devisait des heures durant avec ses proches comme à la veille d'un combat décisif. Mais où qu'il aille, elle le suivrait.

A genoux sur son prie-Dieu, les yeux clos, la jeune femme revoyait le visage du roi défunt, ce beau-frère qu'elle avait si mal connu. Il était mort d'un refroidissement attrapé lors d'une partie de pêche sur la Tamise le jour du vendredi saint, mais chacun affirmait qu'alors il était déjà moribond. Le vin, les femmes, la gloutonnerie avaient eu raison de son corps d'athlète, de cette force extraordinaire qui le faisait comparer à Samson. « A moins qu'il n'ait renoncé à vivre, pensa Anne, que son frère Clarence de sa tombe l'ait attiré à lui. » A côté d'elle, son fils Edward lisait avec application ses prières. Sous l'épaisse frange de cheveux châtains, le visage de l'enfant semblait menu, les traits étaient trop fins pour ceux d'un garçon.

La messe s'achevait. Anne regarda autour d'elle les murs drapés de noir de la cathédrale d'York. Les cloches sonnaient le glas quand le cortège se reforma et, dans sa hâte de retrouver la lumière du soleil, Anne se leva la première.

Le prince de Galles sera accompagné d'un détachement de deux mille hommes pour qu'il atteigne Londres sans que nul puisse mettre la main sur lui. Je prends, monseigneur, de grands risques en vous avertissant de tout ce qui se trame ici car la promptitude avec laquelle agissent la reine et sa famille indique clairement leur détermination. Les Woodville ont prévu le couronnement dès le 4 mai. Devenu roi, le prince sera définitivement entre les mains de ses oncles, de ses demi-frères et de sa mère. Au plus tôt, je me permets de vous le conseiller, mettez-vous en contact avec l'oncle du prince de Galles, le comte Rivers, qui l'accompagnera. Dites-lui que vous exigez de faire votre entrée à Londres aux côtés du neveu que le roi vous a confié sur son lit de mort. Une fois à Westminster, vous aurez le temps d'organiser les choses telles qu'elles vous semblent souhaitables.

En se mordant la lèvre, Richard plia la lettre d'Hastings. La veille, il avait écrit à Rivers au château de Ludlow et attendait réponse. Le temps pressait. Le roi était mort depuis plus de deux semaines et, désavantagé par l'éloignement, il laissait le clan de la reine s'organiser en toute quiétude. Il fallait expédier à Elizabeth une lettre où serait exprimée clairement son exigence de voir respecter les dernières volontés de son défunt frère.

Depuis l'annonce de la mort du roi, Richard éprouvait une colère sourde, la frustration de ne pouvoir pénétrer dans Londres pour en chasser les Woodville. Jusqu'à quand allait-il devoir supporter cette famille de serpents, mettre des tournures polies là où il aurait voulu vomir ce qu'il avait sur le cœur ? Son seul allié à la Cour était Hastings, un homme irremplaçable, même si ses mœurs le rebutaient. Le roi à peine enterré, il avait eu l'audace de prendre Jane Shore pour maîtresse et se pavanait publiquement avec cette misérable.

Chaque jour, ou presque, voyait arriver à Middleham un courrier venu de Londres. Avec une scrupuleuse précision, Hastings décrivait à Richard les préparatifs du couronnement, et il s'inquiétait du silence de Rivers. Il venait d'écrire à Harry Buckingham dans ses fiefs du pays de Galles pour solliciter son appui. Jusqu'alors éloigné de la politique, le puissant duc, cousin des York comme des Lancastre, pouvait être la troisième force déterminante. Certes, il était le beau-frère de la reine, mais son mariage lui avait été imposé à l'âge de onze ans et au fond de son cœur d'homme comme de son orgueil de prince, il ne l'avait jamais accepté. Lancastrienne, sa famille avait versé son sang pour Henry VI. « Nous n'avons plus le choix, insistait Hastings. Il nous faut un allié de poids dans la lutte que vous allez mener. Si lord Buckingham se range à vos côtés, la victoire sera sûre. »

Enfin le 18 avril arriva à bride abattue à Middleham un messager portant les couleurs noir et rouge de Buckingham. « Mon amitié vous est acquise, affirmait le duc à Richard de Gloucester. Je vous rejoindrai où bon vous semble et avec le nombre de soldats qu'il vous plaira. A nous deux, nous escorterons le futur roi à Londres et aucun Woodville n'osera alors se mettre en travers de notre chemin. » La lettre était signée : Harry Buckingham. En dessous, le duc avait ajouté en gros caractères sa devise écrite en français : « Souvent me souvenne. »

Le messager repartit au galop, portant la réponse de Richard :

Rejoignez-moi avec deux cents hommes à Northampton. J'aurai le même effectif avec moi. A aucun prix, nous ne devons donner l'impression aux Woodville de nous protéger. Nous sommes dans notre droit le plus strict et imposerons celui-ci avec l'aide de Dieu. Rien ne me fera renoncer au projet d'œuvrer pour le bien, la gloire et la richesse de l'Angleterre. Votre présence à mon côté, mon cousin, fera ma force et je vous en serai reconnaissant jusqu'à mon dernier souffle.

La main du duc de Gloucester avait couru sans effort sur le papier. Les mots devançaient sa pensée.

Sans bruit, Richard s'approcha du fauteuil poussé près du feu où Anne lisait un recueil de prières. La jeune femme leva les yeux.

– Que comptez-vous faire ?

– Escorter le prince de Galles à Londres.

– Et puis ?

– Vous y faire venir.

Le silence était total dans le vieux château. Anne soupira. Il lui semblait être à nouveau aux temps lointains de son enfance quand l'odeur des gaufres envahissait les corridors où retentissaient les rires des enfants. Elle se voyait trottinant à côté d'Isabelle, sa petite main dans la sienne. Un peu plus loin, Richard les attendait, sa silhouette menue se découpait sur l'ouverture d'une fenêtre donnant sur le ciel bleu de mai. Il avait son faucon sur l'épaule et leur souriait. Mais Anne savait que ce sourire s'adressait à Isabelle.

– Il faut un roi à ce pays, déclara Richard, et ce ne sera peut-être point un Woodville.

Les mots se détachaient, irréels dans leur simplicité.

– Le prince de Galles est votre neveu, milord.

– Elevé, éduqué, endoctriné par les Woodville. Si le jeune Edward prenait maintenant le pouvoir, ce ne serait pas en son nom, soyez-en sûre, mais en celui de ses oncles et frères utérins. Il faut soustraire l'enfant à l'influence de sa mère et de sa famille.

– Vous n'avez pas ce pouvoir de décision, milord.

Les yeux de Richard avaient pris une expression dure comme le silex. Anne retrouvait l'adolescent, déjà chef de guerre, l'ennemi juré des Lancastre.

– Chacun a les pouvoirs qu'il se donne. Par l'esprit, je suis le seul héritier de mon frère. Mon neveu n'est pas un York, mon père n'est pas mort pour lui.

– Si vous le tenez écarté, les siens feront bloc contre vous. Que faites-vous de lord Hastings, de sir Thomas Vaugham, de sir Richard Haute, qui ont été les conseillers les plus proches de votre défunt frère. Jamais ils ne vous laisseront disposer de l'enfant.

Anne se tut. Devait-elle prendre parti dans ce qui allait être une lutte sans merci ? Son devoir était de protéger son fils, pas celui d'Elizabeth Woodville.

– Je prierai, murmura-t-elle après un temps, pour que vous trouviez moyen de vous entendre avec les Woodville.

– Avec eux, il n'y a pas d'entente possible.

Rose et bleutée, l'aube se levait sur la campagne et la lande. Des communs du château jaillirent des chiens, un berger, un troupeau de moutons qui se bousculaient en bêlant.

– On ne peut ni ne doit refuser son destin, reprit Richard. Pleurez, ou réjouissez-vous, milady, mais vous serez à mon côté jusqu'à ce que la mort nous sépare.

Arrivé en secret à York, le duc de Buckingham avait exposé avec clarté et enthousiasme son point de vue à Richard de Gloucester. La stratégie était simple : soustraire le prince à l'influence du clan Woodville, parents ou amis, puis mettre ceux-ci hors d'état de leur nuire dans le futur, escorter jusqu'à Londres le prince de Galles, sonder Hastings et balayer toute résistance. Une fois le pouvoir entre leurs mains, ils pourraient songer à un futur couronnement, à moins que celui-ci ne s'avère plus une priorité.

Le physique charmeur, la brillante éloquence de Buckingham, la conviction qu'il mettait dans ses propos donnèrent à Richard le sentiment qu'il sortait d'une période sans fin de solitude. Dans cette amitié inespérée, il allait trouver la force d'être enfin lui-même.

– Songez à la seule gloire de l'Angleterre, insista Harry Buckingham, vous et moi sommes à son service. Si nous agissons pour le plus grand bien de tous, on nous appréciera et on nous obéira. L'escorte du prince de Galles mise sur pied par le clan Woodville atteindra Northampton le 29 avril, nous les y attendrons.

Déjà le duc s'était levé, prêt à repartir. A aucun prix on ne devait le voir avec Gloucester, tout devait se dérouler comme décidé par le destin.

– Tandis que le prince de Galles et les nôtres se hâteront vers Londres, nous irons au-devant du duc de Gloucester, annonça Richard Grey, et nous le retiendrons. La reine est inquiète et s'impatiente. Chacun sent que dans cette partie, chaque minute peut être décisive.

Grey avait rejoint son oncle Rivers à Stony Stratford, quinze miles au-delà de Northampton sur la route de Londres. Le cortège n'avait plus que deux jours de route avant d'être en sécurité à Westminster. Le champ d'action de Gloucester serait alors limité aux pouvoirs que le Parlement lui octroierait et le clan Woodville veillerait à ce qu'ils soient bien définis et provisoires.

– Installons le prince Edward pour la nuit, décida Rivers. J'irai ensuite à Northampton avec toi sonder le duc. Quoi qu'il arrive, le cortège doit prendre la route pour Londres dès l'aube. Richard Haute a reçu des ordres stricts.

Rivers tentait de garder son calme et de cacher à son neveu les doutes qui le hantaient. Gloucester avait décidé de se battre et cet homme secret, ambitieux et froid userait sans nul doute de toutes les armes possibles.

Dans sa chambre, le prince âgé de douze ans, jusqu'alors tout joyeux, était lui aussi inquiet. On lui avait parlé de la prochaine arrivée de son oncle, un homme qu'il connaissait mal et craignait.

– Votre oncle Richard est venu vous offrir son bras et son épée, le rassura Rivers. Vous devez avoir confiance en lui, comme en votre père. Ne craignez rien, je suis là, ainsi que votre demi-frère Richard

Grey et vos amis Haute et Vaugham. Personne ne vous veut ni ne vous fera du mal.

Rivers avait la gorge serrée. Quel était l'avenir de cet enfant ? Il avait soudain le sentiment d'être en face d'un agneau prêt à être sacrifié.

La nuit était avancée quand Rivers, Vaugham et Grey parvinrent à Northampton. Dans la rue principale campaient soldats et domestiques. Le petit groupe eut grand mal à se frayer un chemin jusqu'à l'une des auberges. Dans la lumière vive des torches, tout prenait un caractère irréel, jusqu'à la maison à pans de bois où se tenaient le duc de Gloucester et sa suite.

Rivers se fit annoncer. Il ne craignait rien. Richard allait énumérer la liste de ses droits, il l'écouterait avec patience et bienveillance. Sa mission à lui était de remettre le prince sain et sauf à sa famille et, dût-il mettre sa propre vie en danger, il l'accomplirait.

Des serviteurs jetaient dans l'âtre de nouvelles brassées de bûches, d'autres changeaient les bougies déjà presque consumées. Des reliefs d'un repas hâtif, volailles et viandes rôties, couvraient la table de l'auberge dans une odeur forte de graisse et d'épices.

– Monseigneur, annonça un page à Richard, Sa Grâce le duc de Buckingham demande à vous parler.

Antony Rivers, qui n'avait pu échanger avec Gloucester que quelques propos, tressaillit. Jusqu'alors, il avait espéré tenir en main la situation.

Gloucester acceptait de reconnaître son neveu comme roi et un couronnement vers la fin du mois de mai ne lui semblait pas impossible.

Dès l'arrivée de Buckingham, Rivers sentit grandir en lui un malaise qu'il n'arrivait point à définir, mais lui laissait pressentir un danger imminent. Il le sentait au plaisir qu'avaient les deux ducs à se saluer, à leurs propos trop joyeux, leur attitude entendue. Cependant, à sa connaissance, Buckingham arrivait du pays de Galles et Gloucester de Middleham. Comment auraient-ils pu mettre au point la comédie qu'ils étaient en train de lui donner ?

– Je vais me retirer, annonça-t-il. Il est tard et je dois prendre la route de bon matin.

Gloucester lui avait fait réserver une auberge où son escorte et ses domestiques l'attendaient. Il avait hâte d'être seul, de réfléchir à la tournure qu'étaient en train de prendre les événements. Avait-il donné tête basse dans un piège ?

Tout habillé, le comte Rivers se coucha sur le lit pourtant garni de draps frais et, les yeux fixés au plafond, resta immobile un long moment. Le visage confiant de son neveu ne parvenait pas à quitter l'esprit du comte. Il était si joyeux de revoir sa mère, son frère et ses sœurs, heureux d'être couronné, de pouvoir récompenser ses amis, les combler de bienfaits. Depuis sa petite enfance, il avait été préparé à devenir roi et cet aboutissement lui semblait naturel, comme s'il tenait encore un peu la main de son père avant de marcher seul.

Soudain Rivers sauta sur ses pieds. Il devait à l'instant quitter Northampton et rejoindre le prince de Galles à Stony Stratford. En acceptant de rester, il avait fait une erreur. Le piège était là, dans cette petite ville où Gloucester et Buckingham l'avaient retenu.

Lorsqu'il voulut tourner la poignée de la porte, Antony Grey, comte Rivers, prit conscience qu'il était prisonnier.

25

– Les comtes Rivers et Vaugham ainsi que sir Richard Grey sont les prisonniers de Gloucester, Majesté. Votre fils le prince de Galles est entre ses mains et celles de Buckingham.

Scandalisée, la reine contenait difficilement sa colère.

– Buckingham est mon beau-frère, il ne peut tout à fait nous trahir, balbutia-t-elle.

– Mère, le temps n'est pas aux supputations, insista le marquis de Dorset. Aussitôt à Londres, Gloucester nous mettra tous en état d'arrestation. Il faut sauver nos vies, protéger mes sœurs et la personne du petit duc d'York.

La tête dans ses mains, la reine tentait de réfléchir. Son fils avait raison. Il fallait fuir au plus vite, se mettre à l'abri.

– Réfugions-nous à l'abbaye de Westminster, décida la reine. Nous y serons protégés par le droit de sanctuaire.

Après l'interminable attente des nouvelles, la certitude que son fils aîné était désormais l'otage de Gloucester anéantissait ses plans.

Dans un chaos indescriptible, des serviteurs commencèrent à entasser coffres, meubles, vêtements, objets d'art dans de lourds chariots que Dorset venait de réquisitionner. En hâte, les gouvernantes rassemblaient les enfants royaux ; les plus jeunes, effarés, s'accrochaient aux jupes de leurs aînées.

– Gloucester nous paiera ce qu'il nous fait vivre en ce moment, siffla Elizabeth.

Seule Bessie semblait garder son sang-froid. Sa beauté plus régulière que celle de sa mère manquait du charme enjôleur de celle-ci. Mais, à dix-sept ans, son caractère semblait déjà trempé dans le feu.

Les chariots remplis, la troupe se mit en marche vers l'abbaye de Westminster. A son passage, frappée de stupeur, la foule restait silencieuse. Déjà marchands, changeurs, artisans fermaient leurs échoppes. Faudrait-il encore supporter les affres d'une guerre civile ?

Les portes de l'abbaye s'ouvrirent à double battant pour accueillir la reine, le marquis de Dorset, ses filles et le duc d'York, âgé de neuf ans. Douze années plus tôt, en plein soulèvement en faveur des Lancastre, Elizabeth y avait accouché du prince de Galles. Un flot de souvenirs amers remontait à la mémoire de la reine. Comment avait-elle pu se laisser ainsi duper par Gloucester ? Qui l'avait trahie ? En dépit des apparences, elle ne parvenait pas à accuser Buckingham. Katherine avait nié avec véhémence la félonie de son époux. Harry, affirmait-elle, s'était rangé au côté de Gloucester pour le contrôler, non pour l'assister. Autour de la reine et de sa famille, le monde semblait se désagréger. Hastings avait fermement pris position pour que soient respectées les dernières volontés d'Edward : un protectorat assuré par le duc de Gloucester avant l'émancipation du roi le jour de ses seize ans. Saisi par lui, le Parlement avait adopté les mêmes résolutions. Ceux que la reine avait crus ses amis l'abandonnaient les uns après les autres.

A Westminster, une alarmante nouvelle attendait les réfugiés : Antony Rivers, Richard Grey et lord Vaugham avaient tous trois été expédiés dans le Nord, loin de la zone d'influence des Woodville, et demeuraient les prisonniers du duc. Gloucester tenait en son pouvoir le frère de la reine et deux de ses fils. Tout semblait jouer en sa faveur. Il s'apprêtait à faire à Londres une entrée triomphale.

Entouré de Buckingham et de Gloucester, en vêtements de deuil, Edward d'York, prince de Galles, chevauchait en tête du cortège les yeux remplis de larmes. Sans sa mère, sans son oncle Rivers et ses demi-frères, cette entrée à Londres dont l'enfant s'était fait une fête était devenue une épreuve terrifiante. De chaque côté de la rue, quelques personnes l'acclamaient, mais le gros des ovations allait aux deux ducs qui inclinaient la tête à droite et à gauche.

Après quelques questions auxquelles son oncle Richard avait répondu sans ménagement, l'enfant avait pris le parti de se taire, comprenant que le nom des Woodville était désormais banni de toutes les bouches.

Vêtus de violet, cinq cents bourgeois attendaient le jeune prince devant le palais de l'évêque de

Londres où il devait provisoirement s'installer avec ses nouveaux serviteurs, tous choisis par Gloucester. Nul de ceux qui l'avaient entouré, choyé depuis sa petite enfance ne demeurerait à ses côtés.

Avec tout le courage dont il était capable, Edward descendit de cheval et salua courtoisement ceux qui lui souhaitaient la bienvenue. S'il avait un peu d'audace, pourrait-il échapper à son oncle, galoper jusqu'à Westminster, rejoindre les siens ? Mais des archers faisaient autour de lui un cercle infranchissable. Sans détourner la tête, il pénétra dans le palais.

– Il faut installer le prince à la Tour, déclara Buckingham. Le logement y est confortable et la garde plus facile à assurer.

Richard écoutait avec attention son nouvel ami. Mieux que personne, il savait comprendre ses doutes et trouvait pour les expliquer une réponse rapide et claire.

– Et tenir conseil aussitôt que possible, ajouta Buckingham.

– Je désire garder provisoirement les ministres et conseillers de mon frère, ne pas bousculer la façon dont ce pays a été mené. Le peuple ne veut pas de changements trop rapides. Si je gouverne dans la droite ligne du précédent souverain, il me fera confiance.

– Le peuple..., murmura Buckingham. Sait-il seulement ce qu'il veut ? Qu'on lui montre le prince de Galles pleurant sa mère et il sera aussitôt avec lui. Le petit a une jolie figure, un sourire charmeur, ne l'exhibez pas trop, mon cousin.

Depuis leur installation à Londres, le duc de Buckingham avait pris les plus grandes précautions. Richard était intelligent, mais susceptible. Un mot maladroit et il pouvait se défier de lui sans retour.

– Mon souci est de gouverner, coupa Richard, point de me livrer à des mascarades.

– Il faut avancer, milord, et avancer vite, car si vous ne dégagez pas la route que nous nous proposons de suivre, les embûches auront vite fait de nous immobiliser.

– Ce qui veut dire ?

– Faites exécuter Rivers, Grey et Vaugham. Sondez Hastings. Il a été notre allié, mais il se pourrait fort bien qu'il recherche avant tout les intérêts du jeune prince. Sa maîtresse, Jane Shore, a été vue à plusieurs reprises franchissant le seuil de l'abbaye de Westminster.

Richard eut un geste d'impatience. Son frère vivant, il avait dû supporter la présence de cette catin. Qu'elle fût protégée ou non par Hastings, il n'allait pas tarder à se débarrasser d'elle.

Dans Londres, les nouvelles allaient bon train et il n'y avait pas de jour où un porteur d'eau, une commère, un greffier, un commerçant ne fissent circuler une rumeur plus stupéfiante que celle de la veille. Juin jetait dans les jardinets alignés le long de la Tamise une floraison de roses, d'iris, de campanules et chacun était fort aise de délaisser un moment ses occupations pour s'empresser d'aller donner alentour son avis sur les récents événements.

Jour après jour, en dépit de ses précédentes assertions, les hommes de Gloucester recevaient les postes clés du gouvernement et des noms inconnus la veille encore circulaient sur toutes les lèvres : Richard Radcliff, Thomas Tyrrell, Robert Brackenbury, William Catesby, Francis Lowell, Robert Percy. L'un prenait le gouvernement de la Tour, l'autre la garde du Petit Sceau, tous des titres prestigieux, des fonctions lucratives. On disait qu'Hastings était conscient du danger dans lequel il s'était mis en accordant au duc de Gloucester un blanc-seing et ne cachait ni sa fidélité au prince héritier, ni sa volonté de l'appuyer sans restriction.

La tension à Londres monta d'une façon palpable en juin. La duchesse Anne était arrivée de Middleham pour le couronnement du jeune prince que Gloucester semblait maintenir. Mais de celui-ci on ne parlait guère, comme si les murs de la Tour déjà lui faisaient de l'ombre. Puis coup sur coup tombèrent les nouvelles les plus extraordinaires. Hastings, accusé de complot avec la reine pour organiser l'assassinat de Gloucester, était arrêté le 12 juin et exécuté le jour même, tandis qu'un obscur religieux dans un long prêche enflammé dénonçait en chaire la bâtardise du roi défunt Edward IV et, ce faisant, l'incapacité à régner de sa descendance. Le 16, le petit duc d'York était arraché par la force à sa mère pour être installé à la Tour sous le prétexte que nul ne pouvait empêcher cet enfant de neuf ans d'assister au couronnement de son frère. Les poings sur les hanches, des commères juraient avoir vu le petit prince jeté en larmes sur un cheval, puis embarqué sur la Tamise vers la Tour. Tout surpris des signes d'amitié de la foule, son insouciance avait repris le dessus et il avait semblé heureux de retrouver son aîné. Le 23 juin, Rivers, Grey et Vaugham étaient exécutés.

– Le courage politique, milord, est la plus précieuse vertu des princes. Vous en avez, et c'est la raison pour laquelle je vous ai accordé ma foi, mon respect et mon amitié.

Désormais, tout autant que la fougue de Buckingham, les événements portaient le duc de Gloucester. Il n'avait plus guère d'autre choix que d'aller au bout de ses ambitions, dussent-elles faire couler un peu de sang et beaucoup de larmes. L'Angleterre avait besoin d'un roi fort, non d'un enfant dont la volonté serait sous contrôle. Dans l'ombre de son frère, depuis toujours il avait voulu que vienne son heure. Elle sonnait à présent et il n'allait pas la laisser passer.

Déjà, soigneusement préparé par Buckingham, le chemin vers le trône se faisait plus évident. La reine enfermée avec ses filles dans le sanctuaire de Westminster, hors d'état de nuire ; une partie de sa famille anéantie : Hastings, le soutien le plus zélé du jeune prince, exécuté ; le prince de Galles et son frère à la Tour sous son autorité absolue, le couronnement reporté *sine die*, il avait pu mettre en place les bases d'un gouvernement fort et solide. Mais il fallait achever l'œuvre commencée et écarter définitivement du trône la lignée de son frère. L'accusation de bâtardise avait tourné court et, par respect pour sa mère, Richard n'avait pas voulu s'entêter dans cette voie que maints souverains avant lui avaient cependant suivie avec succès. Ses hommes cherchaient autre chose. Tôt ou tard, ils trouveraient.

26

Angoissée, Anne repoussa le plat que lui présentait une de ses dames d'honneur. Depuis son arrivée à Londres, en dépit des attentions dont on l'entourait, elle ne parvenait pas à retrouver sa sérénité.

Au coin de la fenêtre du palais des York, la jeune femme passait des heures à contempler le mouvement des bateaux, les attroupements se formant ici et là, les groupes d'enfants jouant à la balle, aux osselets, à la marelle. Il lui semblait qu'elle était exclue de la vie normale à jamais.

Après l'avoir accueillie avec pompe, Richard ne recherchait plus sa compagnie. A quel moment précis avait-il décidé d'être roi ? Anne essayait de se souvenir : ses réticences à se rendre à la Cour, ses révoltes contre les mœurs dissolues de son frère, sa haine des Woodville annonçaient-elles déjà qu'il se croyait le plus compétent de sa famille pour occuper le trône ? Ou avait-il pris les circonstances à bras-le-corps, tirant partie d'une alliance inespérée avec le puissant Buckingham ? Le vent avait soufflé sur les enfants d'Edward, sur celui de Clarence aussi, dont elle était la marraine et qui, dépouillé de ses titres et de ses biens pour des fautes commises par son père, survivait avec sa sœur Margaret oublié de tous. Soufflerait-il un jour sur son unique enfant, laissé en sécurité à Middleham ? Sur un vitrail placé près du fauteuil qu'elle aimait occuper, Anne voyait saint Georges terrasser un hideux dragon. La bordure d'un rouge sombre argenté scintillait dans le soleil d'été.

– Vingt mille hommes vont arriver du Nord pour maintenir la paix à Londres, Milady, annonça une de ses dames d'honneur. Voilà de l'ouvrage pour les taverniers et les rôtisseurs de notre ville !

– Et Jane Shore vient d'être jetée en prison, intervint tout excitée une autre. On va la promener dans Londres en chemise, pieds nus et une chandelle à la main, pour qu'elle demande publiquement pardon à Dieu de ses péchés.

Depuis le matin, cette nouvelle égayait la petite cour de la duchesse.

– Qui en a donné l'ordre ?

– Monseigneur le duc de Gloucester, Milady.

Anne tressaillit. En s'acharnant sur une femme vieillissante, dépourvue de toute protection, la vengeance de Richard prenait une tournure sordide dont elle ne pouvait tolérer la bassesse.

Richard, qui achevait une réunion avec ses proches dans la salle du Conseil, fut surpris de voir entrer sa femme. Depuis des jours, les époux se croisaient, se contentant de s'adresser le bonjour ou le bonsoir.

– J'ai à vous parler, milord, dit fermement la jeune femme.

Aussitôt, Richard congédia ses amis.

Dehors, il n'y avait pas souffle de vent. On apercevait par la fenêtre la Tamise endormie et la flèche de l'abbaye de Westminster entourée d'un halo bleuté. Richard était en chemise. Anne devinait le torse étroit, l'épaule gauche un peu trop haute.

– Je viens vous présenter une supplique, milord.

Richard fronça les sourcils. L'obstination de sa femme à s'enquérir des deux fils d'Edward ou de son filleul, le fils de Clarence, l'agaçait. Par leurs chapelains, il savait que chaque jour elle priait pour les trois garçonnets.

– N'éprouvez-vous, mon ami, aucun sentiment plus noble que la haine ou le désir de vengeance ?

– Mieux que personne, vous savez que je suis un homme de devoir.

– Ce devoir exige-t-il l'humiliation publique de Jane Shore ?

Avec irritation, Richard lança sur la table le document qu'il tenait encore à la main.

– Depuis vingt ans, cette femme a jeté la honte sur les nôtres. J'ai peine à croire, madame, que vous veniez à moi pour la défendre.

Anne esquissa un sourire. Elle connaissait l'existence des deux bâtards de son mari.

– La pruderie a été mise à mal dans notre propre famille, milord. N'avez-vous pas soupçonné d'adultère votre mère ?

L'effort que faisait Richard pour rester maître de lui l'aiguillonnait. Jusqu'où pourrait-elle ainsi le provoquer ?

– N'épargnant pas les faiblesses de ma famille, je ne fermerai pas les yeux sur l'inconduite d'une étrangère qui a plus que profité de la basse complaisance de la reine et de l'immoralité du défunt roi. Il est inutile d'insister, madame. Ma décision est prise.

A l'expression exaspérée de son époux, Anne sut que toute obstination serait vaine. Elle resta un moment face à son mari, le regard perdu dans les bouquets de saules et l'herbe folle qui longeait le fleuve. Quand reverrait-elle son fils à Middleham ? A Londres, ils étaient tous prisonniers de Richard. Sa soif de pouvoir lui tenait lieu désormais de bonheur.

– Je vais vous livrer, monseigneur, une incroyable nouvelle ! annonça Buckingham triomphant.

La nuit était tombée. Les fenêtres ouvertes sur le jardin, Richard travaillait dans sa salle d'étude du palais Baynard, la résidence londonienne des York. Une pleine lune éclairait la pelouse, la ligne des buis et des houx, le verger où déjà pommes, prunes et poires s'arrondissaient. Sous la lumière irisée, les arbres n'avaient pas d'ombre.

– Avant d'épouser Elizabeth Woodville, votre frère aurait signé une promesse de mariage avec lady Eléonore Butler, promesse liant les accordés comme de véritables époux, vous ne l'ignorez pas. Les enfants d'Elizabeth et d'Edward seraient par conséquent des bâtards !

– Bâtard ne prend pas racine..., murmura Richard.

Soudain, il se leva et regarda son cousin droit dans les yeux.

– Ragots ou certitude, Buckingham ?

– Certitude, si vous le voulez ainsi, milord. La dame Butler est morte depuis longtemps et personne ne vous contredira.

– Si promesse de mariage il y a eu, pourquoi cette dame a-t-elle gardé le silence quand mon frère a annoncé publiquement son mariage avec Elizabeth ?

– Qui sait ? Menaces ou bon argent sonnant et trébuchant. N'essayons pas de savoir et profitons de l'aubaine.

– Il y aura des contestataires.

– Qu'en avons-nous à faire ? Nul ne peut prouver que nous avons raison, nul que nous avons tort. Celui qui parlera le plus fort et avec le plus de détermination aura raison. Nous aurons raison, monseigneur.

– Ainsi la reine est une concubine et ses enfants sont illégitimes, conclut Richard.

Chaque mot était un bonheur.

– Et maintenant ? interrogea-t-il.

Buckingham s'était installé à califourchon sur une chaise. Ses yeux pétillaient de joie.

– Les lentes font des poux, il faut les écraser.

Quelque chose dans le ton de son ami inquiéta le duc de Gloucester. Ce qu'il suggérait était une décision imprévue, terrible, à laquelle cette légèreté de ton ne convenait pas. Se jouait-on de lui ?

Buckingham comprit son erreur et, quoiqu'il gardât son sourire, son ton se fit plus grave.

– Pour tirer vos conclusions, je ne vous offrirai guère de temps, milord. Songez cependant que vous avez dû prendre une décision pareille à la bataille de Tewkesbury lorsque le fils d'Henry VI tomba entre vos mains. Ce que vous avez fait alors était votre strict devoir de prince.

– Je réfléchirai, coupa Richard.

Pour le moment, il voulait se concentrer sur la bâtardise de ses neveux. Désormais, rien ne l'empêchait plus de ceindre la couronne d'Angleterre. Le pays était calme, il tenait sous son contrôle le Parlement, les grands serviteurs de l'Etat et les prélats les plus importants. Du gouvernement, il avait une expérience appréciable et les gens du Nord le soutenaient sans restriction.

– Je parlerai pour vous, mon cousin, déclara Buckingham d'une voix vibrante. Dieu, vous le savez, m'a donné un don oratoire que je mettrai tout entier à votre service. Sous peu, il n'y aura plus dans tout Londres un seul être qui ne vous souhaitera pas ardemment pour roi.

A peine Richard écoutait-il. Il se revoyait enfant dans la cabane de berger au milieu de la lande. Percy et Lowell faisaient les fanfarons, parlant de tournois, de combats singuliers, de jugement de Dieu. Lui les écoutait en silence, mais, plus que tout, il voulait lui aussi s'imposer, devenir le plus fort, le plus puissant, le maître de l'Angleterre.

Tandis qu'une servante la coiffait, Bessie observait sa mère. Elle avait beaucoup maigri et les larmes versées se mesuraient aux cernes bleutés qu'elle avait sous les yeux. Coup sur coup, la reine avait appris l'exécution de Richard Grey, et de son frère aîné Antony qu'elle chérissait, l'assassinat d'Hastings, le plus fidèle défenseur du prince de Galles, la décapitation de Vaugham, le vieux chambellan d'Edward devenu le précepteur de son fils à Ludlow, l'humiliation terrible infligée à Jane Shore suivie d'un bannissement ressemblant à la prison. Avec les années, elle s'était habituée à la discrétion de cette femme et à son absence d'ambitions personnelles. Lorsqu'elle avait appris qu'Hastings l'avait prise sous sa protection à la mort du roi, elle avait aussitôt songé à Jane pour servir d'agent de liaison entre eux. Mais ce qui usait jour et nuit la reine était de savoir ses deux fils prisonniers de Gloucester à la Tour. En dépit de maintes intrigues, jamais elle n'avait pu introduire une présence amie auprès d'eux. Les quatre hommes qui servaient les princes étaient dévoués corps et âme à Brackenbury, le gouverneur de la Tour, lui-même inféodé à Richard.

– Il nous reste Buckingham, mère, rassura Bessie en s'approchant de la reine.

Elizabeth haussa les épaules. Qui savait le jeu que jouait son beau-frère ? Etait-il un ami ou un ennemi ? Sa suprême habileté était de ne rien laisser deviner de ses intentions, pas même à Katherine son épouse.

– Je n'ai plus confiance en personne, mon enfant.

Bessie caressa affectueusement la joue de sa mère. Bien qu'ayant hérité de sa beauté lumineuse, elle avait un caractère plus secret.

– Il ne faut pas renoncer, mère. N'avons-nous pas

de la famille, des amis ? L'accès à la Tour est-il vraiment impossible ?

Après trois mois de réclusion à Westminster, la tension montait dans le groupe des réfugiés. Dorset voulait quitter le monastère pour tenter d'agir, alors qu'Elizabeth, craignant le pire pour ses fils, désirait patienter, gagner du temps. On disait qu'au pays de Galles et dans le Sud, le sort des deux enfants du roi Edward ne laissait pas le peuple indifférent. Quelques nobles commençaient à s'armer. Si Gloucester devait partir en guerre, forcer les portes de la Tour et libérer les deux princes serait alors plus facile.

Quoique le soleil fût encore haut, l'ombre déjà pénétrait dans la vaste chambre. Le lierre qui poussait en abondance sur les murs humides dégageait une odeur forte mêlée à celle du bois que des novices empilaient dans une des remises pour l'hiver.

Bessie se retint de faire part de sa surprise à sa mère. Elle si combative, dominatrice même, baissait les bras ! Ne comprenait-elle pas qu'une fois Richard Gloucester couronné et son fils proclamé prince de Galles, il n'aurait plus aucune raison de ménager ce qui restait des Woodville ? Les accusations de sorcellerie proférées contre la reine n'indiquaient-elles pas son intention de se débarrasser d'elle ? Qui défendrait une adultère, une sorcière ?

– Je veux me sauver d'ici, annonça Bessie d'une voix décidée, et gagner la France avec mon demi-frère Dorset. Là-bas, je trouverai un prince qui acceptera de m'épouser et de se battre pour nous rendre le trône.

Elizabeth se retourna brusquement.

– Tu n'irais pas seulement jusqu'aux portes de Londres, ma pauvre fille ! Regarde autour de toi, nous sommes gardées, espionnées.

– Je pourrais aller trouver mon oncle Richard et lui demander de me laisser aller.

– Où ? A la Tour, pour y rester prisonnière comme tes frères ?

La voix tremblait. Bessie craignit une nouvelle crise de larmes qui laisserait sa mère anéantie.

– Nous avons reçu, poursuivit Bessie de sa même voix posée, un mot du capitaine en fonction à la Tour. Il a vu mes frères ce matin jouer au soleil dans le jardin et les a trouvés vifs et de bonne mine. Mon oncle et ma tante Gloucester vont s'arrêter à la Tour avant la cérémonie du couronnement. Qui sait, peut-être se laisseront-ils fléchir et accepteront-ils de nous les rendre ?

– J'ai compté en effet sur Anne, murmura la reine, car elle n'est point aussi mauvaise que son époux. Mais elle sera reine demain, et son fils, prince héritier. Pourquoi nous aiderait-elle ?

– En mémoire de son père.

La reine eut un rire amer.

– Les morts ont toujours tort, ma fille. Anne a arraché de sa mémoire un passé qui ne lui aurait pas permis de survivre aux côtés de Gloucester. Elle n'avait que quinze ans quand son père est mort au combat et que son premier mari a été assassiné. Pourquoi se serait-elle enterrée vive avec eux ?

286

Si elle n'aime guère Richard, elle a une passion très vive pour son fils et jamais elle ne consentira à compromettre son avenir. Ne nous illusionnons pas, mon enfant, nous n'avons plus d'amis.

27

Juillet 1483.

Les cloches sonnaient à toute volée. Depuis la veille au soir, les rues de Londres étaient encombrées de badauds et de campagnards montés en ville pour assister au couronnement de Richard, duc de Gloucester, et de sa femme Anne Neville, fille du comte de Warwick et veuve d'Edouard de Lancastre. On disait que les fêtes seraient les plus fastueuses du siècle, et que de la bière serait distribuée à tous les carrefours avec des pièces de viande rôtie, des sucreries, du pain de blé. Jongleurs, montreurs d'animaux, danseurs de corde, joueurs de viole ou de flûte s'étaient installés partout, côtoyant les ribaudes, les tire-laine, des sergents de la garde qui ne voyaient rien, des soldats déjà éméchés.

La matinée du 6 juillet était limpide, radieuse. Sous le soleil qui montait et jouait en reflets d'argent sur la Tamise, les pierres de la vieille Tour de Londres prenaient une teinte dorée. Devant le château de Baynard où logeaient le duc et la duchesse de Gloucester, la garde empêchait tout attroupement. Les portes étaient closes encore, à peine devinait-on l'agitation qui régnait à l'intérieur de la vaste maison. La veille, selon la coutume, Gloucester avait accompli sous les acclamations de la foule le trajet entre la Tour et Westminster, entouré d'un cortège de nobles, prélats, suivants et personnalités de la ville. Sur un pourpoint de drap d'or brodé de bleu, il portait une longue robe-manteau de velours pourpre doublée d'hermine et décorée de trois mille trois cents houppes de fourrure. Ses sept écuyers étaient vêtus de pourpoints cramoisis et de courtes robes de velours bleu. Sur une litière magnifiquement ornée, la reine était suivie de sept dames sur des haquenées si richement caparaçonnées qu'à peine distinguait-on les draperies couvrant l'animal de celles parant les cavalières.

Ce jour-là, le spectacle serait plus grandiose encore. Buckingham s'en était chargé et chacun savait que le nouveau favori, déjà comblé d'honneurs, de titres et de biens, ferait l'impossible pour éblouir son roi. Nommé premier officier des cérémonies, il avait écarté sans état d'âme le duc de Norfolk, dont la famille par tradition avait cette charge depuis des temps immémoriaux.

L'abbaye de Westminster bruissait d'activité et nul à ce moment-là ne songeait aux Woodville qui, réfugiés à deux pas, allaient entendre les échos des trompettes, sentir les effluves de l'encens, de la myrrhe et du cinnamome, écouter les chants d'allégresse entérinant leur déchéance comme celle des petits princes enterrés vivants à la Tour.

La nef de l'abbaye était envahie par une foule que des gens d'armes tentaient de contenir. Enfin, précédée d'une grande croix, la file des prélats commença à avancer vers le maître-autel. Au son des trompettes suivaient le comte de Northumberland portant le glaive épointé de la miséricorde, lord Stanley avec la masse de grand connétable, le comte de Kent et Francis Lowell tenant les épées aiguisées de la justice, le duc de Suffolk, le sceptre, le comte de Lincoln montrant le globe surmonté de la croix, le comte de Surrey, le glaive de l'Etat tenu dressé dans son fourreau, le duc de Norfolk enfin élevant à deux mains la couronne ornée de pierreries.

— Vive le roi Richard ! Longue vie au roi ! hurlait la foule au passage de Gloucester vêtu d'une robe de velours pourpre.

Sa traîne était tenue d'une main par le duc de Buckingham qui, de l'autre, portait le bâton blanc de grand intendant. Puis suivaient la reine, les duchesses, comtesses, chevaliers, écuyers et gentilshommes. Un souffle d'admiration parcourut les assistants. Il faisait chaud, l'air était surchargé de l'odeur des aromates qui brûlaient dans des cassolettes de vermeil.

Richard gagna à pas mesurés le siège recouvert d'un drap d'or qu'on lui avait préparé. Dans la pénombre de la haute nef, il ne voyait que le flot des surplis, les chapes richement brodées, les mitres dont les vitraux semblaient se renvoyer l'éclat. Devant l'autel, les cierges étaient si nombreux qu'on eût dit une nuit d'été sous un ciel étoilé.

Anne s'agenouilla à côté de son époux. Elle devenait reine parce que tel était son destin. Edouard, son premier époux, était mort et Richard l'avait voulue pour femme. A Isabelle aussi, Clarence avait promis une couronne. Toujours à son côté, toujours forte et fidèle, elle l'avait cru. De la famille de sa sœur, il ne restait rien sinon deux enfants, Edward et Margaret, dépouillés de tout, livrés à la charité des leurs.

La messe achevée, le couple royal reçut les huiles saintes sur l'épaule, la nuque, le dos, l'avant-bras. Puis on les recouvrit d'un drap d'or et, dans un tonnerre de trompettes et de clairons, le grondement des orgues, la volée des cloches, l'archevêque les couronna.

Pour la première fois, Anne et Richard occupaient au palais de Westminster la chambre d'Edward IV. Epuisés par le banquet qui avait duré quatre heures, les souverains gardaient le silence. Par les fenêtres ouvertes, Anne entendait les Londoniens ivres qui riaient et chantaient.

– Demain nous serons à Windsor, dit enfin le roi. Je n'aime pas l'idée de rester ici en plein été.

– Rendons-nous sans tarder à Middleham, je vous en prie, demanda Anne.

Richard esquissa un sourire.

– Vous vous êtes comportée en reine et chacun vous a admirée aujourd'hui. Mais j'ai besoin d'une épouse, Anne, de quelqu'un qui me soutienne. La charge que je porte implique des contraintes, il vous faudra les accepter.

– Je serai à vos côtés, murmura Anne.

Pour le ciel ou pour l'enfer, elle était liée à ce petit homme extraordinaire que rien ni personne ne pouvait désarçonner. A Westminster, lorsqu'elle l'avait vu agenouillé à côté d'elle, fier et grave, une sorte de compassion mêlée d'admiration s'était emparée d'elle. Elle mit sa main dans celle du roi. Leur sort était un.

– Nous avons tout envisagé, Milady, beaucoup d'entre nous sont prêts à offrir leur vie pour sauver celle des princes, mais tout accès à la Tour, que ce soit par terre ou par la Tamise, est impossible. La police de Richard et le zèle du gouverneur de la Tour ne permettent aucune tentative qui ne soit vouée à l'échec. Vos enfants sont les prisonniers les mieux gardés de toute l'Angleterre.

Avec l'avancement du mois d'août, la reine déchue perdait toute espérance.

– Je sais, murmura-t-elle. Mes fils et moi sommes entre les mains de la Providence.

– N'oubliez pas le duc de Buckingham, Milady.

Quoiqu'ils fussent seuls dans la chambre, le gentilhomme avait baissé la voix.

– Je refuse de me faire des illusions sur cet homme, coupa Elizabeth. D'un côté je le vois intime avec Gloucester, de l'autre on m'assure qu'il ne nous oublie pas et œuvre en notre faveur.

– Le duc a quitté le roi, Madame, pour regagner ses terres du pays de Galles. On chuchote qu'il n'est pas près de venir le rejoindre, sinon les armes à la main.

– Cela veut dire ? balbutia Elizabeth.

– Que vos enfants pourraient être délivrés par la force.

– Ou assassinés par mesure de rétorsion.

La dureté de la voix de la reine atterra le gentil-homme. Là où il attendait de l'enthousiasme, des rêves, il trouvait des propos cyniques, une femme sans illusions.

– Mon seul espoir, poursuivit la reine, est que Richard ne trouve aucun homme capable de se déshonorer et de se damner en tuant des enfants.

Des larmes brillaient dans ses yeux. Son visiteur salua. Tôt ou tard, un assez grand nombre de nobles s'uniraient pour mettre fin au scandale qu'était l'éviction de la descendance du roi Edward. Mais les princes survivraient-ils assez longtemps ? Richard savait le danger potentiel qu'ils représentaient. Aussi longtemps que les jeunes Edward et Richard seraient vivants, il ne serait pas assis solidement sur le trône. En dépit d'un semblant d'approbation nationale, des bagarres, des raids endémiques se poursuivaient dans le Sud. Beaucoup ne croyaient mot du prétendu contrat nuptial signé avec lady Butler, contrat jamais exhibé. Et si cette rumeur d'une défection puis d'une rébellion de Buckingham était vraie, tout pouvait basculer.

Son visiteur sorti, Elizabeth fit venir ses dames. Elle étouffait et devait faire quelques pas dans le jardin de l'abbaye.

Ordonnés autour d'une haute croix de pierre déjà moussue, les massifs alignaient des buissons de roses, des herbes médicinales, des fraisiers, framboisiers et groseilliers, des plantes grasses venues des pays du soleil qui rampaient comme des chenilles dont elles avaient la peau hérissée de duvet, le ventre gras et mou. A côté du bassin qui s'arrondissait derrière la croix, des jeunes filles de la suite d'Elizabeth plaisantaient avec des pages. L'ancienne reine entendait le rire clair des adolescents. Même en prison, la jeunesse, la joie de vivre triomphaient. Mais pour ses pauvres enfants ? Seuls l'un avec l'autre, sans conseils, sans appui, sans affection, comment pouvaient-ils éprouver le moindre bonheur ? Edward devait rassurer son jeune frère, évoquer leur famille, les moments heureux du passé. Si à dix ans Richard ne pouvait avoir la moindre idée d'un danger précis, d'une menace de plus en plus lourde pesant sur leurs têtes, son aîné, avec sa maturité, l'éducation qu'il avait reçue, ne devait plus s'abuser. On lui avait volé son royaume.

Mille fois Elizabeth revenait sur le passé. Si elle était restée sourde aux conseils d'Hastings qui l'avait incitée à choisir une escorte réduite, elle aurait envoyé à son fils une armée que nul n'aurait pu débander sans violence. A marche forcée, Edward aurait gagné Londres bien avant que son oncle n'eût pu l'approcher... Tout était prêt pour le couronnement. Lorsque Richard aurait pu intervenir, il aurait été trop tard. Oint du saint chrême, son fils serait à présent roi d'Angleterre.

Un peu plus loin, à l'ombre d'un tilleul, Bessie lisait. Ses filles étaient devenues une autre source de tourment pour la reine. De l'aînée à la plus jeune, elles étaient toutes les cinq, chacune selon son âge, désorientées, inquiètes. A trois ans, la dernière, Bridget, n'acceptait pas l'absence de son frère Richard et chaque soir le réclamait en pleurant. La reine avait voulu évoquer un voyage, mais Bessie, le regard dur, était intervenue : « Richard ne reviendra pas avant longtemps, notre oncle Gloucester le retient prisonnier avec Edward. » Au regard sombre de son aînée, son ton devenu dur et coupant, la reine devinait la haine qui l'habitait. Le complot visant à la faire passer secrètement en France avait échoué. Le risque était trop grand et elle n'avait reçu que des promesses mensongères. L'archevêque de Canterbury ne lui avait-il pas juré sur la croix qu'on lui rendrait Richard, la cérémonie du couronnement de son frère achevée ?

Au-delà des murs de l'abbaye, une multitude de bateaux évoluaient sur la Tamise, les uns montant vers Westminster, les autres descendant vers Greenwich. Les barges se glissaient parmi les voiliers, tentaient d'accoster au milieu d'une forêt de mâts ou louvoyaient avec habileté dans les remous qui agitaient le fleuve, passaient sous les arches du pont de Londres, célèbre dans toute la chrétienté pour sa magnificence. L'ancienne reine s'imaginait descendre la Tamise, s'arrêter devant la sinistre grille fermant l'accès à la Tour. Là, des marches suintantes d'humidité menaient à une cour, puis à une autre, à travers des passages voûtés. Jamais elle n'avait aimé cette résidence royale où le soleil pénétrait à peine, les lugubres donjons avec leurs colossales fondations, les tours reliées par des courtines, cet univers secret, fermé sur lui-même, moitié palais, moitié prison, comme deux faces l'une de lumière, l'autre d'ombre. Elizabeth se souvenait des couloirs, des cachots creusés dans le sol, des corbeaux attendant voracement les corps des suppliciés, mais aussi de beaux appartements donnant sur le fleuve avec leurs solives sculptées, leurs murs recouverts de tapisseries de haute lice, leurs meubles rares et précieux incrustés de nacre, la chapelle où abondaient ciboires d'or ornés de pierres précieuses, les crucifix richement ouvragés, encensoirs de vermeil. L'hiver, une chape de tristesse s'abattait sur le château. Elizabeth se rappelait le vent hurlant dans les corridors, le croassement des corneilles.

En cheminant à pas lents au bras d'une de ses dames d'honneur, elle songea à nouveau à Buckingham. Elle ne pouvait ni faire confiance à son beau-frère, ni le condamner. En devenant l'ami, l'allié de Richard, avait-il un plan ou obéissait-il à de simples ambitions ? Mais quels biens, quels honneurs pouvait-il désirer ? Il était un des seigneurs les plus puissants et les plus riches d'Angleterre, et aurait pu prétendre au trône aussi bien que Richard. Katherine l'aimait et croyait en lui. Ils avaient trois enfants, dont un fils. Sa propre sœur pourrait-elle garder sa foi en un traître, continuer à écrire à son aînée, l'assurer de son affection si elle la savait trahie ? Elle avait refusé d'assister à la cérémonie du couronnement de Richard et chacun s'était étonné de son absence. Savait-elle quelque chose ?

Richard n'éprouva nul chagrin à l'annonce de la mort de Louis XI. Jamais les deux hommes ne s'étaient appréciés et Richard n'attendait guère de la régente Anne de Beaujeu un geste amical en sa faveur. Il allait œuvrer pour un rapprochement avec le duc Francis en Bretagne et renforcer ses liens avec la Bourgogne en écrivant sans tarder à l'empereur Maximilien. Dans l'immédiat, il avait d'autres soucis. Bientôt, au cours d'une cérémonie qu'il avait ordonnée grandiose, son fils serait intronisé solennellement comme prince de Galles et héritier au trône. Mais auparavant un abcès devait être crevé, si douloureux qu'il l'empêchait de dormir, le tourmentait du matin à la nuit. Comme dans un cauchemar dont il ne pouvait s'éveiller, les mots de Buckingham martelaient son esprit : « Les lentes font des poux. » Son ami avait raison. Aussi longtemps que vivraient les enfants d'Edward, son fils aurait un avenir incertain. Bien que reconnus bâtards, ses neveux gardaient des partisans fidèles dans tout le sud de l'Angleterre comme au pays de Galles. Il allait faire appeler Thomas Tyrrell, l'homme de tous les secrets, et lui ordonner de partir au galop pour Londres sous le prétexte de ramener des vêtements précieux pour le futur prince de Galles. En quatre jours, il pouvait être de retour à York avec des cottes de velours et des pourpoints de damas rebrodés d'or. Le couronnement serait alors une vraie fête consacrant l'avenir de son fils unique et chéri. Il pourrait tâcher d'oublier...

Longtemps Richard resta indécis devant sa fenêtre, il suffisait de quelques mots... Tyrrell ne poserait aucune question, il prendrait le message codé et le porterait à Brackenbury, qui s'éclipserait de la Tour pour la nuit. Avec deux gaillards prêts à tout, l'affaire serait conclue en quelques heures, toute trace effacée. Le silence retomberait sur des appartements où nul n'entrerait plus.

Depuis le couronnement, Anne avait changé. Elle avait accepté d'être reine et aussi d'être sa femme. Ni aimante, pas même affectueuse, mais présente, attentive. En quelques mois, elle avait maigri, souriait à peine, mais affichait de la douceur à son égard, une sorte d'amitié désespérée dans laquelle elle se sacrifiait tout entière.

– Faites venir Tyrrell, ordonna Richard à un serviteur.

Le cœur du roi battait si fort qu'il avait l'impression d'étouffer. « Un roi ne peut pas avoir d'émotions personnelles, chercha-t-il à se convaincre. Seul doit lui importer le bien de son pays. » A peine ses jambes le portaient-elles. Il dut s'asseoir. Dans son geste habituel, nerveux, machinal, il mettait et ôtait l'anneau qu'il portait au petit doigt de la main gauche. Pourquoi Buckingham avait-il voulu regagner le pays de Galles ? Sa présence à son côté lui aurait donné de la force. Le duc parlait, jetait des mots comme des graines empoisonnées puis disparaissait, le laissant seul.

Tyrrell était devant lui, son chapeau à la main.

– Avez-vous des ordres pour moi, Milord ?

Richard se leva, marcha de long en large un court moment, revint vers la table lui servant de bureau, prit une feuille de papier, trempa une plume dans l'encre. A peine sa main lui obéissait-elle.

– Vous devez vous rendre à Londres et être de retour le 7 octobre, dans quatre jours. Il s'agit d'aller chercher des vêtements que le prince de Galles souhaite porter le jour de son intronisation. On ne les trouve point à York.

– Je le ferai, Milord.

– Vous vous rendrez aussi à la Tour avec ce message pour Brackenbury.

Richard se raidissait pour ne rien laisser paraître de son trouble.

– Il vous y laissera seul pendant quelques heures avec deux personnes que vous choisirez.

Le regard de Tyrrell avait pris une expression différente, dure, un peu rusée. Richard sentait qu'il savait déjà quel ordre il allait recevoir.

– Ce qui est à faire, il faudra le faire vite, sans émotion ni cruauté. C'est un acte politique, Tyrrell, rien de plus.

– Je l'entends ainsi, Milord.

Il avait chuchoté, déjà complice. Richard tendit la feuille de papier.

– Partez à l'instant.

Il détourna la tête. Le corps incliné de Tyrrell en signe d'obéissance et son regard trop lucide lui levaient le cœur.

28

Octobre 1483.

– Le docteur Lewis ? s'étonna Elizabeth. Mais je ne l'ai pas fait mander.

– Il insiste pour voir Votre Grâce seule, ajouta la servante.

L'ancienne reine posa son ouvrage et se tourna vers sa fille.

– Laisse-moi, Bessie.

Depuis le matin, la pluie battait les fenêtres et nul n'était sorti de la journée. A travers les carreaux verdâtres, le ciel était lugubre, bas, chargé de lourds nuages gris. Cinq mois de réclusion pesaient sur la reine. Allait-elle vieillir entourée de ses filles, cloîtrée derrière les murs de l'abbaye de Westminster ? « Tant que j'aurai un souffle de vie, pensa-t-elle, je garderai la volonté de prendre ma revanche. »

A petits pas, le docteur Lewis fit son entrée. Ses cheveux grisonnants sous le bonnet de feutre entouraient un visage émacié à la mince barbichette. Depuis trente années, il soignait les plus nobles familles d'Angleterre et il n'était pas rare que des mourants le couchent sur leur testament. Avec l'âge, il ne gardait plus que ses anciennes pratiques devenues des amis. En toute liberté, Lewis entrait et sortait de l'abbaye. Depuis la naissance de Bessie, il était le médecin personnel de la reine et Richard n'avait pas même pensé à la priver de ses soins.

– J'ignorais qu'un des miens fût malade, monsieur Lewis.

– J'arrive tout juste de chez lady Margaret Beaufort, dit-il en ôtant son bonnet ruisselant de pluie. Elle m'a chargé de vous transmettre d'importantes nouvelles.

Elizabeth connaissait un peu l'influente Margaret, deux fois veuve et épouse de lord Thomas Stanley, un proche de Richard. Fervente lancastrienne, elle était la mère d'Henry Tudor qui, ayant fui l'Angleterre après la défaite de Marguerite d'Anjou, vivait réfugié en Bretagne avec son oncle Jasper et quelques amis fidèles.

Voyant son médecin un peu pâle, la reine lui désigna un siège.

– Que se passe-t-il ? pressa-t-elle d'un ton anxieux.

– Lady Beaufort a eu des nouvelles du duc de Buckingham.

Embarrassé, indécis, Lewis se tut un moment.

– Depuis l'allégeance du duc à Gloucester, je la croyais brouillée avec Buckingham.

– Le duc n'est plus l'ami du roi.

– Vraiment ?

Lewis croisait et décroisait ses mains, sa bouche était si sèche que pour gagner quelques instants il réclama un verre d'eau. Il but longuement quelques gorgées, puis reposa la timbale de vermeil et attendit que la servante fût sortie.

– Depuis une décision abominable prise par le roi.

Déjà la reine ressemblait à une statue, les yeux fixes, le souffle court, elle tenait ses mains parfaitement immobiles sur ses genoux.

– Parlez, ordonna-t-elle dans un souffle.

La voix du vieux médecin tremblait, l'émotion lui mettait les larmes aux yeux.

– L'élimination de vos deux fils, Milady.

Elizabeth pâlit affreusement, voulut se lever, tomba sur le sol et perdit connaissance.

Lorsqu'elle rouvrit les yeux, elle aperçut Lewis sur une chaise auprès de son lit. Le docteur lui tenait la main.

– Mes fils sont déjà morts ? chuchota-t-elle.

– Je le crains, Milady.

La reine se redressa sur son lit, se frappa la poitrine, se déchira le visage avec ses ongles.

Pâle comme la mort, Bessie fit son entrée. Le visage révulsé de sa mère, ses cris déchirants ne lui laissaient aucun doute sur le message porté par Lewis. Depuis longtemps la jeune fille l'attendait. En laissant en vie ses frères, c'était la propre existence de son fils unique que son oncle compromettait. Richard obéissait à une logique ignoble. Comme un spectre, la reine déchue se leva, se dirigea vers sa table de toilette, s'empara d'une paire de ciseaux et, à grands coups hachés, taillada sa superbe chevelure.

Sous les mèches hirsutes, son visage mince aux traits réguliers, à la mâchoire volontaire, ressemblait à un fantôme revenu du pays des morts.

Navrés, impuissants, Lewis, ses servantes, ses deux filles aînées contemplaient le désespoir de la reine. A plusieurs reprises, elle hurla les noms de ses fils, puis, brisée, anéantie, retomba sur son lit et, le visage entre les mains, se mit à sangloter.

Lewis s'assit sans bruit sur la courtepointe et posa une main sur l'épaule de cette femme anéantie pour laquelle sa science ne pouvait rien.

Toute la nuit, Bessie veilla sa mère à laquelle on avait fait boire une tisane de racines de valériane. Les plaies du visage et du crâne avaient été badigeonnées de calendula et de camphre.

Assis de l'autre côté du lit, Lewis ne disait mot. La jeune princesse semblait si absorbée par ses pensées qu'il n'osait l'importuner, stupéfait cependant de constater qu'en quelques heures ce charmant visage, velouté et sensuel comme un fruit d'été, était devenu un masque figé dans la colère et la haine.

– Monsieur Lewis, prononça-t-elle d'une voix atone, alors que l'aube pointait, dites-moi tout ce que vous savez sur l'assassinat de mes frères.

Le vieil homme qui somnolait sursauta. Bessie avait tiré son fauteuil près du sien.

– Le duc de Buckingham n'a pas eu beaucoup de détails sur la mort des princes, Milady. Il ne sait pas même où les corps sont ensevelis, sans doute à la Tour au fond de quelque trou que nul ne découvrira.

– Ont-ils souffert ?

– Milady !

La voix du vieil homme dévoilait un tel désarroi que Bessie posa sa main sur les doigts noueux tavelés de taches brunes.

– On dit, chuchota Lewis, qu'ils ont été étouffés.

Bessie n'insista pas. Les yeux clos, elle imagina un instant les délicieux Edward et Richard, leurs boucles blondes, leurs traits d'ange. Ils étaient au ciel à présent, mais les leurs devaient les venger.

– Etes-vous porteur d'autres nouvelles ? interrogea la jeune fille.

Le vieux docteur n'hésita guère. Il était évident qu'il avait en face de lui la personne qui se considérait désormais comme le chef de la famille.

– Le duc de Buckingham va mener une rébellion contre le roi. Il a déjà comme alliés John Morton, évêque d'Ely, l'ancien conseiller de Sa Majesté votre père, le marquis de Dorset, et votre oncle Lionel Woodville, le comte de Courtenay, John Bouchier et beaucoup d'autres. Tous se sont ralliés à lady Margaret Beaufort. Son fils Henry est désormais l'unique prétendant légitime des Lancastre. Le prince débarquera bientôt de Bretagne avec une petite armée pour rejoindre l'insurrection et s'emparer du trône.

Bessie ne le quittait pas des yeux. Lewis fut étonné du sang-froid de cette jeune fille. Il pouvait avoir confiance en elle.

– Lady Margaret a fait le serment de vous marier à son fils afin d'allier à jamais les Lancastre et les York. Elle n'attend plus que le consentement de la reine votre mère.

– Ma mère le donnera, déclara Bessie d'une voix décidée, car je souhaite m'unir à Henry Tudor.

– Le duc est la créature la plus fausse que la terre ait portée !

La nouvelle avait atterré Richard. Buckingham, son nouvel et, croyait-il, indéfectible allié, l'homme qui était devenu son meilleur ami, se rebellait contre lui ! Il avait écouté les conseils de ce traître, avait adopté ses vues. Buckingham l'avait-il manipulé ou avait-il été sincère avant de se rétracter ?

– J'écraserai ce misérable, poursuivit-il, lui et tous ceux qui ont pris son parti.

Francis Lowell n'osait dire mot.

– Norfolk m'est fidèle, poursuivit le roi, je lui ai envoyé l'ordre de contrôler la Tamise en amont de Londres. En outre, il prépare les citoyens à assumer eux-mêmes leur défense. Aussitôt mon armée équipée, je me rendrai moi-même à Leicester. Je sais que mes bons sujets du Yorkshire s'y joindront en masse.

Pâle, nerveux, tendu, Richard inquiétait Lowell. Mais, depuis son enfance, jamais il n'avait baissé les bras. Sa vie tout entière avait été un combat.

– Buckingham et Tudor n'ont aucune chance, affirma-t-il. Ces chiens enragés périront.

Richard pensa à Lowell, Percy, Brackenbury, Norfolk, lord Stanley, William Catesby, Radcliff et Tyrrell, eux lui resteraient fidèles.

– Te souviens-tu, Francis, du jour où nous nous sommes juré d'être les plus vaillants chevaliers d'Angleterre ?

– Nous le sommes, Milord, et nous allons le

prouver. D'ici la fin de l'année, les rebelles seront écrasés et, avec votre famille et vos amis, vous pourrez passer Noël à Westminster dans la paix.

– Nous le célébrerons avec faste, renchérit Richard. Une cour morose rend le peuple triste. Un roi doit montrer à ses sujets que le pays est fort, prospère, qu'il y a de l'ouvrage et du pain pour tout le monde.

Depuis dix jours, la tempête soufflait des rideaux de pluie sur le sud de l'Angleterre. Les rivières débordaient, noyant les berges, emportant le bétail et des cahutes de paysans. Impuissant, Buckingham contemplait le flot tumultueux de la Severn, qui interdisait tout passage à son armée. L'un après l'autre, les ponts avaient été balayés et aucun marinier n'acceptait de mettre une barge à l'eau. A présent, la boue engloutissait les campements, rendant impossible toute manœuvre de cavalerie. Crottés, trempés, les soldats se débandaient. La veille, Buckingham avait fait pendre une dizaine de déserteurs, mais il ne se faisait guère d'illusions. Si le mauvais temps se poursuivait, dans quelques jours il n'aurait plus d'armée.

Expédiés aux nouvelles, ses espions rapportaient une série de désastres. Kent avait été vaincu en un seul combat. A peine en vue des côtes anglaises, Tudor, mis au courant des événements, avait fait demi-tour avec la plupart de ses partisans. Dorset, Lionel Woodville, Morton, tous avaient passé la mer pour se mettre à l'abri sur le continent, les uns en Bretagne, d'autres en Flandres. La défaite était complète.

A pas lents, le duc parcourut ce qui restait de son camp. La pluie fouettait son visage, le trempait jusqu'aux os. Morton, Dorset, Margaret Beaufort lui avaient juré la victoire. Le peuple n'attendait qu'un signe pour se soulever, affirmaient-ils, mais, tout affairé qu'il était à faire bon négoce, à engraisser ses moutons, à brasser sa bière et tisser ses draps de laine, le peuple n'avait point bougé. « Mon destin aura été de ne rien pouvoir mener à terme, pensa-t-il. Au lieu de conduire cette révolte, j'aurais dû tuer moi-même Richard. »

– Le roi a mis votre tête à prix, milord, annonça l'un de ses espions. Mille livres.

« Il en est là, pensa Buckingham, à vouloir exciter ce qu'il y a de plus vil dans l'homme pour me capturer. »

– Prenez garde à vous, milord, insista le jeune Gallois, aucune place n'est plus sûre pour vous dans la région. Avec mille livres, un homme est riche jusqu'à la fin de sa vie.

Buckingham fit demi-tour. Il devait se cacher, attendre la fin de ce déluge, prendre des nouvelles de lady Beaufort. Alors, Dieu l'aidant, il reprendrait les armes.

– Je te demande l'hospitalité, mon ami.

Les yeux écarquillés, Ralph Bannister voyait devant lui un homme vêtu d'un méchant manteau de laine et coiffé d'un chapeau rendu informe par la pluie.

– C'est en réfugié que je viens. Ignores-tu que ma tête est mise à prix ?

– Non, milord.

Le vieil homme s'effaça pour laisser entrer le duc de Buckingham dans sa maisonnette. Après quarante années passées au service de feu son père, il jouissait de son petit pécule dans le comté de Shropshire d'où il était natif.

Pour se sécher, Harry s'installa devant l'âtre. Dans sa détresse, il avait aussitôt pensé à ce fidèle domestique en qui ses parents avaient une absolue confiance. Ralph l'avait vu naître. Avec l'enfant, le garçonnet puis l'adolescent, il s'était comporté en conseiller affectueux, en vieux serviteur dévoué.

Avec application, Bannister coupa à son ancien maître une tranche de pain, une autre de fromage, tira d'un tonnelet une pinte de bière.

– Que puis-je faire pour vous, milord ?

– Me cacher quelques semaines.

Avec la pluie qui continuait à tomber à verse, il faisait si sombre dans la chaumière que Bannister dut allumer une chandelle. Voir surgir à l'improviste son ancien maître lui créait un grand embarras. On disait le roi sans pitié. Si on trouvait Buckingham chez lui, serait-il rôti tout vif, coupé en quartiers ?

Voyant que le duc était à bout de forces, Bannister prit dans un coffre l'unique paire de draps qu'il avait en réserve et entreprit de refaire le lit. Lui-même coucherait sur une paillasse près de l'âtre. Prostré devant le feu, le duc ne proférait mot.

– Prenez du repos, milord, suggéra Bannister. Demain vous m'expliquerez en quoi je peux vous servir, car assurément ma demeure n'est pas un refuge sûr pour vous.

Harry n'écoutait pas. Vaguement il songeait à Richard, à leur haine réciproque. Ni l'un ni l'autre n'avait pu se duper. S'ils avaient joué une partie difficile où il n'y avait pas encore de vainqueur, il avait réussi cependant à acculer le roi au bord du gouffre. Comment avait-il pu commettre l'erreur d'assassiner les enfants d'Edward ? En ne décelant pas la ruse dans les conseils qu'il lui prodiguait, il avait commencé à perdre son royaume. Même s'il échouait à lui faire mordre la poussière, un autre le ferait à sa place.

Toute la nuit, Ralph Bannister se tourna et se retourna sur son grabat. Les derniers tisons de l'âtre lui laissaient apercevoir le corps du duc endormi sur son lit de planches. Devait-il lui demander de trouver un autre refuge ? Le cacher ? Le dénoncer ? Cette dernière éventualité qu'il avait tout d'abord considérée avec horreur faisait son chemin dans son esprit : non seulement il sauverait sa propre vie, mais il toucherait mille livres, une fortune, de quoi acheter un troupeau de moutons, louer les soins d'un berger, ou bien ouvrir une auberge et devenir un homme qui comptait dans le village.

Assoiffé, le vieil homme se leva et sortit puiser une louche d'eau dans un tonneau posé sous la gouttière. Le ciel s'était un peu éclairci, une lune pâle brillait. Bannister percevait la lumière froide baignant les jachères, le muret de pierres cernant l'église et le cimetière. Un chat miaula longuement, un autre lui répondit. Bannister avait peur. Un désir violent le prit de boire de l'eau-de-vie de pomme. Après quelques gorgées, il dormirait. A l'aube peut-être s'apercevrait-il qu'il n'avait fait qu'un cauchemar.

Le lendemain, le duc passa son temps à écrire. Pressé par Buckingham, Bannister s'était rendu à Wern, la bourgade la plus proche, pour acheter du papier, de l'encre, des plumes. Le vieil homme était inquiet. Ces emplettes par elles-mêmes ne le désignaient-elles pas comme suspect ? Pourquoi ces fournitures pour un illettré ? Le papetier allait jaser et de fil en aiguille le shérif serait prévenu qu'il se passait quelque chose de louche chez le vieux Bannister. Alors on se souviendrait. N'avait-il pas servi quarante ans le duc de Buckingham ? A plusieurs reprises, il avait tenté de parler au fugitif, mais les mots ne franchissaient pas ses lèvres. Comment exiger le départ d'un homme qu'il avait vu naître ? L'entendrait-il seulement ? Les maîtres avaient l'habitude de donner des ordres, pas d'écouter leurs serviteurs. Pourrait-il venir à l'esprit du duc de Buckingham qu'il n'était pas le bienvenu chez lui ?

– Qui portera vos lettres, milord ? demanda-t-il le soir venu.

– Toi, bien sûr. Veux-tu que j'aille parader dans les rues de Wern ?

Le ton ironique heurta le vieil homme qui baissa les yeux.

– J'ai peur qu'on me soupçonne, milord.

– Invente quelque chose, que tu as un neveu de passage, un ami. N'es-tu pas maître chez toi ?

Harry venait d'écrire au jeune confesseur de sa femme pour lui demander d'apprendre à son épouse que, pour le moment, il était sain et sauf, qu'il lui confiait leurs enfants et les aimait. Plus tard il tenterait de savoir qui avait pu échapper à Richard et demanderait de l'aide. Bannister le cacherait bien quelques semaines. Au cœur de l'hiver, il serait plus facile de regagner le pays de Galles où nul ne viendrait le prendre par la force.

Après une brève accalmie, la tempête reprit de plus belle. Le vent souffla avec tant de violence que les deux hommes restèrent terrés dans la cabane. Occupé à tailler des sabots, et à réparer des outils, Ralph allait et venait. Le duc lisait son livre d'heures, faisait et refaisait des plans pour rassembler une nouvelle armée, marcher contre Richard. Parfois l'angoisse le clouait sur la méchante chaise de bois poussée près de l'âtre enfumé. Et s'il était vaincu ? Ce n'était pas l'idée de mourir qui l'oppressait, mais celle de savoir Richard triompher.

Un matin enfin, le vent tomba.

– Je vais faire quelques pas, décida le duc. J'étouffe ici.

Ralph le laissa partir. Sa décision était prise. Au cabaret, quelques jours plus tôt, alors qu'il venait de remettre à un cavalier en partance pour Londres les lettres du duc, on lui avait posé des questions. Etait-il vrai qu'il avait un hôte ? Pourquoi restait-il enfermé ? Ralph avait expliqué qu'un neveu lui avait demandé l'hospitalité. Il était malade et gardait le lit. Mais les regards qui le scrutaient étaient inquisiteurs. Après la première chope de bière, Ralph s'était sauvé.

Aussitôt le duc hors de vue, la peur et le désespoir jetèrent Ralph sur le sentier menant à Wern. Dans les marécages formés par la pluie, des courlis cherchaient leur pitance. Le ciel était encore menaçant, lourd de nuages noirs qu'un vent trop doux poussait vers le nord.

Ralph frappa résolument à la porte du shérif. Il voulait retrouver la paix de sa maisonnette, le repos, ne plus être harcelé par les horribles cauchemars où il voyait tomber des haches, se balancer des cordes de gibet. Dans un moment, il serait enfin hors de la géhenne où le duc de Buckingham l'avait jeté.

29

– Le duc de Buckingham vous supplie de lui accorder un instant, Sire.

– Qu'on l'exécute sur l'heure et qu'il aille au diable !

Le regard foudroyant de Richard empêcha le capitaine d'insister.

– Nous sommes dimanche, Monseigneur, intervint le chapelain qui se préparait à dire la messe, exécuter une sentence le jour du Seigneur...

– Dites votre messe, l'abbé, interrompit Richard d'un ton coupant. Je ne vous ai pas demandé un avis.

La capture du duc de Buckingham, dénoncé par le vieux serviteur chez lequel il avait cherché refuge, avait levé en Richard une joie mauvaise. De tous les conjurés venant des grandes familles qui l'avaient défié trois mois plus tôt, il n'en resterait plus guère en vie, pas même son beau-frère Saint Léger, décapité en dépit des supplications d'Anne, l'aînée des York.

– Qu'on l'exécute, répéta-t-il, nous sommes dimanche et c'est très bien ainsi. Il y aura du monde sur la place du marché pour assister à la mort de ce traître.

Le lendemain, il partirait pour le Sud-Ouest crever

la dernière poche de rébellion soutenue par de petits nobles. Là-bas, il récupérerait au profit de la Couronne les terres confisquées à ses ennemis, et rétablirait l'ordre au pays de Galles. Alors il pourrait regagner Londres et commencer à préparer les fêtes de Noël.

Comme chaque matin, Margaret Beaufort, comtesse Stanley, avait entendu la messe, puis lu ses prières et médité sur quelque texte religieux suggéré par son confessseur, avant de se délasser en parcourant des œuvres en latin ou en français, langues qu'elle aimait et maîtrisait parfaitement. Ensuite venait la première collation, généralement un potage, du fromage, des confitures, du pain de seigle, et le dépouillement d'un courrier qui depuis le confinement dans ses appartements ordonné par l'usurpateur se faisait plus discret. Ce jour-là, une tâche délicate l'attendait et la lettre qu'elle s'apprêtait à écrire n'était pas simple à formuler. Les nouvelles étaient terribles et lui brisaient encore le cœur, mais elle leur donnait à chacune un sens en relation avec son fils. Parce qu'elle l'avait soutenu sans jamais regarder en arrière, sans se laisser démonter ni intimider, sans défaillir et sans états d'âme, Henry était désormais proche du trône. Son unique enfant donnait un sens éclatant à sa vie, aux deuils qu'elle avait subis si jeune, à ses longs moments de solitude. Bien qu'ils ne se soient pas vus depuis des années, Henry lui écrivait chaque semaine et avec exactitude elle lui répondait, l'exhortant, le consolant, affirmant encore et encore son amour maternel et la confiance qu'elle mettait en lui.

Résolument, lady Margaret trempa sa plume dans l'encrier de vermeil posé devant elle. Dehors le ciel se découpait en gris entre les branches de pins et de mélèzes plantés en massifs dans le parc. Quelques lueurs glissaient à la surface du lac, probablement ses beaux-fils qui pêchaient et avaient allumé les lanternes attachées à la proue de leur barque pour percer le léger brouillard qui effleurait l'eau. Après chaque désastre ayant ravagé sa vie, Margaret avait toujours eu la force de se tourner vers l'avenir, tirant sa force de Dieu, de ses études, des êtres qu'elle aimait, de sa miséricorde envers les pauvres et les malades, de l'amour fou porté à ce fils orphelin de père dès sa naissance.

Pactiser avec l'ancienne reine demandait à Margaret de vaincre sa résistance intérieure, mais elle y était prête. Quelle importance avaient ses réprobations sur la personne d'Elizabeth ? Une fois encore, le moment était venu d'évoluer avec les circonstances, de vivre l'instant présent comme elle avait su toujours le faire au cours de son existence. Toute parole enchaînait et les phrases qu'elle allait écrire à la reine déchue la lieraient à elle jusqu'à leur victoire commune, celle d'Henry et de Bessie.

– Mère, le docteur Lewis est ici, annonça Bessie.

Déjà les rues commençaient à se garnir d'étalages offrant des pommes reluisantes, des bonhommes de pain d'épice, des noix dorées, des fruits confits, des poupées de bois et de chiffon. Mais de cette joyeuse animation précédant Noël, les recluses ne percevaient que des grincements de chariots, le caquètement des volailles encagées, les cris joyeux des enfants, les braiments des ânes croulant sous leurs bâts. Pour elles, Noël serait aussi austère qu'un jour ordinaire.

– Majesté, dit Lewis, on m'a demandé de vous remettre ce pli. Hélas, je ne reviendrai pas à Londres avant le printemps prochain, car on me surveille et je ne veux pas vous faire du tort.

La lettre sur ses genoux, Elizabeth attendait d'être seule pour en prendre connaissance. Elle tendit une main que Lewis baisa, les yeux pleins de larmes. Reverrait-il jamais sa reine et les princesses ? Il les avait connues entourées d'honneurs, courtisées, savourant les mille plaisirs d'une vie facile, promises au plus bel avenir. Comment le défunt roi avait-il pu envisager sa disparition sans protéger davantage sa famille, sans assurer à son fils aîné une succession aisée ? Il avait agi à la veille de son trépas comme s'il ne se souciait guère de l'avenir. A moins que son propre frère Gloucester ne fût toujours resté un inconnu pour lui.

Tour à tour, Lewis baisa les mains des princesses. Il retournait chez lady Beaufort qui avait besoin de sa présence. La malheureuse Margaret n'avait pas même son fils à côté d'elle pour la soutenir et la consoler. Mais, Lewis en était sûr, il y avait encore dans cette femme extraordinaire assez de courage et de force pour modifier le destin à son profit.

Seule au coin de la fenêtre, Elizabeth décacheta la lettre. Les mots, les phrases couraient tout au long de la feuille, écrits avec précision et fermeté :

Madame et très chère cousine,

Afin de m'empêcher de communiquer avec mon fils en Bretagne, je suis depuis quelques jours condamnée à vivre confinée et seule dans mes appartements par un roi qui usurpe le trône d'Angleterre. On m'a confisqué mes biens pour les remettre à mon époux en lequel Richard a toute confiance. Ce quasi-emprisonnement vous annonce, Milady, l'échec de notre grande tentative. Le duc de Buckingham a été trahi de la plus abjecte façon et exécuté un dimanche sur la place du marché de Salisbury. Mais mon fils, avec l'aide de Dieu, a pu échapper au piège tendu par Richard qui avait disposé ses propres soldats sur les rives anglaises en essayant de les faire passer pour des partisans des Lancastre afin de l'abuser et de le capturer. Il a regagné la Bretagne où l'ont rejoint lord Richard, votre fils, et Lionel, votre frère ainsi que maints autres gentils-hommes. Lord Saint Léger a été exécuté.

Même s'ils nous révoltent, les événements que nous subissons sont décidés par Dieu et avec foi je remets nos destins entre Ses mains. Ne vous découragez pas, mon amie, vous détenez, vous et vos filles, plus de pouvoir que vous ne le croyez. A la moindre circonstance favorable, négociez votre sortie de Westminster. Je sais par mon mari que votre réclusion embarrasse Richard et consterne la reine. Chacun s'interroge sur la cruauté qui le pousse à garder closes sur ses jeunes nièces les portes d'un si austère sanctuaire. Libres, vous reprendrez les cartes et pourrez en user à votre guise. Songez-y, Madame. En vous obstinant, vous servez finalement la cause de notre ennemi.

Noël sera triste pour beaucoup d'entre nous cette année, mais je sais qu'Henry, mon fils, renouvellera ce jour-là solennellement sa promesse d'épouser votre fille la princesse Elizabeth. Ayez confiance, mon amie, Richard a coupé des têtes, mais il a oublié que celles de l'hydre repoussent aussitôt. Dès que vous aurez quitté l'abbaye, vous pourrez communiquer avec moi librement car lord Stanley, mon époux, en dépit des apparences, ne m'est point hostile. Jusqu'au bout cependant il doit faire illusion au tyran. Il y est prêt.

Vous, vos filles, mon fils et moi-même sommes unis dans la prière.

Votre humble servante et amie.
Margaret BEAUFORT,
comtesse STANLEY.

Sans tarder, l'ancienne reine se dirigea vers l'âtre, jeta la lettre aux flammes et attendit qu'elle fût entièrement consumée. L'ombre d'un sourire éclairait le beau visage que les épreuves avaient marqué. Margaret Beaufort venait de ranimer son ardeur belliqueuse.

Danses, festins, déclamations de poésie, chants et concerts se succédaient au palais de Westminster. Anne se laissait porter par la joie ambiante, les attentions de Richard. Robes, bijoux, fourrures, rien ne semblait trop beau pour lui arracher un sourire. Mais trop souvent elle pensait à son fils, seul à Middleham. Le faire venir en plein hiver à Londres était un risque qu'elle n'avait pas voulu prendre. Le bruit, les incessantes fêtes étourdiraient l'enfant habitué au grand air, au silence, à une atmosphère réglée et calme où, protégé par sa grand-mère Warwick, il s'épanouissait. A onze ans, il montait désormais bien à cheval, maîtrisait la chasse au faucon, écrivait et lisait l'anglais, le français et le latin, composait des lais pleins de charme. Après la mort de son oncle le roi Edward IV et de ses cousins Edward et Richard, son père, le meilleur des hommes, avait reçu la couronne qui un jour lui serait destinée. La vie était simple. Il aimait Middleham, comme les Neville et Richard l'avaient aimé avant lui. Dans le Yorkshire, on le vénérait et il n'y avait pas d'expédition à York ni de promenade dans le voisinage sans que, bonnet à la main, les paysans cherchent à lui baiser les mains en le bénissant.

« Au moins, pensa Anne en se laissant parer des bijoux qu'elle porterait le soir même, j'ai su rendre heureux mon enfant. »

Autour d'elle, dames d'atour et filles d'honneur pépiaient. Partout bruissaient des rumeurs de liaisons, d'intrigues amoureuses. Anne ne souffrait pas de sa chasteté. Richard et elle s'étaient offert leur amitié, le reste était mort à jamais.

Les émeraudes achetées la veille en cadeau de Noël à un marchand génois reluisaient dans la lumière des bougies. Anne aimait leur éclat qui seyait à sa peau claire et à ses cheveux blond-roux. Mince, presque diaphane, elle aimait les tissus lourds et les velours, mais jamais elle n'avait accepté d'autre coiffure que ses cheveux nattés, torsadés, recouverts d'un turban fait de bandes de tissu entrelacées. A vingt-sept ans, elle ne pensait plus pouvoir porter des ornements de jeune femme, perles irisées, nœuds de ruban, plumes et pompons. Son court mariage avec Edouard de Lancastre lui paraissait faire partie d'une autre vie. Pour sa sauvegarde, elle refusait d'y penser. Les reliques léguées par Marguerite d'Anjou étaient enfermées à Middleham dans la sécurité de sa chambre. Dans un testament secret remis à sa mère, elle avait demandé qu'on les détruisît à sa mort.

Les appartements de la reine comme les corridors et grandes salles du château étaient décorés de houx et de branches de résineux. De lourds parfums brûlaient jusque dans la chapelle où une crèche avait été dressée. Le soir de Noël, une série de tableaux vivants y seraient présentés, auxquels le roi et la reine assisteraient.

La nuit tombait. Anne était prête et disposait de quelques heures avant la messe de minuit. Elle allait retrouver Richard qui depuis l'insurrection et l'exécution de Buckingham restait sombre. Et l'argent manquait. Le roi avait dû vendre de la vaisselle d'argent, un heaume rehaussé d'or et de pierreries, des récipients d'or et onze statuettes en argent surdoré représentant les apôtres. Malgré tout, son époux avait acheté les émeraudes qu'elle désirait, un manteau de velours bleu nuit tout doublé d'hermine, un christ de vermeil monté sur ébène pour son oratoire. Sans doute avait-il pour elle une certaine affection et elle ne pouvait y rester insensible. Plus la terrible rumeur que le roi aurait fait assassiner ses neveux prenait de l'ampleur, plus Anne soutenait son époux, réfutant toute accusation, comme si le choix de se

320

sacrifier avec lui et peut-être de se condamner aux peines de l'enfer scellait sa destinée.

Quoiqu'il ne prisât guère les vêtements luxueux, le roi en ce jour de Noël portait un long pourpoint de soie brodée sur des chausses de velours et un chapeau rond aux bords relevés orné de rubis. Grâce à l'art de son tailleur, à peine remarquait-on l'épaule gauche un peu plus haute, l'étroitesse de la poitrine.

– En mars, nous irons à Middleham, dit-elle avec douceur, et nous y demeurerons ensemble aussi longtemps que possible.

– Je l'espère, ma mie, mais dès les fêtes de Noël achevées, je dois me rendre dans le Kent puis à Canterbury et Sandwich. Je veux rencontrer mes sujets, les rassurer et leur promettre que je les protégerai envers et contre tout. Je dois aussi veiller à la sécurité de nos côtes car le petit Tudor garde ses illusions.

Le roi passa le doigt sur les émeraudes du collier de la reine.

– Je songe à envoyer des émissaires à Elizabeth Grey, annonça-t-il soudain. La présence de cette femme et de mes nièces à deux pas d'ici est une écharde dans ma chair. Je ne leur veux aucun mal et ne vois plus de raison à cette réclusion volontaire.

– Vous les accueilleriez à la Cour ?

– Les deux aînées, certainement. La mère et les trois dernières pourraient se rendre où bon leur semble. Je leur donnerai de quoi vivre dignement.

– J'aimerais avoir près de moi Bessie et Cecily, remarqua Anne avec douceur. N'ayant point de fille, je pourrais prendre soin d'elles et peut-être leur redonner le goût du bonheur.

Un peu de rouge était monté aux joues de la reine. On lui avait dit que les fils d'Edward étaient morts des fièvres à la Tour, elle avait accepté cette version sans manifester son trouble et éprouvé beaucoup de peine pour Elizabeth. Si son fils venait à disparaître, elle ne lui survivrait pas. De tout son cœur, elle souhaitait que cette famille brisée pût retrouver la paix.

— Elizabeth Grey est une orgueilleuse et une obstinée, jugea Richard. Elle a fait le malheur de son époux, de sa famille et du royaume.

— Edward était très attaché à elle.

— Si vous preniez la peine de réfléchir, ma mie, vous comprendriez que cette femme mûre s'est saisie de mon frère à peine sorti de l'adolescence, qu'elle a pris sur lui une emprise absolue en le coupant de ceux auxquels il était lié par le sang afin de les remplacer par sa propre famille, qu'elle a été la complice des débauchés tenant Edward sous l'influence de plaisirs et de vices qui l'ont empêché d'être un grand roi. A peine son époux mort, elle a voulu, en dépit de ses volontés formelles, circonvenir le Parlement, s'emparer de son fils bâtard, le faire aussitôt couronner afin de m'écarter.

Anne écoutait en regardant flamber le feu. Ce discours, elle l'avait entendu dans la bouche de Marguerite d'Anjou, puis dans celle d'Edouard de Lancastre. Celui qui briguait le pouvoir se voyait toujours confronté à de redoutables complots qui justifiaient ses actes de violence ou d'autoritarisme. Avec difficulté, elle avait accepté de croire à l'existence d'un contrat prématrimonial qui aurait lié

Edward d'York à lady Eléonore Butler. Jamais le moindre papier n'avait pu être produit et la fiancée elle-même n'avait jusqu'à sa mort soufflé mot de l'affaire. Mais l'intérêt de Richard était que les enfants de son frère Edward fussent déclarés illégitimes. N'avait-on pas agi de même envers Edouard de Lancastre ? A peine avait-il vu le jour que son propre père, le comte de Warwick, l'avait traité publiquement de bâtard sur le parvis de Westminster. Et Richard avait eu la mémoire courte. Avait-il oublié que bien volontiers il aurait laissé peser ce soupçon d'illégitimité sur ses deux frères aînés ?

– Chacun cherche à s'imposer à sa façon, Milord. Le monde n'est pas fait pour les agneaux mais pour les loups. Voilà pourquoi je refuse de m'occuper de politique, ayant eu par ce sujet ma part de souffrances et de dégoût.

Autour des souverains, serviteurs, pages, dames d'honneur allaient et venaient. Les chiens favoris du roi attendaient une caresse. Assis sur le rebord d'une fenêtre, un chat regardait tomber les premiers flocons de neige. De la grande salle montaient les accords des musiciens répétant le concert qui suivrait la messe de minuit.

– Envoyez des émissaires à Elizabeth Grey, approuva Anne d'un ton doux. Au plus profond de mon cœur, votre souhait de la voir libre est aussi le mien.

Dans la cathédrale de Rennes, le bas clergé préparait la messe solennelle de Noël à laquelle devaient assister Francis, duc de Bretagne, sa fille aînée, la petite duchesse Anne âgée de sept ans, Henry Tudor et sa suite d'Anglais en exil. Déjà le vantail à double battant avait été ouvert et le vent s'infiltrait dans la nef, couchant la flamme des chandelles qui formaient un buisson ardent. Le long du flanc droit de la cathédrale, les échoppes de la rue des Orfèvres restaient closes ainsi que du côté gauche celles des brodeurs, des dentelliers et des doreurs. Après trois jours de neige, un faux dégel avait répandu dans les ruelles une boue glacée qu'un nouveau coup de froid venait de durcir.

Les orgues soudain retentirent et quelques chantres commencèrent à répéter les vieux cantiques de Noël. Un jour terne et jaune baignait les rues encore désertes. Un par un les prêtres arrivaient. Dans moins d'une heure, la cathédrale serait bondée et monseigneur l'évêque prêt à prendre la tête du défilé.

Henry Tudor achevait de se vêtir avec soin. A l'aube, il était passé aux étuves puis s'était fait raser. Dans un moment, en face du duc de Bretagne, de sa cour et des siens, il affirmerait sa volonté de conquérir le trône d'Angleterre et d'épouser Elizabeth d'York. De taille moyenne, mince, un visage aux traits réguliers, une bouche large et sensuelle, il portait coupés aux épaules ses cheveux blonds recouverts d'un simple chapeau de velours noir. Afin de ne pas attirer l'attention sur ses atours, mais sur la force du serment qu'il allait prêter sur l'Evangile, le prince avait choisi un pourpoint sombre recouvert d'un manteau de drap noisette où étaient brodés la rose rouge des Lancastre et le dragon gallois.

– Il est temps d'aller, ordonna-t-il à la suite qui l'entourait.

Déjà les cloches de la cathédrale sonnaient à toute volée et il voulait arriver le premier pour saluer le duc de Bretagne, son hôte depuis tant d'années. A d'imperceptibles signes, des mots à double sens, Tudor soupçonnait que Francis n'était plus l'allié sûr d'autrefois. En secret, Richard devait tisser sa toile, tenter par tous les moyens de les désunir pour pouvoir se saisir de lui. Depuis toujours rebelle à l'alliance française, Richard jouait le duc de Bretagne contre la régente, Anne de Beaujeu, et poussait Francis à faire un choix. Lorgné par la France depuis des années, le duché de Bretagne pouvait tenter un grand coup en retournant les alliances et accepter l'aide armée de l'Angleterre. Qu'apportait-il lui-même à Francis ? Sans un sou, soumis lui et ses fidèles à la bienveillance de son hôte, il pouvait à tout moment se faire chasser ou, pire, emprisonner avant d'être remis à Richard d'York en échange d'archers anglais, les meilleurs d'Europe, prêts à se battre contre la France. Sa mort alors serait inéluctable.

Les chants s'étaient tus. L'évêque qui venait de lire l'Evangile fit un signe à Henry Tudor, l'invitant à monter au maître-autel. De chaque côté du lutrin richement sculpté, deux thuriféraires portaient l'encensoir et la navette, et deux jeunes prêtres de grands chandeliers dorés.

A pas lents, Henry gravit les trois marches. Chacun

dans l'assemblée retenait son souffle. Le jeune prince posa la main droite sur l'Evangile.

— Devant Dieu qui m'écoute et me juge, commença-t-il d'une voix forte, et sur le salut de mon âme, je donne aujourd'hui ma foi à la princesse Elizabeth d'York. Elle sera ma légitime épouse et ma reine aussitôt que j'aurai repris la couronne de mes pères et des siens.

Au premier rang des fidèles, assis dans un fauteuil recouvert de velours d'Utrecht grenat, le duc Francis prenait conscience qu'il tenait là un otage d'importance. Que pesait ce jeune prince idéaliste face à la dure réalité politique ?

Les alliés du prince, lancastriens comme yorkistes fidèles à la lignée d'Edward IV, avancèrent et s'agenouillèrent devant lui pour lui prêter serment d'allégeance. Ce jour-là à Rennes, aux yeux de toute l'Europe, Henry Tudor venait de défier publiquement Richard d'York.

30

Février 1484.

Le menton posé sur sa main, l'ancienne reine écoutait attentivement l'émissaire de Richard. Ainsi Margaret Beaufort avait dit vrai, son beau-frère tentait de faire la paix. Mais Elizabeth ne se faisait pas d'illusion. Si l'usurpateur voulait accueillir à sa Cour Bessie et Cecily et la laisser vivre elle-même avec ses trois dernières filles âgées respectivement de huit, cinq et trois ans et demi dans le château ou couvent de son choix, c'est que leur enfermement volontaire lui faisait grand tort. Quelques mois plus tôt, elle avait chassé sans ménagement le dignitaire doucereux qui mettait en valeur la clémence du roi et son désir de la savoir heureuse ainsi que les princesses bâtardes. En soulignant l'incapacité d'agir dans laquelle elle se mettait si elle refusait de quitter l'abbaye de Westminster, Margaret lui avait fait comprendre où était son intérêt. Cela seul comptait.

– Je vais réfléchir, annonça-t-elle, mais lord Richard comprendra qu'il me faut des garanties. Je ne suis pas prête à compromettre ma sécurité et celle de mes filles.

– Quel genre de garantie, Milady ?

– Un serment fait devant témoins qu'il ne cherchera à nous nuire en aucune façon et en particulier qu'il ne nous poussera pas vers la Tour de Londres.

Le dignitaire pâlit.

– En outre, si je lui confie mes deux aînées, je veux qu'elles soient traitées en princesses du sang, non en bâtardes.

La reine avait appuyé sur le dernier mot en regardant droit dans les yeux le gros homme entouré de deux clercs.

– Je transmettrai vos vœux à Sa Majesté.

– Quant à moi, étant donné que votre roi m'a confisqué l'ensemble de ma fortune et de mes terres, je désire une rente honorable qui me permette de finir ma vie dans un endroit paisible et d'établir mes filles.

L'homme inclina la tête. Il était fort heureux que l'entretien prît fin. Le regard autoritaire de l'ancienne reine, ses traits émaciés l'effrayaient.

– J'accepte les conditions de lady Grey, annonça Richard. Vous pouvez être heureuse, ma mie.

Anne ne savait plus si elle devait se féliciter. L'ambassadeur expédié par le roi auprès d'Elizabeth lui avait fait part de ses sentiments. A son avis, l'ancienne reine demeurait leur plus farouche ennemie.

– Je me réjouis d'avoir Bessie et Cecily auprès de moi, se contenta-t-elle de répondre. Nous essayerons d'égayer un peu leur vie. Lady Grey a-t-elle formulé des exigences ?

La bouche du roi prit un pli amer. Il ne pouvait se dérober et devait signer un acte où il s'engagerait à ne pas enfermer ses nièces à la Tour de Londres. C'était une humiliation dont lui seul et l'ancienne reine comprenaient l'étendue. Mais une fois pour toutes il voulait arracher cette épine de sa chair, ne plus savoir la famille de son frère claquemurée à deux pas de son palais comme un éternel reproche.

– Lady Grey désire une rente. Je lui offre sept cents marks qui lui seront payés en annuités par mon écuyer John Nesfeld. Elle veut se retirer dans un manoir à la campagne avec ses trois plus jeunes enfants. Je les doterai et les établirai toutes dignement.

– Vous accomplissez là votre devoir d'oncle, approuva Anne.

Cependant, une réticence gâchait son bonheur. « Lady Grey me fait penser à une lionne prête à bondir, avait rapporté le respectable émissaire de Richard. Elle me terrorise. » Il avait réussi à lui communiquer cette peur.

Le 1ᵉʳ mars, devant une assemblée de lords, le maire et les aldermen de Londres, Richard avait prononcé son serment. Désormais l'ancienne reine et ses filles pouvaient quitter le sanctuaire quand bon leur semblerait.

Elizabeth avait choisi avec soin sa résidence, une jolie demeure près de Leicester. Elle n'avait qu'une chose à accomplir avant d'essayer de trouver quelque apaisement dans une vie retirée. Et à cet engagement moral pris à la mémoire de ses fils, elle allait aussitôt se consacrer.

– Ne craignez rien, maman, réassura Bessie. Ne suis-je pas votre fille aînée, celle qui a le mieux connu mon père et l'a peut-être le plus aimé ? Croyez-vous que je puisse l'oublier, ne pas savoir quel genre d'homme est mon oncle Richard et ce que je représente ? Tout ce vous avez décidé en accord avec lady Margaret, je l'exécuterai.

– Je compte très fort sur toi, murmura la reine. Cet homme paiera cher le mal qu'il nous a fait.

Déjà les servantes remplissaient des coffres, entassaient dans les coins des pièces les objets personnels de la reine et de ses filles. Une dernière fois, profitant d'un jour de soleil, la mère et son aînée se promenèrent dans le jardin dont elles connaissaient chaque détail. Au soleil couchant, la flèche de l'abbaye allongeait son ombre sur la terre nue des massifs entourés de buis, quelques moineaux piaillaient dans les buissons. Tout était triste et humide.

– Nous nous écrirons, promit Elizabeth en serrant dans la sienne la main de sa fille. Je laisse auprès de toi Margery, ma vieille et fidèle servante. Elle a reçu toutes mes instructions. Prends bien soin de ta sœur Cecily. Nous l'avons tenue à l'écart de nos secrets pour lui laisser sa sérénité. C'est une enfant sensible qu'il faut épargner. Qu'Anne Neville lui trouve un bon mari, pas trop inféodé au tyran. Tu y veilleras.

Bessie s'immobilisa devant sa mère. Son avenir la stimulait, mais l'inquiétait et la troublait.

– Bénissez-moi, mère.

Elizabeth posa une main sur la tête de sa fille.

– Dieu t'assistera, car il n'y a pas de crime qui puisse échapper à Sa vengeance.

L'échoppe occupait le rez-de-chaussée d'une étroite maison bâtie de torchis et de colombages. La charpente du comble avançait de quelques pouces sur le pignon. Les fenêtres étroites étaient garnies de carreaux verdâtres. Au-dessus de la ruelle, pendue par des chaînes, une enseigne portait le mot « herboristerie ».

Un instant, Margery hésita puis résolument poussa la porte à ferrures. Dans l'étroite pièce, des bouquets d'herbes sèches étaient suspendus aux solives, des petits sachets de toile s'alignaient sur une table de chêne servant de comptoir. Une femme grasse et blafarde, sans âge, vêtue de hardes sales, surgit par une petite porte dissimulée derrière un pan de tissu.

– Je viens pour des graines de courge et de ricin.

C'était le mot de passe. La grosse femme esquissa une révérence.

– Venez là, ma belle dame.

A petits pas, elle revint vers le rideau, le souleva, poussa Margery dans un réduit en contrebas éclairé par un mince soupirail donnant sur la rue.

– Un jeune seigneur est venu hier. Tout est prêt.

De ses mains calleuses, elle tira deux sachets d'un coffret.

– Vérifiez par vous-même.

Margery s'empara des sacs et les glissa dans une poche intérieure de sa cape.

– Vous avez été payée, n'est-ce pas ?

– Pour les herbes, oui, ma belle. Mais pas pour la discrétion. Il me faut une livre.

Margery sortit une pièce d'or de son aumônière et la posa sur un trépied bancal où était fichée une chandelle dans de la cire fondue. En dépit du prix exorbitant, la reine avait exigé qu'on ne marchande point.

Sa capuche rabattue sur son visage, Margery remonta la ruelle aussi vite qu'elle le pouvait. Elle devait rentrer avant la nuit au château de Westminster et auparavant s'arrêter dans une maison de Blackfriars dont elle avait appris l'adresse par cœur.

Les rues étaient encombrées, bruyantes, mais Margery fut contente de se perdre dans la foule. Contre elle, elle sentait les deux sachets fermés par une cordelette. « Rapide et discret », avait chuchoté la vieille dans l'herboristerie. Margery ne voulait point y songer.

Milans et corbeaux picoraient les ordures jetées pêle-mêle au milieu des ruelles, au fond de courettes malodorantes. Des façades à colombages côtoyaient des maisonnettes de brique avec ici et là la tache marron d'un toit de chaume.

La servante passa le marché aux bestiaux. Saturée de boue et d'excréments, la terre formait une pâte collante mêlée à la paille des litières. Inlassablement, des marchands ambulants proposaient des saucisses grillées, de l'eau parfumée à l'anis, des galettes de sarrasin, des sucreries grasses et poisseuses.

Margery contourna prestement un édifice plus cossu que les autres et poussa une petite porte prise dans un mur de briques. Dans cette fin d'après-midi sans soleil, tout avait un aspect maussade, y compris le jardinet où s'étiolaient des buissons de genévriers bleus et de framboisiers. Aussitôt qu'elle eut frappé à la porte de la maison, quelqu'un tira sur un judas, puis un valet simplement vêtu de drap la pria d'entrer. La servante ne le connaissait pas. Tout ce qu'on lui avait dit était que le propriétaire de cette maison était corps et âme dévoué à lady Beaufort.

– J'ai ce qu'on m'a demandé, se contenta-t-elle d'annoncer.

Elle avait hâte de regagner le palais de Westminster et la compagnie de lady Bessie. Il y avait concert ce soir-là et la princesse voulait se faire belle.

« Un jour ou l'autre, avait-elle confié à sa dame de compagnie, il faudra bien que mon oncle s'aperçoive que je suis une femme attirante. Mais a-t-il seulement un cœur ? » Elle avait ri, un rire un peu cruel qui avait fait peur à Margery.

La reine Anne qui brodait près de la fenêtre de sa chambre au milieu de ses dames avait demandé à ses nièces de s'asseoir à côté d'elle. En silence, Cecily et Bessie tiraient le fil de soie qui sur la pièce d'étoffe formait peu à peu des buissons de roses.

– Mon départ approche, annonça la reine d'une voix douce. A la fin de ce mois, le roi et moi ferons route vers les Midlands. Je me réjouis de visiter Cambridge qui m'est bien cher, Queens College en particulier.

– Ma mère y était aussi fort attachée, remarqua Bessie.

Anne baissa les yeux. Sa nièce ne la ménageait guère mais elle lui pardonnait. Toute jeune, elle-même avait traversé tant de drames qu'elle y voyait clair dans le cœur des femmes.

– Nous passerons quelques semaines à Nottingham, poursuivit-elle. Le roi veut se rapprocher des frontières écossaises où des troubles sont toujours à craindre.

– Mon oncle ne craint-il pas davantage un débarquement d'Henry Tudor ?

La reine posa son ouvrage et se mordit les lèvres. Elle toucherait un mot sur le comportement de sa nièce à son chapelain qui était également celui des jeunes princesses. Jamais elle ne leur avait voulu de mal, pourquoi la défiaient-elles ainsi ? Bessie devait accepter de pardonner.

– Sa Majesté est aimée de ses sujets, murmura-t-elle. Nul ne veut plus de guerre.

Un rayon de soleil déjà tiède pénétrait par la fenêtre. A la dérobée, Anne observa le joli visage de Bessie, son corps souple à la poitrine épanouie. Quel époux allait-on lui donner ? Après le serment fait quelques mois plus tôt par Henry Tudor à la cathédrale de Rennes, elle ne comprenait pas pourquoi Richard ne hâtait pas un mariage. De nombreux gentilshommes la courtisaient et il aurait été facile de conclure une alliance en quelques jours. Mais lorsqu'elle évoquait ce sujet, Richard détournait la conversation.

Dans les jardins du palais, les premiers cytises fleurissaient. Bientôt viendraient les coucous, les pâquerettes, les primevères, les narcisses. Avec joie,

Anne songea qu'elle ne reverrait pas Londres avant la fin de l'été. A Middleham, son fils l'attendait. Ensemble ils fêteraient ses onze ans et en secret la reine avait préparé des cadeaux : sa première épée à la poignée incrustée de rubis et d'émeraudes, un livre d'heures finement enluminé et surtout un superbe épervier venu d'Italie que le jeune prince prendrait plaisir à dresser pour la chasse au vol.

Par délicatesse, la reine évitait d'évoquer son fils devant ses nièces. La mort des deux petits princes, désignés comme bâtards, devait encore les meurtrir et elles avaient assez souffert pour qu'on les épargne désormais.

– Chacun prendra grand soin de vous jusqu'en septembre, affirma-t-elle. Et si vous ne vous plaisez pas à Windsor, j'ai donné des ordres pour qu'on vous prépare le château de Richmond.

Bessie interrompit son travail de broderie.

– Ne vous faites point de souci pour nous, ma tante, Dieu a toujours veillé sur nous et jamais Il ne nous abandonnera.

– Réveillez-vous, Milady !

L'aube pointait à peine, mais Margery, penchée sur Bessie, la secouait par les épaules. Quand la jeune fille aperçut l'expression de sa dame de compagnie, elle se dressa aussitôt.

– Que se passe-t-il ? balbutia-t-elle.

– Le prince de Galles est mort voici trois jours ! La nouvelle vient tout juste de nous parvenir.

Repoussant ses couvertures, Bessie s'assit sur le

rebord du lit. S'échappant du petit bonnet de linon, ses cheveux blond doré tombaient en cascade jusqu'à ses reins.

– Dieu applique Sa justice quand Il le veut et nul ne Lui échappe. Comment cela s'est-il passé ?

– Le pauvre enfant a souffert d'une soudaine hémorragie de l'estomac. Il est mort en quelques heures, loin de ses parents encore à Nottingham.

Margery s'était laissée choir d'émotion sur le bord du lit à côté de la princesse. Au loin, un premier coq chanta, auquel de nombreux autres répondirent en écho.

– Edward a toujours été un enfant fragile, commenta Bessie d'une voix froide. Voilà des années que chacun se souciait de sa santé.

Margery inspira profondément. Il était évident que la princesse n'évoquerait plus son cousin et c'était mieux ainsi. Mais elle avait vu de ses yeux le messager hagard, avait entendu le récit des derniers moments de l'enfant, saisi le chagrin proche de la folie de ses parents. A quoi servait le pouvoir à un roi désormais sans descendance ?

Bessie jeta un châle sur ses épaules et se dirigea vers son oratoire. Avec plus de ferveur encore, elle allait ce matin prier pour ses deux petits frères. Richard éprouvait le même désespoir que sa mère. Elle allait écouter la messe puis faire venir son tailleur et se mettre en grand deuil.

– La reine a perdu la tête, assura un courrier arrivé deux jours plus tard à Windsor. Elle ne mange plus et reste enfermée dans sa chambre. Quant au roi, c'est plus terrible encore, car au chagrin semble s'ajouter la peur.

Chacun faisait cercle autour de l'homme qui se chauffait les pieds aux tisons de la salle commune. Pages, serviteurs, gentilshommes, souillons et dames d'honneur se pressaient les uns contre les autres sans distinction de rang.

– Le prince a été enterré à Sheriff Hutton. Une messe magnifique. Lorsqu'on a fermé le sarcophage, la reine a lâché un épervier.

Le messager savourait chacun de ses mots. Voir l'adversité s'abattre sur un roi qui n'avait guère montré de pitié envers ses ennemis lui semblait juste. Que les puissants souffrent comme le commun des mortels mettait chaque chrétien sur un pied d'égalité. Le Seigneur Jésus n'en avait-il pas donné l'exemple ?

Chacun en Angleterre ne s'entretenait plus que de la mort subite du prince de Galles. Qui allait être nommé l'héritier de Richard ? Le fils de Clarence ? Mais on le disait un peu simplet. Depuis la fin tragique de son père, il bégayait et mouillait son lit. Les chances allaient plutôt à John, le fils de la sœur du roi, Elizabeth, duchesse de Suffolk, un adolescent solide, déjà familier des affaires politiques, un bon soldat.

Sorti de son enfermement, le roi rassemblait des troupes aux frontières écossaises et faisait surveiller sans relâche les côtes. Avec le duc Francis, il échangeait une active correspondance. L'un et l'autre étaient sur le point de se mettre d'accord. Francis livrerait Henry Tudor à Richard qui en échange enverrait une troupe d'archers d'élite dont le duc de Bretagne avait un urgent besoin pour se battre contre la France. « Tudor entre vos mains, assurait Francis Lowell, un grand règne pourra commencer. »

Richard écoutait son ami. La reine Anne ne survivrait pas à la mort de son fils. Se pourrait-il qu'il se remariât et engendrât de nombreux enfants ? A plusieurs reprises, Richard s'était surpris à penser à sa nièce Bessie. Sa féminité conquérante, sa poitrine épanouie, ses traits délicats le fascinaient.

31

Le vent qui soufflait sur la lande était chargé des odeurs du printemps. A l'horizon, près de la ligne des marais, de petits nuages blancs se regroupaient. Juchés sur des ânes, des bidets, ou entassés dans des carrioles, les paysans allaient aux champs, s'interpellant avec gaîté. La fenaison allait commencer, puis ce serait la tonte des moutons, la moisson et le battage des grains, la coupe du bois pour l'hiver.

Anne fit demi-tour. Depuis la mort de son fils, elle ne pouvait voir un enfant accroché à la jupe de sa mère sans pleurer. Jusqu'au bonheur des autres, tout la faisait souffrir. A la prostration avaient succédé la révolte puis un noir chagrin. Le matin, elle se levait sans hâte, peu désireuse de voir passer les heures, s'enfermant dans de sombres pensées où sans cesse elle ruminait sa culpabilité. Si elle ne s'était pas installée à Londres avec Richard, elle aurait pu soigner Edward, le guérir. Elle avait cédé à la vanité d'être reine et Dieu l'en avait punie. Désormais elle fuyait son mari, ses amis, leurs éternels plans de bataille. Et le roi ne semblait plus rechercher sa présence. Inexorablement, les fragiles liens qui étaient parvenus à les attacher l'un à l'autre se brisaient.

Seule la compagnie de son chapelain, autrefois le

confesseur de son fils, lui procurait quelque apaisement. Elle lui permettait d'évoquer le jeune prince, l'écoutait avec fièvre répondre à ses interrogations sur les habitudes de son fils, ses lectures et sa foi. Cent fois, elle lui avait demandé de lui relater ses derniers moments, incapable d'écarter d'elle cette volonté de souffrir avec son enfant. Puis lui vint la curiosité d'apprendre les noms des serviteurs et des servantes qui l'avaient soigné, celui du médecin. Le jeune prêtre ne savait pas. Il y avait eu foule autour du prince de Galles. Le médecin était accouru d'York. On le disait le meilleur de la région. Mais lorsque Anne voulut le rencontrer, nul ne fut capable de le retrouver. Désespéré par la mort de son royal patient, disait-on, il était parti pour Londres.

– Une paysanne insiste pour vous voir, Milady, annonça un soir d'orage une dame d'honneur. C'est une vieille tenue à l'écart par les gens d'ici. Faut-il la faire chasser ?

Depuis le matin, Anne n'avait pas quitté le fauteuil poussé au coin de la fenêtre, ruminant de vagues pensées en regardant le vent ployer les branches des arbres centenaires. Ainsi était la vie, une force qui cassait, arrachait tout sur son passage.

– Faites-la venir, répondit-elle.

De chaque côté du fauteuil de la reine, de hauts chandeliers en bois doré étendaient des ombres vacillantes.

– Laissez-nous seules, demanda-t-elle à ses dames de compagnie.

La vieille marchait en clopinant et portait une cape qui couvrait son corps déformé.

– Que me voulez-vous ? s'enquit la reine.

La femme s'approcha encore.

– Milady, celui qui entre dans le mystère de la mort en laissant aux vivants le mystère de sa vie n'aura point de repos.

Il sembla à la reine qu'un lacet lui serrait la gorge. Elle avait été folle de faire entrer cette horrible sorcière.

– Mon enfant n'avait pas de secret.

– Mais lord Richard, notre roi et votre époux devant Dieu, en a, Milady. Le Seigneur voit très clair dans le cœur des hommes.

– Que voulez-vous dire, la vieille ? articula Anne avec difficulté.

La grosse paysanne avait le souffle court. Dans ses yeux, Anne voyait se refléter la clarté jaune des chandelles.

– Les enfants du roi Edward ne sont pas morts des fièvres à la Tour. Ils ont été assassinés.

Anne s'était redressée sur son siège. Tout ce qu'elle avait refoulé au plus profond d'elle-même lui remontait à la gorge en une bile amère. Une lueur dorée baignait le fauteuil où elle se tenait, les deux trépieds où se dressaient les chandeliers, une vaste armoire dont les ferrures reproduisaient des sangliers, l'emblème du roi Richard III.

La vieille garda le silence un long moment.

– Dieu, Madame, frappe qui Il veut et quand Il veut. Nul, même le plus grand roi du monde, n'échappe à Son châtiment.

– Sortez ! balbutia Anne.

Son corps déjà se raidissait, son cœur battait à

tout rompre. Dans un instant elle ne se maîtriserait plus.

– Il est des crimes que Dieu seul peut venger, prononça la vieille en marchant à reculons vers la porte.

– Dieu est bon, cria Anne.

La paysanne éclata de rire.

– Dieu n'existe que pour épouvanter les hommes.

Avec stupéfaction, John Morton, évêque d'Ely réfugié en Flandres, parcourut la lettre qu'on venait de lui remettre. Ainsi le duc Francis s'apprêtait à livrer Henry Tudor à Richard en échange de mille archers anglais, réputés les plus rapides et les plus précis d'Europe. Une fois entre les mains de York, le dernier prétendant des Lancastre n'aurait plus longtemps à vivre. « Traître et lâche, accusa-t-il. Henry n'a ni armée ni fortune. »

John Morton était un homme d'action et sa froide lucidité l'emportait sur le tourbillon des émotions. Depuis l'échec de la rébellion de Buckingham et sa propre fuite à Bruxelles, il n'était pas resté inactif. Un réseau d'espions monté avec soin le renseignait semaine après semaine sur les faits et gestes de Richard, sa politique, les efforts surhumains qu'il déployait pour protéger ses côtes contre toute invasion.

Depuis la mort de son unique héritier, une mort dont Morton n'avait pas pu s'empêcher de remercier la Providence, Richard semblait protéger avec désespoir un avenir de plus en plus incertain. Quoiqu'aucune révolte ne fût menée au grand jour, beaucoup de ses sujets se détournaient de lui, horrifiés par la disparition des enfants d'Edward. Et sa politique d'occupation du Sud par ses amis du Nord suscitait de violents ressentiments.

Morton hocha la tête. Le duc Francis devenait prématurément sénile et son ministre, Pierre Landois, avait quasiment tous les pouvoirs. Farouchement anti-français, c'était lui sans doute qui avait décidé de se rapprocher d'York.

– Faites-moi chercher à l'instant Christopher Urswich, demanda-t-il à son secrétaire.

Par chance, son agent de liaison avec Margaret Beaufort, Christopher Urswich, recteur de Puttenham, était en Flandres. Intelligent, habile, courageux, entièrement dévoué aux Lancastre, le jeune prêtre acceptait toutes les missions, même les plus dangereuses. Le jour même, il fallait que Christopher embarquât pour la Bretagne afin d'alerter Henry Tudor. Chaque minute comptait.

– Un bateau vous attend, annonça Morton à Urswich, je viens de recevoir à l'instant la confirmation du capitaine que lui et son équipage sont prêts à appareiller. Si par malheur le vent vous devenait contraire, débarquez et poursuivez votre route à cheval. Dans une semaine au plus tard, le prince Henry doit avoir quitté la Bretagne.

– Et si les Français refusent de l'accueillir, monseigneur ?

– J'ai expédié ce matin un courrier à la régente et en espère une réponse dans les jours qui viennent. Anne de Beaujeu comprendra parfaitement qu'un

Tudor sur le trône d'Angleterre servirait au mieux les intérêts de la France.

Tout en parlant, John Morton jouait avec un sceau en or.

– Prenez ce sceau, ajouta-t-il en tendant au jeune prêtre le fin objet. Je l'ai reçu de lady Beaufort, son fils le reconnaîtra.

Le jour était sur son déclin et la chasse avait été particulièrement fructueuse, une laie et un de ses marcassins, trois renards, cinq biches et un cerf à l'altière ramure. Plus pour le bonheur de ses compagnons que pour le sien, Henry Tudor s'adonnait presque chaque jour à la vénerie ou à la fauconnerie. Ses pensées étaient ailleurs.

La forêt s'éclaircissait. Au loin on en voyait l'orée et au-delà la tache claire des champs de seigle cernés de murets de pierre sèche.

– Rentrons, mes amis, demanda le prince.

Un pressentiment le troublait depuis le matin et, en dépit de la course au grand air et du beau soleil de printemps, il n'avait guère pris de plaisir à la chasse.

Mis à sa disposition par le duc de Bretagne, le manoir où il avait trouvé refuge avec les siens se situait à la sortie d'un village. C'était une vaste bâtisse en pierres et torchis juxtaposés, avec de forts colombages, un toit de pierre et deux hautes cheminées.

Le groupe des cavaliers pénétra dans la cour où caquetaient des poules et des oies tandis que canards et cochons se partageaient la mare.

– Un messager vous attend dans la salle basse, monseigneur, annonça aussitôt un valet en s'emparant des brides du cheval d'Henry. Je lui ai fait servir à boire et à manger.

Le prince escalada prestement les marches du perron, pénétra dans la vaste salle décorée de ramures de cerfs, de têtes de loups et de sangliers, d'antiques arquebuses et de perches à épervier.

– J'arrive de Flandres, annonça le visiteur.

Vêtu d'une robe de moine, l'homme était jeune et s'exprimait en anglais. Le sceau qu'il lui tendit émut et inquiéta le prince. Cet objet, il le reconnut aussitôt, appartenait à sa mère.

– Est-il arrivé malheur à lady Beaufort ?

– Non point, milord. Je viens vers vous aujourd'hui au nom de monseigneur Morton, qui de loin ne cesse de travailler au succès de notre cause. Je n'ai pas de lettre à vous remettre car le danger qu'un écrit puisse tomber entre des mains ennemies était trop grand. Vous n'ignorez pas que Richard d'York fait étroitement surveiller les côtes anglaises.

– Que ses entrailles se dessèchent ! jeta Henry Tudor. Puis, se reprenant :

– Pardonnez-moi, mon frère, et dites-moi votre message.

Dans la lumière du soir, le jeune religieux fut frappé par la fermeté des traits du prince. Mais les yeux pâles, presque sans cils, avaient un regard déroutant où à la douceur se mêlait l'expression d'une volonté de fer.

– Le duc de Bretagne s'apprête à vous trahir,

milord. Il vient de signer un traité avec Richard d'York au terme duquel il s'engage à vous livrer.

Urswich vit les mâchoires du prince se contracter, il n'y avait plus aucune douceur dans l'expression de ses yeux.

– Le danger est-il immédiat ?

– Oui, milord. Vous devez ce soir même donner des ordres pour que des chevaux soient prêts à l'aube pour votre oncle Jasper. Il partira le premier avec une partie des vôtres.

– Partir où, mon père ? interrogea Henry d'une voix froide. Je ne pense à nul pays prêt à m'accueillir.

– La France, milord. La régente et le jeune roi vous y attendent avec bienveillance.

Dans la salle, Henry allait et venait en silence.

– Nous sommes déjà probablement surveillés, dit-il enfin.

– Lord Morton a prévu cela. Une fois rendu en France, votre oncle Jasper préparera pour vous un itinéraire par des chemins de traverse et, d'ici moins de quatre jours, quand tout sera prêt, il vous le fera savoir. Prétextez alors une visite à des amis et, une fois dans la forêt, vêtez-vous en serviteur tandis qu'un valet jouera votre rôle. Si par malheur des gendarmes vous arrêtaient, ils se saisiraient du manant. Lord Jasper Tudor vous attendra à Angers où vous serez en sécurité.

– C'est pour demain, milord, chuchota Richard Woodville. J'ai déjà répandu le bruit ici comme à la

346

cour du duc que nous partirions deux jours chez des amis à La Guerche pour y chasser au vol. Afin d'éveiller le moins de soupçons possible, j'ai convié à souper pour la fin de la semaine une poignée de gentilshommes bretons.

– C'est bien, se contenta de répondre Henry Tudor.

Depuis le départ précipité de son oncle, l'anxiété le rongeait. Celui-ci avait pu franchir sain et sauf la frontière. Mais l'amitié française était-elle un leurre ? Qui pouvait lui affirmer qu'ils ne tombaient pas tous dans un piège ?

– Tout se passera bien, assura Woodville. Soyez prêt à partir au soleil levant. Ce qui vous reste d'amis vous accompagnera.

– Au galop ! hurla Henry. Nous sommes poursuivis.

Le début du voyage s'était bien passé cependant. Le prince avait pu troquer ses vêtements contre ceux d'un serviteur et, habillé de toile grossière, coiffé d'un chapeau de feutre à larges bords, nul ne pouvait soupçonner sa véritable identité.

Eperonnés, cravachés, les chevaux filaient sur l'étroit chemin de terre, levant une âcre poussière. Couchés sur leurs chevaux pour éviter les branches basses, les fuyards fixaient désespérément le bout de la route. La frontière était proche, une lieue, deux au plus.

Le galop des poursuivants se rapprochait. Henry

entendait le claquement des sabots sur la terre sèche, les cris des cavaliers encourageant leurs montures. Il se retourna. Le groupe qui les traquait était assez proche pour qu'à travers le nuage de poussière on puisse distinguer la poitrine des chevaux, le bref éclat d'un mors.

Les chevaux sautèrent le tronc d'un arbre mort, le chemin s'élargissait, la forêt se faisait plus claire.

– La France, hurla Henry, droit devant !

Au même moment, le bruit de la cavalcade ennemie s'affaiblit. Ses poursuivants renonçaient.

– Nous vous attendions, monseigneur.

Le capitaine français avait ôté son chapeau et saluait Henry qui s'était désigné.

– Sa Majesté et Madame la régente m'ont ordonné de vous escorter jusqu'à Angers. J'ai avec moi cinq cents hommes qui n'auraient point rechigné à avoir maille à partir avec ces chiens de Bretons. Les voilà rentrant piteusement au chenil la queue entre les jambes.

Henry avait les larmes aux yeux. En le protégeant de tous les dangers depuis son enfance, Dieu ne montrait-Il pas clairement qu'Il était avec lui ?

32

– Qu'on trouve le coupable dans les plus brefs délais, exigea Richard d'une voix glacée. Je veux qu'il subisse un châtiment exemplaire.

La veille, des Londoniens s'étaient attroupés pour lire, placardé sur le portail de l'église Saint Paul :

The Cat, the Rat and Lowell our dog
Rule all England under a Hog[1].

De toute évidence, le pamphlétaire désignait Catesby, Radcliff et Lowell, ses plus proches amis. Le porc, c'était lui, Richard, roi d'Angleterre, qui avait choisi le sanglier comme emblème.

Venus voir ce qui égayait tant la foule, des archers s'étaient joints à l'hilarité générale.

Depuis l'été, le roi restait sur la défensive. Sa faculté d'écouter ses proches comme son peuple s'était émoussée. Accablé de problèmes, il devait faire face tout à la fois à la perspective d'une invasion des Tudor, à des troubles avec les Ecossais, et aux exactions des pirates bretons et anglais qui

---

1. Le Chat, le Rat et notre chien Lowell/dirigent toute l'Angleterre sous les ordres d'un porc.

ruinaient armateurs et négociants. Qui plus était, Ferdinand d'Aragon et Isabelle la Catholique en Espagne attisaient ses différends avec la France afin de garder les mains libres pour leur « reconquête » de Grenade.

A cela s'ajoutait l'indifférence morose d'Anne qui depuis la mort de son fils semblait vivre dans un autre monde. Désormais, Richard n'avait ni fils, ni épouse. Sa cour était lugubre. Chaque fois qu'il le pouvait, le roi partait chasser en compagnie de Lowell, Percy, Radcliff et Catesby. La forêt en automne convenait à son désenchantement. Il avait tant rêvé, tant espéré... Escortés par leurs arquebusiers et porte-arbalètes, les jeunes hommes galopaient dans les allées, suivis des chiens de meute, lévriers, dogues et épagneuls. Parfois ils s'arrêtaient dans une auberge pour boire une pinte de bière, dévorer une pièce de viande rôtie. Richard reprenait quelques couleurs, un peu de gaîté. Tudor vaincu, enfin son cauchemar prendrait fin. Il serait le roi incontestable et incontesté, pourrait gouverner selon les règles d'équité et de probité auxquelles il était attaché. A la nuit tombée, les chasseurs regagnaient dans la brume le palais de Westminster. Le soir, il voyait Anne passer comme une ombre. Maigre, blafarde, à peine semblait-elle remarquer sa présence. On la disait malade et elle refusait tous les soins. Veuf, pourrait-il séduire une femme ? Serrer contre lui un corps consentant ? Entendre prononcer des mots d'amour ?

– Nous tenons le coupable, Milord.

Richard sursauta. Bessie venait de quitter la pièce, y laissant un peu de son parfum.

– Il s'agit de sir William Colynbourne, un lancastrien, ami des Tudor.

– N'était-il pas au service de ma mère ? s'étonna Richard.

– Si fait, Milord. Il s'agit d'un traître de la pire espèce.

– Qu'on le juge et qu'on l'exécute.

– Décollation, Milord ?

– Qu'on applique le châtiment réservé aux félons.

Il n'en pouvait plus des traîtres, des êtres qui dissimulaient leurs bassesses sous un masque de fidélité.

Lowell recula d'un pas. L'horreur du supplice était indicible. On étranglait à moitié le condamné avant de l'émasculer et de l'éviscérer. Jetées au feu, entrailles et parties viriles se consumaient devant le supplicié. Enfin le bourreau lui arrachait le cœur.

– Colynbourne est chevalier, Milord !

– Un traître est déchu de cet honneur.

La lueur des bougies jouait sur le visage émacié du roi, allumant des éclats sombres dans son regard. Francis Lowell contempla un instant son roi, son ami d'enfance, presque son frère. La vie le marquait déjà profondément. « Ira-t-il beaucoup plus loin ? » se demanda-t-il. La reine allait mourir, Tudor rassemblait une armée. Richard était un homme désespérément seul.

En tenue de nuit dans l'appartement que son oncle avait mis à sa disposition à Windsor, Bessie congédia sa servante. Son ample chemise de nuit cachait ses formes rondes et le bonnet soulignait la pureté sensuelle de ses traits.

Un crachin tombait depuis la mi-novembre sur Londres et à la nuit chacun rentrait chez soi. A la Cour même, on ne voyait guère de musiciens ou de chanteurs. Mais nul n'ignorait que le roi avait ordonné de fastueuses réjouissances pour célébrer Noël. « Un orgueilleux, pensa Bessie en trempant une plume dans son encrier, un obstiné qui jamais ne reconnaîtra ses fautes ou ses erreurs. » Si la jeune fille n'avait pas renoncé à la vengeance, elle avait appris, en approchant quotidiennement son oncle, à admirer son énergie, la volonté qu'il mettait à dominer ses angoisses comme ses chagrins. Et sa solitude la touchait. Il était évident que la reine ne partageait plus avec lui que les exigences de la royauté et nul ne lui connaissait de maîtresse. Elle l'avait charmé, elle le décelait à mille détails et, quoique inexperte en amour, trouvait d'instinct les attitudes, les mots pour l'enjôler davantage.

Milady et très chère mère,

Ma sœur Cecily est fortunée de vous rejoindre pour célébrer Noël au sein de notre famille. Elle sera la meilleure des messagers.

Ma vie à la Cour est telle que vous me l'avez présentée et j'ai retrouvé mille habitudes de mon enfance, de mon adolescence. Certains de nos anciens amis sont toujours là et tentent de me faire bonne figure. J'agis comme vous me l'avez conseillé. Je ne les recherche ni ne les boude.

Un instant, Bessie laissa son regard errer sur les jeux de la flamme d'une bougie. Il semblait qu'un souffle léger la penchait, que des âmes erraient dans ce château à la recherche de la paix. Bessie pensa à son père, à ses oncles, à ses frères tous disparus, à Hastings, Warwick et tant d'autres, à son oncle Buckingham pour lequel avait battu en secret le cœur de bien des femmes, à Colynbourne, qui venait de subir une mort atroce. Elle ne pouvait ni ne devait faiblir.

La reine est fort malheureuse mais me traite avec bonté. Cette femme est née victime, incapable de lutter contre les coups de l'adversité, trop douce pour envisager la moindre vengeance. Elle pleure et prie. Sa cause est perdue et je puis en toute liberté mener mon oncle là où nous l'avons décidé. C'est un solitaire mais, en dépit de son air insensible, je le sens avide d'être aimé. Le jeu n'est point trop difficile et j'espère le gagner durant les fêtes de Noël. Les bals, soupers et divertissements favoriseront nos plans.

Avec l'aide de la régente du royaume de France, mon fiancé Henry Tudor prépare, chuchote-t-on, une flotte et une armée. Margery qui aime déambuler dans les rues de Londres me rapporte mille rumeurs. Le peuple soupçonne l'assassinat de mes frères et commence à dénigrer ce roi auquel il avait fait fête. Si Tudor l'emportait, nul ne serait prêt à mourir pour offrir le trône à son héritier, mon cousin John de la Pole.

Déjà le comte d'Oxford a fui à Paris et d'autres le suivraient s'ils ne craignaient d'être pris et de subir le supplice de Colynbourne. Tout le monde se défie de tout le monde, le ver est dans le fruit et la splendeur des fêtes que nous prépare mon oncle ne seront qu'un enduit neuf sur du bois pourri.

Je vous sais, ma chère maman, en relation avec lady Beaufort. Dites-lui bien que ma foi jurée à son fils est entière et que je prie Dieu chaque jour pour l'homme qui sera mon époux. Ma seule inquiétude est que des bruits lui parviennent sur ma conduite envers le roi et que ces rumeurs lui ôtent tout amour du cœur. N'étant qu'une fille obéissante, je vous prie de faire savoir à lady Beaufort que nul ne peut me juger sans connaître mes intentions. Lorsque Henry Tudor reprendra le trône d'Angleterre et que je serai sa reine, elles apparaîtront dans toute leur pureté.

Certains jours, le souvenir du roi, mon père, dans ce palais qu'il aimait, celui de la famille unie que nous formions alors me désolent. Je vous vois, au milieu de vos dames d'honneur, belle comme le jour, j'imagine mes sœurs riant et jouant, mon cher petit duc d'York occupé à manœuvrer ses soldats de bois. Lorsque mon oncle touche mon cœur de pitié, je me ressaisis en me remémorant les jours heureux que son ambition et sa cruauté ont anéantis à jamais.

Bessie posa sa plume. L'impression d'une présence se faisait plus forte. A pas feutrés, la jeune fille se dirigea vers le fond de sa chambre, souleva la portière, tourna la poignée. Il n'y avait personne, seulement une petite flamme au loin dans le corridor glacé, celle d'une bougie qui s'éloignait. Le roi ?

– Je vous attendais avec impatience, ma belle nièce.

Calée contre de gros oreillers, Anne tendit une main à Bessie.

– Etes-vous heureuse à Westminster ? poursuivit-elle. Je n'ai pas eu le loisir de m'occuper de vous et de votre sœur autant que je l'aurais souhaité. On me rapporte que maints gentilshommes sont à vos genoux. Profitez de votre jeunesse, Bessie, dansez, chantez mais ne donnez pas trop vite votre cœur.

D'un geste, la reine désigna une chaise près de son lit. Bessie fut frappée par le teint d'ivoire, les yeux cernés, les lèvres sèches de sa tante. A vingt-huit ans, elle ressemblait à une vieille femme.

La jeune fille prit place à côté de la malade. Pourquoi l'avait-elle appelée ? Son malheur la troublait et elle n'éprouvait aucun plaisir à la voir.

– Je sais que tu ne m'aimes guère, murmura Anne, et je le comprends. Ton oncle a fait beaucoup de mal à ta famille. Mais je voudrais que tu tentes de pénétrer ses intentions. Il a agi selon sa conscience et pour ce qu'il croyait être le bien de son pays.

– Mon oncle ambitionnait tout simplement le pouvoir, répondit la jeune fille d'une voix blanche.

– Je connais Richard depuis ma petite enfance, Bessie. C'est un homme ambitieux, rigide, mais honnête.

– Ainsi vous avez accepté l'assassinat du roi Henry, votre beau-père, et celui de votre jeune époux ?

Anne ferma les yeux.

– L'Angleterre connaissait une guerre civile, mon enfant, il fallait tuer pour survivre. Si Marguerite d'Anjou avait repris le pouvoir, crois-tu qu'elle aurait épargné les York ?

– Le roi Henry était un saint.

– Il n'était pas le souverain dont l'Angleterre avait tant besoin. Ton père fut un bon roi.

Un moment, Anne garda le silence. Bessie voyait qu'elle respirait avec difficulté.

– Je suis très malade, poursuivit la reine de sa voix douce, et désire faire la paix avec toi et ta famille.

– Nous n'avons aucun ressentiment contre vous, ma tante.

– Je voudrais aussi que tu me promettes de ne point chercher à te venger de ton oncle.

Bessie se leva. Quel engagement pourrait-elle prendre vis-à-vis d'une femme au seuil de la mort qui, par orgueil, voulait protéger un homme guère aimé ?

– Que craignez-vous, ma tante ? chuchota-t-elle en se penchant sur la malade.

Avec intensité, la reine observait sa nièce. Orgueilleuse, volontaire, cette jeune fille était comme sa mère. Jamais elle n'aurait dû insister auprès de Richard pour la faire venir à Westminster, la réintégrer au sein de la famille. « Elle ne souhaite rien d'autre que notre anéantissement », pensa-t-elle.

– Dieu seul sonde le cœur des hommes, murmura la reine. A ton âge, je croyais aussi être la victime de grandes injustices. Ton oncle m'a aimée, protégée, mais, quoique je ne lui aie guère rendu son amour, il a toujours été bon, juste, généreux envers moi. Il adorait notre fils.

– Mon père aimait les siens.

Une expression de détresse marqua le regard de la reine.

– Il ne faut pas chercher à comprendre la volonté

356

de Dieu, mon enfant. Il ne faut pas se révolter. Il faut pardonner.

– Le pardon n'est pas l'oubli. Regardez-vous, ma tante. Vous vous offrez en sacrifice et vous mourrez avec vos souvenirs enfouis au fond du cœur. Moi, je veux vivre, être heureuse, avoir des enfants sur lesquels nul n'osera lever la main. Je ne veux pas être l'otage de Richard d'York qui a voulu déclarer son propre frère illégitime et a persuadé une assemblée à ses ordres d'annuler le mariage de ma mère, d'en faire une concubine et de nous, ses enfants, des bâtards.

La voix de Bessie tremblait, ses yeux étaient pleins de larmes.

Avec douceur, Anne prit la main de sa nièce dans la sienne.

– Nous allons fêter Noël ensemble, ensuite tu seras libre d'aller où bon te semblera.

– Je me plais ici, ma tante. Toujours j'ai vécu dans ce palais.

– Tu y es donc plus chez toi que moi. Je ne suis heureuse qu'à Middleham. C'est là-bas que je voudrais mourir.

– Vous n'étiez pas faite pour être reine et vous l'êtes devenue. Ma mère en avait la stature et on l'a détrônée. Où voyez-vous Dieu dans ces absurdités ?

– La personne qui met le feu à sa maison pour détruire celle de son voisin commet une folie, Bessie. Ce que nul ne m'a dit, je l'avais deviné. Garde-toi du mal qui dort dans le cœur des hommes.

– Chacun juge en sa conscience ce qui est bien et ce qui ne l'est point.

– Bessie, murmura la reine, je me suis moi-même révoltée autrefois avant de revenir à l'obéissance. Toi, tu survivras et penseras quelquefois à moi.

La jeune fille se pencha et déposa un baiser sur le front de sa tante. Richard paierait aussi pour cette victime-là. Sur la pointe des pieds, elle se retira et appela Margery.

– Combien de temps crois-tu que la reine a encore à vivre ?

– Beaucoup pensent qu'elle va célébrer son dernier Noël.

– J'espère que Dieu la reprendra vite, Margery. Ma tante souffrirait trop de ce qui se prépare et elle doit être épargnée. C'est une femme d'honneur qui a subi déjà beaucoup de malheurs. Savoir qu'elle mourrait en me haïssant me rendrait la tâche impossible.

33

Les musiciens accordaient leurs instruments. Déjà Anne et Richard étaient assis sur des chaises à haut dossier installées sous un dais peint des lions d'Angleterre et des lys français. A leurs côtés étaient placés des amis proches et John comte de Lincoln, le fils de la duchesse Elizabeth de Suffolk, la sœur du roi, choisi comme nouveau prince de Galles. Diaphane, décharnée, la reine avait voulu cependant se parer pour honorer le roi et l'assemblée. Afin de cacher son extrême maigreur, sa robe de velours bleu nuit brochée de fils d'or était décolletée en carré tout près du cou. Ses cheveux blonds étaient étroitement nattés et cachés sous un bonnet du même velours tout rebrodé de perles. Autour du cou, elle portait le collier d'émeraudes offert par Richard, sur lequel miroitait la lumière de centaines de bougies. Après le concert aurait lieu la messe de minuit suivie d'un banquet, une longue épreuve que la reine était décidée à supporter avec grâce. Dehors un épais brouillard étouffait les bruits. De temps à autre la cloche d'une église annonçait la messe, le lugubre appel d'un bateau signalait sa présence aux autres mariniers.

– Bessie ne viendra-t-elle pas ? s'enquit Richard à voix basse.

Le ton déçu de son mari n'échappa pas à la reine. Un chagrin froid comme la glace lui descendit au cœur. Se pût-il que le roi éprouvât pour sa nièce plus que de l'affection ? Mille petits détails remontaient à sa mémoire, une main tendue, un regard, un compliment, un menu cadeau. Ces multiples attentions de Richard touchaient-elles Bessie ? Gaie, d'humeur charmante, sa nièce toutefois ne se confiait à personne.

Soudain, du fond de la vaste salle d'apparat à la charpente pourpre et or, foulant les tapis et les fourrures jetées sur le sol, Bessie approcha de son pas léger. Chacun retint son souffle. Hormis les émeraudes, la toilette de la jeune fille était une réplique fidèle de celle de la reine, mais la robe, austère sur le corps de la malade, prenait sur elle une sensualité triomphante. Collée à la peau, elle révélait ses formes splendides et le corsage ne faisait aucun mystère de la richesse de sa chair. Laissés libres sous le bonnet, les cheveux blonds s'allumaient de reflets au moindre mouvement de sa tête et semblaient avoir leur propre vie.

Les musiciens avaient posé leurs instruments, chacun observait le roi et la reine. En proie à une intense émotion, ne sachant ni que dire ni que faire, Richard gardait une expression figée. Bessie le provoquait.

– Je vous vois bien jolie, ma chère nièce, la complimenta Anne, et je suis touchée que vous ayez choisi de porter les mêmes atours que moi afin de montrer à tous comme ils sont beaux sur un corps de jeune femme. Vous me présentez là un miroir magique qui me reflète à mon meilleur avantage.

Durant le concert, Richard ne put fixer son attention sur une musique pour laquelle cependant il avait un goût très vif. Irrésistiblement, la peau, la gorge, les lèvres de Bessie occupaient ses yeux et sa pensée. Il avait à côté de lui l'endroit et l'envers d'une médaille, une face montrant une femme fanée, triste, malade, crépusculaire, l'autre exposant une créature éclatante à l'aube de sa féminité dont le demi-sourire et le regard hardi le faisaient se sentir homme à nouveau.

– Asseyez-vous à mon côté, Bessie. Voilà trop longtemps que je ne vous ai vue.

Après la messe, la Cour avait gagné la longue salle où se tenaient les grands conseils et les banquets. Deux tables avaient été dressées, une présidée par la reine, l'autre par le roi. Autour d'Anne s'étaient regroupés de vieux gentilshommes, de graves prélats, quelques douairières et ses dames de compagnie, tandis qu'à la table royale se pressaient les jeunes gens, des femmes parées de somptueux bijoux, le prince de Galles et ses amis.

– Je suis confuse d'avoir choisi par hasard la même robe que ma tante, prononça Bessie d'une voix enjouée. Dieu merci, ses bijoux désignent explicitement sa primauté.

– Je peux vous en offrir, murmura le roi.

L'idée d'attacher un collier de pierres précieuses autour du cou laiteux lui procurait une jouissance d'homme qu'il n'avait jamais éprouvée.

– Chacun me verrait en favorite, chuchota Bessie. Voilà une situation ambiguë pour un homme aussi vertueux que vous l'êtes. Ne jugiez-vous pas sévèrement l'inconduite du roi mon père ?

Richard baissa les yeux. Il était un guerrier, un homme d'Etat, pas un habile soupirant. A ce jeu, Bessie était par avance victorieuse.

– Vous voir vêtue comme la reine m'a donné un instant l'illusion d'être un homme comblé.

– Mais vous l'êtes, mon cher oncle ! s'exclama Bessie en portant à sa bouche la timbale de vermeil qu'un serviteur avait remplie de vin de Bordeaux. Vous avez le royaume d'Angleterre, n'était-ce pas ce que vous vouliez le plus au monde ?

Le roi détourna la tête. Comment pouvait-il supporter les provocations d'une pucelle de dix-huit ans ?

– Ne me jugez pas sans me connaître, Bessie, et ne tentez pas de vous justifier. Parlons-nous, soyons sincères, avouons notre part d'inavouable et nous serons amis. Le voulez-vous ?

– « Amis », mon oncle, qu'entendez-vous par là ?

Humides du vin qu'elle venait de boire, les lèvres de Bessie luisaient dans la lumière des chandelles.

– Que nous ayons confiance l'un dans l'autre, répondit Richard d'une voix mal assurée.

– Pourquoi vous ferais-je confiance, mon oncle ? Parce que vous êtes roi ? Que vous avez du pouvoir sur moi ? Vous en avez, certes, et plus que vous ne le pensez. Cette évidence me fait du mal. J'aurais préféré vous haïr.

D'un trait, Richard but le vin versé dans un hanap d'or posé devant lui. Aussi loin que remontaient ses souvenirs, il avait toujours désiré l'amour d'une femme.

A la table voisine, Anne, les yeux baissés, mangeait sans plaisir un blanc de cygne. Une larme coula sur sa joue qu'elle essuya promptement du bout du doigt. Quel était le secret des femmes Woodville pour savoir d'instinct ensorceler les hommes ? Le rigoureux, l'austère Richard lui-même y succombait. A la veille de mourir, la reine voyait son mari se détourner d'elle. Souhaitait-il désormais sa mort pour mettre dans son lit sa propre nièce ? Tandis que Bessie promenait sur les convives son regard faussement candide, Richard s'entretenait avec Lowell et Radcliff. Contre la sienne, la jeune fille sentait la hanche du roi, son contact insistant. Elle avait trois mois pour mener à bien sa mission, guère plus. Ensuite elle pourrait redevenir elle-même, penser à un avenir heureux.

– Le banquet achevé, venez me rejoindre dans mon cabinet de travail, pria le roi à son oreille. Nous avons à parler.

– Ordre de roi ne se refuse, chuchota Bessie.

En dépit de son sourire aguichant, la jeune fille avait peur. Saurait-elle mener à son terme la tâche qu'on lui avait demandé d'accomplir ?

Il était tard dans la nuit. Eclairée seulement par quatre flambeaux, la pièce boisée était dans la pénombre. Debout devant sa table de travail, Richard observait sa nièce venir vers lui. Une fois encore la comparaison avec Anne vêtue de la même robe le troublait. Se pût-il que la fille de la redoutable Elizabeth Woodville eût choisi ce subterfuge pour abattre définitivement la reine ? Cependant, le regard ingénu, le sourire charmeur réfutaient cette machination.

363

– Vous avez à me parler, mon cher oncle ?

De la peau de la jeune fille s'exhalait une senteur fraîche de rose et de jasmin. En dépit du concert, de la messe, de l'interminable banquet, aucune fatigue ne marquait son visage.

– J'ai un présent pour toi.

Richard tendit un coffret de bois de santal incrusté de nacre.

– Ouvre.

Bessie souleva le couvercle. A une lourde chaîne d'or était pendue une émeraude.

– Elle appartenait à mon aïeule, la comtesse de Cambridge, ton arrière-grand-mère.

Bessie prit le collier et esquissa une révérence.

– Veux-tu que je te l'attache au cou ?

La voix de Richard était douce, presque suppliante. Bessie sentit revenir sa confiance. De ses doigts fins, le roi accrocha le bijou. Un bref instant, la jeune fille sentit son souffle, l'effleurement de ses lèvres sur sa peau.

– Vous me mettez, Milord, dans une étrange situation, chuchota-t-elle. Je suis pucelle, sans père ni frères pour me défendre et à votre merci. Mais dans la famille d'York, même les bâtards ont le sens de l'honneur.

Richard la regardait intensément.

– Eprouves-tu du plaisir à être avec moi ? demanda-t-il.

Elizabeth rougit. Au cours des mois précédents, elle avait avec Margery envisagé toutes les situations et imaginé les réponses appropriées. Mais ce soir-là le roi la touchait. Dans les yeux de cet homme tout-puissant, il y avait de la tristesse. Avait-il jamais été aimé ?

– Certainement, mon oncle.

Elle ne mentait pas. Le charme de Richard n'était pas dans son physique ingrat mais dans une adolescence du cœur miraculeusement conservée.

– Alors, viens plus près de moi. N'aie pas peur, je ne tenterai rien qui soit contraire à ta volonté.

Bessie était toute proche, longuement il la regarda.

– Tu ressembles à ton père. Je l'ai beaucoup aimé.

– Vous avez fait pourtant grand tort à sa mémoire, Sire.

– Tu es jeune et vois le monde en noir et en blanc, bien ou mal. Rien n'est ainsi en réalité. Un jour, tu apprendras que l'on peut nuire à qui on aime pour des raisons plus hautes que les élans du cœur.

La voix feutrée de son oncle, sa confiance, les paroles qu'il prononçait émouvaient Elizabeth. Que faisait-elle d'autre en ce moment même sinon se jouer de l'affection d'un homme ?

– Qui s'immobilise est perdu, poursuivit le roi. Les décisions que j'ai prises vis-à-vis de ta famille m'ont été dictées par le désir d'une réussite d'ordre supérieur : celui de faire de ce royaume une terre de paix et de prospérité.

La main de Richard avait pris celle de Bessie, enlaçant ses doigts aux siens.

– Tu me troubles et je ne sais comment te l'expliquer. La nuit, tu es dans mes rêves, le jour tu obsèdes mes pensées.

La jeune fille porta les doigts fins du roi à ses lèvres.

– Vous me troublez aussi, mon oncle, un trouble si culpabilisant que je n'ose m'en ouvrir à mon confesseur. Qu'espérez-vous de moi ? Si vous me voulez pour maîtresse, je ne pourrais l'être aussi longtemps que ma tante sera en vie.

– Anne est mourante.

– Elle nous observe, je le sais, et je l'aime trop pour lui causer du chagrin.

Richard se recula imperceptiblement. Lui-même pourrait-il briser le cœur d'une femme qu'il avait respectée ?

– La reine revenue dans la paix du Seigneur, pourrais-tu... ?

– Sans promesse de mariage, jamais !

Richard réfléchissait. Le pape donnerait une dispense, il en était sûr. Tout ce qui était en son pouvoir, il le ferait pour posséder sa nièce. Le peuple s'étonnerait puis comprendrait. Et il aurait des fils, une lignée de mâles pour lui succéder.

Ses deux bras entouraient le cou de la jeune fille. Leurs visages étaient tout proches.

– Tu es déjà ma reine.

Mais quand il voulut prendre ses lèvres, la jeune fille détourna la tête.

– Plus tard, mon cher seigneur, chuchota-t-elle. Le meilleur de l'amour n'est-il pas le désir ?

Elle s'inclina en une profonde révérence et s'échappa.

Appuyé contre sa table de travail, le roi demeura un long moment immobile. Bessie devenue sa femme, il serait un roi incontesté et Tudor verrait s'effondrer ses ambitions. Qui donnerait sa vie pour un inconnu n'ayant vécu que quelques années en Angleterre ? Tout était soudain clair, évident. Anne allait mourir et Elizabeth deviendrait reine. Pour une fois dans sa vie, les raisons du cœur rencontreraient celles du devoir.

Février s'achevait dans la pluie et le vent. A Westminster, il n'y avait plus de concerts, plus de bals. A l'étonnement de tous, Anne survivait. Bessie tentait de se tenir éloignée du roi mais, à plusieurs reprises, il l'avait attirée près de lui. Elle s'était prise à aimer ces entrevues secrètes où il parlait de lui avec une franchise qui la désarçonnait. Un jour, elle lui avait permis un baiser. Se pût-il qu'elle commençât à se prendre à son propre jeu, à s'attacher à ce petit homme violent et tendre ? A sa mère, elle était sur le point de mentir, omettait dans ses lettres de lui mentionner ses émotions. Tout se déroulait selon leurs désirs, expliquait-elle. La reine qui souffrait le martyre et ne quittait plus le lit ne tarderait pas à mourir. Alors la comédie s'achèverait et elle pourrait quitter Westminster. Cecily était amoureuse de lord Welles. A quinze ans, elle ne rêvait que de mariage et de maternité, et son prétendant possédait d'indéniables qualités. « Mon oncle, expliquait Bessie à sa mère, envisage cette union avec bienveillance. Mais la maladie de la reine retarde le mariage. Puisse Dieu prendre vite cette sainte femme en son paradis... »

En mars, Margery recommanda à la reine un jeune médecin qui, disait-on, accomplissait des miracles. Il avait soigné avec succès le comte d'Arundel, son oncle, lady Greystoke et bien d'autres. Anne refusa. Tout ce qui venait de l'entourage de sa nièce désormais la terrifiait. Seules, ses dames de compagnie avaient accès à sa chambre et une servante dévouée depuis son enfance à Middleham lui portait le peu de nourriture qu'elle pouvait absorber. Bientôt elle ne put boire que du bouillon. On avait remplacé le cuisinier par un herboriste qui avait pignon sur rue à Londres. Depuis qu'il préparait les tisanes de la reine, celle-ci souffrait moins, somnolait la plupart du jour.

Avec consternation, Bessie écouta les récits de sa dame de compagnie. Tout lui serrait le cœur. Le château de Westminster qui avait été le lieu enchanté de son enfance devenait prison et sans cesse les paroles de son oncle lui martelaient l'esprit : « Il y a des raisons plus fortes que celles du cœur... » « La vie est mensonge, pensa-t-elle, chacun cherche à tromper autrui, Dieu et le diable. »

Par l'intermédiaire de fidèles, elle recevait de France quelques nouvelles. Henry Tudor préparait un nouveau débarquement en Angleterre. Avec l'aide de Dieu et la force que lui donnait leur engagement réciproque, il ne doutait pas de sa victoire. Les jours de l'usurpateur étaient comptés.

Une pluie diluvienne s'abattit sur Londres. La Tamise débordait et tourbillonnait autour des piliers du pont. Bessie se sentait oppressée par la souffrance et la mort. Blanche comme un gisant de marbre, la reine reposait sur son lit les yeux clos.

Lorsqu'elle quittait Richard, soucieux, oppressé, affairé à défendre les frontières de son royaume contre l'homme qu'elle voulait épouser, la jeune fille avait les larmes aux yeux. De toute évidence, le roi l'aimait. Cet homme sévère trouvait des mots touchants, des gestes tendres. Quoique de quatorze ans plus jeune que lui, elle avait envie de le protéger. Comme il allait bientôt la haïr ! Mais elle avait juré sur l'Evangile de sa mère et tiendrait sa promesse. Pour se fortifier, elle pensait à ses frères, à leurs bourreaux surgis pendant leur sommeil. Quelle terreur avait dû s'emparer des deux garçonnets quand on avait appliqué sur leurs visages des oreillers ou des couvertures ! Nul n'avait eu pitié d'eux, de leur jeunesse, de leur innocence. Pourquoi se laisserait-elle envahir par la compassion ?

Le 16 mars au matin, Bessie fut réveillée par les cloches de l'abbaye de Westminster qui sonnaient le glas. A l'aube, Anne Neville, fille cadette du puissant comte de Warwick, princesse de Galles puis duchesse de Gloucester et reine d'Angleterre, avait rendu son âme à Dieu.

34

1485.

Depuis quelques semaines, Henry Tudor et sa suite s'étaient installés à Rouen. Avec les mois, une impatience presque douloureuse le tenaillait. Jusque-là malchanceux mais toujours bercé par l'espoir de conquérir la couronne d'Angleterre, il devait désormais coûte que coûte passer à l'action. Il avait appris la mort de la reine d'Angleterre et connaissait les rumeurs qui couraient à Londres sur l'amour que Richard portait à Bessie. Une froide colère l'envahissait. Cet homme maléfique serait-il capable de séduire sa propre nièce pour légitimer son usurpation ? Dans leurs lettres, sa mère et Elizabeth Woodville le rassuraient, mais sa fiancée était jeune, inexpérimentée, solitaire, et le roi, pervers, hypocrite. « Rassurez-vous, milord, lui répétait Dorset, le roi le pourrait-il, il n'épousera pas ma sœur. Ses amis craindraient trop qu'elle ne cherche à se venger d'eux et les gens du Nord dont il a grand besoin jamais ne lui pardonneraient ce mépris d'une Warwick. La reine n'est morte que depuis deux semaines. »

Comme le prince Henry, ses fidèles avaient la plus grande impatience d'agir. Déjà les premiers soldats s'assemblaient en régiment. Avec l'argent de la régente Anne de Beaujeu, on achetait des armes, des armures. Des bateaux mouillaient à Harfleur. Chaque jour avec ses proches amis, Tudor déployait une carte des côtes anglaises, faisant et refaisant leur itinéraire vers Londres. Leur choix du site de débarquement était arrêté. Il aurait lieu au pays de Galles durant l'été. Des informateurs coordonnés par Margaret Beaufort contactaient déjà les anciens partisans du duc de Buckingham, ceux d'Henry VI et de Marguerite d'Anjou, les seigneurs indignés par le sort funeste des fils d'Edward IV. Aussitôt sur la terre galloise, Henry trouverait une armée disciplinée et déterminée.

Etre éloigné de la cour de France était un soulagement pour Tudor. Apparenté à la famille royale française, son père étant cousin germain du feu roi Louis XI, il avait dû subir ses incessantes intrigues, l'agitation créée autour de la réunion des états généraux. Tout en rêvant d'un retour à la féodalité, on décriait le despotisme. Tantôt enclins à la générosité, tantôt cramponnés à leurs privilèges, les grands seigneurs ne parvenaient pas à concevoir l'intérêt national, et Louis, duc d'Orléans, menaçait de se révolter.

– Soyez patient, insista le marquis de Dorset. Laissons Richard s'user à nous attendre.

Quelques semaines plus tôt, à la demande de sa mère qui le réclamait, Dorset avait été sur le point de quitter la France, mais devant les supplications de Tudor il avait renoncé.

Le temps piétinait. Pour tromper l'ennui, les

seigneurs anglais chassaient dans le bocage normand. Avec l'aide de la Providence, dans moins de six mois, ils seraient tous à Westminster.

Chaque jour Bessie voyait le roi un peu plus tendu. Son visage s'émaciait, l'éclat de ses yeux était presque insoutenable. Il devait lutter sur tous les fronts : d'un côté pour conserver son trône, de l'autre pour conquérir Bessie, en faire sa maîtresse, une confidente, une amie, sa reine peut-être, si la désapprobation d'un tel mariage n'était pas trop forte autour de lui. S'il l'épousait, tout redeviendrait facile, il en était sûr. Ils auraient des enfants, des fils, la vie enfin lui offrirait un bonheur qu'il n'avait jamais connu. Puis le doute l'envahissait. Etait-il fou ? Jamais Bessie ne consentirait à devenir sa femme. Elle était la fille d'Edward, il l'avait déclarée bâtarde, contrainte à s'enfermer à Westminster, ses deux frères et un de ses demi-frères étaient morts sur ses ordres lorsqu'il s'était emparé du trône. Ne devrait-il pas la tenir à l'écart, se concentrer sur l'invasion prochaine d'Henry Tudor ? Bessie l'empoisonnait, rendait sa vie misérable. Le moment d'une explication définitive était venu. Si elle l'aimait, il l'imposerait à la Cour, sinon elle pourrait vivre à sa guise. Lui resterait seul. N'était-ce pas le sort des rois ?

– Je vais chasser au vol, ma mie, m'accompagneriez-vous ?

Bessie était une hardie cavalière et suivait sans peine le roi. Derrière eux chevaucheraient Percy,

372

Radcliff, Lowell, les fauconniers portant les rapaces au poing. La matinée était ensoleillée, l'air de la forêt parfumé des senteurs que les pluies des jours précédents avivaient. Au loin se déroulait la Tamise, grise de la boue que ses eaux charriaient. La violence du courant empêchait encore toute navigation. Dans la brume légère qui rasait la surface des eaux, le fleuve paraissait sortir d'un songe. Au-delà de la lisière de la forêt, de douces collines, des pâturages se déroulaient à perte de vue avec au loin les murailles d'un vieux château perché sur un tertre, les toits de chaume d'un bourg serrés autour d'une église.

Les chasseurs empruntèrent un chemin que longeaient des haies basses formées de branches entrelacées ou de murets de pierres moussues. Chacun marchait au pas, savourant la fraîcheur de l'air, sa luminosité, le charme de la campagne. A côté de Richard, Bessie sentait proche le moment où son oncle serait réduit à sa merci, mais la jeune fille n'éprouvait aucun plaisir à cette perspective. Ce matin-là, le roi semblait moins soucieux, presque heureux. De profil, il paraissait plus jeune que ses trente-trois ans, un svelte adolescent à l'aurore de sa vie.

Un couple de bouvreuils sautillait dans un buisson d'aubépines. Un instant, la jeune fille les suivit du regard.

– Disposons-nous pour la chasse, demanda Richard.

La présence de Bessie l'énervait. Elle avait choisi une robe de laine verte au col et aux manchettes ornés de fourrure brune et sur la tête avait posé crânement un bonnet rond aux bords relevés décoré d'une aigrette. Etroit, le corsage moulait la poitrine épanouie pour serrer la taille fine. Des plis voluptueux arrondissaient ses hanches.

Alors que les chasseurs s'écartaient les uns des autres pour se placer en divers points le long du fleuve, Bessie resta aux côtés de son oncle. Le vent soulevait les cheveux blonds qu'elle avait laissés libres sous le chapeau.

– Acceptez-vous la compagnie d'une novice, mon oncle ? demanda-t-elle d'un ton câlin.

– Au vol, Milord ! cria soudain Lowell d'un monticule dominant le fleuve.

Sur le poing de Richard, l'oiseau que venait de déposer son fauconnier s'agitait. D'un geste décidé, le roi ôta le capuchon et le rapace prit son envol.

L'épervier décrivait de longs cercles dans le ciel, cherchant les courants ascendants. Le long des berges, une bête tentait de se dissimuler dans de hautes herbes que l'on voyait frémir.

– Un rat musqué ou un castor. Piètre proie ! jeta le roi.

Soudain, l'oiseau fondit sur la rive. Il y eut un froissement d'ailes, le cri aigu d'un petit animal mis à mort.

– Au leurre ! cria Richard.

De sa selle, Lowell décrocha une dépouille de corneille et galopa vers le fleuve en tirant un son aigu d'un sifflet.

– La mort est brutale, prononça Bessie d'une voix triste.

– L'amour l'est aussi.

Le roi se détourna. Le moment n'était pas encore venu.

Jusqu'au déclin du soleil, les chasseurs savourèrent la douceur d'un jour de printemps. Les chevaux suivaient le cours de la Tamise au pas, longeant des herbes folles d'où jaillissaient des canards sauvages. Leurs froissements d'ailes énervaient les éperviers réencapuchonnés. Soudain Richard, qui chevauchait à la tête du groupe, se retourna et leva une main.

– Allez devant, mes amis, j'ai à m'entretenir avec lady Elizabeth et n'ai besoin comme escorte que de deux écuyers.

Le soleil au couchant baignait le paysage et le fleuve d'une lumière douce. Bessie serra les doigts sur les rênes de son cheval. Son oncle avait choisi le moment le moins propice. Comment vouloir lui faire du mal dans un décor si paisible, le long d'un cours d'eau qu'effleuraient les derniers rayons de soleil ? Un instant elle eut envie de renoncer, de faire tourner bride à son cheval et de galoper d'un trait vers le nord pour annoncer à sa mère qu'elle se rétractait.

– A deux pas d'ici se trouve une auberge, murmura-t-il. Allons boire une chope de bière ou du cidre chaud aux épices.

– Comme vous voudrez, mon oncle.

Des moutons s'écartaient en bêlant pour laisser passer les chevaux.

– J'aime ce pays, déclara Richard, et je lui ai consacré mes forces vives. Mais parfois me vient la nostalgie de ne pas avoir le temps de profiter des plaisirs de la vie.

En silence les quatre cavaliers cheminèrent sur un sentier longé de pommiers qui serpentait entre des barrières de branches. Au loin on voyait un toit de chaume, une cheminée dont s'échappait de la fumée.

– Le Taureau rouge, dit Richard en riant, voilà une enseigne bien menaçante pour une aussi paisible auberge !

– Attendez ici, ordonna-t-il aux deux écuyers, une fois dans la cour. On vous fera porter une collation.

La pluie des jours précédents avait laissé de larges flaques de boue. Bessie releva sa robe, découvrant ses chevilles. Elle avait conscience que son oncle l'observait.

L'auberge était propre, accueillante. Un bon feu flambait dans l'âtre où déjà rôtissaient une douzaine de poulets enfilés sur une broche qu'un garçonnet de temps à autre tournait. Une série de pichets et de chopes d'étain étaient alignés sur les étagères le long des murs. Quelques longues tables et des bancs meublaient la salle au sol recouvert de briques.

– Donne-moi la pièce du haut, ordonna Richard à l'aubergiste.

Prestement, il glissa une pièce d'argent dans la main du bonhomme.

– Suivez-moi, Milord, Milady.

– Et fais-nous monter du cidre doux aux épices, un pâté, du beurre et du pain blanc.

L'homme à la face blême, aux cheveux jaunes et rares, s'inclina.

Le cœur battant, Bessie suivit Richard dans l'étroit escalier. A son vif soulagement, la pièce n'était pas une chambre mais une annexe privée de la salle du bas meublée d'une huche, d'une table et de tabourets.

– Je vais faire allumer du feu, Milord, assura aussitôt l'aubergiste.

Aussi naturellement qu'elle le pouvait, la jeune fille se débarrassa de son mantelet.

– J'ai grand faim, mon oncle, annonça-t-elle d'une voix gaie.

D'un pas tranquille, elle fit le tour de la pièce. Un crucifix en bois était pendu au-dessus du coffre. Le christ, taillé maladroitement dans de l'os, avait une lourde tête, une poitrine étroite, des jambes minces d'une longueur démesurée. Plus loin, quelques bottes de paille servaient probablement de sièges complémentaires, l'une d'elles était recouverte d'une grossière étoffe. Dans un coin, trois tonnelets d'eau-de-vie étaient empilés. Derrière les fenêtres recouvertes de papier huilé, la jeune fille devinait le disque rouge du soleil couchant. Sa peur s'était dissipée, elle se sentait calme et triste.

Une servante aux joues rebondies frappa à la porte qu'elle poussa sans attendre de réponse. Elle tenait un plateau où étaient posés un pichet de cidre, deux gobelets d'étain, une miche de pain, du beurre, un pâté en croûte et du miel. Après une courte révérence, elle se retira.

– Tu as certainement deviné la raison pour laquelle je désirais être seul avec toi, n'est-ce pas ?

La voix du roi était basse, comme s'il craignait de s'entendre lui-même.

– Un peu, mon oncle.

La jeune fille s'assit sur un tabouret, s'empara

d'un gobelet, arracha quelques miettes à la miche de pain.

– J'ai besoin de toi, Bessie, de ta présence à côté de moi, de ta féminité, de ta force.

– Je suis là, Milord.

– Ce n'est pas cela que je veux dire. Ne joue pas avec moi car je ne n'ai jamais été ni ne serai un damoiseau. Le moment est venu d'être tout à fait francs vis-à-vis l'un de l'autre. Plus que tout, je souhaite que tu sois ma femme, mais nous marier maintenant serait source de difficultés pour toi comme pour moi. Accepterais-tu... ?

Incapable de trouver des mots qui ne puissent heurter une jeune fille, le roi se tut.

– D'être votre maîtresse, Milord ?

Bessie le regardait droit dans les yeux.

– D'être aimée par moi plus que toute autre femme au monde.

– En suis-je digne ? Je suis fille de concubine et bâtarde.

– Ne te plais pas à me faire souffrir.

N'osant la toucher, le roi s'était assis à côté de sa nièce. D'un geste nerveux, il se servit à boire, coupa une tranche de pain. Venant du bas, on entendait des bruits de voix, le rire tonitruant de la servante.

– Je suis fâchée, Milord, que vous me jugiez mal, car je ne suis point une coquette. Mais mes intérêts et mon bonheur vont de pair, vous le comprenez, n'est-ce pas ?

Le roi inclina la tête.

– J'ai trop connu dans ma courte existence de

serments non tenus, des paroles d'honneur allégrement violées, poursuivit la jeune fille, et ne peux faire confiance à personne.

– Que désires-tu ? souffla Richard.

Fascinée, Bessie observait les doigts fins jouant avec de la mie de pain. Cet homme vaillant, brutal au combat, avait des mains presque féminines.

– Une promesse de mariage faite par écrit.

Le roi inspira profondément. Jamais il n'avait espéré que sa nièce pût envisager aussi sereinement d'être à lui.

– Je te la donnerai, mais il faudra qu'elle demeure secrète pour un temps. A la veille d'entrer en guerre, je ne veux pas que ta réputation et la mienne soient salies.

Elle avait consenti. Un sentiment de joie absolue l'envahit. Bessie à son côté, il serait invincible.

La jeune fille sentit le bras de son oncle entourer sa taille, elle devait l'accepter, tenter même de se montrer amoureuse. Serait-ce si difficile ? Son affection, son désir l'enveloppaient, et elle sentait un émoi dans son corps de femme. Le passé, les spectres qui la hantaient, sa colère, ses doutes s'éloignaient. Dans l'instant, elle ne voulait plus y songer. Leurs lèvres se rejoignirent.

Brusquement, la jeune fille s'écarta. Le plaisir qu'elle éprouvait de ces caresses la remplissait de honte.

– Plus tard, Milord, chuchota-t-elle.

Le roi eut un sourire triste.

– Je vous aimerai bien, chuchota-t-il, et peut-être en vous penchant sur moi avec affection découvrirez-vous un homme différent de ce que vous imaginez.

Il attendait avec anxiété un signe de Bessie lui indiquant qu'elle était touchée par sa sincérité. Mais l'intimité où ils se trouvaient, le court baiser échangé la troublaient sans doute, car elle ne disait mot.

– Je signerai cette promesse, dit-il, ainsi vous serez sûre de mon amour pour vous.

Bessie leva les yeux sur son oncle.

– Je vous crois, Milord.

Elle se tut, jouant avec le gobelet d'étain.

– Ne doutez jamais que vous-même avez su toucher mon cœur, dit-elle soudain.

La jeune fille se leva. Elle n'avait pas la force d'affronter plus longtemps cette situation.

– J'ai été fidèle au serment fait à ma mère, jeta Bessie à sa dame d'honneur. À toi d'agir maintenant.

– Vous avez la promesse, Milady ?

– Demain.

D'un geste brusque, la jeune fille jeta son mantelet sur un fauteuil. Il faisait nuit. De tout le retour, elle n'avait échangé avec son oncle que d'anodins propos. Mais en lui souhaitant le bonsoir, longuement Richard avait laissé ses lèvres sur sa main.

– Aussitôt qu'elle sera en votre possession, j'agirai selon les ordres, Milady.

– Ceux de ma mère et de lady Margaret, spécifia la jeune fille, pas les miens.

Le ton agressif inquiéta Margery. Bessie était si jeune ! La reine avait-elle présumé des forces de sa fille ? Mais l'affaire était bien engagée et elle la savait assez obéissante pour la poursuivre jusqu'au moment où tout retour en arrière serait impossible.

Le lendemain, alors que Bessie s'éveillait, Margery ouvrit la porte à un page du roi qui lui remit un pli cacheté où était tracée dans la cire rouge la devise de Richard : « Loyauté me lie. » L'air triomphant, la dame le porta à sa maîtresse.

Bessie brisa le cachet, déplia la feuille. Elle avait mal dormi, elle était accablée.

Moi, Richard d'York, roi d'Angleterre et de France, donne ma promesse à lady Elizabeth, fille aînée de dame Elizabeth Grey, de la prendre pour légitime épouse aussitôt que possible. Dieu est mon témoin.

Deux larmes roulèrent sur les joues de la jeune fille. Dans une semaine au plus, elle serait l'ennemie mortelle d'un homme qu'elle avait appris à respecter et même à aimer. Aussi inhumaines qu'aient pu être ses décisions, elle en était sûre à présent, il ne les avait pas fait exécuter par cruauté mais dans le souci de soustraire l'Angleterre à une guerre civile qui l'avait épuisée. Le malheur était tombé sur sa famille et elle en payait le prix fort.

— Laisse-moi seule, ordonna-t-elle à Margery, et ne me parle plus jamais de cette lettre.

35

Printemps, début d'été 1485.

– Que me contez-vous là ?

Le lord-maire de Londres ouvrait des yeux stupé-
faits. Le roi souhaiterait épouser sa nièce, la déclarée
bâtarde de son frère ?

Le vieux magistrat qui se tenait en face de lui
hocha la tête. Il tenait cette révélation de Reynold
Bray, un proche du roi, et de plusieurs dames et
gentilshommes de la Cour. Selon eux, l'affaire était
même bien avancée et on disait le roi très amoureux.
Dans quelques heures, Londres, puis, par vagues
successives, les comtés alentour ne jaseraient plus
que de cette extravagance.

– Révoltant, déclara le lord-maire, tout à fait
choquant.

– Qui est à l'origine de ces méchants propos ?
interrogea Richard d'une voix glacée. Je veux le
savoir.

Il avait fait jurer à Bessie de garder leur secret.

– Ce sera chose malaisée à découvrir, Milord,
avança Catesby, une bouche, une autre bouche...

Mais à la Cour comme dans la ville, les bavardages vont bon train et ma vieille amitié m'autorise à vous dire qu'ils vous sont préjudiciables.

– Qu'on me laisse en paix, je suis veuf ! Si le pape me donne une dispense, qui m'empêcherait d'épouser ma nièce ?

– Votre peuple, Sire. La reine Anne était fort aimée des gens du Nord dont vous êtes le seigneur respecté.

– Je vous en supplie, Milord, renchérit Lowell, tenez-vous éloigné de votre nièce. Cette jeune fille ressemble trop à sa mère. Son amitié ne peut que vous être funeste.

Les sourcils froncés du roi, ses lèvres pincées indiquaient son courroux. Mais Catesby et Lowell étaient décidés à aller jusqu'au bout afin d'éviter le pire.

– Depuis que les Woodville ont quitté Westminster, Sire, il ne vous est arrivé que des malheurs : la mort de votre fils, celle de la reine Anne et maintenant ces bavardages malveillants.

Une douleur imprécise mais brutale dévastait le souverain. Ce que Lowell, son ami d'enfance, presque son frère, lui disait était vrai. Des Woodville ne lui étaient venus que soucis et tourments. La simple hypothèse que Bessie pût être son ennemie lui déchirait le cœur.

– Laissez-moi, demanda-t-il.

Balayant sa tendresse et la confiance qu'il avait accordée à sa nièce, une dure logique s'imposait à son esprit. Qui d'autre que Bessie aurait pu livrer le secret de leur projet et dans quel but, sinon de lui nuire ? Cependant, l'espérance de se tromper s'accrochait à lui. Il devait la voir. Un seul regard et il saurait.

– Faites venir lady Elizabeth, ordonna-t-il à un page.

Autrefois si chaleureuse avec ses boiseries sculptées, ses tapisseries, ses épais tapis, la salle du Conseil lui semblait maintenant austère et maléfique. Même le feu qui crépitait le faisait songer à l'antichambre du diable. Raidi devant une des fenêtres, pétrifié, Richard songeait aux Woodville. Combien en avait-il supprimés ? Comment avait-il pu être assez naïf pour croire que Bessie avait pardonné ?

– Vous m'avez fait mander, mon oncle ?

La jeune fille esquissa une révérence. Son cœur battait à tout rompre. L'ombre du roi s'étendait sur le mur, haute, menaçante.

– Vous n'ignorez point, commença Richard d'une voix froide, ce que l'on colporte dans la ville.

Elizabeth baissa les yeux.

– Non, Milord.

– Une seule personne peut être à l'origine de cette ignoble indiscrétion.

– Qui donc, Milord ?

– Ne me prenez pas pour un niais.

D'un geste prompt, Richard attrapa la main de Bessie et l'attira vers lui.

– Regardez-moi dans les yeux et jurez-moi sur votre salut éternel que vous ne vous êtes pas jouée de moi.

A présent, Elizabeth se sentait forte, elle n'avait

plus le choix. Déjà le roi lui avait retiré sa tendresse et sa foi.

Elle se dégagea, recula d'un pas.

— Aucune violence ne peut éradiquer le juste et le bon. La force dégrade et humilie. Elle fut votre arme, Sire, la mienne n'est que d'accomplir un semblant de justice. Jamais je ne serai votre femme. Je me suis promise à Henry Tudor et lui suis fidèle.

— Tais-toi ! cria Richard.

La colère faisait trembler ses mains. Si elle avait été un homme, peut-être aurait-il tiré sa dague.

— Tu ne vaux pas mieux que ta mère. Elle a miné l'autorité de mon frère, profité honteusement de sa faveur pour piller le trésor au profit de sa famille. N'a-t-elle pas été la complice de l'exécution de Clarence ? Si j'ai voulu le pouvoir, c'était pour l'en écarter.

— Jamais ma mère n'a eu peur de vous.

— Une sorcière, articula Richard. Ses maléfices ne prendront donc pas fin ! Et toi, tu t'es laissé envoûter.

Avec une intensité douloureuse, il observait sa nièce. Il était évident qu'elle souffrait.

— Demain tu quitteras Westminster pour mon château de Sheriff Hutton.

— Vous pouvez vous débarrasser de moi, Sire, mais jamais vous ne vous marierez. Vos enfants, si vous en avez, seront illégitimes et bâtards. Il n'y aura plus de prince de Galles de votre sang.

— Me donnerais-tu des ordres ?

— Un conseil, Sire. J'ai en sécurité une promesse de mariage. Ce genre d'engagement secret est-il une habitude des princes d'York ? Vous êtes bien placé pour le savoir, mon oncle. A vous mieux connaître, j'ai appris ma leçon.

La jeune fille esquissa une révérence.

Une dernière fois, les yeux du roi et de sa nièce se croisèrent et soudain Richard comprit que Bessie ne le haïssait point, qu'elle n'avait pas agi selon sa propre volonté. Des larmes même brillaient dans ses yeux.

– Va-t'en, prononça-t-il d'une voix émue.

– Vous le devez, Sire. Le peuple attend que vous vous exprimiez.

Catesby, Radcliff, Lowell et Percy faisaient front commun. Richard devait publiquement nier qu'il avait eu l'intention d'épouser sa nièce. C'était une humiliation à laquelle il ne pouvait se soustraire.

En quelques jours, le roi avait changé. Sa fougue, la foi qu'il avait en lui-même semblaient l'avoir quitté. Bessie avait été expédiée sous bonne garde à Sheriff Hutton et ce jour-là il était parti à la chasse, s'épuisant à courir le sanglier de l'aube à la nuit. Après la mortifiante justification, il quitterait Londres, se préparerait à affronter Henry Tudor et son destin.

Dans l'enceinte de l'antique forteresse de Sheriff Hutton, Elizabeth retrouva une poignée de vieux serviteurs de Richard, quelques enfants dont les parents étaient morts à son service et le fils de Clarence, Edward, comte de Warwick, un garçonnet silencieux que terrifiait le moindre bruit. Tout sembla sinistre à la princesse. Mais là, au moins, elle se sentait en paix. Dans ce monde clos, chacun partageait l'existence des autres. Deux jeunes filles du Yorkshire à l'accent rocailleux assuraient son service. Il n'était plus question d'atours, de robes de satin ou de velours, de bijoux de prix. Un seul coffre l'avait suivie avec des vêtements de toile ou de lainage, des chaussures de bourgeoise, des jupons et camisoles de basin, des bonnets de batiste soulignés d'une mince bande de dentelle. Point de tenues de cavalière ni de robes de bal. Bessie n'y accordait pas d'importance. Avec le temps qui s'écoulait paisiblement, le poids terrible qui l'avait écrasée durant son séjour à Londres s'allégeait. Elle retrouvait peu à peu le goût des joies simples, jouait avec les enfants, leur apprenait des chansons et des danses. Le visage de Richard, son regard s'estompaient. L'avait-elle aimé comme elle le croyait ? A présent qu'elle était éloignée de lui, ses meurtres redevenaient de terribles accusations. Pourtant, en pensant à la solitude de son oncle, à ses angoisses en face de la menaçante bataille qui allait se livrer et au cours de laquelle seraient scellés leurs deux destins, il lui arrivait d'éprouver un serrement de cœur.

Un jour, alors qu'elle se promenait seule aux alentours du château, une jeune bergère lui tendit un billet et s'enfuit aussitôt.

Mon enfant, lut Bessie, le moment approche. Je ne peux pas vous en dire plus, mais gardez confiance. Votre mère et vos sœurs se portent bien. Nous sommes toutes unies dans les mêmes prières.

Le billet était signé : Margaret Beaufort, comtesse Stanley.

Peu après, Bessie voulut participer aux fêtes qui célébraient les rogations. Avec les enfants et un groupe de servantes, la jeune fille partit au village à la nuit tombée. A présent elle se tournait résolument vers l'avenir, songeait à son fiancé dont elle n'avait vu qu'un petit portrait, se réjouissait de revoir sa mère et ses sœurs en cas de victoire d'Henry Tudor. Au loin les collines se bleutaient, le foin coupé embaumait. La lune montante découpait les silhouettes sur les haies et les murets de pierres. Le petit Edward Warwick avait donné la main à sa cousine et un semblant de joie se manifestait sur son visage mince. Riant et chantant, les servantes fermaient la marche du cortège. La vie à la campagne avait rosi le teint de Bessie, doré ses cheveux. Un peu de son bras nu apparaissait sous la manche de sa robe, laissant voir une peau laiteuse semée de quelques taches de rousseur.

Sur la place du village, on avait préparé des bancs pour les nobles visiteurs et chacun voulut s'incliner devant eux. Elizabeth fut émue par les preuves d'affection que lui témoignèrent les habitants, par leur compassion envers le fils de Clarence dont elle serrait la main dans la sienne. Lorsqu'elle reviendrait à Londres triomphante, elle prendrait son cousin avec elle.

Autour d'un grand feu, des paysans jouaient de la viole, du flûtiau, de la cornemuse, tandis que rôtissaient deux cochons. Un tonneau de bière avait été percé et des gobelets de fer ou d'étain ne cessaient de circuler à la ronde. Le ton des voix montait, quelques femmes riaient fort. Peu à peu Bessie se laissait gagner par la joie populaire. Elle avait dix-neuf ans et après les épreuves traversées voulait être heureuse au côté d'un homme qui l'aimerait, avoir une grande famille.

De retour au château, la jeune fille laissa grandes ouvertes sur la nuit les fenêtres de sa chambre. Des chauves-souris tournoyaient au-dessus des murailles, un hibou caché dans un trou hulula. Penchée à la croisée, elle regardait vaguement la campagne au-delà de l'enceinte. Un long moment elle tenta de pénétrer son avenir. Elle ne savait rien de précis, mais devinait que le grand moment approchait. Où débarqueraient Henry et les siens ? Et que préparait Richard ? Elle pensa à lady Margaret Beaufort. D'une hautaine aristocratie, mais pieuse et charitable, cette femme de fer lui plaisait. Mère à treize ans, deux fois veuve, elle avait voué son existence à son fils unique, convaincue qu'un jour il serait roi. Déjà l'horizon pâlissait. Un coq chanta, d'autres répondirent. Une par une, les étoiles s'effaçaient pour laisser triompher le soleil montant.

Le feuillet était placardé sur la poterne d'entrée afin que tous, habitants, visiteurs, fournisseurs, pussent, s'ils savaient lire, en prendre connaissance.

Proclamation contre Piers, évêque de Lincoln, Jasper Tudor, fils d'Owen Tudor, soi-disant comte de

Pembroke, John de Vere, comte d'Oxford, et sir Edward Woodville, qui avec d'autres rebelles et traîtres ont choisi pour être leur capitaine un certain Henry Tudor, qui usurpateur du nom et titre de roi en ce royaume...

Bessie lut et relut la proclamation du shérif. Sans nul doute sa mère et lady Margaret en avaient pris aussi connaissance. Le débarquement était-il donc si proche pour que Richard eût décidé d'attaquer sans attendre son ennemi ?

Soudain elle sursauta. Un sergent d'armes se tenait derrière elle.

— Milady, dit-il avec gravité, j'ai ordre du roi de vous retenir désormais entre les murs de ce château.

— Que Votre Majesté m'autorise à rester sur mes terres, pria lord Stanley, car je me sens trop faible pour combattre.

Richard se mordit la lèvre. Dévoué à sa cause, lord Stanley, quasiment maître absolu du Nord-Est, allait-il lui faire défaut ? Lady Beaufort avait-elle fini par convaincre son troisième époux qui jusqu'alors s'était totalement dissocié d'elle quant à ses choix politiques ?

— J'en profiterai, Milord, ajouta le comte, pour rassembler des hommes prêts à se battre pour vous.

— Votre appui, Stanley, m'est fort nécessaire. Vous êtes propriétaire du Cheshire, du Lancashire, du nord du pays de Galles et d'une partie du Shropshire. Je vous prie de bien vouloir réfléchir, j'ai moi-même très bonne mémoire et n'oublie point que j'ai eu par deux fois à vous pardonner. N'étiez-vous point l'ami de Warwick, d'Hastings et peut-être du duc de Buckingham ? Prenez garde, mon ami, il se pourrait que ma clémence ne soit pas éternelle.

Thomas Stanley fit un effort pour contenir son irritation. Nul ne pouvait s'arroger le droit de menacer un Stanley.

– Je ne demande, Sire, qu'à me retirer sur mes terres. Voici deux années que je suis constamment à vos côtés. J'ai besoin de repos.

– A la veille de l'invasion de Tudor ? Voilà un moment bien mal choisi pour faire le tour de vos domaines !

– J'ai assuré Votre Grâce que je lèverai une armée et je le ferai.

Richard allait et venait. Que pouvait-il tenter ? Arrêter lord Stanley ? Il perdrait alors l'appui d'une partie importante de la population. Le laisser partir ? C'était laisser bafouer son autorité, accepter qu'un seigneur nargue son roi.

– Soit, dit-il enfin en regardant Stanley droit dans les yeux. Partez sur vos terres rejoindre lady Beaufort. Mais j'exige que lord Strange, votre fils, vienne ici vous remplacer. Mon amitié pour lui sera à la mesure de la vôtre envers moi.

Stanley s'inclina.

– Mon fils sera à Nottingham avant mon propre départ, Milord.

La froideur entre les deux hommes était devenue palpable. Richard savait qu'il venait de porter atteinte à une vieille amitié.

Une fois seul, il se laissa tomber dans un fauteuil. Une sorte d'indifférence s'empara de lui. Les êtres humains étaient des bêtes féroces qui se guettaient, faisaient les doux et les soumis pour mieux se déchirer. Seuls comptaient pour eux l'intérêt, l'argent, leurs propres ambitions. S'il gardait le trône d'Angleterre, il gouvernerait durement, sans illusions.

Il ne lui restait désormais qu'à attendre, à compter ses fidèles et, lors de ses interminables chasses, à s'enfoncer de plus en plus profondément dans la forêt de Sherwood.

36

Fin juillet-août 1485.

Charles VIII venait de remettre à Henry Tudor les quarante mille livres promises, ainsi que les bateaux armés par la France qui l'attendaient à Harfleur sous le commandement de Philippe de Shaundé. Comme ultime contribution, le roi de France avait mis à sa disposition une troupe de deux mille hommes venant pour la plupart des prisons normandes. Fin juillet, chacun était prêt. Chaque jour ou presque, un orage détrempait la campagne. Entouré de ses amis, tête nue, en chemise, Henry Tudor arpentait la grève. Parfois, il avait l'impression d'apercevoir la côte anglaise, le pays de son enfance où il n'était pas revenu depuis plus de quinze années. A d'autres moments, face à la mer où des vaguelettes se crêtaient d'écume, il observait des navires quittant Harfleur, leurs voiles gonflées dorées par le soleil couchant. Une large traînée lumineuse courait sur l'eau dans leur sillage comme une route allant vers la terre de ses ancêtres. Il songeait à sa mère tant chérie, à Bessie, cette inconnue destinée à être sa femme et que des rumeurs malveillantes accusaient d'une relation amoureuse avec l'usurpateur de la couronne d'Angleterre. Mais une lettre de sa mère lui avait rendu sa tranquillité d'esprit. Elizabeth venait d'être enfermée à Sheriff Hutton, bannie mais en sécurité. Elle n'avait rien à se reprocher, s'étant pliée aux ordres des deux femmes qui l'aimaient le plus, sa mère et elle-même.

Régulièrement, Henry inspectait le chargement des bateaux, tout particulièrement attentif à celui des armes. Regroupés dans une ferme proche, les chevaux attendaient la veille du départ pour être embarqués. Il avait choisi de lourds destriers capables de charger avec un cavalier portant une armure complète, mais aussi des bêtes plus légères pouvant rapidement manœuvrer.

Dans la petite église dont le cimetière était abrité par un bouquet de tilleuls, dans l'air salin qui apportait la senteur du varech, il priait chaque jour à l'aube. A l'enthousiasme succédait de temps à autre une sensation de vide. Il misait l'avenir de l'Angleterre, son bonheur et jusqu'à sa vie, sur une bataille. S'illusionnait-il ? Allait-il mener ses meilleurs amis à la mort ? Et s'il perdait, quel sort attendrait Bessie ? Un mariage forcé probablement ou, pire, un interminable emprisonnement.

Le 31 juillet, le commandant de la flotte vint prévenir Henry Tudor que les vents étaient favorables et qu'on pourrait lever l'ancre le lendemain. Désormais chaque minute comptait. Il fallait rassembler les chevaux, les hommes, terminer le chargement des derniers vivres et des barils d'eau tenus au frais à la ferme. L'air était chaud et moite, la campagne embaumait. Chacun s'empressait. Bercés par un vent régulier, les navires tanguaient doucement.

A l'exception du marquis de Dorset et de John Bourchier laissés à Paris en gage des quarante mille livres avancées par le roi de France, tous les fidèles d'Henry Tudor [1] étaient présents. Quelques jours plus tôt, le jeune homme avait reçu un message codé de sa mère lui annonçant que son beau-père, lord Stanley, s'était secrètement rangé à ses côtés, qu'une somme d'argent considérable avait été réunie en sa faveur et qu'elle maintenait le contact avec leurs amis disséminés dans toutes les régions d'Angleterre. Une importante armée serait prête à les rejoindre dès leur débarquement.

Le 1er août, la flotte hissa les voiles. A l'excitation des moments à venir se mêlait chez Henry la nostalgie de voir s'éloigner un pays qui l'avait recueilli et dont il parlait la langue aussi bien que l'anglais. Qu'il gagne ou perde, il était peu probable qu'il le revît jamais.

Dès le soir, le commandant signala la présence d'une flotte anglaise placée de façon à leur interdire l'accès des côtes du Sud-Ouest.

– Nous les contournerons sans mal, milord, assura le commandant, les vents qui nous poussent vers notre destination leur sont contraires. Ne voyez-vous pas là un signe de la sainte Providence ?

---

1. Son oncle, Jasper Tudor, les comtes de Pembroke, d'Oxford, Edward Neville, William Brandon, Thomas Arundel, William Berkeley, Richard Guildford, la plupart ayant fui l'Angleterre après l'exécution de Buckingham.

Henry se signa. Dans trois jours, à la grâce de Dieu, ils mettraient les canots à la mer pour fouler le sol du pays de Galles.

– Terre en vue ! clama la vigie.

Chacun se précipita à tribord. Une ligne bleutée coupait l'horizon que les ondulations des vagues effaçaient par intermittence. Un banc de raies égaya un instant les passagers, puis Henry ne quitta plus la côte des yeux.

Au fond de la baie de Milford Haven, la plage s'arrondissait. Du bateau amiral, on distinguait des amas de varech, des barques de pêcheurs échouées sur le rivage et au-delà quelques chaumières.

– Préparez les canots, ordonna le commandant.

Sur tous les bateaux, les hommes s'activaient. La marée haute leur permettait de jeter l'ancre assez près du rivage pour mettre à l'eau les chevaux et la troupe. Armes et vivres seraient transportés en chaloupes.

– Mon étendard, demanda Henry Tudor, la voix nouée par l'émotion.

Un écuyer arriva aussitôt, portant une oriflamme brodée du légendaire dragon rouge de Cadwalader, héros de la terre ancestrale des Tudor.

Le premier, Henry mit le pied sur la plage, s'agenouilla, baisa le sable et se signa. L'émotion avait fait place à un souffle d'espoir qui le traversait, le galvanisait.

– A Tudor ! A Tudor ! clamèrent ensemble soldats, officiers et seigneurs.

La plage devenait le lieu d'un indescriptible chaos. Terrifiés par les vagues, les chevaux hennissaient, la troupe s'interpellait, on débarquait armes, vivres, matériel de campement.

Envoyés en reconnaissance, des éclaireurs revinrent, faisant état d'un pays calme, sans rassemblement d'hommes armés.

– Nous camperons ici ce soir, décida le prince, et nous partirons vers l'est dès l'aube.

Devant sa tente hâtivement dressée claquait au vent le dragon rouge dressé sur ses pattes arrière, prêt à anéantir ses ennemis. Henry s'allongea sur son lit de camp. Devant lui, toutes proches, les vagues roulaient sur la grève, le vent courait dans les dunes couvertes d'herbe où çà et là des paysans avaient planté des haies de joncs pour abriter les chaumières des bourrasques marines.

Spontanément, les habitants du hameau de Dale vinrent offrir du pain d'orge, des poissons fumés, des tranches de lard. Ignorant ce qui se passait à Londres, ils ne gardaient en mémoire que leur petit prince Edward qui avait vécu au pays de Galles et qu'on disait assassiné, le duc de Buckingham, leur seigneur, lui aussi exécuté. Lord Tudor était-il venu les venger ?

Henry ferma les yeux mais le sommeil le fuyait. Sans avoir eu à livrer bataille, il était sur le sol anglais. Le lendemain, il marcherait à la rencontre de Richard.

– Protégez-moi, mon Dieu, murmura-t-il, car je me bats pour une juste cause.

Tout au long de la marche de son armée vers l'est,

Henry reçut des nouvelles contradictoires qui le jetaient dans un trouble extrême. A Cardigan, des éclaireurs affirmèrent que la population parlait d'une puissante armée commandée par sir Walter Herbert, prête à fondre sur eux. Le bruit se répandit comme une flèche parmi les soldats qui furent pris de peur. Puis d'autres espions infirmèrent la nouvelle : le bruit de ces troupes fantômes n'était qu'une manœuvre de l'ennemi destinée à les démoraliser, la route était libre.

L'une après l'autre, des garnisons yorkistes éparses tombèrent. Sans encombre, Henry et les siens poursuivirent leur marche, passèrent les monts Cambriens. Après avoir franchi la Severn, ils traverseraient le Shropshire et fonceraient sur Londres. Désormais, Henry Tudor signait ses lettres « par le roi » et ne désignait Richard que par le mot « usurpateur ». Mais l'inquiétude le rongeait : quand donc se joindrait à lui l'armée annoncée par sa mère ? Tout désormais dépendait de la décision de son beau-père lord Thomas Stanley. Il lui avait fait connaître sa sympathie, mais précisait qu'il lui était difficile de prendre ouvertement parti car Richard détenait son fils en otage.

Le 12 août, Tudor établit son camp à proximité de Shrewsbury. Alors qu'il allait tenter de prendre un peu de repos, son oncle Jasper surgit dans la tente, porteur de deux missives. L'une était de lord Stanley, décidé désormais à le rejoindre, l'autre de sa mère, confirmant qu'une forte somme d'argent lui serait incessamment remise. Margaret Beaufort ajoutait que Stanley lui déconseillait formellement de marcher sur Londres et le pressait d'aller droit sur Richard. Afin de tenter une ultime négociation pour récupérer lord Strange son fils, son beau-père le précéderait. Point n'était besoin que Richard se doutât que celui sur lequel il comptait tant était sur le point de l'abandonner.

– Rassemblez nos amis, mon oncle, demanda Henry. Renoncer à marcher sur Londres est un changement de stratégie sur lequel je veux les consulter.

En hâte, on alluma des chandelles, poussa des bancs, apporta une planche et des tréteaux.

Depuis plus d'une heure, les proches et les capitaines d'Henry débattaient des conseils de Stanley.

– C'est folie ! jugea le comte d'Oxford. Aller droit vers Richard nous ôte toutes les retraites possibles car, entre-temps, la route du pays de Galles nous sera coupée. En cas de défaite, nous serons tous massacrés.

– D'un autre côté, estima Tudor, marcher sur Londres donne à l'usurpateur le temps de s'organiser alors qu'en ce moment il n'est pas prêt à la bataille. Il n'a pu apprendre notre débarquement que voici deux ou trois jours. Si nous fonçons sur son camp où lord Stanley nous attend, l'offensive nous appartiendra.

– Et si Stanley nous fait défaut ? s'inquiéta Edward Woodville.

– J'ai la parole de ma mère que mon beau-père se joindra à nous, coupa Henry Tudor, elle me suffit. Nous allons suivre cette nouvelle stratégie et à l'aube ferons route vers Newport.

Le lendemain, le comte de Salisbury, gendre

d'Hastings, rejoignit Tudor avec une troupe de cinq cents hommes bien armés, parfaitement entraînés.

– De nouveaux renforts vous attendent à Lichfield, milord, annonça Salisbury. De là, avec l'aide de Dieu, nous serons assez forts pour livrer bataille.

A Nottingham, Richard avait appris depuis l'avant-veille le débarquement ennemi. Désormais, toute son énergie se tournait vers l'action : rallier ses fidèles, former une puissante armée et écraser Tudor. Déjà Lowell, Percy, Brackenbury, Catesby, Radcliff, Northumberland, Norfolk rassemblaient en hâte des hommes. Le point de ralliement était Leicester. Avec une impatience fébrile, le roi attendait lord Stanley. Après les défections de John Paston et du duc de Suffolk, il ne pouvait envisager celle de son plus formidable allié. Lord Strange étant son otage, une trahison était peu probable, mais une simple neutralité serait un coup terrible.

Alors qu'il sortait de l'église, le 15 août, un messager remit un pli au roi, dont le cachet portait les armes de Stanley.

Votre Grâce me pardonnera-t-elle de ne point me montrer à Nottingham comme vous m'en avez donné l'ordre ? Mais je suis souffrant et contraint de garder la chambre. Aussitôt rétabli, ne doutez pas, Milord, que je viendrai vous rejoindre.

Richard tendit le pli à Francis Lowell.

– Lis. Le rat se terre dans son trou, mais je saurai bien l'en déloger.

– Je jure que mon père vous est toujours fidèle.

Après sa tentative d'évasion, lord Strange était depuis le matin questionné sans relâche par le roi. Il avait avoué que William Stanley, son oncle, et sir John Savage, une importante personnalité de la Galles du Sud, s'étaient ralliés à Tudor. Mais, dût-on l'exécuter, jamais il ne ferait part aux yorkistes des intentions de son père.

-- Accordez-moi de lui écrire, poursuivit le jeune homme. Vous aurez alors la preuve de ma sincérité.

D'une écriture hâtive, Strange laissa courir sa plume. Il adjurait son père d'arriver au plus vite à Nottingham, où l'attendait Richard III. Lui-même se battrait avec ardeur à son côté pour l'amour du roi et de l'Angleterre, l'honneur de sa famille. Fermement, le jeune homme signa et ajouta un point que nul ne remarqua. Il était le signe codé de ne tenir aucun compte de la lettre.

– Qu'il regagne son appartement, décida Richard. Je ne doute plus de sa loyauté.

Le lendemain, une avalanche de mauvaises nouvelles s'abattit sur le roi. Comme l'avait avoué Strange, son oncle et sir John Savage étaient passés à l'ennemi, mais aussi son vieil ami Rhys Ap Thomas et d'autres chefs du clan gallois.

– Trahison ! s'écria Richard en froissant les billets dans sa main.

Le désir de vaincre, de se venger des félons l'empêchait de céder à l'épuisement. Sa vie avait été une longue bataille, il se défendrait jusqu'au bout.

– Allons chasser, demanda Richard à ses intimes.

Il devait se maintenir en action, empêcher par tous les moyens que ne l'envahît la terrible appréhension de la trahison de Stanley, et aussi de Northumberland, dont les troupes promises n'étaient point encore arrivées. De plus, Tudor avait changé de tactique ; à présent il se dirigeait droit vers lui.

Dans la touffeur du mois d'août, la forêt de Sherwood était un havre de fraîcheur et, pour la première fois depuis qu'il avait appris le débarquement de Henry Tudor, Richard éprouva un certain délassement. Comme des cheveux d'or, le soleil perçait la voûte des arbres, s'étalait sur la mousse du sentier et les feuilles mortes de l'hiver précédent. L'air sentait l'humus, les baies sauvages, les champignons. Un ruisseau coulait entre deux rives de cresson sauvage. Richard arrêta son cheval et resta un moment silencieux. Il aurait pu vivre heureux à Middleham avec Anne et leur fils, mais avait choisi le pouvoir. On l'avait critiqué, trahi, bafoué ; cependant, peut-être à la veille de mourir, en sa conscience, hormis le meurtre de ses neveux, il ne regrettait rien. Buckingham lui avait insufflé ce venin pour éliminer la descendance d'Edward et laisser le champ libre à Tudor. Il l'avait cru, avait suivi ses conseils, étant sans le savoir un simple outil au service des Lancastre. Puis son propre enfant était mort. A l'exception du fils de Clarence, prisonnier depuis la mort de son père et qui sans doute ne prendrait point épouse, la descendance mâle des trois frères York était exterminée.

Enfin il remit sa monture en marche. Lowell et Percy l'avaient rejoint.

– Northumberland va me trahir, murmura Richard, comme les Stanley. Je les ai pourtant comblés de terres et d'honneurs. N'y a-t-il que de la vilenie dans le cœur des hommes ?

Lowell et Percy ne répondirent pas. Richard était seul en face de lui-même et toute parole de réconfort aurait été dérisoire. L'odeur du sous-bois, la lumière douce, le silence leur donnaient une sensation d'irréalité. Autour des clairières, les sentiers, la plupart de simples pistes empruntées par le gros gibier, s'écartaient en étoile pour s'enfoncer entre des troncs majestueux verdis par la mousse. Richard pensa à une armée fantôme, des géants pétrifiés qui levaient leurs bras vers le ciel.

– Me resterez-vous fidèles ? demanda-t-il à ses amis.

Il n'attendait pas de réponse.

Un sergent couvert de poussière attendait le retour des chasseurs. Richard comprit qu'il venait de vivre son ultime moment de paix.

– J'arrive de votre ville d'York, Sire, haleta le messager. Notre maire m'a demandé de vous remettre ce pli.

Il apprenait à Richard qu'il avait fait proclamer un avis demandant aux hommes valides de former une armée prête à se battre pour leur roi. Mais la peste sévissait et il doutait que beaucoup répondissent à son appel.

– Northumberland s'apprête bien à me trahir, dit Richard après avoir replié le message. Lui et lui seul a le pouvoir de lever un grand nombre de soldats dans le Yorkshire. Et il les a convoqués pour former sa propre armée.

Une hâte saisit Richard d'élaborer dans le moindre détail ses plans de bataille. Il savait désormais qui était pour lui, qui avait rejoint Tudor et pouvait agir en conséquence. Il devait à tout prix placer son armée entre celle des lancastriens, celle de Norfolk et de Northumberland, tenter de rendre impossible toute communication entre William et Thomas Stanley.

Les 15, 16 et 17 août, le roi et ses amis mirent au point une stratégie. Le 18 au matin, un éclaireur lui apprit que Tudor avait pris position la veille devant les murailles de Lichfield. Il fallait faire partir le gros de la troupe aussitôt que possible.

Richard prit la route le 19 août. Il marchait en tête avec les gens de sa maison. A l'arrière, suivaient seigneurs et gentilshommes. Les soldats arrivés du Nord fermaient la marche avec les bagages. Lowell et Percy avaient sous leur garde lord Strange. De son père Thomas Stanley, le roi n'avait aucune nouvelle.

37

Henry Tudor regarda à droite et à gauche. Il était seul avec deux écuyers. Son armée était déjà loin devant, en route pour Tamworth, mais avec quelques compagnons, il s'était attardé, savourant cette belle journée d'août dans la campagne anglaise. Perdu dans ses pensées, le jeune homme avait arrêté à plusieurs reprises son cheval, laissant ses amis prendre de la distance. Le jour tombait et les derniers moissonneurs avaient regagné leurs chaumières. D'étroits carrés de blé étaient encore debout, ultimes forteresses des lapins et des rats des champs. L'air était parfumé de la senteur des chaumes chauffés par le soleil, celle des fruits mûrs venant d'un verger.

Quoiqu'il fît de son mieux pour la dissimuler, la peur depuis quelques jours tenaillait Tudor. La bataille était imminente. A plusieurs reprises, ses éclaireurs lui avaient annoncé l'approche des troupes yorkistes, leur nombre, l'ordre parfait de leur marche. Son sort dépendait du soutien armé des frères Stanley, dont, en dépit des messages rassurants de sa mère, il n'avait aucune nouvelle. Hésitaient-ils encore ? Et Northumberland ? Resterait-il neutre ou s'engagerait-il à son côté ?

Henry mit son cheval au galop, mais ne retrouva

aucune trace du passage de ses amis. Il s'était perdu. Que des éclaireurs de Richard le trouvent et la belle aventure s'achèverait piteusement sur un assassinat dans un chemin creux, entre deux champs de blé. La peur latente était devenue franche angoisse. En se dressant sur ses étriers, le prince aperçut au loin le faîte d'un toit, de la fumée s'élevant d'une cheminée. Vivement, il ôta la chaîne d'or ornée d'une plaque aux armes des Tudor qu'il portait autour du cou, ses bagues et les confia à un écuyer. Qui pourrait maintenant le reconnaître ? On le prendrait pour un voyageur égaré.

Dans l'unique rue du hameau, seules quelques vieilles s'attardaient sur le pas de leur porte. Avec le lever si matinal en été, chacun, le souper pris, devait s'apprêter à gagner son lit. Derrière des cloisons de planches on entendait des bêlements d'agneaux, des grognements de porcs.

Henry mit pied à terre et tendit les rênes de son cheval à l'un de ses compagnons. Une vieille lui souriait de sa bouche édentée.

– Milord cherche quelqu'un ?

Le prince mit un instant à comprendre le patois.

– Je voudrais seulement connaître le nom de ce village et savoir s'il est loin de Tamworth.

– Je ne vous conseille point d'y aller à cette heure tardive.

– Pourquoi donc ?

– Les soldats. Ils sont des milliers. De la graine de bandit !

Tudor garda le silence.

– Hier, un gars d'ici s'est fait malmener par des

gueux, poursuivit-elle. Avec votre beau cheval et vos riches habits, messire, vous seriez une proie facile.

Un homme avait surgi de la maisonnette. Le visage rouge, les cheveux blonds et raides coupés à hauteur des épaules, il ne semblait pas hostile.

– Pour un denier, milord, je vous offre ainsi qu'à vos amis mon grenier, du pain, du jambon et une chope de cidre. Vous continuerez demain votre chemin. Depuis que Tudor campe avec son armée, les routes ne sont plus sûres.

Il avait prononcé « Tydder » à la manière paysanne. Henry sentit la peur le quitter.

– Le prince a-t-il nui aux habitants de cette région ?

– Nenni, milord, mais les soldats sont les soldats, et nous les tenons à l'écart autant que nous pouvons.

– J'accepte votre hospitalité, décida Henry.

Chevaucher à la nuit représentait en effet un risque qu'il n'avait pas le droit de prendre. Une bande de soldats en maraude pouvait fort bien le malmener. Les Français donnés par Anne de Beaujeu étaient de francs coquins qui, dès le souper achevé, s'enivraient et cherchaient querelle aux Anglais.

La pièce basse de plafond au sol de terre battue sentait la fumée, le bacon grillé, le chou, mais les pauvres meubles étaient bien cirés.

– Nous achevons la moisson, expliqua le villageois, demain nous lâcherons les moutons dans les chaumes.

Il s'empara d'un cruchon en terre et versa dans trois chopes un long trait de cidre ambré. La vieille qui était rentrée poussa sans un mot une porte de planches et disparut.

– C'est ma mère, expliqua l'homme. Depuis la disparition de ma femme et de ma fille malmenées et tuées par des soudards voici treize années, je vis seul avec elle.

Il tendit une chope à Henry.

– A la paix ! souhaita-t-il.

– Qui nous la donnera, demanda Tudor, le roi Richard ?

Un instant, le paysan hésita. Toute confidence à un inconnu pouvait se révéler dangereuse. On affirmait que des sergents du roi battaient la campagne pour recruter de nouveaux soldats.

– Je ne sais point, répondit-il avec réticence.

– Beaucoup ici se tournent vers Henry Tudor, l'ignorez-vous ?

– Non, milord. Mais je ne connais pas ce prince. On dit qu'il a vécu toute sa vie, ou presque, en Bretagne et en France.

L'homme vida d'un trait sa chope.

– Je ne suis pas assez instruit pour comprendre la politique des princes, mais la disparition des enfants du roi Edward nous a causé à tous grand déplaisir. Dans les campagnes, milord, on est peut-être sans éducation ni finesse, mais on protège nos enfants.

A l'aube, Henry donna l'accolade à son hôte et emprunta avec ses écuyers le chemin qu'on lui avait indiqué. Au petit trot, ils seraient à Tamworth dans moins de trente minutes. Cette nuit passée sur la paille d'un grenier l'avait apaisé. Ce n'était pas pour lui-même qu'il allait se battre, mais pour le peuple d'Angleterre. Buckingham avait vu juste. Tant qu'il resterait un mâle York, l'Angleterre ne connaîtrait pas la paix. Avec nostalgie, Henry pensa à son cousin mort pour lui. La malchance seule l'avait abattu.

Jasper Tudor jaillit de la maison où il avait pris gîte et saisit les brides du cheval de son neveu. Derrière lui, le comte d'Oxford était livide.

– Nous te croyions capturé ! Pas un de nous n'a fermé l'œil de la nuit.

– Je m'étais perdu et j'ai dormi chez un paysan, mon oncle, expliqua Henry d'un ton serein avec l'ombre d'un sourire.

– Un messager de Thomas Stanley t'attend depuis une heure avec une lettre.

Henry sauta à bas de son cheval. L'imminence de la bataille se rappelait brutalement à lui. « Je suis à Altherstone avec mon frère, lut-il. Venez nous voir aussitôt que possible. »

Thomas et William Stanley tour à tour serrèrent Tudor dans leurs bras. Un repas avait été préparé sous une tente jonchée de fleurs. Les deux frères Stanley n'avaient pas de mots assez élogieux pour leur hôte. Thomas se comportait en père, livrant des nouvelles de leur famille, évoquant l'énergie indomptable de Margaret Beaufort, son épouse.

– Rien n'échappe à votre mère, insista-t-il. Chaque jour, elle reçoit des messagers, expédie des hommes à elle par tout le pays, écrit à ses fidèles pour les galvaniser, tente de se rallier les indécis.

En relation épistolaire régulière avec Elizabeth d'York par l'intermédiaire d'un chapelain, Margaret ne cessait de lui redonner courage. Ses épreuves, affirmait-elle, arrivaient à leur terme. Henry serait bientôt roi et ferait de Bessie sa reine. Grands-mères des mêmes petits-enfants, elles pourraient toutes deux alors goûter aux plaisirs de la vieillesse. Bien qu'heureux de ces nouvelles, Henry resta sur ses gardes. Les Stanley étaient trop onctueux pour ne pas lui dissimuler quelque chose. Les plats de viande desservis, il se cala sur le dossier de sa chaise et leva son gobelet.

– A notre victoire, milords ! Le temps est venu d'évoquer vos plans pour la prochaine bataille.

Les deux frères se regardèrent furtivement. Ce fut Thomas qui prit la parole :

– Ne doutez pas un instant, mon fils, de notre fidélité. De tous nos vœux, nous appelons le succès de votre entreprise et prions Dieu pour qu'Il vous l'accorde. Nous engager franchement pour le moment est impossible, car vous n'ignorez pas que Richard détient mon fils en otage. Mais nous resterons proches, prêts à vous aider.

« Les lâches, pensa Henry. Avant de faire leur choix, ils attendent de voir de quel côté soufflera le vent. »

– Je vous en sais gré, milord, répondit-il d'un ton amer, car j'aurai besoin de tous mes amis pour vaincre l'usurpateur. Qu'un seul me fasse défaut et, si Dieu m'accorde la victoire, je saurai m'en souvenir.

Le jeune homme se leva, vida son verre.

– A vous revoir sur le champ de bataille, milords. Mes lieutenants seront ici ce soir afin de savoir quelle position vous comptez occuper sur le terrain. Je vous souhaite aussi proches de moi que possible.

– Sire, de nouveaux contingents sont arrivés à Leicester. Brackenbury vous amène de Londres une bonne troupe.

– Mais Hungerford et Bourchier sont passés à l'ennemi.

Le matin même, Richard avait appris leur défection. Pourquoi avait-il pardonné à Hungerford après la trahison de Buckingham ? Le comte Warwick avait raison, qui exigeait autrefois l'exécution immédiate de tous les félons.

Lowell posa une main sur l'épaule de son ami.

– Laissez filer les lièvres, Sire. Lors de la bataille, ils ne seront pas dans nos jambes et vous serez sûr alors que, sur le terrain, nul ne vous trahira.

– Crois-tu, Francis ? A ce jour, j'ignore la réelle position des Stanley comme celle de Northumberland. Les premiers se disent indisposés, l'armée de l'autre serait épuisée et incapable de combattre.

– Northumberland est jaloux de vous, Milord. Vous le savez depuis longtemps.

– Parce que je suis plus aimé que lui dans le Nord ?

– Parce qu'il était le premier et que vous l'avez abaissé au rang de second, parce que sa famille a toujours été hostile à la vôtre.

Richard regarda son vieil ami droit dans les yeux.

– Peut-être suis-je en train de vous mener tous à la mort, Francis. Je vois autour de moi, me servant avec empressement et amitié, Percy, Brackenbury, Radcliff, William Herbert[1] et toi-même. Comment serez-vous récompensés ?

– Là où vous allez, nous allons, Milord. Depuis bien longtemps, nos sorts sont liés, pour le meilleur et pour le pire.

– Demain nous nous mettrons en route à l'aube, Francis. Mais, dès à présent, je vais envoyer une avant-garde prendre position dans un endroit proche du camp de lord Stanley. Peut-être couvre-t-il une manœuvre de Tudor sur Londres. La route de la capitale n'est plus protégée désormais.

– Je peux affirmer où je dormirai ce soir, dit Richard à Brackenbury en montant en selle. Quant à demain, nul, hormis Dieu, ne peut le savoir.

Alors qu'il chevauchait à la tête de son armée sur un coursier blanc, portant sur la tête sa couronne afin de montrer à tous que c'était contre le roi d'Angleterre que Tudor s'insurgeait, Richard sentit à côté de lui la présence silencieuse du comte de Northumberland. Tout dans l'attitude, le regard, les paroles de son ancien ami indiquait qu'il s'apprêtait à trahir, que ses troupes retrouveraient leur allant au moment où il prendrait la décision de se battre contre son roi. Richard tourna la tête, observa le comte qui,

---

1. Mari de Catherine, fille naturelle de Richard.

l'air absent, contemplait la Soar coulant sous le pont qu'ils franchissaient. « Comme on change facilement de sincérité », pensa Richard. Qu'il vive ou qu'il meure, il savait qu'il avait cru en des illusions.

La campagne qui l'entourait avait le charme paisible de la fin de l'été. Était-il possible qu'il ne fût plus là pour voir revenir la splendeur de l'automne, entendre les froissements des ailes de ses faucons, le galop d'un sanglier traqué dans les sous-bois, jouir de la mélodie poignante des psaumes chantés dans l'abbaye de Westminster ? Richard pensa à Bessie, son visage sensuel, son corps provocant. Elle s'était jouée de lui avec une cruauté féroce.

Un léger brouillard d'été flottait sur les pâturages où se regroupaient des bouquets d'arbres. Soldats à pied et cavaliers soulevaient un nuage de poussière faisant fuir lièvres, grives et tourterelles.

La route s'éloignait du cours de la Soar. Devant Richard, tenus par ses porte-bannières, claquaient les étendards d'Angleterre et de saint George. Derrière lui ondoyaient ceux ornés de léopards, de lys, de sangliers blancs. Puis venaient les tambours, les joueurs de trompette.

En fin de matinée, alors qu'ils entraient dans la bourgade de Kirkby Malory, Richard ordonna une halte. La troupe avait besoin de repos et il fallait expédier quelques éclaireurs aux nouvelles. Où étaient les Stanley, où se trouvait Tudor ? A quelques miles sans doute, déjà prêts pour la bataille.

Sous une tente dressée à l'ombre d'un chêne, Richard se délassa un moment avec ses proches compagnons. Les armées des frères Stanley, lui apprit-on bientôt, étaient l'une à Stock Golding, l'autre à Shenton. Quant à celle de Tudor, elle était en marche et nul ne pouvait dire si elle s'apprêtait à attaquer ou, au contraire, tentait de contourner les troupes du roi pour marcher sur Londres.

– Pour deux raisons, Sire, il serait avisé de prendre campement dans un lieu d'où nous pourrions observer les Stanley, conseilla Robert Brackenbury. S'ils décident de nous donner assaut avec les rebelles, nous le saurons aussitôt. Et si Tudor voulait emprunter la route de Londres, nous pourrions le prendre à revers.

Distant, Richard semblait écouter. Enfin il leva une main.

– Nous camperons à Sutton Cheney et avons une longue marche à faire. Va donner l'ordre de départ, Brackenbury. Et envoie un message à lord Thomas Stanley, ajouta-t-il soudain. Je veux tenter auprès de lui une ultime démarche. Qu'on lui fasse clairement savoir qu'il doit tenir compte dans son choix de son honneur et de la vie de son fils.

L'armée reprit sa marche. Le soleil était chaud, la route desséchée. Dans les champs moissonnés, des femmes et des enfants glanaient, liant les gerbes avec des brins de paille. On voyait les bras nus des filles, devinait leurs poitrines sous le corselet de toile.

Le soleil déclinait. Un messager avait donné au roi la réponse de Stanley. Il n'abandonnerait pas son roi, affirmait-il, mais attendait le moment propice pour intervenir. Avec hargne, Richard avait déchiré le carré de papier. Stanley resterait neutre jusqu'au moment décisif de la bataille. Alors il choisirait son camp.

– Qu'on ne quitte pas un instant lord Strange, ordonna-t-il.

La troupe approchait du lieu choisi pour les divers campements. Il faisait déjà presque nuit. Au loin serpentait le cours d'un ruisseau bordé de saules, des collines coupaient l'horizon. Des feux scintillaient dans la vallée, Richard pensa à des yeux de loups qui le guettaient.

– L'armée de Tudor, constata-t-il. Elle est prête au combat.

38

En sueur, Richard se redressa sur son lit de camp. Des présences invisibles le guettaient. Son père, son frère Edmond, Edward et ses deux fils, Clarence, Hastings, Buckingham, Anne, son propre fils Edward, Rivers et Richard Woodville, Edouard de Lancastre, le roi Henry VI formaient une cohorte silencieuse, les uns bienveillants, les autres vengeurs. « Les morts m'attendent », pensa-t-il.

Le jour n'allait pas tarder à se lever. En dépit de la tiédeur de l'air, Richard grelottait. Les fantômes avaient disparu. Il était tout à fait seul.

Henry Tudor scruta le ciel. Le destin des hommes, comme le prétendaient les astrologues, y était-il réellement inscrit ? Il poussa un soupir et se retourna vers son oncle Jasper.

– Que voyez-vous là-haut ? demanda-t-il.

– L'étoile des Tudor.

Au loin scintillaient les feux de camp des différentes armées. Un peu en arrière, celle de Thomas Stanley semblait guetter sa proie : Richard ou Henry ? Nul ne le savait. Cependant le matin même, une nouvelle lettre de Margaret Beaufort était arrivée, l'assurant au pire de la neutralité de son époux. Mais Tudor avait besoin de l'aide de son beau-père, de sa puissante armée. Combien étaient-ils eux-mêmes ? Cinq mille hommes à peine. Richard devait en posséder le double, à moins que Northumberland, avec ses trois mille soldats, ne change de parti et que les frères Stanley le rejoignent, l'un avec trois mille fantassins, l'autre avec mille cavaliers. Alors la victoire serait certaine.

– Va dormir, conseilla Jasper Tudor. Dès l'aube, nous aurons à endosser nos armures. Convaincs-toi que Richard n'est pas invincible.

La chambre de la ferme où Henry Tudor avait trouvé gîte comportait un lit au matelas de paille, un coffre, une chaise, une aiguière de terre cuite et un pot à eau caché derrière un rideau de toile bise. Tout habillé, Tudor s'étendit sur la paillasse. Ses sens étaient si aiguisés qu'il entendait chaque bruit. Entassés dans le même lit dans la chambre voisine, Oxford, Brandon, Arundel ronflaient. Au-dessus, dans le grenier, Berkeley allait et venait, faisant craquer les planches de bois du parquet. Au rez-de-chaussée, les fermiers jetaient des cendres sur les braises, heurtant les ustensiles de cuisine pendus à des crochets. Une légère brise pénétrait par la fenêtre ouverte, portant des odeurs d'épis mûrs et de suint de mouton. La chandelle posée sur le coffre faisait une tache jaune que le souffle de l'air déplaçait. L'angoisse serrait la gorge d'Henry, mais le crissement monotone du vent dans les branches du tilleul planté devant l'auberge l'apaisa peu à peu.

– Seigneur Jésus, murmura-t-il, soyez mon armure, mon soutien.

Lord Thomas Stanley ne cherchait pas à cacher sa colère. Le dernier mot, tout juste déposé par un écuyer de Richard, portait l'ordre péremptoire de le rejoindre aux premières lueurs de l'aube. S'il se dérobait, son fils serait exécuté.

– Ecrivez, demanda-t-il à son secrétaire.

Aucune vie, milord, fût-elle celle de mon propre fils, ne mérite que l'honneur des Stanley soit foulé aux pieds. Jamais nous n'avons rampé aux pieds de quiconque, fût-il roi. Dieu m'a accordé plusieurs fils, je pleurerai celui-là durant ma vie terrestre, mais vous, vous serez maudit pour l'éternité.

– Qu'un écuyer porte à l'instant ma réponse au roi.

Thomas Stanley s'épongea le front. Il devait maîtriser son courroux s'il voulait se battre le lendemain avec vaillance. Ses fantassins étaient prêts, chacun connaissait son ordre de marche. William, son frère, commandait la cavalerie. Les chevaux étaient frais et rapides, leurs cavaliers audacieux. Attaquer Tudor lui était impossible, trahir Richard le répugnait jusqu'alors. Mais la menace du roi envers son fils l'avait ébranlé. Ce souverain ne pouvait rester sur le trône. Avec les défis incessants qui menaçaient son pouvoir, le roi avait pris une attitude rigide, coupante, qui dévoilait soudain en plein jour ses doutes comme ses faiblesses. Richard s'était voulu un souverain exemplaire que le pouvoir avait corrompu, comme les autres. Lord Thomas Stanley pensa à sa femme. Depuis le jour de leur mariage, Margaret l'avait étonné. Pour mettre sur le trône son seul héritier, le dernier des Tudor, elle avait manœuvré les uns, persuadé les autres, rassemblé de l'argent, des partisans, écrit lettre après lettre, s'impliquant tant personnellement qu'elle n'avait échappé à l'enfermement définitif dans un couvent que grâce à l'influence que son époux exerçait sur le roi.

Longuement, Stanley contempla en contrebas les feux de l'armée de Richard. Tout autant par respect pour le roi que pour protéger sa femme, il était resté fidèle. Un double jeu peut-être. Mais combien d'êtres humains étaient guidés par un intérêt personnel si subtil qu'on le nommait désintéressement ? Le lendemain, il choisirait son camp en ayant la sagesse de ne pas se précipiter. Il ferait patienter son armée jusqu'au moment propice. La sincérité était calculatrice.

Tandis que ses trois mille hommes dormaient, le comte de Northumberland veillait encore avec ses proches. Deux flambeaux portant chacun trois grosses chandelles éclairaient la table autour de laquelle ils s'étaient regroupés. Longuement débattu, le plan avait été approuvé par tous : son armée n'interviendrait pas. Depuis des années, Henry, comte de Northumberland, avait vu Richard d'York étendre son influence sur le Nord à son détriment. L'ambition de ce petit homme arrogant était mielleuse, sournoise. Au cours de leurs différends, il avait entendu des serments, des paroles d'apaisement. Mais l'appétit de domination du duc d'York devenu roi d'Angleterre demeurait toujours aussi fort avec son cortège de manœuvres et de fausses promesses. Pour préserver sa part d'influence, il avait fait le soumis, joué au féal. Hypocrisie contre hypocrisie. Le jour de la revanche était arrivé.

Tudor avait cherché à le contacter, mais il avait refusé ses messages. S'il était vainqueur, il irait à lui après la bataille, mettrait genou à terre, ferait serment d'allégeance puis demanderait qu'on lui rendît terres et privilèges.

– Je vous souhaite le bonsoir, dit-il à ses amis en se levant. Notre inertie sera la marque de notre puissance. La vraie grandeur n'est-elle pas de tenir les autres sous sa domination ? Quant à moi, je n'ai d'autre cause que la mienne.

Le duc de Norfolk inspecta une dernière fois ses bombardes, serpentines, arbalètes et arcs. Les armes devaient être en parfait état, prêtes à servir au premier ordre pour arrêter les premières charges de cavalerie et l'avant-garde des fantassins. Derrière lui, à courte distance, l'armée du roi prenait du repos autour des feux de camp. Plus loin, celle de Northumberland bivouaquait. Norfolk se refusait à croire en la félonie de son ami. Depuis quelques heures, les bruits les plus insensés ne cessaient de circuler. Il fallait garder son sang-froid, ne pas croire en des racontars colportés par l'ennemi pour les démoraliser. Fidèle aux York depuis toujours, il était prêt à mourir pour leur cause. N'avait-il pas défendu successivement le duc Richard, son fils le roi Edward IV et maintenant Richard III ? Maréchal d'Angleterre, grand sénéchal, chevalier de la Jarretière, il s'était battu contre les Lancastre à Barnet et Tewkesbury. La seule dissonance entre sa maison et celle des York avait été causée par l'exécution d'Hastings. Mais vite, il avait choisi son camp et n'avait plus failli, mettant son bras et ses hommes au service du roi lors de la révolte du duc de Buckingham. Le lendemain, Richard serait à nouveau victorieux, il ne fallait pas en douter. Ce petit homme étonnant avait la chance avec lui. Beaucoup assuraient que le roi était un monstre d'orgueil et d'ambition, mais lui qui le connaissait bien aurait pu jurer sur les Evangiles qu'il n'était qu'orgueilleux d'être anglais et que ses ambitions étaient toutes pour la gloire de son pays.

Norfolk regagna sa tente à pas lents. A l'aube, ses écuyers le revêtiraient de son armure, il s'emparerait de son étendard portant le lion d'argent de sa famille et se placerait à la tête de ses archers munis d'arcs de six pieds pouvant envoyer à deux cent cinquante yards douze flèches en une minute. Suivraient les fantassins armés d'épées et surtout de lances avec leur tête de métal acéré capables de transpercer un adversaire de part en part. Norfolk savait qu'il aurait l'honneur de la première charge, la plus dangereuse. Il attaquerait et se défendrait en chef de sa maison.

Déjà la lueur des étoiles perdait son intensité.
– Je suis prêt, annonça Richard à Francis Lowell.

A peine avait-il sommeillé une heure ou deux, un repos troublé par d'horribles cauchemars. Son ami fut atterré par le teint blafard du roi, ses cernes bleutés.

– Il est encore tôt, Milord. Aucun prêtre n'est là pour dire la messe et aucune collation n'est prête.

– Si Dieu est avec moi, nul n'est besoin que j'entende la messe. S'Il ne l'est pas, demander son aide serait blasphème.

Réveillés les uns après les autres, ses compagnons les plus proches l'entouraient, prêts à aider les écuyers à lui faire endosser son armure, le chef-d'œuvre d'un armurier allemand. Une par une, les différentes pièces furent apportées au roi. D'abord un gilet doublé de satin et percé de trous pour permettre la circulation de l'air, porté à même la peau, des chausses de mailles renforcées aux genoux et de lourdes chaussures de cuir, puis des jambières articulées aux genoux et terminées par des éperons d'or, des cuissardes allant jusqu'à l'aine, un tablier de mailles recouvert de plaques se chevauchant vissées les unes aux autres. Pour la poitrine, un tricot de mailles recouvert lui aussi sur le devant et le dos de plaques métalliques. Les bras étaient protégés jusqu'aux coudes, où s'emboîtaient des pièces assemblées par des jointures de cuir rejoignant la protection des épaules et de la nuque, enfin de hauts gantelets en acier articulés, une ceinture maintenant l'épée et une pique comportant une hache et une pointe acérée.

Sur l'armure complètement posée, un écuyer noua une chasuble sans manches de soie rouge et bleu brodée des léopards d'or et des lys de France. Enfin arriva le heaume muni d'une visière rabattable. A la demande de Richard, une couronne d'or sertie de pierres précieuses y était scellée.

– Etes-vous sûr, Milord, de vouloir porter cette couronne ? s'inquiéta Lowell. En vous désignant aussi clairement à l'ennemi, vous prenez un grand risque.

– C'est le roi d'Angleterre, Lowell, qui gagnera cette bataille ou qui perdra la vie.

Un cheval, un puissant coursier blanc, l'attendait. En attaquant les premiers, ils prendraient un avantage sur les troupes de Tudor.

– Mes amis, déclara soudain Richard d'une voix ferme, la bataille de ce jour marque la fin de l'Angleterre que vous connaissez. Si Henry Tudor remporte la victoire, il s'attachera à détruire tous ceux qui ont soutenu la maison d'York et à gouverner par la peur. Si je suis vainqueur, avec l'aide de Dieu, je devrai me montrer tout aussi impitoyable envers de potentiels félons et régnerai par la force.

– Au roi ! Au roi ! crièrent ensemble Catesby, Radcliff, Lowell et Brackenbury.

Rassemblés autour de leur souverain, écuyers et gentilshommes levèrent aussitôt leurs lances.

– Au roi ! Au roi !

Richard était épuisé et surexcité. Il eut un étourdissement. Se reprenant, il monta en selle et plaça à droite et à gauche de son cheval deux porte-étendards, l'un tenant l'emblème des York, avec une rose en soleil, l'autre celui de l'Angleterre.

– Allons ! commanda-t-il.

Le groupe des cavaliers se mit en marche. La plaine était encore sombre. Des effluves de menthe sauvage émanaient de la terre que mouillait la rosée. Au loin, on discernait à peine les feux de camp qui s'éteignaient un par un en même temps que les étoiles. Richard tenta d'imaginer où se trouvait Tudor. Derrière les Stanley pour se protéger ? A côté des troupes d'Oxford ? D'un geste instinctif, il porta la main au pommeau de sa longue épée. La redoutable hache était arrimée à la selle. En un instant, il pouvait la dégager et charger. S'il n'y avait pas eu de bataille à livrer, il aurait pu partir à la chasse, son faucon au poing, sentir le frémissement de l'oiseau, goûter la paix de l'aube, la présence joyeuse de ses amis à ses côtés. Dans un moment, sa visière de heaume rabattue, il serait presque aveugle, assourdi par le fracas des armes.

A l'horizon le soleil se levait. La brise faisait onduler les étendards. La croupe des coursiers luisait déjà de sueur et la poussière ternissait les armures. L'armée du roi, archers, arbalétriers, simples soldats protégés par une tunique de cuir bouilli, coiffés d'un casque sans visière et armés de piques ou de halle-bardes, était à moins d'un mile, attendant son ordre pour s'élancer au combat.

Henry Tudor acheva de passer son armure. Depuis un moment, il n'avait prononcé mot et chacun respectait son silence. « Le passé et l'avenir sont inexistants, pensa le prince, c'est à aujourd'hui que se résume ma vie. »

– L'usurpateur est déjà à la tête de ses troupes, annonça Brandon.

– Et les Stanley ?

– Toujours impénétrables. Mais leur silence et celui de Northumberland me semblent de bon augure. Au lever du soleil, nos éclaireurs n'ont signalé aucun mouvement dans leurs camps. Les chevaux n'étaient pas même harnachés.

Suivi de deux pages, un prêtre arrivait, portant un calice.

– Recevons la sainte communion, mes amis, déclara Tudor. Le Bien et le Juste sont notre cause.

Tous se mirent à genoux. Dans un moment ils monteraient en selle pour que se réalisent enfin des années d'espérance.

Henry se signa. Il pensait à sa mère qui, ignorante encore de ce combat décisif, devait entendre la messe comme elle le faisait chaque jour à l'aube. Il lui devait tout, elle était son jugement dernier.

39

– Déployez-vous sur la crête d'Ambien, ordonna Richard à un détachement de fantassins et d'archers à cheval. Et maintenez coûte que coûte votre position. Des renforts ne tarderont pas à vous rejoindre.

Sous sa lourde cuirasse, la sueur ruisselait. Catesby lui tendit une gourde d'eau à laquelle il but avidement.

Soudain un cavalier déboucha à bride abattue.

– Sire, un message de lord Thomas Stanley.

Richard ôta ses gantelets et s'empara du pli qu'il décacheta.

« Monseigneur, j'ai décidé de ne point me battre aujourd'hui. S'il arrive malheur à mon fils, ses frères le vengeront. »

Le roi blêmit.

– Brackenbury, qu'on exécute à l'instant lord Strange !

Comme un loup acculé, il était prêt à déchirer ses ennemis avant de périr.

Robert Brackenbury descendit de cheval. Une immense lassitude pesait sur ses épaules. Jamais il n'avait pu tuer une femme, un enfant ou un homme désarmé, et lorsque, deux années plus tôt, Tyrrell s'était présenté à la Tour de Londres sur l'ordre du roi, il en était parti aussitôt pour aller s'enivrer dans une auberge.

En voyant s'approcher Brackenbury, lord Strange comprit qu'on venait lui trancher la tête. Déjà par un serviteur espion de son père, il savait que les Stanley ne se battaient pas aux côtés de Richard et en avait conclu que sa fin était proche. A vingt-quatre ans, il avait peine à accepter la mort. Ainsi il ne reverrait pas se coucher le soleil, ne serrerait plus une femme dans ses bras. Un sentiment de désespoir l'envahit qui lui mit les larmes aux yeux.

– Vous venez m'exécuter, n'est-ce pas ?

Brackenbury inspira profondément. Il allait désobéir à son roi le jour même d'une bataille qui déciderait de son destin. Mais il se battrait ensuite à ses côtés jusqu'au bout de ses forces.

– J'en ai reçu l'ordre.

Le jeune homme le regardait intensément. Il avait les cheveux châtains et bouclés, un joli visage de damoiseau envers lequel la vie s'était montrée clémente.

– Mais je vais désobéir, prononça lentement Brackenbury. S'il m'arrive malheur, priez Dieu pour le repos de mon âme.

Il se détourna et s'éloigna.

Jouxtant les troupes de Richard, en face d'un marécage, le duc de Norfolk avait placé en tête de son armée les hommes chargés de manœuvrer couleuvrines et bombardes reliées à des chaînes pour empêcher une éventuelle charge de cavalerie de les traverser. Derrière et sur les flancs se déroulaient les lignes d'archers renforcées par des arbalétriers à la redoutable puissance de tir, enfin les combattants à pied armés de piques et de haches. En se retournant, Norfolk pouvait voir les troupes de Northumberland. Se jetteraient-elles dans la bataille ? Le duc en doutait. Depuis la veille, il n'avait eu aucun contact avec lui.

Debout sur ses étriers, Norfolk observait le roi entouré d'une forêt de bannières destinées à stimuler et à rassembler. Lorsque Richard fit avancer sa monture de quelques pas pour se distinguer de la masse compacte des cavaliers, le duc aperçut la couronne flamboyer dans le soleil montant. « Folie, pensa-t-il. Le roi recherche-t-il la mort ? » Au loin, il discernait l'armée d'Oxford et la cavalerie de William Stanley. Plus loin encore, de l'autre côté de l'antique voie romaine, se trouvaient Thomas Stanley et ses trois mille hommes. Il ne distinguait pas la position d'Henry Tudor, sans doute était-il à l'arrière, au-delà du marécage, pas loin de la voie romaine et de la cavalerie de William Stanley.

Norfolk leva le bras et son armée s'ébranla en colonne étroite afin de progresser le long de la crête derrière la bannière du duc portant son lion d'argent. Lorsque le dernier soldat fut en marche, Richard, suivi de cent chevaliers, éperonna son destrier, laissant derrière lui Northumberland toujours cloué sur place.

A l'extrémité d'Ambien Hill, les positions ennemies apparurent plus clairement aux yorkistes. Les soldats de Tudor progressaient vers le marécage qui s'étendait au pied de la colline.

– Le duc de Norfolk va déployer ses troupes en

arc de cercle face au camp des rebelles, annonça au roi un messager. Que dois-je lui répondre ?

– Que je reste ici pour le moment, mais que je suis prêt à charger.

Un paysage immense s'étendait devant Richard, de verts pâturages, des bois, et à l'horizon d'autres collines qu'une brume bleutée estompait. Des maisonnettes se regroupaient autour d'un clocher, la Soar serpentait. En contrebas, Norfolk disposait ses troupes, les hommes d'armes étaient placés au centre, encadrés par deux groupes d'archers, l'un tourné vers le marécage, l'autre vers la bourgade de Shenton.

Soudain s'éleva la sonnerie des trompettes lancastriennes. Une bannière étoilée, celle du duc d'Oxford, se leva haut, conduisant ses hommes vers les marécages par l'ouest.

– Faites tirer ! commanda Norfolk.

Une volée de flèches siffla et fondit sur l'ennemi qui riposta aussitôt. Au grand étonnement du duc retentit le fracas d'un tir de canon. Une dizaine de boulets de pierre s'abattirent au pied de la colline.

– Courez vers le roi, ordonna-t-il à un écuyer. Il est temps d'utiliser les quelques serpentines dont nous disposons.

L'avant-garde de Tudor arrivait à la pointe ouest d'Ambien Hill, son aile droite demeurant protégée par le marécage. Mais le flanc gauche était à découvert.

« Avec neuf mille hommes, nous sommes presque deux fois plus nombreux que l'armée de Tudor, pensa Norfolk. Si les Stanley n'interviennent pas en sa faveur, c'en est fait du prétendu héritier des Lancastre. »

La réponse du roi arriva promptement. On allait faire donner les serpentines, il expédiait cinq cents hommes à l'est du marécage pour parer une éventuelle attaque de Thomas Stanley et un détachement équivalent afin de protéger le flanc de Norfolk contre les cavaliers de William Stanley. Il gardait avec lui mille hommes, dont la centaine de chevaliers et écuyers de sa garde personnelle.

L'éclat du soleil devenait aveuglant et la vue de Richard, immobile sur la colline, se brouillait. Qui avait l'avantage, Norfolk ou Oxford ? Où se tenait Henry Tudor ? D'une voix ferme, il appela Percy :

– Vois-tu des bannières portant le dragon rouge ?

Percy mit sa main à la hauteur de sa visière relevée. La sueur ruisselait sur son visage.

A nouveau retentirent les trompettes ennemies. Richard tressaillit. Il ne pouvait rester longtemps à attendre passivement. Chacun de ses muscles était tendu. Crispées dans ses gantelets d'acier, ses mains étaient moites, douloureuses.

En grand nombre, l'ennemi escaladait la pente d'Ambien Hill.

– A l'attaque ! hurla lord Ferrer, capitaine de l'armée royale.

A mi-pente, un corps-à-corps s'engagea. Seul désormais avec sa garde, Richard entendait le choc des épées, les cris des blessés. Dans une inextricable mêlée, la bannière au lion d'argent affrontait celle aux étoiles d'Oxford. La souffrance s'unissait à la souffrance, le sang au sang, la clameur à la clameur.

– Que vois-tu ? pressa le roi.

Les yeux mi-clos, Percy regardait avec intensité l'horizon. Enfin le jeune homme pointa un doigt.

– Là, Sire ! indiqua Percy, je discerne un homme à cheval près de l'étendard au dragon. Il est entouré d'une centaine de ses partisans.

Richard percevait en effet le détachement, tache sombre entre les deux formations des frères Stanley. Une impulsion soudaine le fit tressaillir. Tudor n'était protégé que par un nombre restreint d'hommes. S'il les chargeait avec ses cent fidèles et le tuait, la bataille s'achèverait et il renaîtrait à la vie. Mais quelle était leur chance ?

A nouveau son regard se porta sur les soldats de Norfolk. En tête de ses troupes, celui-ci se battait comme un lion aux côtés de son fils, mais l'ennemi continuait sa progression et maintenant le cernait. Soudain le roi vit basculer l'étendard au lion d'argent. Une nuée de poussière l'effaça. Bientôt les soldats du duc commencèrent à se débander.

– Norfolk est touché, murmura Percy.

La colère, le désespoir submergèrent Richard.

– Le duc de Norfolk et son fils ont été tués, confirma peu après un messager d'une voix haletante, ainsi que lord Ferrer.

– Donnez l'ordre à Northumberland de lancer ses hommes au combat.

Un cavalier partit aussitôt. Richard avait l'impression d'avoir quitté son corps. Il s'élançait, léger et libre, à la rencontre de cet homme qui depuis deux ans empoisonnait sa vie.

– Northumberland ne bougera pas, annonça le cavalier de retour.

Une main se posa sur l'épaule de Richard.

– Fuyez, Milord, pressa Catesby, les Stanley vont nous trahir, eux aussi. Cette bataille est perdue mais nous gagnerons la prochaine.

D'un geste brusque, Richard se dégagea.

– Me prendrais-tu pour un couard, Catesby ? Je vois mes hommes se faire massacrer et partirais à la recherche d'un abri sûr où me terrer ? La terre peut trembler, le soleil s'éteindre, je ne ferai pas un pas en arrière.

– Quoi que vous décidiez, Milord, vous savez que nous vous suivrons.

Un écœurante odeur de sang montait des pentes de la colline. Déjà des essaims de mouches vombrissaient.

Percy fit reculer son cheval. Le roi était blafard. Ses yeux brillaient comme ceux des oiseaux prédateurs.

– Nous allons tous ensemble charger Tudor, décida soudain Richard. La victoire ou la mort.

Ses amis se regardèrent. Comment parviendraient-ils jusqu'à Henry ? Il leur fallait longer les lignes de William Stanley. Si celui-ci lançait contre eux sa cavalerie, ils devraient se battre à un contre dix.

Les yeux de Richard ne pouvaient quitter le petit point rouge de la lointaine bannière. Son corps était devenu une arme redoutable dont il avait hâte d'user. Tudor serait pris par surprise. Il n'était pas un guerrier, n'avait jamais combattu. Lui ferait-il face en homme ? S'enfuirait-il ? Comment cet insolent pouvait-il prétendre à lui prendre sa couronne, à épouser Bessie, à remettre ce qui restait des Wood-ville au pouvoir ?

Derrière lui, prêts à pousser leurs montures, se tenaient Lowell, Radcliff, Harrington, Stafford, Percy, Brackenbury, tous ses fidèles, ses amis, ceux qui jamais ne le trahiraient. La bataille faisait rage depuis moins d'une heure, mais qu'importait à Richard ! Il n'en pouvait plus d'attendre. Il lui semblait être sur cette colline en plein soleil depuis un temps infini, il avait le vertige

– Sus à Henry Tudor ! cria-t-il.

– Au roi ! Au roi ! hurlèrent cent bouches en retour.

Les unes après les autres, les visières des heaumes se fermèrent avec un claquement sec. Les chevaux frémissaient et soufflaient. Un écuyer tendit à Richard sa hache d'armes, la longue épée était attachée à la selle, à portée de main.

Au pas, le groupe se mit en marche vers le nord-ouest pour contourner les combattants et descendit la colline vers la vallée. Au-dessus d'eux, le ciel était d'un bleu pâle sans un nuage, le chemin, aride et caillouteux. En un éclair, Richard revit le messager qui avait poussé la porte de la salle où il se tenait avec sa mère et Clarence : « Le duc d'York et le prince Edmond sont morts au combat, Milady. » Sa mère était tombée à genoux, Clarence s'était mis à pleurer et lui, pétrifié, était resté muré dans la douleur.

Des passereaux prirent leur vol devant son cheval en piaillant. Aucun vent ne soufflait. Richard frissonna. Avait-il la fièvre ou était-ce ses nerfs, ses muscles tendus qui faisaient courir ce frisson sur sa peau ? Son cœur battait à se rompre.

En levant la main, Richard fit accélérer le pas. Il allait attaquer, galoper droit devant lui pour atteindre ce point rouge, ce dragon dressé sur ses pattes arrière qui le narguait et croyait pouvoir abattre le roi d'Angleterre.

Les destriers avaient pris le grand galop. Leur terrible arme, moitié pique, moitié hache, droit devant eux, la petite troupe chargeait. Dans un roulement de tonnerre, les cent hommes passèrent tout à côté des lignes de William Stanley qui, surprises, ne réagirent pas. Tudor n'était plus très loin. A travers la fente de sa visière, Richard voyait grossir le point rouge qui devenait peu à peu deux étendards tenus par des cavaliers entourant Henry Tudor. Soudain, la première ligne de chevaux fit un écart, quelques montures se cabrèrent. Un détachement de cavalerie fonçait sur le roi, poussant son cri de guerre : « A Tudor ! A Tudor ! » En tête flottait le dragon rouge dressé sur ses pattes, prêt à cracher son feu mortel. Devant Richard, le géant sir John Cheney, un fidèle lancastrien, brandit son épée. La hache d'armes au creux de sa paume, le roi la fit tournoyer. La rage décuplait ses forces. Etait-ce l'odeur fade de son propre sang qu'il sentait ou celui de Cheney ? La visière du géant avait volé en éclats, de son visage fendu en deux ruisselait un flot de sang. Richard le vit vaciller, tomber de son cheval, rouler à terre. Un hurlement de joie monta des rangs yorkistes : « Au roi ! Au roi ! » Richard éperonna sa monture. Tudor était à moins de mille pieds. Un moment, le roi eut l'impression que son adversaire allait tourner bride, mais finalement il demeura immobile, cerné de près par la garde de ses fidèles qui l'entourait comme un mur d'acier.

A sa droite et à sa gauche, Richard voyait ses amis tomber dans des cris et les hennissements terrifiés de leurs montures, mais la rage qui le possédait lui ôtait toute possibilité de s'émouvoir ou de ressentir de la peur. William Brandon fonçait sur lui, il l'identifiait à l'étendard au dragon rouge, les couleurs de la tunique portée sur l'armure. Henry était tout proche maintenant. « Dans un instant, je fendrai la tête de ce traître », pensa-t-il.

La violence du premier coup de hache fit vaciller Brandon sur son coursier gris, un second pénétra profondément entre le casque et l'épaule. Une épaisse poussière entourait les combattants. Les hurlements s'amplifiaient. Richard frappa encore et Brandon tomba à terre en tenant l'étendard au dragon. Le roi poussa un cri sauvage. Tudor était à portée d'épée.

Soudain, alors que, la hache levée, il allait éperonner à nouveau son destrier, Lowell et Percy saisirent ses brides. Il entendit : « Fuyez, Milord, fuyez ! » Une odeur violente, une odeur de mort, les enveloppait. Richard respirait avec difficulté, son bras droit raidi par l'effort. Il tenta de se dégager. Faudrait-il qu'il frappe ses propres amis pour courir sur Tudor et le tuer ? Radcliff et Brackenbury se jetèrent devant lui. Il leva son heaume.

– Ecartez-vous, cria-t-il, par Dieu, laissez-moi passer !

Il vit Radcliff indiquer du doigt quelque chose et se retourna. La cavalerie de William Stanley les chargeait.

– Trahison, trahison ! hurla Richard. Battez-vous contre Stanley, mes amis, je m'occupe de Tudor.

Un écuyer amenait une monture fraîche.

– Fuyez, Milord, insista Lowell.

– Jamais !

Sans protester, ses vieux amis, les fidèles parmi les fidèles, firent face à Stanley. A un contre cent, ils se battaient pour mourir avec gloire. Déjà les premiers attaquants les taillaient en pièces.

Richard était seul. Autour de lui, il n'apercevait que des chevaux éventrés, des cadavres jonchant le sol. Comme dans un rêve, il vit s'approcher un groupe de cavaliers. D'une main tenant la hache, de l'autre son épée, il fit face.

– Trahison ! cria-t-il à nouveau.

En dépit du soleil ardent, une ombre fit frissonner Richard sous sa cuirasse. Il avait l'impression d'être en pleine nuit, seul ; comme lorsque, étant enfant dans le château de son père, il quêtait un baiser de sa mère. Sa hache, son épée tournoyaient. Il avait la sensation de ne pas les dominer, de n'être plus qu'un de ces mannequins de paille pivotant destinés à apprendre aux jeunes chevaliers l'art de manier les armes. La douleur éclata dans sa tête comme un coup d'arquebuse. Avant de tomber de cheval, il vit des lumières dans l'obscurité où il était plongé, qui semblaient lui montrer le chemin à suivre. Le heaume portant sa couronne roula au loin.

Henry Tudor descendit de cheval. Devant lui, il voyait les cadavres du roi et de ceux qui lui avaient

436

été fidèles jusqu'à la mort. Seuls Lowell et Stafford étaient parvenus à s'enfuir. Sans heaume ni gants, le prince se mit à genoux et fit un signe de croix, tandis que William Stanley plaçait sur sa tête la couronne royale qui avait roulé dans un buisson d'épines.

– Northumberland et mon frère Thomas sont en route pour vous rendre allégeance, Sire, annonça Stanley.

La couronne d'Angleterre sur la tête, Henry se releva et contempla l'horizon. Du nord au sud, de l'est à l'ouest, le pays, son pays, lui appartenait. Le temps et l'oubli balayeraient la trace de Richard III.

Richard III, roi d'Angleterre, avait trente-deux ans. Il avait régné deux ans, un mois et vingt-huit jours. Sa mort héroïque jetait un ultime éclat sur la race éteinte des Plantagenêts.

Le cadavre du roi fut dépouillé de tous ses vêtements. On lui passa une corde au cou, la marque infamante des félons, et on jeta sa dépouille en travers d'un cheval monté par un des écuyers de Tudor tenant par dérision l'étendard au sanglier blanc. En passant le pont de pierre qui enjambait la Soar, la tête de Richard heurta violemment le parapet, arrachant des croûtes de sang collées à ses cheveux. Deux jours, son corps resta exposé nu dans le couvent dominicain de Leicester. Puis il fut mis dans un cercueil de pin et enterré sans pierre ni épitaphe à l'ombre d'un érable centenaire dans le cimetière des religieux. Ce jour-là une pluie fine, rafraîchissante, tombait, qui faisait embaumer les herbes sauvages.

Épilogue

Henry Tudor, le roi Henry VII, épousera Bessie dont il aura sept enfants. Trois survivront jusqu'à l'âge adulte, Margaret, Henry, et Mary. Margaret sera reine d'Ecosse, Henry régnera sous le nom d'Henry VIII, Mary épousera un Louis XII déjà âgé et sera reine de France. La lignée des Tudor marquera profondément la période de la Renaissance. Lorsque Henry VIII séparera l'Eglise d'Angleterre de Rome afin de divorcer de Catherine d'Aragon et épouser Ann Boleyn, le couvent des dominicains de Leicester sera détruit, les os de Richard III jetés dans la Soar et son cercueil converti en abreuvoir à chevaux.

Le 17 juillet 1674, au cours de travaux exécutés à la Tour de Londres, on démolira un des escaliers menant à la Tour sanglante et l'on découvrira deux squelettes d'enfants enfouis sous un tas de pierres, fort probablement les restes des malheureux enfants d'Edward IV.

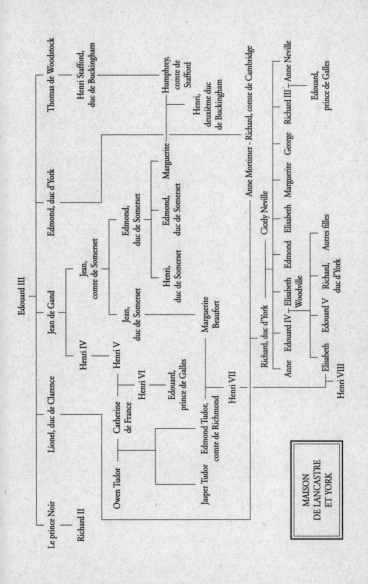

MAISON
DE LANCASTRE
ET YORK

Catherine Hermary-Vieille
dans Le Livre de Poche

La Bourbonnaise n° 15508

« D'un œil expert, Le Bel, premier valet de chambre du roi, avait examiné Jeanne de la tête aux pieds. Cette femme était d'une rare beauté. D'emblée on discernait sa force vive, son charme, son tempérament, une volonté de fer qui faisaient les grandes maîtresses royales. Et d'elle se dégageait une lumière presque soyeuse : "Sa Majesté va être satisfaite", pensa-t-il. » Satisfaite, elle le fut au-delà de ses espérances. Car personne, en cette année 1769, n'aurait pu soupçonner l'amour fou qui allait bientôt unir Jeanne du Barry à Louis XV, le monarque libertin et tout-puissant qui un jour lui déclara : « C'est à moi de me mettre à vos pieds, et pour le reste de ma vie. » Dans ce superbe roman, Catherine Hermary-Vieille ressuscite la figure controversée de cette femme qui a marqué l'Histoire et a régné sans partage à la cour et dans le cœur du roi. Avec la rigueur historique d'une biographe et le talent sensuel d'une grande romancière, elle rend à cette exquise comtesse, autrefois fille du peuple, la place qu'elle mérite : celle d'une femme exceptionnelle.

La Piste des turquoises n° 13524

Lorraine, quarante ans, a jusque ici vécu protégée par Pierre, son mari. L'accident d'avion où il meurt, et qui laisse infirme leur fils, va la contraindre à se battre, seule face à la vie. Afin de récupérer des créances, elle part pour Santa Fe, au Nouveau-Mexique. Là, au pays des pueblos indiens et de la turquoise, elle va découvrir un monde inconnu où les hommes d'affaires et politiciens s'empressent autour d'elle.

Elle apprendra la trahison mais aussi l'amitié, la séduction et la désillusion. C'est une femme aguerrie, mûrie, transformée qui regagnera l'Europe.

La Pointe aux tortues . nº 13837

Ann n'oubliera jamais le jour de ses 8 ans. Elle vit à La Havane. On l'emmène visiter une magnifique demeure coloniale, la Pointe aux tortues, au bord du détroit de Floride. Elle est envoûtée pour toujours. Cependant le régime de Batista est à bout de souffle. Tandis que son père regagne les États-Unis, Ann reste avec sa mère, sympathisante des idéaux de Fidel Castro. Devenue « Anna », la petite grandit en militante appliquée et enthousiaste du nouveau régime. La rencontre de Diego, qui lui fait vivre une grande passion, lui ouvre les yeux sur les réalités les plus sombres de la Révolution. Bientôt va sonner l'heure d'un choix déchirant... A travers l'histoire d'une enfance et d'un amour, ce sont trente ans de tragédie cubaine que nous fait revivre la romancière du *Rivage des adieux*.

Le Rivage des adieux nº 4320

« Une belle histoire d'amour et de mort... » Ainsi les bardes celtiques résumaient-ils la plus tendre et cruelle légende qu'ils aient jamais racontée : celle de Tristan et Iseult. La liaison adultérine d'une très jeune reine, l'indestructible fidélité de son amant, les atermoiements d'un roi harcelé par les intrigues de ses barons : Catherine Hermary-Vieille s'est laissée emporter par cette histoire éblouissante et tragique, d'une audace insoupçonnée, dans un récit à la fois scrupuleusement fidèle au mythe et adapté à la sensibilité d'aujourd'hui.

Les Dames de Brières (1)   nº 14987

Quelle étrange fatalité pèse sur le domaine de Brières, en
particulier sur les hommes qui l'habitent ? Est-il vrai que
l'on aperçoit, près de l'étang voisin, les trois femmes qu'on
y brûla en 1388 sous l'accusation de sorcellerie ? Lorsque,
au début de ce siècle, Valentine achète le domaine et s'y
installe avec son mari écrivain, elle n'a cure de ces légendes.
Pourtant, l'amour qu'elle éprouve pour Jean-Remy et pour
leur fille ne suffira pas à la combler. Tourmentée, bientôt
fugitive, Valentine sentira peser sur elle, mystérieusement,
la malédiction des Dames de Brières.

L'Etang du diable (2)   nº 15073

Au cœur de la campagne creusoise, l'élégant domaine de
Brières a toujours fasciné et inquiété à la fois. Là, au
XVe siècle, trois femmes accusées de sorcellerie furent brûlées. Une malédiction pèse-t-elle toujours sur celles qui y
vivent, surtout quand leur volonté d'indépendance et leur
tempérament passionné leur valent la hargne d'un monde
dominé par les hommes ? Le destin de Valentine Fortier,
conté dans *Les Dames de Brières*, se prolonge ici à travers
une autre génération, qui traverse l'Occupation et l'après-
guerre : celle de Renée, la fille de Valentine, qui a voulu fuir
le domaine familial et frayer son chemin à Paris ; celle de
Colette, à qui son idée de la liberté amoureuse a valu les
outrages de la Libération. A Brières, dans un très vieux
grimoire, gît sans doute le secret de l'étang du Diable. Un
secret qu'il leur faudra bien parvenir à déchiffrer un jour...

Depuis le Moyen Age, où trois femmes y furent brûlées vives, le domaine de Brières, en Creuse, semble en proie à une malédiction. Valentine, au début de ce siècle, puis sa fille Renée, héroïnes des deux premiers volumes des *Dames de Brières*, ont connu des existences tourmentées. Françoise, leur fille et petite-fille, subira-t-elle à son tour le maléfice ? C'est dans le Paris des années 1960, où s'éteignent peu à peu les échos de la guerre d'Algérie, que se joue son destin, entre la passion qui l'unit à Christian, député ambitieux, et son métier d'avocate. En faisant acquitter, au prix d'un combat juridique sans merci, trois femmes accusées d'avoir pratiqué des avortements clandestins, Françoise ancrera sa vie au cœur de l'émancipation féminine moderne. Mais qui sait si, du même coup, ce n'est pas elle qui aura enfin levé la malédiction de Brières ?

Composition réalisée par IGS

IMPRIMÉ EN ESPAGNE par LIBERDUPLEX
Barcelone

Dépôt légal éditeur : 45309-06/2004
Édition 01

Librairie Générale Française – 43, quai de Grenelle – 75015 Paris

ISBN : 2-253-10832-4

31/0832/1